Aus Freude am Lesen

Stockholm an einem kalten Wintertag: Der Anführer einer Rechtsradikalen-Gruppe wird von einem Pfeil tödlich getroffen. Kriminaltechniker Ulf Holtz übernimmt den Fall und findet schnell heraus, dass der Täter gehinkt haben muss – doch führt diese Spur wirklich zum Mörder?
Der zweite Fall für Ulf Holtz: forensische Abteilung der Stockholmer Kriminalpolizei; Witwer und Vater zweier erwachsener Töchter; gilt bei seinen Kollegen als Einzelgänger, einer, der verbissen an seinen Routinen festhält und penibel jeder noch so kleinen Spur nachgeht.

VARG GYLLANDER, 1964 in Skåne geboren, ist in seiner Kindheit und Jugend oft umgezogen, sein Vater war Kapitän eines Öltankers. Gyllander versuchte sich später unter anderem als Lehrer, Offizier der Marine und Koch. Schließlich besuchte er eine Journalistenschule und arbeitete anschließend zwei Jahre als Redakteur bei *Norrköpings Tidningar*. In der Nachrichtenagentur TT war er als Kollege von Stieg Larsson tätig. Heute ist er Pressesprecher der schwedischen Kriminalpolizei und wohnt mit seiner Frau und zwei Söhnen auf einer Insel nahe Stockholm. Die Krimiserie um den genialen aber introvertierten Kriminaltechniker Ulf Holtz stürmte in ganz Skandinavien die Bestsellerlisten.

VARG GYLLANDER BEI BTB
Der lächelnde Mörder. Roman (74146)

Varg Gyllander

Eiskalte Rache

Roman

Aus dem Schwedischen von
Holger Wolandt und Lotta Rüegger

btb

Die schwedische Originalausgabe erschien 2010 unter dem Titel
»Bara betydelsefulla dör« bei Bra Böcker, Malmö.

FSC
www.fsc.org
MIX
Papier aus verantwortungsvollen Quellen
FSC® C083411

Verlagsgruppe Random House FSC-DEU-0100
Das für dieses Buch verwendete
FSC®-zertifizierte Papier *PamoHouse*
liefert Arctic Paper Mochenwangen GmbH.

1. Auflage
Deutsche Erstveröffentlichung Oktober 2011

Umschlaggestaltung: semper smile, München
Umschlagmotiv: plainpicture/Mira
Satz: Uhl + Massopust, Aalen
Druck und Bindung: CPI – Clausen & Bosse, Leck
SL · Herstellung: BB
Printed in Germany
ISBN 978-3-442-74264-6

www.btb-verlag.de

Für meine Kinder

Die Kälte drang durch die dicken Sohlen. Er stampfte ein paar Mal fest auf. Die kalte, feuchte Luft war durch seine vielen Kleiderschichten gesickert. Zwei dünne T-Shirts, einen Islandpullover, eine moosgrüne Kapuzenjacke und einen gefütterten, dunkelblauen Mantel. Er wünschte, er könnte auf der Stelle hüpfen, um die Blutzirkulation anzukurbeln, aber das ging nicht. Stattdessen trat er von einem Fuß auf den anderen und bewegte die Schultern auf und ab. Unbeholfene Versuche, wieder warm zu werden. Recht schnell gab er auf. Er kapitulierte vor der Kälte und richtete seine Aufmerksamkeit auf den großen Platz ein paar Hundert Meter vor ihm.

Die Rufe der Demonstranten erreichten ihn fetzenweise und wurden zeitweilig von Gebell übertönt. Mit gefletschten Zähnen zerrten die Hunde an den Leinen und warfen sich der Menschenmasse entgegen, die zurückwich, nur um im nächsten Augenblick wieder wie eine Naturkraft auf die Tiere und die behelmten Hundeführer zuzuströmen.

»Keine Nazis auf unseren Straßen! Keine Nazis auf unseren Straßen!«

Hohe, wütende Mädchenstimmen, die langsam heiser wurden, und die Stimmen pubertierender Jungen im Falsett.

Die Polizei hielt Abstand, stand in Grüppchen. Fünf berittene Polizisten gab es auch. Die Pferde scharrten unruhig mit den Hufen. Der Atem stand ihnen wie Rauch vor den Nüstern.

Alle warteten. Nur die Hundeführer unternahmen ab und zu einen Ausfall Richtung Menschenmenge.

»Bullenschweine, verdammte Faschisten! Ihr Schweine, ihr verdammten Schweine …«

Die Worte drangen in dem kalten, fast windstillen Abend deutlich zu ihm herüber. Er kehrte an die Stelle unterhalb des Weges zurück, die er sich zum Warten ausgesucht hatte, und versuchte nochmals stampfend, die Blutzirkulation in Gang zu bringen. Der Schnee knirschte unter seinen Sohlen. Sein Atem kondensierte in der Luft, und er fragte sich, warum es so lange dauerte. Vielleicht warteten sie darauf, dass die Polizei die Situation im Griff hatte. Vielleicht wollten sie eine Konfrontation vermeiden.

Jedenfalls an einem Tag wie diesem.

Mit Mühe drehte er den Arm, aber seine Uhr war in den Ärmel gerutscht, so dass er die Zeiger nicht sehen konnte. Er atmete schwer und sah sich nach einem Platz zum Hinsetzen um. Nachdem er ein paar Meter in beide Richtungen gegangen war, musste er einsehen, dass der Waldrand unterhalb des Weges damit nicht aufwarten konnte. Er wollte aber auch nicht weiter weggehen, um ihr Kommen nicht zu versäumen.

Müdigkeit überkam ihn. Er hatte jetzt schon lange gewartet.

Ohne dass er etwas gesehen hätte, spürte er plötzlich eine Veränderung. Vielleicht war es das Geräusch, das ihn veranlasste, sich mühsam durch den verschneiten Graben zum Weg hochzuarbeiten. Sie waren jetzt noch zahlreicher, und die Furcht vor den Hunden schien nachgelassen zu haben oder wurde von dem Adrenalin und dem Gruppenzwang unterdrückt. Die Polizisten, die vor einigen Minuten noch abgewartet hatten, erweckten jetzt einen ganz anderen Eindruck. Er sah an ihrer Körpersprache, wie sie sich auf den Kampf vorbereiteten. Sie reckten sich und spannten ihre Muskeln an. Die Veränderung war deutlich. Obwohl die aufwändige Ausrüstung ihre Körper verbarg. Dunkle Kleidung, schwere Stiefel, Helme mit zerkratztem Visier. Und ebenso zerkratzte Schilde aus gehärtetem Plastik. Er streckte sich, um mehr sehen zu können.

Die Sprechchöre waren jetzt synchroner.

»Keine Nazis auf unseren Straßen! Keine Nazis auf unseren Straßen!«

Der Lebensmittelladen am Platz war geschlossen, die Fenster mit Pressspanplatten abgedeckt. Der große Platz davor war nur teilweise erleuchtet, und die Menschenmasse war in die Dunkelheit Richtung Absperrung zurückgedrängt worden. Das Licht der Straßenlaternen wurde von den weißen Helmen der Polizisten zurückgeworfen. Die schwarzen Zahlen, mit deren Hilfe sich die Beamten unterscheiden ließen, waren deutlich zu sehen. Eine Straßenlaterne schien plötzlich zu explodieren. Glas regnete auf ein paar Beamte, die etwas abseits standen, herab. Er sah, wie sie erstaunt zur dunklen Lampe hochschauten. Auf der Erde funkelten die Glasscherben im Schein der noch unbeschädigten Laternen. Ein einhelliger Schrei erhob sich aus Hunderten von Kehlen zum Himmel, als die nächste Laterne mit einem perfekt gezielten Steinwurf zerschmettert wurde. Die Polizisten blickten verwirrt auf die Laterne. Dann sahen sie sich an. Ein schwarzer Einsatzwagen ließ in dem Augenblick, in dem einer der Beamten seinen Kollegen etwas zurief, den Motor aufheulen.

Er konnte die Worte nicht verstehen, aber ihm war klar, dass die Beamten das Geschrei, den Spott und die Schmähungen langsam satthatten. Vielleicht waren sie schon so provoziert worden, dass es kein Zurück mehr gab. Bald würden sie ihren Glauben an den Dialog verlieren und zur Handlung schreiten. Es war nur noch eine Frage der Zeit.

Er hörte den Hubschrauber, bevor er ihn sah.

Das pulsierende Dröhnen näherte sich, ein weißer Scheinwerferkegel huschte über die Erde und die johlenden Menschenmassen. Ein Beamter, der weder Helm noch Mütze trug, stieg aus dem schwarzen Einsatzwagen und trat auf einen Hundeführer zu. Er beugte sich vor, hielt eine Hand an den Mund und sprach dem Kollegen direkt ins Ohr. Dieser nickte, drehte sich um, rief den anderen etwas zu. Die Polizisten nahmen wie ein römisches Heer mit erhobenen Schilden Aufstellung.

Das Johlen der Menschenmenge wurde lauter.

Ein Stein prallte gegen einen der Schilde, dann noch einer, und bald war der Himmel voller Steine und Flaschen. Eine Mülltonne flog durch die Luft und traf zwei Beamte, die die Bedrohung nicht bemerkt hatten. Sie stürzten, waren aber rasch und sehr wütend wieder auf den Füßen.

Er hatte den Eindruck, das Gejohle steigere sich, als sich die Polizisten in Bewegung setzten. Trotz der eisigen Kälte wurde ihm warm im Gesicht, während sich sein Puls vor Aufregung beschleunigte. Einen Augenblick lang vergaß er die Schmerzen.

Ein kleiner heller Fleck bewegte sich durch die Dunkelheit und zog seine Aufmerksamkeit auf sich. Er erkannte, was es war, kurz bevor die brennende, mit Benzin gefüllte Flasche auf der Erde auftraf. Nur wenige Meter vor den Polizisten züngelten die Flammen. Ein Raunen ging durch die Menge, die nun gegen das mehrere hundert Meter lange Absperrgitter zurückgedrängt wurde. Plötzlich wirkte es, als würden die Polizisten von einer gemeinsamen Wut gepackt. Das brennende Benzin und die fliegende Mülltonne waren wie das Signal zum Angriff gewesen. Mit lauten Schreien rannten sie in die Menschenmenge. Die Schlagstöcke wurden mit routinierten Bewegungen ausgefahren, voller Wut erhoben und wahllos auf Arme, Beine und Köpfe losgelassen.

Die Hunde wurden von den Leinen gelassen.

Sie stürzten sich auf jene, die sich am weitesten vorgewagt hatten. Ein Mädchen mit einem schwarzen Palästinensertuch schrie verängstigt, als ein Hund sie zu Boden riss. Sie hatte seine Schnauze nur wenige Zentimeter vor ihrem Gesicht. Das Gebell steckte die anderen Hunde an. Das weiße Licht des Helikopters tanzte über den Kampfplatz. Von seinem Aussichtspunkt am Wegrand sah er, wie die Leute fielen. Einer nach dem anderen. Der kalte, festgetretene Schnee füllte sich mit Liegenden. Ein junger Mann in grüner Militärkleidung, das Gesicht von einer schwarzen Kapuze verborgen, versuchte aufzustehen. Ein Polizist, der breitbeinig über ihm stand, schlug ihm brutal die Faust ins Gesicht. Obwohl er so weit entfernt war, konnte er die leuchtenden Augen der Polizisten sehen, die ihre Schilde beiseitegeworfen hatten und sich mit den Fäusten durch das Gewirr junger Menschen vorarbeiteten.

Der Hubschrauber legte sich auf die Seite und entfernte sich rasch. Weiße Schneewolken wirbelten auf.

Plötzlich wurde es still.

Er musste an ein Schlachtfeld denken, das er im Kino gesehen hatte. Die plötzliche Stille, die entsteht, wenn alle auf einmal einsehen, dass die Schlacht entweder gewonnen oder verloren ist. Der Augenblick, in dem das Geschrei von Stille und Klagen abgelöst wird.

Als die Polizisten damit begannen, die jungen Demonstranten an der schmutzgelben, fliesenverkleideten Wand vor dem U-Bahnhof aufzustellen, und die gemieteten Busse zum Abtransport heranrollten, hatte er bereits das Interesse verloren. Methodisch wurden Leibesvisitationen vorgenommen, die Demonstranten wurden fotografiert, mussten sich ausweisen und wurden dann in die Busse verladen. Der Kampfwille war gebrochen. Einige wurden in Krankenwagen abtransportiert, während sich die Polizisten hinter einer Reihe von Einsatzfahrzeugen ausruhten. Er hörte Gelächter aus der Ferne. Die Polizisten versuchten, ihre Angst hinter sich zu lassen, während der Adrenalinspiegel langsam auf ein normales Niveau sank und sie mit Wasserflaschen ihren Durst löschten. Nach einer halben Stunde waren keine Demonstranten mehr auf dem Platz. Die Zahl der Polizisten blieb jedoch unverändert. Die Hunde standen abwartend aufgereiht, nachdem man ihnen Wasser gegeben und sie gelobt hatte.

Auf einem Parkplatz etwa hundert Meter vom Platz entfernt hatten sich die Journalisten versammelt, zumindest jene, die so klug gewesen waren, Abstand zu wahren, und die deswegen die Demonstration hatten mitverfolgen können. Einige ihrer Kollegen, die den Ausschreitungen zu nahe gekommen waren, hatten den Demonstranten trotz heftigstem Gefuchtel mit Presseausweisen in den Bussen, die weit ins Land fuhren, Gesellschaft leisten müssen.

Er beschloss, doch noch irgendwo einen Platz zu suchen, wo er sitzen konnte. Nachdem er sich eine Weile umgesehen hatte, fand er einen Felsblock am Rand des Grabens. Dort ließ er sich auf einer Zeitung, die er in einem Mülleimer in der Nähe gefunden hatte, nieder. Die Zeitung war dünn, deswegen drang die Kälte trotzdem durch seinen Mantel, aber das war besser als nichts, und er konnte ohnehin nicht mehr stehen. Er hatte keine Kraft mehr und Angst, dass er es nicht bis zum Schluss durchstehen würde. Vielleicht hoffte er es sogar. Er rieb sich die gefühllose Haut seiner Wange und dachte darüber nach, was geschehen würde.

Als der Lichtschein nach einer weiteren halben Stunde endlich auftauchte, erinnerte ihn das an die Vergangenheit. Ein Feuerschein vor dem schwarzen Himmel. Es sah aus wie das

Nordlicht, das er während seiner Reisen, von denen er jetzt nur noch träumen konnte, gesehen hatte. Langsam wurde der Lichtschein heller, und taktfeste Trommelschläge waren zu ahnen.

Die Polizisten nahmen erneut Aufstellung. Einige warfen ihre Pappbecher weg. Es dampfte, als der heiße Kaffee auf die Erde lief.

Sie machten sich bereit. Sie setzten ihre Helme auf, aber die Visiere blieben geöffnet. Ihre Schilde ließen sie stehen. Sie schienen es nicht eilig zu haben.

Das Licht der vielen Fackeln wurde heller und das Schlagen der Trommeln lauter, je näher sie kamen. Die Reihen waren dicht, und die Fackeln schienen kein Ende zu nehmen. Er fand, dass das Polizeiauto mit eingeschaltetem Blaulicht, das vor den Leuten mit den flammenden Fackeln herfuhr, unpassend aussah.

Abgesehen von dem rhythmischen, dumpfen Trommelschlag war es fast vollkommen still, auf dem Parkplatz allerdings begannen sich jetzt die Journalisten wie Rennpferde vor dem Start zu regen. Einige Fernsehkameras liefen an, und grelle Scheinwerfer warfen funkelnde Lichtstrahlen auf den Polizeiwagen und den scheinbar endlosen Zug. Ein halbes Dutzend Polizisten bemerkte, was auf dem Parkplatz los war, und reihte sich rasch vor den Journalisten auf, damit diese auf dem ihnen zugewiesenen Platz blieben. Ein Beamter in einer gelben Weste mit dem Wort »PRESS« auf dem Rücken versuchte offenbar, mit ihnen zu verhandeln, hatte aber keinen sonderlichen Erfolg.

Er hörte trotz des großen Abstands ihr Fluchen und sah, wie sich einige vom Parkplatz entfernten und in der Dunkelheit verschwanden. Er fragte sich, wohin sie gingen und wo sie wohl in den nächsten Stunden auftauchen würden, schüttelte diese Sorge dann jedoch ab und wandte seinen Blick wieder zur Bühne auf dem Platz. Er versuchte, die Zahl der Menschen, die sich dort versammelt hatten, zu schätzen. Sie schritten in Viererreihen mit einem Abstand von einem Meter in perfekter Formation einher. Schweigend und mit einer Fackel in der Hand. Viele Hundert, vielleicht Tausende. Junge Männer in grünen oder schwarzen, glänzenden Bomberjacken. Das Geräusch ihrer Schritte wurde vom Schnee gedämpft. Nur die Trommeln waren zu hören und manchmal das Knurren der kräftigen, geifernden Hunde, die von ihren Besitzern, den Männern in den glänzenden Jacken, an kurzen Leinen gehalten wurden.

Er spürte wieder die Kälte und wünschte, etwas Warmes zum Trinken mitgebracht zu haben. Seine Hände waren eiskalt, obwohl sie in dicken Handschuhen steckten. Immer wieder zog er die Schultern hoch, der aussichtslose Versuch, Wärme zu erzeugen. Jetzt sah er, dass in dem Zug auch junge Frauen mitmarschierten. Auch sie trugen grüne Jacken und bewegten sich mit derselben Präzision. Ihr langes blondes Haar verriet sie jedoch. Die Männer hatten fast alle sehr kurzes Haar und trugen keine Kopfbedeckung.

Je näher sie kamen, desto deutlicher waren ihre Gesichtszüge zu erkennen. Alle waren jung, und er meinte in ihnen eine aufgestaute Wut zu erkennen. Die Kälte schien ihnen nichts auszumachen. Sie marschierten einfach, schweigend und zielbewusst. Der Atem stand ihnen vor dem Mund, die Wangen und Nasen waren von der Kälte gerötet. Das Licht der Fackeln flackerte, obwohl es fast windstill war. Die Kälte hüllte sie ein, und ihre dunklen Kleider wirkten vor dem weißen, verschneiten Hintergrund fast noch dunkler, als sie es in Wirklichkeit waren. Immer wieder wurden die Reihen wie ein Akkordeon zusammengedrückt, und sie mussten auf der Stelle marschieren, um nicht mit der Viererreihe davor zu kollidieren. Sie waren jetzt so nahe, dass er ihre verärgerten Mienen sehen konnte, als die perfekte Marschformation abgebremst wurde, als sei es eine Schande, dass nicht alle im Gleichschritt marschierten und dem Takt der Trommeln folgten. Er machte sich so klein wie möglich und zog den Schal vor das Gesicht, während ihn die Spitze des Marsches in nur wenigen Metern Entfernung passierte. Er folgte ihnen mit dem Blick. Die vier vordersten Marschierenden waren identisch gekleidet und etwas älter als jene, die ihnen folgten. Verbissen marschierten sie voraus und wiesen den Weg. Ihnen folgten die Bannerträger. Vier Fahnen, vier verschiedene, aber ähnliche Fahnen mit weißem Rahmen, rotem Grund und schwarzem Symbol.

Ein Grüppchen aus vier oder fünf Personen eilte neben der Spitze her. Sie waren bedeutend besser gekleidet als die meisten anderen und fotografierten die Verbissenen aus verschiedenen Perspektiven. Zwei liefen rückwärts. Er vermutete, dass es die Fotografen der Zeitungen waren. Einige Polizisten in Zivil schlenderten in gebührendem Abstand neben den Marschierenden her. Der Schein der Fackeln wurde zurückgeworfen von ihren gelben Westen, auf deren Rücken »Polizei« stand. Eine Polizistin näherte sich ihm von der Seite.

Er stand auf und erstarrte, als er realisierte, dass er sich nirgends verstecken konnte. Sein dunkler Mantel hob sich deutlich von dem Schnee und den schneebedeckten Zweigen um ihn herum ab. Er zögerte. Weglaufen oder stehen bleiben? Die Polizistin, die sich auf die schweigenden Männer und Frauen mit den Fackeln in den Händen konzentrierte, kam immer näher. Er wollte nicht gesehen werde, denn er hatte keine Erklärung dafür, warum er dort im Graben stand. Rasch drehte er sich zu einem Baum um und kehrte der Polizistin, die nur noch ein paar Meter von ihm entfernt war, dabei den Rücken zu. Er hielt die Hände vor den Schritt. Die Polizistin bemerkte ihn, schaute kurz in seine Richtung und ging weiter.

Sein Herz klopfte. Er bekam kaum noch Luft. Langsam wandte er sich in die Richtung um, die die Polizistin eingeschlagen hatte, sah aber nur noch ihren Rücken. Die gelbe Weste mit dem Wort »Polizei« verschwand, und er beschloss, dass es an der Zeit war aufzubrechen. Er zog seinen dicken, schwarzen Schal hoch und verdeckte den Großteil seines Gesichts. Es kribbelte in seinem Bein, und er rieb sich unter dem Schal über die Haut, um die Durchblutung anzuregen. Dann kletterte er mit Mühe mit seinem Rucksack wieder auf den Weg. Er blickte nach links, um zu sehen, ob die Kolonne irgendwo ein Ende nahm, doch die Reihe der Fackeln erstreckte sich über sein gesamtes Gesichtsfeld. Einige der jungen Männer betrachteten ihn ausdruckslos, als sie vorbeigingen. Niemand sagte etwas. Jetzt sah er, dass auch noch andere die Marschroute säumten und die Vorbeimarschierenden beobachteten. Überwiegend Junge, aber auch Ältere mit wütenden, verzweifelten Gesichtern. Einige mit Hunden. Ein älterer Mann in Begleitung einer Frau schrie etwas und drohte mit der Faust, aber niemanden schien das zu kümmern. Seine Worte trafen auf taube Ohren. Die Frau sah aus, als schämte sie sich seiner.

An der Marschroute lagen nur wenige Häuser, nirgends brannte Licht. Er dachte an die Leute, die dort wohnten. Vor seinem inneren Auge sah er Familien beim Abendessen, die sich über die Ereignisse des Tages unterhielten. Kinder schrien und wollten nicht aufessen. Das Kinderprogramm im Fernsehen würde gleich beginnen, Teenager hörten in ihren Zimmern Musik oder machten Hausaufgaben. Von diesem Alltag konnte er jedoch nichts erkennen. Es hatte den Anschein, als sei niemand zu Hause, als hätten die Menschen an diesem kalten und dunklen Winterabend, an dem etliche Hundert beschlossen hatten, auf ihren Straßen zu marschieren, das Weite gesucht.

Er folgte der Straße, bog dann aber nach weniger als hundert Metern auf einen Fahrradweg ab. Dieser war geräumt, aber nicht gestreut. Seine Stiefel fanden nur wenig Halt, und er bewegte sich angestrengt und fahrig. Er hatte es jedoch zu eilig, um auf die Schmerzen zu achten. Die Zeit wurde allmählich knapp.

Hinter ihm verklang das Trommeln, während er sich mühsam weiterkämpfte. Er war müde, unendlich müde. Dank der Anstrengung fror er nicht mehr, und nach einigen hundert Metern einer langen Steigung des erleuchteten, aber menschenleeren Radwegs zog er den Reißverschluss am Hals nach unten und schob den Schal etwas beiseite. Er nahm auch die schwarze Strickmütze ab. Sein halblanges, aber ordentlich geschnittenes Haar war schweißnass, und er spürte, wie rasch sich seine Haut abkühlte. Er holte ein paar Mal tief Luft durch die Nase und sah sich nach einer Stelle zum Ausruhen um, erblickte aber nichts, was seinen Wünschen entsprach. Einige Minuten später, nachdem er sich etwas abgekühlt hatte, zog er den Schal wieder hoch und schloss den Reißverschluss. Dann setzte er auch die Mütze wieder auf und ging, die Tasche in der einen Hand, weiter. Diese fühlte sich immer schwerer an, aber seine eigenen Entbehrungen spielten im Augenblick keine Rolle.

Bald würde er dort sein.

Die vier Männer, die ganz vorne marschierten, hielten ein gleichmäßiges Tempo. Sie wussten, dass hinter ihnen mehrere Hundert ihrer Gesinnungsgenossen kamen, die von derselben Wut und Entschlossenheit durchdrungen waren. Einer der vier, Styrbjörn Midvinter, war euphorisch. Das Gefühl, alle diese jungen Männer und Frauen anzuführen, war überwältigend. Styrbjörn Midvinter gab sich seinen Erinnerungen hin. In den ersten Jahren war es etwas zäh gewesen. Zu viele Leute hatten unterschiedliche Ziele verfolgt, aber jetzt waren alle internen Streitigkeiten beigelegt. Es war ihm geglückt, die Bewegung an die Spitze zu bringen, und mit Hilfe von List und Sturheit hatte er dann noch das Kommando über den jährlichen Marsch übernommen.

Auch die Stiftung war sein Werk.

Du Zuwendungen wurden von Jahr zu Jahr reichlicher. Geld von Bruderorganisationen in Russland, Lateinamerika und Südeuropa floss in die Kasse der Stiftung. Das Geld war nötig, um den jährlichen Marsch organisieren zu können, der dem Andenken eines ermordeten Teenagers gewidmet war, aber das Geld war auch nötig, damit er selbst sein Ziel erreichen würde.

Eine junge Frau hatte auf einer Straßenkreuzung unweit des Sportplatzes in dem kleinen Ort bei einer Auseinandersetzung Jugendlicher aus der Gegend ihr Leben verloren. Ehe sie mit mehreren Messerstichen getötet worden war, hatte ihr der Anführer der Gang mit dem Messer das Wort »Nazihure« auf die Stirn geritzt.

Die jungen Mörder waren Styrbjörn Midvinters Meinung nach glimpflich davongekommen. Politiker und Meinungsmacher hatten beschlossen, den Kopf einzuziehen, statt zu verurteilen. Aber der Mord und die unklare Haltung der Politiker waren Midvinter sehr gelegen gekommen.

Dieser Mord war ein Geschenk des Himmels gewesen, eines Himmels, an den er sonst keine höheren Erwartungen stellte. Mit jedem Jahr nahm die Zahl der Sympathisanten zu, und der Marsch war der größte und wichtigste der westlichen

Welt geworden. Seit dem Krieg vor einem halben Jahrhundert waren nicht mehr so viele Nazis für eine gemeinsame Sache auf die Straße gegangen.

Erst jetzt wieder, in dem kleinen Ort Stjerneby, der an der Endstation einer U-Bahnlinie lag.

Endlich war er da. Er keuchte, und die Schmerzen waren durchdringend, aber er war am Ziel und glaubte, genügend Zeit zu haben, nachdem er die anstrengende Abkürzung benutzt hatte. An der einen Längsseite des Fußballplatzes, genau außerhalb des Lichtscheins der orangefarbenen Scheinwerfer, die ein warmes Licht auf die Fläche warfen, sah er einen Lastwagen mit Lautsprechern auf der Ladefläche. Einige schwarzgekleidete Leute standen neben und auf dem Lastwagen. Einer von ihnen klopfte auf ein Mikrofon. Das dumpfe Geräusch drang zu ihm, obwohl er weit von dem Lastwagen und den aufgetürmten Lautsprechern entfernt war. Nachdem der Mann den Klang überprüft hatte, sprang er von der Ladefläche.

Ein weißer Scheinwerfer flammte auf, und die provisorische Bühne der Ladefläche badete im Licht. Die Schwarzgekleideten bauten sich vor dem Lastwagen auf und warteten. Ihm war klar, dass sie bereit waren.

Aber das war er ebenfalls. Das Warten war bald vorüber. Er richtete seinen Blick auf die Kurve, an der die Blaulichter aus der Dunkelheit auftauchten. Dahinter das Flackern, das ihn an das Nordlicht erinnerte.

Styrbjörn Midvinter verlangsamte seinen Schritt, als er sich dem Fußballplatz näherte. Das Polizeiauto, das vor ihm hergefahren war, beschleunigte, bog links ab und blieb wenig später mit ausgeschaltetem Blaulicht stehen. Styrbjörn Midvinter warf einen Blick auf die drei Mitmarschierenden in seiner Reihe. Stolz und selbstbewusst schritten sie neben ihm her.

Aber vollkommen unwissend.

Es amüsierte ihn, er trug jedoch eine ernste Miene zur Schau. Einer der Schwarzgekleideten neben dem Lastwagen kam ihm entgegen und überreichte ihm Blumen, die er mit einem würdevollen Nicken entgegennahm. Er ging noch ein paar Schritte weiter, dann hielten er und die anderen drei inne. Wie eine schwache Welle breitete sich die Verlangsamung in den Reihen nach hinten aus, dann blieben sämtliche Marschierenden stehen.

Die Trommeln verstummten. Tausend Fackeln brannten, die Stille war kompakt.

Styrbjörn Midvinter wartete des Effektes wegen eine halbe Minute, trat dann drei Schritte vor, kniete nieder und legte die Blumen neben ein weißes Holzkreuz, das man für den Anlass in die Erde gerammt hatte. Er drehte sich zu den vier Fahnenträgern um und gab ihnen ein kaum sichtbares Zeichen. Mit geübten Schritten traten sie auf das Kreuz zu und steckten die Fahnen mit beiden Händen in die Halterungen, die im Halbkreis hinter dem Kreuz standen. Anschließend traten die Fahnenträger beiseite, um Styrbjörn Midvinter und sein Gefolge vorzulassen, die ihre Schritte zu dem Lastwagen lenkten, der ein Stück weit entfernt stand.

Reihe um Reihe defilierte an dem weißen Kreuz vorbei. Die Marschierenden blieben davor stehen und neigten ehrfürchtig den Kopf. Er sah, dass einige Blumen niederlegten, andere Briefe und einige wenige Kränze. Dann löschten sie ihre Fackeln in einer Tonne mit Wasser und gingen zu dem erleuchteten Platz weiter.

Es dauerte gut und gerne eine halbe Stunde, bis das Ende

des Fackelzugs in Sicht kam. In dieser Zeit füllte sich der Fußballplatz mit Teilnehmern. Von seinem Aussichtspunkt aus sah er, dass sich die Stimmung veränderte, je mehr dort eintrafen.

Sie wirkte auf ihn fast ausgelassen.

Nachdem so gut wie alle das weiße Kreuz passiert hatten, war das Gemurmel auf dem Fußballplatz angeschwollen. Dann ertönte plötzlich Musik aus den Lautsprechern auf dem Lastwagen. Keine sonderlich passende Musik für eine Gedenkveranstaltung, fand er.

Das lange Warten hatte ihm gutgetan, obwohl er fror. Er fühlte sich weniger müde. Sein Kopf war klar, und seine Gedanken waren scharf. Er war bereit.

Die Musik verstummte, und Styrbjörn Midvinter erklomm geschmeidig die Ladefläche des Lastwagens. Er griff wie selbstverständlich zum Mikrofon und baute sich breitbeinig vor einer Fahne mit weißem Rahmen, rotem Grund und einem schwarzen Symbol in der Mitte auf.

»Brüder!«

Das Gemurmel verebbte, und alle wandten sich der provisorischen Bühne zu.

»Brüder! Wir haben uns heute hier versammelt, um eine Freundin zu betrauern, die nicht mehr bei uns ist, und ihrer Familie unsere Solidarität zu demonstrieren. Aber wir haben uns auch versammelt, um unseren Hass auf die Leute zu demonstrieren, die dieses abscheuliche Verbrechen begangen haben, und auf die Leute, die unser Land verraten haben.«

Er sprach langsam und mit Nachdruck, und jedes Wort erreichte die Teilnehmer.

Als sich Styrbjörn Midvinter sicher war, die ungeteilte Aufmerksamkeit aller zu haben, gab er jemandem, der im Verborgenen hinter dem Lastwagen stand, ein Zeichen. Die Schweinwerfer, die die Bühne erleuchteten, erloschen, und eine nervöse, erwartungsvolle Stille machte sich breit.

Erst ein greller, weißer Lichtschein, dann ein warmes, gelbes Flackern.

Als das Feuer zur Ruhe gekommen war, zeichnete sich ein Muster ab.

Ein brennender Kreis umgab in der Dunkelheit das Symbol.

Styrbjörn Midvinter war nur noch als Umriss vor dem brennenden Hintergrund zu sehen. Langsam hob er den rechten Arm zum Himmel. Die Handfläche war nach unten gerichtet.

Die Stille war ohrenbetäubend, aber nach ein paar langen Sekunden war irgendwo aus der Menge ein vorsichtiges »Heil« zu hören.

Und dann noch eines.

Und ein weiteres.

Bald hoben sich über tausend Arme zum Himmel, und ein einstimmiges »Heil« aus tausend Mündern hallte über den Platz und weit in die kalte Winternacht.

Styrbjörn Midvinter blickte über die Menge hinweg und lächelte.

Dann starb er.

Ulf Holtz betrachtete verärgert seine Finger, die von der Druckerschwärze verfärbt waren. Er stand vom Küchentisch auf, ließ ein paar Tropfen Spülmittel auf die Hände tropfen und wusch sie unter laufendem Wasser ab. Dann kehrte er zu seiner aufgeschlagen auf dem Tisch liegenden Zeitung zurück. Er überflog die Todesanzeigen und sortierte routiniert alle Verstorbenen aus, die älter waren als er. Es blieben zwei übrig, die einen allzu frühen Tod gestorben waren. Er hatte erst die eine Anzeige gelesen, als das Telefon klingelte. Ulf Holtz schaute auf die Uhr und fragte sich etwas verärgert, wer so spät noch anrief. Es war fast neun Uhr abends. Nach fünfmaligem Klingeln konnte er das Telefon dann nicht länger ignorieren.

»Ja, Holtz«, sagte er, allerdings etwas freundlicher, als er es erst vorgehabt hatte. Er hörte der Person am anderen Ende kurz zu.

»Unglaublich. Ich komme sofort.« Er legte auf.

Einige Sekunden lang dachte er darüber nach, ob er seine Kollegin von der Forensischen Abteilung, Pia Levin, anrufen sollte, beschloss aber, es bleiben zu lassen. Wenn es sich so verhielt, wie von Ellen Brandt am Telefon beschrieben, dann würde er sie ohnehin später verständigen müssen. Es war von Vorteil, wenn sie dann ausgeschlafen war.

Er ging ins Schlafzimmer und holte einen dicken, roten Pullover, der ordentlich zusammengefaltet auf dem Bett lag, und zog ihn an. Dann betrachtete er sich im Spiegel an der

Innenseite der Schranktür. Er ging in die Diele, nahm die warme Winterjacke mit pelzgesäumter Kapuze vom Kleiderbügel und schlüpfte hinein. Anschließend griff er zu seinen pelzgefütterten Handschuhen, zog eine Mütze mit Ohrenklappen und seine festen Stiefel an und begab sich in die Kälte. Er war erstaunt, wie eisig es im Laufe des Abends geworden war. Sein Atem kondensierte in der Luft, als er mit raschen Schritten zu seinem Wagen ging. Er freute sich über die Motorheizung, denn der Motor sprang ohne Protest an. Während er auf der Autobahn südwärts fuhr, wurde es im Wageninneren langsam warm, und er genoss die Musik aus dem Radio. Länger als eine halbe Stunde sollte es nicht dauern, dachte er, drehte das Radio lauter und sang das französische Chanson mit, das er so gut kannte.

Fünfundzwanzig Minuten später erreichte er die Abfahrt nach Stjerneby. Er verließ die Autobahn und geriet wenige Minuten später in eine Straßensperre. Überall um ihn herum blitzten Blaulichter in der Dunkelheit auf. Eine Handvoll Fahrzeuge wartete geduldig vor zwei Mannschaftswagen, die Stoßstange an Stoßstange die Straße blockierten. Ein Beamter in Uniform lehnte sich in den ersten Wagen und unterhielt sich mit dem Fahrer. Er schaltete eine Taschenlampe ein, leuchtete in den Wagen und gab dem Fahrer dann ein Zeichen, dass er weiterfahren könne. Einer der beiden Mannschaftswagen setzte gerade so weit zurück, dass der Wagen weiterfahren konnte. Bald waren die roten Rücklichter in der Dunkelheit verschwunden.

Holtz legte den ersten Gang ein und fuhr auf der Gegenfahrbahn langsam an der Schlange vorbei. Der Beamte mit der Taschenlampe kam entschlossenen Schritts auf ihn zu.

Holtz drückte auf den Knopf zum Öffnen des Seitenfensters.

»Sehen Sie nicht, dass hier eine Straßensperre ist? Ist das so schwer zu begreifen ...«

Holtz hielt seinen Ausweis in die Höhe, und der Beamte verstummte.

»Holtz von der Forensik. Man hat mich herzitiert«, sagte er, noch ehe der Beamte seine Sprache wiedergefunden hatte.

Der Beamte wirkte, als müsste er erst einmal nachdenken.

»Okay, Sie dürfen weiterfahren. Einfach geradeaus«, sagte er dann.

Charmant, dachte Holtz, nickte dem Uniformierten zu und legte den ersten Gang wieder ein. Während er durch die Dunkelheit fuhr, überlegte er, wie er den Sportplatz finden sollte.

Er hätte sich diese Sorge sparen können. Nach etwa einem Kilometer sah er ein orangefarbenes Licht, das einen Fußballplatz erleuchtete. Auf dem Platz standen, von Polizisten umringt, Hunderte von Menschen. Holtz konnte sich nicht erinnern, jemals so viele Polizeiwagen auf einmal gesehen zu haben. Auf allen blinkten die Blaulichter. Ein Lastwagen parkte mit dem Kühler in seine Richtung, daneben stand die Kriminalkommissarin Ellen Brandt, wie immer mit dem Handy am Ohr.

Um den Lastwagen herum hing ein blauweißes Flatterband.

Er stellte den Wagen ab, blieb aber noch ein paar Minuten sitzen. Die Kälte draußen war alles andere als einladend. Schließlich nahm er aber doch seine Tasche vom Beifahrersitz, holte tief Luft, atmete geräuschvoll durch die Nase aus und stieg aus. Der Schnee knarrte unter seinen Stiefeln. Er zog seine Jacke enger um sich, während er auf den Lastwagen zuging. Ellen Brandt erblickte ihn und beendete ihr Telefongespräch.

»Hallo! Schön, dass du so schnell kommen konntest.«

»Ich hatte ohnehin nichts Besseres vor. Was ist passiert?«

Ellen Brandt hob das Absperrband, um Holtz durchzulassen.

»Schau dir das mal an«, sagte sie und ließ ihn vor sich her um den Lastwagen herumgehen. Er blieb vor der Ladefläche stehen.

Einige Minuten lang betrachtete er mit zur Seite geneigtem Kopf das Bild, das sich ihm bot.

»Was ist das für ein Symbol? Weißt du das?«

»Nicht genau, aber es sieht aus wie die meisten Nazisymbole. Aber die sind natürlich in der Regel nicht auf diese Art dekoriert.«

»Nein«, meinte Holtz. Es schauderte ihn.

»Ich muss mich darum kümmern, dass die Kollegen die Personalien dieser Gestalten etwas rascher feststellen, damit wir sie loswerden. Du kommst doch allein zurecht?«, fragte Brandt.

Holtz nickte nur nachdenklich, und Brandt ging.

Er zog seinen Fotoapparat aus der Tasche und machte ein paar Aufnahmen der makaberen Szene. Eine weiße Holzplatte, ein schwarzrußiges Symbol und in dessen Mitte ein Mann. Sein Kopf hing nach vorne, und die Arme schienen sich in geschwärzten Feuerwerkskörpern verfangen zu haben. Sein Körper war leblos. Holtz musste an einen anderen Mann denken, der zweitausend Jahre zuvor gestorben war, der jedoch kaum etwas mit dem Toten auf der Ladefläche gemeinsam hatte.

Zwei Stunden später war der Platz geräumt, nachdem die Personalien sämtlicher Anwesender aufgenommen worden waren. Da keine Überstunden mehr erlaubt waren, hatte sich die Hälfte der anwesenden Polizisten ebenfalls entfernt. Der Hubschrauber war abgezogen worden, um in einer anderen

Gegend nach einer verschwundenen Person zu suchen. Mit dem Hinweis auf die Tierschutzgesetze waren auch die Polizeipferde samt Reiter abgezogen worden.

Auf dem Platz war Stille eingekehrt.

Holtz hatte dafür gesorgt, dass alle Zufahrten zum Fußballplatz gesperrt blieben, da das ganze Areal als Tatort gelten konnte. Nur wer nachweislich auf der anderen Seite der Absperrung wohnte, wurde durchgelassen. Außerdem war das Absperrband jetzt in einem Abstand von zwanzig Metern um den Lastwagen herum aufgehängt worden. Pia Levin wurde verständigt und war mit zwei assistierenden Forensikern und dem Gerichtsmediziner auf dem Weg.

Holtz saß in seinem Wagen, hörte Musik und dachte darüber nach, was er gesehen hatte. Es war nach Mitternacht, und der Himmel war sternklar.

Er erwachte davon, dass ihm die Spucke über die Wange lief. Sein Hals war steif, und die eine Gesichtshälfte eisig, weil sie an dem kalten Seitenfenster gelegen hatte. Er fühlte sich beobachtet.

Pia Levin in einem dicken Wintermantel und mit rotem Schal und roter Mütze betrachtete ihn mit einem unergründlichen Lächeln auf den Lippen, das etwas Fröhliches und Zärtliches hatte, durch dieses Seitenfenster.

Er wischte mit dem Handrücken den Speichel weg, drehte vorsichtig den Hals und öffnete die Autotür.

»Wie lang stehst du schon da?«

»Nicht so sonderlich lang. Ich bin eben erst gekommen und habe es nicht übers Herz gebracht, dich zu wecken.«

»Verdammt, ich weiß nicht, warum ich eingeschlafen bin. Das muss an der Wärme im Auto gelegen haben«, meinte Holtz und massierte seinen Nacken. »Hast du vielleicht einen Kaugummi?«

»Klar«, antwortete Levin, zog einen Handschuh aus, wühlte in einer Tasche und zog dann eine kleine, glänzende Tüte hervor.

Ulf Holtz bediente sich und gab ihr die Tüte zurück.

»Wo sind die anderen?«

»Sitzen noch im Auto. Soll ich sie rufen?«

»Nein, warte noch. Wir gehen erst kurz zum Tatort, damit du es dir ansehen kannst.«

»Ist das dieser Neonaziführer Styrbjörn Midvinter?«

»Ja, es sieht ganz danach aus.«

Ulf Holtz ging voraus, um ihr den Weg zu zeigen. Pia Levin begrüßte einige der uniformierten Beamten an der Absperrung. Die Stimmung war gut. Ein paar der Mannschaftswagen dienten als Wärmestuben, und unerklärlicherweise waren von irgendwoher heißer Kaffee und Käsebrötchen aufgetaucht. Der Kaffeeduft vermischte sich mit der kalten Luft und hatte einen leichten Pulvergeruch.

Holtz und Levin erreichten das Absperrband und hoben es an. Dann betraten sie routiniert und vorsichtig den Tatort. Levin zog Gummihandschuhe an und reichte Holtz ebenfalls ein Paar, das sie aus einem Rucksack genommen hatte.

Holtz hatte bereits die Bretter ausgelegt, auf die man treten sollte. Sie bildeten einen Weg zur Ladefläche. Levin ging voraus.

»Jesus«, entfuhr es ihr.

»Ja, das kann man wirklich sagen«, meinte Holtz.

Pia Levin schwang sich auf die Ladefläche. Holtz folgte ihr etwas weniger behände.

»Ich vermute, du hast noch keine nähere Untersuchung vorgenommen?«, sagte sie.

»Nein. Ich habe nichts angefasst, ich habe mich nur umgesehen, abgesperrt und nachgedacht. Und auf dich gewartet.«

Er trat auf den Toten zu, fasste ihn vorsichtig am Kinn und hob seinen Kopf.

»Unglaublich«, sagte er zu Levin, die mit erhobenem Fotoapparat ein paar Schritte hinter ihm stand.

»Was gibt es dort?«

»Komm näher, dann siehst du es auch.«

Sie ließ die Kamera los, die an einem Riemen um ihren Hals hing, und stellte sich neben Holtz.

»Was ist das?«

»Ich glaube, ein Pfeil.«

»Ein Pfeil? Was für ein Pfeil?«

Ungefähr fünf Zentimeter des vermuteten Pfeils ragten unter Styrbjörn Midvinters Kinn vor. Vier kleine und sorgfältig gestutzte Steuerfedern aus irgendeinem Plastikmaterial waren symmetrisch an dem sichtbaren Teil des Pfeils befestigt. Dieser schien aus Glasfiber oder möglicherweise aus Kohlefaser zu bestehen. Holtz ließ den Kopf des Toten vorsichtig wieder los.

»Jedenfalls handelt es sich nicht um einen Pfeil zum Bogenschießen, solche Pfeile sind länger«, meinte Holtz, nachdem er überprüft hatte, ob der Pfeil auf der anderen Seite der Pressholzplatte herausragte. Das war nicht der Fall.

»Ein Blasrohr?«, schlug Levin vor.

»Nein, das glaube ich nicht. Vielleicht eine Armbrust.«

Sie bat ihn, den Kopf des Toten noch einmal anzuheben, um Aufnahmen des Pfeils machen zu können.

»Du weißt, was das bedeutet?«, fragte er, als sie fertig zu sein schien, und er den Kopf vorsichtig ein weiteres Mal sinken ließ.

»Hm … das hier ist wohl nicht der primäre Tatort«, erwiderte sie und seufzte tief.

Sie suchten nach Fingerabdrücken auf dem Pfeil, fanden

jedoch keine. Dann untersuchten sie die Leiche eingehender und fotografierten anschließend alles auf der Ladefläche, was ihr Interesse auf sich zog. Dann bat Holtz Levin darum, den Gerichtsmediziner und die beiden Assistenten herbeizurufen.

Während sie auf die anderen warteten, standen die beiden Kollegen nebeneinander auf der Ladefläche, die Hände tief in den Taschen vergraben. Sie schauten über den in Flutlicht getauchten Fußballplatz.

»Ich frage mich, warum nicht alle brennen«, sagte Holtz.

»Was meinst du?«

»Ich frage mich, warum nicht alle Lampen eingeschaltet sind. Wie die da hinten zum Beispiel.« Er nickte zu einer Ecke des Platzes hinüber.

»Keine Ahnung. Vielleicht um Energie zu sparen?«

»Vielleicht«, erwiderte Holtz. Der Gerichtsmediziner, den Holtz nur flüchtig kannte, führte eine vorläufige Untersuchung durch. Ehe die Leiche in die Gerichtsmedizin gebracht werden konnte, musste mit ziemlicher Mühe der Pfeil aus dem Hals von Styrbjörn Midvinter entfernt werden. Er saß so fest in der Spanplatte, dass man einen der größeren Polizisten vor der Absperrung zu Hilfe rufen musste. Weder Levin noch Holtz war es trotz wiederholter Versuche gelungen, den Pfeil herauszuziehen. Der Gerichtsmediziner hatte es gar nicht erst versucht. Er hatte darauf hingewiesen, dass das nicht zu seinen Aufgaben gehöre.

Die beiden Assistenten machten sich an die mühsame Aufgabe, eine Skizze des Tatorts anzufertigen und alles mit Fotos, Videosequenzen und Messpunkten zu dokumentieren. Sie stellten gelbe, nummerierte Plastikschilder auf, um sich später besser auf dem Bildmaterial orientieren zu können. Nachdem sie ihre Arbeit begonnen hatten, begaben sich Holtz und Levin zusammen mit Ellen Brandt zu Levins erkennungsdienstlichem Fahrzeug, um durchzugehen, was sich bislang ergeben hatte. In dem umgebauten Lieferwagen war es eng, und Brandt musste auf einer der unzähligen Boxen im Laderaum des Spezialfahrzeugs Platz nehmen. Levin setzte sich auf den einzigen halbwegs bequemen Sitz vor dem winzigen Schreibtisch neben dem Fahrersitz. Holtz ließ sich ebenfalls auf eine Packkiste nieder. Der Motor lief, damit der Wagen nicht auskühlte.

Auf dem Weg dorthin hatten sie sich jeder einen Becher Kaffee und einige Käsebrötchen erbettelt. Ulf Holtz hatte nach Tee gefragt, aber nur eine ungnädige Antwort erhalten. Er hielt den Becher in beiden Händen und spürte, wie diese langsam wieder warm wurden.

»Pia, du hast hier nicht zufällig noch irgendwo Tee?«

Pia Levin sah ihn verärgert an.

»Verdammt nochmal. Kannst du nicht Kaffee trinken wie alle anderen auch? Nein, ich habe keinen Tee, und wir haben doch wohl anderes zu tun, als …«

»Ja, ja, keine Panik. Man wird ja wohl noch fragen dürfen«, sagte Holtz, der widerwillig seinen Kaffee probierte und die Nase verzog.

»Falls ihr jetzt die Kaffeefrage geklärt habt, dürfte ich vielleicht um eure Aufmerksamkeit bitten«, sagte Ellen Brandt, setzte sich auf ihrem Kasten zurecht und referierte kurz und methodisch, was sie wusste und was bislang unternommen worden war. Während einer Ansprache, als etliche hundert Anhänger den rechten Arm gehoben und »Heil« gerufen hatten, war Styrbjörn Midvinter nach hinten gerissen worden und an dem brennenden Symbol hängengeblieben. Es hatte einige Sekunden gedauert, bis den Versammelten aufgegangen war, dass etwas nicht nach Plan gelaufen war. Einer von Styrbjörn Midvinters Anhängern, der schräg hinter ihm gestanden hatte,

hatte recht schnell zu einem Feuerlöscher gegriffen und Styrbjörn Midvinters brennende Kleider gelöscht. Deswegen war seine Leiche nur etwas angesengt, aber nicht verbrannt.

Dann war Panik ausgebrochen. In dem Tumult hatten sich hunderte Teilnehmer entfernt, noch bevor die Polizisten nach anfänglichem Zögern den ganzen Platz abgesperrt hatten. Holtz lächelte, als Brandt meinte, die Ratten hätten das sinkende Schiff verlassen.

»Offenbar herrschte erst einmal vollständiges Chaos, aber nach einiger Zeit beruhigte sich die Lage, und wie du gesehen hast, wurden die Personalien von den noch anwesenden Personen aufgenommen«, sagte Ellen Brandt an Holtz gewandt.

»Und was ist dann passiert?«

»Zum einen wurde ich verständigt und habe wiederum dich verständigt, zum anderen begannen die Hunde, das Gelände abzusuchen.«

»Hunde? Und wer hatte diese geniale Idee?«, fragte Holtz scharf.

»Was meinst du?«

»Die Hunde? Wonach sollten die denn suchen?«

»Tja … es war ja recht bald klar, dass Midvinter ermordet worden war. Er war von irgendetwas getroffen worden. Vermutlich suchten sie nach einem Tatverdächtigen …«

»Und? Haben sie einen gefunden?«

»Soweit ich weiß nicht. Warum bist du so verärgert?«

»Falls es irgendwelche Spuren gab, dann haben unsere lieben Schupos mit ihren vierbeinigen Freunden sie endgültig zerstört.«

»So kann man die Sache sehen …«

»Fällt dir vielleicht noch irgendeine andere Sichtweise ein?«

»Verdammt nochmal, mach mal halblang, ich war zu diesem Zeitpunkt noch gar nicht hier! Du musst schon den fragen, der die Verantwortung für den Einsatz hatte«, fauchte sie.

Holtz seufzte schwer und versuchte Pia Levins Blick aufzufangen, aber diese hatte rasch gemerkt, wohin die Diskussion führte, und saß scheinbar tief konzentriert über den Notizen, die sie in den Computer eingegeben hatte.

»Passiert ist passiert. Hast du einen Vorschlag, wie wir weitermachen könnten?«, sagte Brandt mit bemüht neutralem Tonfall, nachdem ein paar Sekunden verstrichen waren.

Holtz schloss die Augen, reckte sich und seufzte ein weiteres Mal. Er rieb sich die Schläfen und sagte dann:

»Wir müssen den Lastwagen und das umliegende Terrain unter die Lupe nehmen. Und wir müssen auf jeden Fall versuchen, den Platz zu finden, von dem aus der Pfeil abgeschossen worden ist…«

Sie diskutierten noch einige Minuten, was als Nächstes zu tun sei, dann verließ Brandt die beiden Kriminaltechniker. Ein kalter Wind blies in den Lieferwagen, als sie mit etwas zu viel Kraft die Tür hinter sich zuschlug.

»Ich fand das nicht ganz fair«, meinte Levin, nachdem sie allein waren.

»Verdammt! Auf welcher Seite stehst du eigentlich?«

»Ich stehe auf meiner eigenen Seite, und auf der der Gerechtigkeit natürlich. Aber egal, jetzt machen wir das Beste draus. Wo sollen wir anfangen?«

»Wir versuchen herauszufinden, von wo der Pfeil abgeschossen worden sein könnte«, sagte Holtz, trank widerwillig ein paar Schlucke kalten Kaffee und stellte den grünweißen, halbvollen Pappbecher auf eine Holzkiste, auf deren Deckel »FORENSIC« stand.

Anschließend liefen Holtz und Levin in einem weiten Bogen um den Platz herum, um den möglichen Standort des

Schützen zu finden. Sie gingen davon aus, dass er oder sie nicht sichtbar auf dem Fußballplatz gestanden haben konnte, aber auch nicht allzu weit weg. Nach einer Stunde gaben sie auf und blieben unter dem Flutlichtmast stehen, dessen Scheinwerfer nicht leuchtete. Überall waren Spuren von Stiefeln und Hunden. Wahrscheinlich waren mehrere hundert Menschen nach dem Mord auf dem Gelände herumgelaufen. Alles lag voller Müll. Sie wussten nicht einmal, wonach sie suchten.

»Das hat alles keinen Sinn«, stellte Holtz fest und erhielt von Levin, die mit den Händen in den Manteltaschen an dem Mast lehnte, ein Nicken zur Antwort.

»Wirklich eine Saukälte«, sagte sie und bibberte dann theatralisch, um zu unterstreichen, wie wenig ihr das Wetter gefiel.

Holtz rief Brandt an, und diese gab Anweisung, dass die Absperrungen über Nacht zu bewachen seien. Nachdem er sich versichert hatte, dass Levin die Assistenten damit beauftragt hatte, sich um das Wichtigste zu kümmern, setzte sich Holtz in seinen Wagen und fuhr nach Hause. Am nächsten Tag würden sie weitersehen.

Ulf Holtz war sich fast sicher, dass irgendwo in den Hängeschränken noch Zwieback liegen musste, konnte ihn aber nicht finden. Er fragte sich, ob er ihn nicht vielleicht doch aufgegessen hatte. Nachdem er einen Karton mit Kerzen und Servietten hin- und hergeschoben hatte, ohne fündig zu werden, sah er im Kühlschrank nach. Die Glühbirne war kaputt, und der Kühlschrank war bis auf eine Plastikdose mit einem Ende Fleischwurst leer. Er öffnete zögernd den Deckel und roch vorsichtig am Inhalt. Das Wurstende war gerade noch genießbar. Er briet es rasch in der Pfanne und setzte sich mit dem Essen und einem Glas Wasser an den Küchentisch. Die Wurst schmeckte seltsam.

Es war kurz nach vier Uhr nachts, und Holtz hatte wahnsinnigen Hunger. Nach dem frugalen Mahl setzte er sich aufs Sofa im Wohnzimmer. Sein Kopf schmerzte, und die Augen brannten. Er massierte sich die Schläfen und schaute sehnsüchtig auf sein Telefon, das er auf den Tisch aus hellem Eschenholz gelegt hatte. Sollte er sie anrufen? Es waren einige Tage vergangen, seit sie zuletzt miteinander gesprochen hatten, und er verspürte große Sehnsucht. Einfach ihre schlaftrunkene Stimme zu hören. Aber konnte er sie um halb fünf Uhr morgens anrufen?

Er beschloss, es bleiben zu lassen. Er streckte die Hand nach der aufgeschlagenen Zeitung aus, die er gelesen hatte, als ihn die Nachricht von dem toten Neonazi erreicht hatte. Er hatte erst die Hälfte eines Nachrufes auf den Direktor einer staatlichen Behörde mit vielen Freunden und einem großzügigen Wesen, der viel zu jung mitten im Leben gestorben war, gelesen, als er halb zurückgelehnt auf dem Sofa einschlief.

Langsam erwachte er. Fragmente eines Konfliktes in einem fremden Land vermischten sich mit einem Traum, und er konnte beim besten Willen nicht begreifen, wie alles zusammenhing. Sein Kopf schmerzte, und er hatte das Gefühl, noch ausgeprägtere Ringe unter den Augen zu haben als sonst. Nach einigen verwirrenden Minuten begriff er, dass das Radio lief. Er konnte sich vage erinnern, auf dem Sofa eingeschlafen zu sein, aber auf unerfindliche Weise musste er sich sowohl seiner Kleider entledigt als auch in den frühen Morgenstunden zu Bett begeben haben. Trotz seines benebelten Zustandes gelang es ihm auszurechnen, dass er drei Stunden lang geschlafen haben musste. Mit großer Willensanstrengung schwang er die Beine über die Bettkante und setzte sich auf. Er war unendlich müde. Als er etwas später nach einer abwechselnd warmen und kalten Dusche mit einer dampfenden Tasse Tee am Küchentisch saß, schaffte er es endlich, seine Gedanken zu sortieren und sich auf die Arbeit zu konzentrieren. Der Hals des bekannten Neonaziführers Styrbjörn Midvinter war von einem Pfeil, der möglicherweise von einer Armbrust stammte, durchschlagen worden, und er war wahrscheinlich sofort gestorben. Der Standort des Schützen war unbekannt, und er konnte nicht mit Sicherheit sagen, wie oder aus welchem Abstand der Pfeil abgefeuert worden war.

Ein Duft, der an Himbeere erinnerte, breitete sich in der Küche aus, als er den Teebeutel aus der Tasse fischte und auf die Zeitung vom Vortag legte. Der Tee wurde von dem Papier aufgesaugt, und ein dunkler Fleck bildete sich auf dem Nachruf auf den toten Behördenleiter.

Er blieb eine Weile am Küchentisch sitzen und dachte darüber nach, was er weiter unternehmen sollte. Als es fast neun Uhr war, rief er Levin an. Sie verabredeten sich im Präsidium.

Dann blieb er mit dem Telefon in der Hand sitzen. Er verspürte immer noch die Sehnsucht und wählte die ersten vier Zahlen der bekannten Nummer, zögerte vor der fünften, drückte stattdessen auf die rote Taste und sah die Zahlen vom Display verschwinden. Rasch trank er die Teetasse aus, zog sich an und verließ das helle, verputzte Einfamilienhaus im Vorort und fuhr in die Stadt.

Pia Levin sah vielleicht noch müder aus als Holtz, als sie sein Büro in der sechsten Etage betrat. Er brummte ein »Guten Morgen«, den Blick auf den Computermonitor gerichtet, und sie nahm auf dem Besucherstuhl Platz und lehnte sich mit geschlossenen Augen zurück. Nach ein paar Sekunden schien sie es sich jedoch anders zu überlegen.

»Willst du auch was?«, fragte sie und erhob sich.

»Nein … oder doch. Du weißt schon, was.«

Pia Levin verschwand auf den düsteren Korridor und ging an den Türen aus imitiertem Tropenholz vorbei zu dem Automaten in der Pausenecke. Sie zog zwei dampfende Becher, einen Kaffee und einen Kakao. Dann warf sie ein paar Münzen in den anderen Automaten, und eine verchromte Metallspirale warf brummend eine Tafel Schokolade aus. Mit dem Proviant kehrte sie in Holtz' Büro zurück. Sie tranken schweigend.

»Hör schon auf damit«, sagte Levin nach einer Weile.

»Womit?«

»Immer auf deinen Kakao zu pusten, bevor du trinkst. Der ist nicht mehr so heiß. Kannst du nicht einfach wie normale Leute trinken?«

Holtz stellte den Becher auf den Schreibtisch.

»Wie machen wir jetzt weiter?« Levin schob einen Riegel

Schokolade in den Mund. Mit fragender Miene hielt sie Holtz die Tafel hin.

Holtz seufzte und schüttelte den Kopf, er hatte eigentlich alles mit Schokolade satt.

»Ellen hat angerufen, bevor du gekommen bist. Sie lässt ein paar Analytiker die Vernehmungen von gestern zusammenstellen, damit die Ermittler mit irgendwas anfangen können. Das wird dauern, wir können also mit der Sichtung des Tatortes nach Belieben fortfahren«, meinte er.

»Okay. Und wer macht was?«

»Du kümmerst dich um den Tatort, ich kümmere mich um die Waffe.«

Sie besprachen weiter ihr Vorgehen, und Pia Levin steckte das letzte Stück Schokolade in den Mund. Sie verließ das Büro, um sich warm anzuziehen. Der Tag war klar und sonnig, aber es war immer noch sehr kalt, und da sie sich noch deutlich an ihre eisigen Füße der vergangenen Nacht erinnern konnte, hatte sie beschlossen, sich wie für eine kleinere Expedition in die Arktis zu kleiden.

Als Holtz wieder allein war, griff er zu zwei Bögen weißem Papier und einer Schachtel mit Wachsmalkreiden und begann, scheinbar ohne System, Worte aufzuschreiben. Nach einigen Minuten ergab sich ein kompliziertes Muster aus Begriffen in unterschiedlichen Farben, die mit Strichen verbunden waren. Er blickte auf das Wort »Waffe«, dann auf »Armbrust«, das von einem breiten roten Kreis umgeben war. Von diesem weg zeichnete er drei Linien, an deren Ende er »WER«, »WIE« und »WO« schrieb.

Wer kennt sich mit den Pfeilen einer Armbrust aus? Er gab »Armbrust« in das Suchfeld seines Computers ein. Natürlich, dachte er, als ein Bogenschützenverein nach dem anderen auf dem Monitor auftauchte.

Einige Stunden nachdem sie das Präsidium verlassen hatte, befand sich Pia Levin erneut bei dem Lastwagen auf dem Fußballplatz, auf dem sich am Vorabend das Drama abgespielt hatte. Der Lieferwagen der Spurensicherung stand mit laufendem Motor mit dem Heck am Absperrband. Der Geruch von Benzin mischte sich mit der kalten Luft, und sie hatte einen Moment lang ein schlechtes Gewissen wegen der Umwelt, aber das ging rasch vorbei. Die Wärme im Lieferwagen war ihr dann doch wichtiger.

Auf dem Fußballplatz geschah beinahe nichts. Nur wenige uniformierte Beamte und ein paar Wächter von einem Wachdienst waren vor Ort, um sicherzustellen, dass niemand der Absperrung zu nahe kam. Sie hatte ihre Ruhe, und das war ihr sehr recht. Die Assistenten hatten ihre Arbeit beendet und deutliche Spuren in Form verstreuter gelber Nummernschildchen aus Plastik hinterlassen. Die kartographische Aufnahme des Tatortes war beendet, und Pia hatte die Kartenskizze bereits in einer verschlüsselten Mail erhalten. Sie hatten auch schon von einem Polizeihubschrauber Luftbilder des Geländes anfertigen lassen. Mit ihren dicken Handschuhen ließ sich nur schlecht in den vielen Seiten des Ausdrucks blättern. Daher war es mühsam, die markierten Orte mit den Aufzeichnungen zusammenzuführen. Nach einer Weile gab sie auf, schob den Ausdruck zusammengefaltet in die geräumige Jackentasche und ging dazu über, sich zu überlegen, von wo genau der Pfeil abgeschossen worden sein könnte.

Es dämmerte bereits, und das Licht der Scheinwerfer, die die ganze Zeit gebrannt hatten, zeichnete sich immer deutlicher ab. Ihr Blick fiel auf die Ecke des Fußballplatzes, die nicht erleuchtet war. Sie ging auf diese dunkle Ecke zu und versuchte, sich daran zu erinnern, was sie über Pfeilwaffen wusste. Nicht viel, sah sie schnell ein.

Levin blieb wie angewurzelt stehen. Da war etwas… mehr eine Ahnung als etwas, das sie wirklich gesehen hatte. Sie starrte in die Richtung, in der sie die Bewegung wahrgenommen hatte. Nur Schnee, Wald und Stille. Vielleicht ein Hund, dachte sie und ging weiter auf den dunklen Teil des Platzes zu.

Ein schwacher Duft stieg ihr in die Nase, ein Duft, den sie wiedererkannte. Aus Erfahrung wusste sie, dass der Geruch von Zigarettenrauch über große Distanzen wahrnehmbar war, besonders an kalten, windstillen Tagen wie diesem. Trotzdem schärfte sich ihre Aufmerksamkeit. Sie blieb wieder stehen, und ihr wurde klar, dass sie mitten im Scheinwerferlicht auf dem Fußballplatz stand. Sie versuchte, sich daran zu erinnern, ob sie einen der Polizisten oder Wächter hatte rauchen sehen, hatte aber nicht den Eindruck.

Ein Gefühl der Verletzlichkeit ergriff von ihr Besitz, und sie eilte, rannte fast, auf ein Wäldchen auf der anderen Seite des Platzes zu.

Ein Ast brach irgendwo in ihrer Nähe ab, und Pia Levin drehte automatisch den Kopf in die Richtung. Sie hielt den Atem an, um besser hören zu können, und konzentrierte sich ganz auf das Wäldchen, während sie sich diesem näherte. Langsam ergriff der Schrecken von ihr Besitz. Ein schwaches Gefühl aus der Magengrube breitete sich aus. Obwohl sie sehr warm angezogen war, überkam sie eine Eiseskälte und legte sich wie eine Haut aus Angst auf ihre Glieder.

Da. Zehn, vielleicht fünfzehn Meter entfernt sah sie etwas, das sich neben einem kräftigen Baumstamm bewegte. Es war ganz still. Und dann plötzlich: ein deutliches, metallisches Geräusch.

»Hallo! Polizei!«, rief sie, bereute es aber im selben Augenblick.

Wieder eine Bewegung.

Was hatte sie dort allein und unbewaffnet verloren? Erst jetzt ging ihr auf, wer sich dort drüben möglicherweise hinter einem Baum verbarg. Ein Mensch, über den sie nichts wusste, außer dass es sich um jene Person handeln konnte, die die Grenze überschritten hatte. Eine Person, die getötet hatte.

Sie merkte, dass sie beinahe aufgehört hatte zu atmen, und holte tief Luft. Die Lähmung verließ sie. Langsam bewegte sie sich zur Seite. Ein Schritt nach dem anderen, bis sie sich hinter einem Baum befand. Fast in Sicherheit.

Jetzt hörte sie eine deutliche Bewegung. Sie war sich sicher.

»Polizei! Geben Sie sich zu erkennen!«, rief sie wieder. Der Stress und die Angst lagen ihr auf der Lunge, und die Stimme saß ganz weit oben in der Kehle. Der Ruf war schrill.

Keine Reaktion.

Pia Levin blickte in Richtung der Absperrung auf der anderen Seite des Fußballplatzes. Sie sah jemanden langsam vor dem Lastwagen auf und ab gehen. Sollte sie rufen? Würde sie aus dieser Entfernung jemand hören?

Und was sollte sie rufen? Hilfe?

Vorsichtig schob sie den Kopf vor und schaute auf den Baum, hinter dem jemand stehen musste. Sie war sich sicher. Das Geräusch, das sie gehört hatte, konnte irgendwas gewesen sein. Aber sie wusste, wie das Metall einer kompakten Schusswaffe klang, das Geräusch, wenn durchgeladen wurde.

Dann hörte sie ein neues Geräusch. Dieses Mal weiter weg. Verschwand dieser Mensch etwa direkt vor ihren Augen?

Was zum Teufel soll ich tun?, dachte sie, und in diesem Augenblick fasste ein Teil ihres Gehirns einen irrationalen Entschluss. Sie warf sich nach vorn, stürmte auf den Baum zu und schrie:

»Polizei! Kommen Sie raus! Ich bin bewaffnet!«

Sie rannte so schnell sie konnte und hoffte auf den Überraschungseffekt.

Rasche, leise Schritte.

Der Ast knallte ihr vor die Schienbeine und ließ sie auf die Erde stürzen. Sie schnappte nach Luft und versuchte, wieder auf die Füße zu kommen, als sie etwas auf der Brust traf. Sie landete auf dem Rücken, zog reflexartig die Arme hoch und vor das Gesicht und erwartete den nächsten Schlag. Jeder Muskel ihres Körpers war angespannt, und ihr Adrenalinspiegel stieg rasend schnell an.

Der Mann stand mit einem stabilen Ast in der rechten Hand über sie gebeugt. Er hob ihn über den Kopf und holte zum nächsten Hieb aus. Sie schloss unwillkürlich die Augen und bereitete sich auf den Schlag vor. Sie hatte immer geglaubt, das Leben würde Revue passieren, wenn es ans Sterben ging.

Aber nichts passierte.

Überhaupt nichts.

Levin öffnete die Augen wieder und starrte in die schwarze, leere Nacht hinauf. Dann drehte sie den Kopf zur Seite und sah nur noch den Rücken des Mannes, der von ihr wegrannte, durch das Wäldchen auf die dahinterliegenden Häuser zu.

Hellbraune Hosen, ein kurzer schwarzer Mantel, der um die Beine flatterte, und ein schwarz-weiß-karierter Schal um den Hals. Sie bemühte sich, sich alle Einzelheiten einzuprägen.

Dann zwang die Kälte sie, sich in die Hocke zu erheben. Der Magen verkrampfte sich. Sie schluckte, übergab sich aber nicht, spuckte nur.

Verdammt, was für eine Idiotin ich doch bin, dachte sie und richtete sich langsam ganz auf. Ihre Brust schmerzte, aber die dicken Kleider hatten das Meiste abgefangen.

Sie trottete zurück über den Platz.

»Ist was passiert?«, wollte die Beamtin wissen, die neben Pia Levins Wagen stand, als sie die Absperrung erreichte. Levin fiel auf, dass sie sehr warm gekleidet war und frostrote Wangen hatte.

»Nein, ich habe nur etwas vergessen. Ich will was holen, das ich liegen gelassen habe«, sagte sie und fragte sich gleichzeitig, warum sie sich überhaupt genötigt sah, etwas zu erklären, und warum sie log. Sie hatte eigentlich Alarm schlagen wollen, kam sich aber plötzlich nur noch dumm vor. Als hätte sie sich richtig dilettantisch verhalten. Der Mann, der sie überfallen hatte, war sicher schon über alle Berge. Sie würde später berichten, was sie erlebt hatte. Jetzt war es wichtiger, zu sehen, ob der Mann irgendwelche Spuren hinterlassen hatte.

Die Frau lächelte sie freundlich an, nickte ihr aufmunternd zu, sagte aber nichts.

»Wie lange stehen Sie schon hier?«, fragte Levin in einem so natürlichen Tonfall wie möglich. Sie hüpfte ein paar Mal auf der Stelle, um wieder warm zu werden.

Die Beamtin, der die Kälte nichts weiter auszumachen schien, erzählte, sie habe ihre Wache vor einer guten Stunde angetreten und werde frühestens in zwei Stunden abgelöst.

»Haben Sie irgendetwas Ungewöhnliches gesehen? War irgendjemand hier, der hier nichts zu suchen hatte?«

»Nein, eigentlich nicht. Es waren ein paar Neugierige aus dem Ort hier, die ein paar Fragen gestellt haben und so, nichts Besonderes also.«

»Wie viele Leute bewachen eigentlich die Absperrung?«

»Pro Schicht drei Beamte und drei Leute von dem Sicherheitsdienst. Wieso?«

»Ich bin nur neugierig. Eigentlich wollte ich Sie fragen, ob Sie mir bei etwas helfen könnten.«

Levin erklärte, dass sie das Gelände etwas außerhalb von dem Areal, das vom Flutlicht beleuchtet wurde, absuchen wolle. Sie brauche jemanden, mit dem sie ihre Beobachtungen besprechen könne.

»Das geht vielleicht… ich bin mir aber nicht sicher, ob ich diesen Posten verlassen darf.«

»Doch, dafür übernehme ich die Verantwortung, außerdem sind ja noch die fünf anderen da. Sie können sich sicher eine Weile vertreten lassen.« Levin hoffte nur, dass niemand überprüfen würde, über welche Weisungsbefugnisse sie eigentlich verfügte. »Wie heißen Sie eigentlich?«

»Marie. Und Sie sind Pia, oder?«

»Ja. Woher wussten Sie das?«

Marie lächelte nur, während sie Levin die Hand reichte.

Als die Vertretung organisiert war, gingen die beiden Frauen auf die dunkle Ecke des Fußballplatzes zu. Sie schritten zügig nebeneinander her und unterhielten sich leise. Pia Levin sah ihre Kollegin ab und zu aus den Augenwinkeln an. Sie strahlte Herzlichkeit und Autorität aus, und sie fühlte sich sicher. Nicht zuletzt wegen des ganzen Waffenarsenals, das die andere mitführte und das der eigentliche Grund dafür war, dass sie um Begleitung gebeten hatte.

Ulf Holtz saß in seinem Büro im sechsten Stock und schaukelte in dem Borgholm-Sessel, den er von seinem eigenen Geld gekauft hatte. Der Sessel passte nicht zu den anderen Möbeln. Der Innenarchitekt, der das Präsidium eingerichtet hatte, hatte die Vorstellung gehabt, jedes Stockwerk sollte, was die Möbel anging, einen eigenen Stil haben. Aber durch die ständigen Umstrukturierungen und die dauernden Umzüge innerhalb des Gebäudes, hatten die Stilrichtungen bald keine Rolle mehr gespielt. Bilder, Teppich, Lieblingsstühle und Archivschränke aus unterschiedlichstem Holz zogen oft mit um, obwohl das eigentlich nicht zulässig war. Das Ergebnis war ein Gebäude voller sehr individuell eingerichteter kleiner Büros.

Holtz hielt einen Notizblock auf den Knien, und in seinem Mundwinkel wippte ein Bleistift, auf dessen Ende er herumkaute. Etwas von dem gelben Lack klebte auf seiner Lippe. Ganz oben auf den Block hatte er als Überschrift »ARMBRUST« geschrieben, darunter eine kurze Liste mit Fakten. Dass diese Liste so kurz war, lag daran, dass er sich mit Armbrüsten kaum auskannte. Die wenigen Informationen hatte er im Internet gefunden. Einiges hatte er sich auch von ihrem eigenen Waffenexperten sagen lassen, der ohne Umschweife erklärt hatte, dass er sich nie für Armbrüste interessiert habe. Im Internet hatte er auch die Adressen von mehreren Bogenschützenvereinen gefunden, die auch mit Armbrüsten schossen. Am Nachmittag wollte er einige dieser Vereine anrufen, um sich weitere Informationen zu beschaffen. Vorher wollte er jedoch versuchen, so viel wie möglich alleine herauszufinden. Anrufe bei etlichen Kollegen hatten nichts ergeben. Niemand kannte jemanden, der sich mit Armbrüsten auskannte. Weder die Ermittler noch die Gerichtmediziner noch die Leute vom Erkennungsdienst.

Merkwürdig, dass bislang noch niemand mit dieser Waffe in Kontakt gekommen ist, schließlich handelt es sich um eine der ältesten Schusswaffen, die es gibt, dachte er.

Die spärlichen Informationen, die er zusammengetragen hatte, erstaunten ihn. Eine Armbrust war offenbar in den Händen eines Menschen, der sie beherrschte, eine sehr wirksame Mordwaffe. Aber noch fehlten ihm unendlich viele Fakten, um irgendwelche relevanten Hypothesen aufstellen zu können.

Eines war jedoch klar.

Der Pfeil, der das Leben Styrbjörn Midvinters ausgelöscht hatte, war zweifellos ein Armbrustpfeil gewesen. Diese konnte man mühelos über das Internet erwerben. Holtz hatte identische Modelle auf mehreren internationalen Waffen-Webseiten gefunden.

Er legte den Block beiseite und stand mit Mühe aus dem Sessel auf. Er war ganz steif. Er hatte nicht sonderlich gut geschlafen. Breitbeinig stellte er sich vor das große Fenster und blickte über die Stadt, während er seinen Oberkörper erst nach rechts und dann nach links beugte. Der Bleistift hing noch im Mundwinkel. Seine Taille spannte, und die Wirbelsäule knackte beunruhigend. Er ließ die Gedanken schweifen, und als er die Augen schloss, tauchte Nahids Gesicht vor seinem inneren Auge auf. Er lächelte insgeheim, aber rasch wurde das warme Gefühl von Unlust abgelöst. Warum hatte sie nichts von sich hören lassen? Es war mehrere Tage her, dass er sie zuletzt gesehen hatte.

Einige Monate lang hatten sie sich regelmäßig getroffen, und sie war immer öfter über Nacht geblieben. Langsam hatte er sich daran gewöhnt, dass sie da war. Sie hatten zwar eigentlich nie darüber gesprochen und sich auch nie etwas versprochen, und er sah ein, dass er keinerlei Forderungen an sie stellen konnte. Aber sie hätte sich trotzdem melden können. Ulf Holtz hätte sie gerne angerufen, aber irgendetwas hinderte ihn daran. Er wollte wohl nicht zu eifrig wirken, sie nicht abschrecken.

Das Handy vibrierte plötzlich in seiner Tasche, und ein Funken Hoffnung erwachte, als er es hervorzog. Enttäuscht las er den Namen auf dem Display.

»Hallo, Pia, wie geht's?«, erwiderte er nach ein paar Sekunden.

Er hörte ihr zu, gab einsilbige Antworten und machte sich ein paar Notizen auf seinem Block.

»Okay, dann reden wir mit Ellen, aber du hättest mich wirklich sofort verständigen sollen«, meinte er vorwurfsvoll. »Was hast du dir eigentlich gedacht? Ich treffe gleich das Ermittlerteam und werde sie informieren. Du musst einen schriftlichen Bericht vorlegen. Ich muss jetzt weg.« Er legte auf.

In diesem Augenblick bemerkte er, dass jemand in der Tür stand und ihn ansah. Er kannte die Frau irgendwoher, konnte sie jedoch nicht zuordnen.

»Darf ich ein paar Sekunden stören?«, fragte sie.

Holtz blickte auf die Uhr und setzte eine gestresste Miene auf.

»Ich kann auch später noch einmal vorbeikommen.«

Sie sah ratlos und verlegen aus.

»Einen Augenblick habe ich Zeit«, sagte er mit einem etwas schlechten Gewissen. »Du musst entschuldigen, aber mir fällt gerade dein Name nicht ein.«

»Marianne. Ich springe gelegentlich als Sekretärin ein, wenn jemand krank ist, und manchmal trage ich die Hauspost aus.«

»Was kann ich für dich tun?« Holtz hörte selbst, wie herablassend das klang.

»Ich habe gehört, dass du jemanden suchst, der sich mit Armbrüsten auskennt …«

»Wer hat das gesagt?«, unterbrach er sie.

Marianne erblasste.

»Ja … also, ich weiß nicht, aber …« Sie verstummte.

»Entschuldige«, beschwichtigte Holtz sie. Es war frustrierend, dass alle Informationen auf den Korridoren des Präsidiums frei verfügbar waren. »Fang noch einmal von vorne an.«

»Ich habe einen Sohn, der an Bogenschützenmeisterschaften teilnimmt«, sagte sie.

Ellen Brandt war verspätet. Ganz außer Atem betrat sie den kleinen Konferenzraum im dritten Stock, der für die Besprechung reserviert war. Ulf Holtz und Staatsanwalt Mauritz Höög sprachen gerade über Architektur, als sie sich auf den Platz am Kopfende des Tisches fallen ließ und einen beachtlichen Stapel Papier auf den Tisch knallte. Höög war, da es sich um einen politisch motivierten Mord handeln konnte, zum Ermittlungsleiter ernannt worden, obwohl es noch keinen Tatverdächtigen gab. Außerdem waren zwei Ermittler anwesend, einer trug einen Wollpullover mit einem Rentiermuster, der andere einen dunklen Anzug. Sie sprachen beide angeregt in ihr Handy. Ulf Holtz, der sie bislang nur vom Sehen kannte, hatte sie beim Kommen kurz begrüßt und dann angefangen mit dem Staatsanwalt über den Funktionalismus und seine Spielarten zu sprechen. Mauritz Höög schien in den meisten Fragen seiner Meinung zu sein, da er nur ab und zu brummte.

»Entschuldigt, ich bin bei C. hängengeblieben. Sie wollte wissen, wie wir mit der Ermittlung vorankommen«, sagte Brandt und verdrehte die Augen.

Es war allgemein bekannt, dass alles nur noch viel länger dauerte, wenn ihre Chefin Charlotte Högberg, auch C. genannt, plötzlich Wert darauf legte, über einen bestimmten Fall unterrichtet zu werden, indem sie ihre Mitarbeiter auf dem Korridor abfing. Daher war es ratsam, auf der Hut zu sein.

»Ich hoffe, sie richtet ihr Interesse bald auf etwas anderes wie den Etat beispielsweise«, fuhr Brandt fort, bereute diese Äußerung jedoch sofort, da sie wusste, dass nicht alle am Tisch ihrer Meinung waren. Sie lachte etwas angestrengt und wandte sich dann an den Staatsanwalt.

»Mauritz, du kannst anfangen.« Brandt versuchte, Ordnung in ihre Papiere zu bringen, die in verschiedenfarbigen Mappen lagen. Sie öffnete eine orangefarbene Mappe und legte sie vor sich auf den Tisch.

Mauritz Höög machte ein ernstes Gesicht und räusperte sich. Dann fing er an:

»Das Opfer, das den meisten als Styrbjörn Midvinter bekannt ist, ist eine der exponierten Gestalten der Neonaziszene. Er…«

»Er war. Er war einer der führenden Neonazis, meinst du doch wohl«, unterbrach ihn der Ermittler im Wollpullover.

»Bitte?«

»Du hast ›ist‹ gesagt, aber hast doch wohl ›war‹ gemeint. Der Gute ist tot.«

»Was soll das? Du weißt, was ich meine, kann ich jetzt weitermachen?«

Der Ermittler schwieg und verschränkte die Arme vor der Brust, sodass die meisten Rentiere nicht mehr zu sehen waren. Demonstrativ lehnte er sich auf seinem Stuhl zurück.

Ulf Holtz hätte beinahe etwas gesagt, seufzte dann aber nur innerlich.

»Vielleicht sollte ich mit meinem Vortrag anfangen, dann kannst du den Rest ergänzen«, sagte Ellen Brandt beschwichtigend zu Mauritz Höög, der eine unverständliche Antwort murmelte.

»Styrbjörn Midvinter, der also einer der führenden Köpfe der Gruppe war, die Mauritz eben erwähnt hat, ist uns seit langem bekannt. In den letzten fünfzehn Jahren ist er wegen keiner schwerwiegenden Straftat verurteilt worden. Vorher gab es ein paar kleinere Verurteilungen wegen Nötigung, Körperverletzung und Ähnlichem, aber entweder war er relativ gesetzestreu, oder es ist ihm gelungen, seine Untaten geheim zu halten«, sagte sie. »Ihr bekommt im Laufe des Tages eine Aufstellung der Sicherheitsabteilung. Wie auch immer, in den letzten fünf Jahren ist er innerhalb der Organisation aufgestiegen. Er galt als der natürliche Anführer und hatte große Pläne für seine Partei. Außerdem ...«

»Er hatte wirklich einen seltsamen Namen«, unterbrach sie der Ermittler in Anzug.

»Das war ein angenommener Name«, sagte Mauritz Höög, ehe Ellen Brandt etwas sagen konnte.

»Und wie hieß er vorher?«

»Johan Seger.«

»Und wie sollen wir ihn in Zukunft nennen? Johan oder Styrbjörn?«, wollte der Ermittler in Anzug wissen.

»Johan Seger«, sagte Ulf Holtz kurz, er hatte die nebensächlichen Diskussionen langsam satt.

»Dann halt Johan. Kann ich jetzt weitermachen?«, fragte Ellen Brandt verärgert. »Der Ermordete war also eine führende Gestalt der Neonazibewegung. Laut Gerichtsmediziner starb er wahrscheinlich sofort, als ein Pfeil in seinen Hals eindrang ...«

»Gibt es irgendwelche Verdächtige?«

»Können wir das der Reihe nach besprechen?«

»Es müsste eigentlich unzählige Verdächtige geben, schließlich sind die Neonazis nicht unbedingt beliebt«, stellte Höög fest.

»Als Allererstes müssen wir Johan Segers Netzwerk unter die Lupe nehmen. Die Sicherheitsabteilung hat damit bereits angefangen. Ich werde die Ermittlung selbst leiten, gemeinsam mit dem Staatsanwalt natürlich.« Ellen Brandt nickte Mauritz Höög zu. Dieser lächelte sie an. Dann wandte sich Brandt an Holtz. »Ulf, was hast du über den Tatort zu berichten?«

Als Holtz den Mund öffnete, legte eine Bohnermaschine vor der geschlossenen Glastür los, deren obere Hälfte aus Milchglas bestand. Er hob die Stimme, um den Lärm zu übertönen, und betrachtete gleichzeitig die sich langsam bewegenden Beine in grauer Hose, die das Gerät vor sich her schoben. Die Maschine ließ eine breite nasse Spur hinter sich zurück, und das Brummen wurde leiser.

»Bislang haben wir nicht sonderlich viel«, sagte er. »Wir glauben, dass es sich um einen Pfeil aus einer Armbrust handelt, aber wir sind uns nicht sicher, und wir wissen auch nicht, von wo der Pfeil abgefeuert wurde. Es ist auch fraglich, ob wir diesen Platz finden, da vermutlich alle Spuren von Hunden und Menschen zerstört worden sind. Der Ort wird sich jedoch ungefähr mit Hilfe von Schussabstand und Winkel errechnen lassen …«

»Wie weit kann man mit so einem Armbrust schießen?«, wollte der Ermittler im Rentierpullover wissen.

»So einem?«

»Was?«

»Es heißt eine Armbrust.«

»Willst du mich …«

»Immer mit der Ruhe, das war nur ein Scherz.«

»Ich weiß es nicht. Ich werde es aber noch herausfinden«, sagte Holtz und genoss dabei auf unerklärliche Weise seine sprachliche Überlegenheit.

»Habt ihr irgendetwas von Bedeutung bei dem Lastwagen gefunden?«, fragte Höög.

»Nein, nicht direkt, aber wir haben einige Funde gemacht, auf die ich später noch zurückkommen werde. Wir müssen sie erst noch analysieren. Es ist auch eine Person am Tatort beobachtet worden, aber das wird Pia Levin später referieren.«

»Tja, dann fangen wir an«, sagte Ellen Brandt.

Der Ermittler in Anzug widmete sich wieder seinem Handy. Ulf Holtz verließ den Raum ebenso ratlos, wie er ihn betreten hatte. Er fand nicht, dass er irgendetwas erfahren hatte, das die Ermittlung weitergebracht hätte, aber er hoffte, Ellen Brandt und Mauritz Höög hatten die Lage trotzdem einigermaßen im Griff. Er öffnete die schwere Glastür zum Treppenhaus und drückte auf den Aufwärtsknopf des Fahrstuhls. Zweimal fuhr einer der drei Aufzüge auf dem Weg nach oben an ihm vorbei, ohne zu halten. Er fluchte über die scheinbar vollkommen willkürliche Programmierung. Nach einigen weiteren Minuten gab er auf und beschloss, zu Fuß zu gehen. Statt sich jedoch drei Treppen aufwärts in den sechsten Stock zu begeben, ging er nach unten.

Im Foyer herrschte reger Betrieb. Es war Mittag, und alle schienen es eilig zu haben. Er zog sein Handy aus der Tasche und wählte eine Nummer aus dem Verzeichnis. Pia Levin antwortete nach zweimaligem Klingeln.

»Hallo, ich bin das. Wollen wir mittagessen? Nein, wir müssen hier im Haus essen, ich habe keine Jacke dabei. Okay, ich warte«, sagte er und beendete das Gespräch. Er setzte sich auf eine der unbequemen Designer-Bänke. Das frischrenovierte

Marmorfoyer wurde vom Eingang für die Öffentlichkeit durch eine Glaswand abgetrennt. Zwei mit einem Codeschloss versehene Schwingtüren verbanden die beiden Bereiche. Er betrachtete die Leute auf der anderen Seite, die darauf zu warten schienen, von jemandem mit Zugangsberechtigung zu den hinteren Räumen des Präsidiums abgeholt zu werden. Die Glaswand war neu und hatte eine Ziegelwand mit darin eingelassener unscheinbarer Tür ersetzt. Er vermutete, dass das Glas die neue Offenheit der Polizei symbolisieren sollte. Einblick für alle.

»Hallo! Woran denkst du denn gerade?«

Er lächelte Levin an.

»Offenheit. Komm, wir gehen in die Kantine. Mit etwas Glück gibt es dort sogar was Essbares«, sagte er und ging vor ihr her zum Personalrestaurant im Innenhof, der von den hohen Gebäuden gesäumt wurde, die sämtliche Abteilungen der Polizei beherbergten.

Es gab nichts Essbares, jedenfalls nichts, was die Summe wert war, die man für ein Mittagessen anlegen sollte, fand Holtz, nahm dann aber doch eine Fischsuppe diffusen Ursprungs und mit unergründlichen Zutaten. Sie hatte einen exotischen Namen, was vermutlich bedeutete, dass sie hauptsächlich nach Curry schmeckte. Levin nahm ein Nudelgericht, das seinem italienisch klingenden Namen nicht gerecht wurde. Mit ihren Tabletts gingen sie zum Salatbüfett, das aus eingelegtem Gemüse und lappigem Eisbergsalat bestand, und suchten sich anschließend einen Tisch neben einer Gruppe Streifenpolizisten, die aus unerfindlichen Gründen in Jacke aßen.

»Wie kommen wir voran?«, fragte Levin mit leiser Stimme.

»Tja, was soll ich sagen. Die operative Führungsgruppe hat beschlossen, dass diese Ermittlung Priorität hat, aber wie du weißt, sind die meisten unserer eigenen Ermittler mit der letzten Welle Raubüberfälle auf Geldtransporter befasst, daher hat man uns zwei Ermittler vom Dezernat für Wirtschaftskriminalität ausgeliehen.«

»Wirtschaftsstrafsachen? Was wissen die denn von einer Mordermittlung?«

»Davon haben sie natürlich keinen blassen Schimmer, aber andere waren nicht aufzutreiben, und irgendwie können sie uns sicher behilflich sein.«

»Sicher«, erwiderte Levin sarkastisch.

»Wir werden ja sehen, aber jetzt zum Wesentlichen. Erzähl mir, was gestern passiert ist.«

Pia Levin erzählte kurz, wie sie niedergeschlagen worden war, als sie das Terrain abgesucht hatte. Sie hörte selbst, dass die Geschichte im Laufe ihres Berichts immer dünner klang und dass sie das Vorgefallene zu bagatellisieren versuchte. Fast so, als wäre es gar nicht passiert.

Holtz hörte ihr schweigend zu und nickte nur gelegentlich.

»Ich habe das Gelände anschließend noch einmal genau abgesucht, aber nichts gefunden. Das ist auch nicht weiter verwunderlich. Du weißt ja, wie es dort aussieht, nachdem Hunderte den Fußballplatz fluchtartig verlassen haben. Ich hatte übrigens eine Streifenbeamtin als Unterstützung dabei. Sie heißt Marie.«

»Ach, und warum?«

»Warum sie Marie heißt?«

»Nein, warum du sie mitgenommen hast.«

»Ich brauchte Gesellschaft. Außerdem …« Sie trank einen Schluck Wasser.

Ulf Holtz rührte lustlos in seiner Suppe, fand nichts darin, was er hätte essen wollen, und wartete darauf, dass Levin weitersprechen würde.

»Ich bekam Angst. Ich wollte nicht allein zurückgehen.« Sie sah verlegen aus.

»Du, auch eine Polizistin darf Angst haben«, sagte Holtz mit einem schiefen Lächeln. »Aber die Sache ergab also nichts?«

»Nein. Wie auch immer, wir sollten uns auf den Lastwagen und die Waffe konzentrieren. Wie läuft es damit?« Levin schob sich eine große Gabel Nudeln in den Mund.

»So weit bin ich noch nicht, aber heute Nachmittag werde ich einen Bogenschützenverein besuchen, der eine Abteilung für Armbrustschützen hat«, sagte Holtz.

Sie sprachen weiterhin über die Ermittlung, während sie die Mahlzeit beendeten. Holtz verzog bei jedem Löffel den Mund und aß Brot, um satt zu werden. Levin aß wie immer alles auf.

»Darf ich?«, fragte sie und deutete auf Holtz' unberührten Salatteller.

»Natürlich. Nimm nur.« Er verfluchte sich innerlich dafür, dass er wieder einmal das Personalrestaurant aufgesucht hatte, obwohl er sich vorgenommen hatte, das nie wieder zu tun.

Das Haus war blaugrau angestrichen. Als Ulf Holtz vorfuhr, sah er, dass es sich um zwei miteinander verbundene Baubaracken handelte, die von einer großen Terrasse umgeben wurden. Auf der Terrasse lag der Schnee recht hoch, aber an einigen Stellen schimmerte grünliches, imprägniertes Holz durch, das relativ neu wirkte.

Er parkte neben einem Kleinbus, an dessen Heck eine Rampe aus Aluminium montiert war. Vor dem Eingang des Gebäudes stand ein Schild, eine Zielscheibe mit einem Stern in der Mitte.

Den Namen und die Adresse des Bogenschützenvereins hatte er von Marianne, dem Mädchen für alles, bekommen, und nach einem Telefonat mit einer offenbar zuständigen Person hatte er beschlossen hinzufahren. Der Verein lag einige Dutzend Kilometer südlich unweit der Autobahn.

Die Schneedecke war dick und schwer. Es war wärmer geworden, aber Holtz fror trotzdem. Er schaltete den Motor aus und blieb eine Weile sitzen. Das Vereinshaus lag hübsch an einer Waldlichtung, und er sah trotz der Dämmerung, wie sich die Landschaft vor dem Gebäude weitete. Wogendes, weißes Land. Er stellte die Musik ab, knöpfte seinen Mantel zu und öffnete die Tür. Es war vollkommen still. Er holte ein paar Mal genüsslich tief Luft. Es roch nach Schnee und Wald. Nach ein paar Sekunden seufzte er tief.

Der Weg zur Terrasse war ordentlich geräumt und gestreut. Ihm fiel auf, dass es neben der breiten Treppe eine Rampe gab.

In einer Ecke der Terrasse stand ein schneebedeckter Grill, bestehend aus einem halben Ölfass auf ein paar zusammengeschweißten Winkeleisen. Daneben hatte jemand ein paar Plastikgartenstühle aufgestapelt. Einer der Stühle war umgefallen.

Er ging zur Tür, klopfte und drückte dann die Klinke herunter, ohne eine Antwort abzuwarten.

Niemand da. Es roch ungelüftet und schwach nach Kaffee.

Neben der Tür stand eine Glastheke, die den Raum abgrenzte. Ulf Holtz vermutete, dass sie einmal in einem Laden gestanden hatte. Darin befanden sich Pokale unterschiedlicher Größe. Die Wand neben der Theke war mit Urkunden dekoriert. Er rief »Hallo« und hörte, dass irgendwo die Wasserspülung betätigt wurde. Nach einer guten Minute, als er gerade ein weiteres Mal rufen wollte, hörte er ein Klappern. Jemand fluchte ausgiebig.

Er ging um die Theke herum und in die Richtung, aus der die Geräusche kamen.

»Hallo, ist da jemand?«

»Hier drin, kommen Sie rein«, erhielt er zur Antwort.

Als er ein paar Schritte weitergegangen war, sah er, dass ein Teil des Raumes mit einem Vorhang abgeteilt worden war. Er zog den Vorhang beiseite.

»Hallo … Könnten Sie mir vielleicht helfen?«

Neben einem Rollstuhl lag ein Mann mit den Hosen in den Kniekehlen. Die Tür zur Toilette stand offen. Der Spülkasten der Toilette rauschte noch.

»Was ist passiert?«, fragte Holtz und beeilte sich, dem Mann auf dem Fußboden aufzuhelfen.

»Ich habe den Halt verloren und bin gestürzt, als ich mich wieder in den Rollstuhl schwingen wollte. Das kommt ab und zu vor. Ich hatte es eilig, als ich Sie hörte. Sie sind doch der Polizist, der angerufen hat?«

»Ja«, sagte Holtz. »Wir haben miteinander telefoniert.«

Nachdem der Mann wieder im Rollstuhl saß und es ihm geglückt war, die Hose hochzuziehen, wandte er sich mit einem Lächeln auf den Lippen an seinen Besucher.

»Willkommen! Normalerweise bereite ich Gästen einen anderen Empfang, aber wenn man muss, dann muss man einfach.« Er lachte, als er das sagte, und steckte Holtz mit seinem Lachen an. Vielleicht war es ja die gute Laune des Mannes, seine Art, das eigene Missgeschick zu übergehen, und die Gabe, über das ganze Elend zu lachen, die Holtz' Stimmung aufhellte.

»Ich bin Marcus Koster«, sagte der andere und streckte die Hand aus. Sie war noch etwas feucht, und Holtz stieg der Duft von Seife in die Nase. »Kann ich Ihnen einen Kaffee anbieten?«

»Tja, wenn Sie etwas anderes hätten, wäre mir das lieber. Tee?«

»Kein Problem, kommen Sie mit.« Er rollte voraus in eine kleine Küche weiter hinten im Vereinsgebäude.

Holtz fiel auf, dass die Arbeitsfläche ungewöhnlich niedrig war, als der Mann im Rollstuhl ohne größere Probleme den Tee und ein paar belegte Brote zubereitete, den Teller auf seinen Knien platzierte und zu einem großen, sehr ramponierten Kiefernholztisch brachte.

»Kann ich Ihnen helfen?«

»Nein, nein, legen Sie doch ab und nehmen Sie Platz, ich bin gleich fertig.«

Holtz zog seinen Mantel aus und legte ihn über die Rückenlehne eines Stuhls. Er setzte sich und sah sich im Zimmer um. Es war in düsteren Farben gehalten, und die Möbel schienen vom Flohmarkt oder Sperrmüll zu stammen. Keiner der Stühle am Tisch passte zum anderen, und in einer dunklen Ecke stand ein Sofa, dessen beste Tage schon lange zurücklagen.

»Nicht gerade Home Staging, aber für unsere Zwecke perfekt.« Marcus Koster schien Holtz' Gedanken gelesen zu haben. »Im Sommer sind hier oft viele Leute, und manchmal veranstalten wir auch Ferienlager für Jugendliche«, sagte er, als würde das den Zustand der Möbel erklären.

»Und jetzt im Winter?«

»Im Winter ist hier eigentlich nichts los. Ich bin nur ab und zu hier, um nach dem Rechten zu sehen, damit keine ungeladenen Gäste das Haus als Wärmestube benutzen.«

»Dieses Risiko besteht natürlich immer. Wo bewahren Sie die Bogen auf, wenn niemand hier ist?«

»Im Sommer haben wir sie in einem verschlossenen Schuppen auf der Rückseite des Vereinshauses. Der Schuppen ist aus Stahlbeton.«

»Es gibt hier also im Augenblick keine Waffen?«

»Eigentlich nicht, aber mir war klar, dass Sie vielleicht Fragen haben würden, und deswegen habe ich ein paar Bogen mitgebracht. Ich habe sie in meinem Wagen.«

»Auch eine Armbrust?«

»Ja. Aber was wollten Sie eigentlich genau wissen?«

Holtz erklärte, er sei mit einer Ermittlung befasst, auf die er nicht näher eingehen könne, aber es handele sich um einen Mord, und ein Kollege habe ihn auf den Bogenschützenverein aufmerksam gemacht. Möglicherweise habe der Mörder eine Armbrust benutzt, daher wolle er möglichst viel über die Funktionsweise dieser Waffe und die Schützen in Erfahrung bringen.

Insgeheim fragte er sich, ob diese Geheimnistuerei wirklich notwendig war. Während der beiden Tage, die seit dem Mord vergangen waren, waren die Zeitungen voll von Informationen und Hypothesen gewesen. Die Tat war natürlich in allen Zeitungen und Nachrichtensendungen die wichtigste Meldung gewesen, aber bislang hatte die Polizei die Information über den Pfeil geheim halten können. Marcus Koster schien Holtz' Besuch auch nicht mit dem Mord in Zusammenhang zu bringen. Oder vielleicht zog er es nur vor, sich nicht darüber zu äußern.

»Es gibt nur relativ wenige Armbrustschützen, die an Wettkämpfen teilnehmen. In diesem Verein sind es nur eine Handvoll, da es sich eigentlich um einen Bogenschützenverein handelt.«

»Ist das schwer? Ich meine, mit einer Armbrust zu schießen?«

»Nein, eigentlich nicht. Die meisten können bereits nach wenigen Stunden ganz manierlich schießen. Es ist auch nicht schwerer, als mit einem normalen Gewehr zu schießen. Bogenschießen ist viel schwieriger.«

»Jeder kann also innerhalb weniger Stunden ein guter Schütze werden?«

»Vielleicht nicht unbedingt gut, aber alle können lernen, auf zwanzig oder dreißig Meter Entfernung ein Ziel zu treffen, wenn das Visier richtig eingestellt ist. Mit einem Laserzielfernrohr ist das ziemlich einfach.«

»Und auf größere Distanz?«

»Das ist etwas ganz anderes. Äußerst wenige treffen eine Zielscheibe aus achtzig bis hundert Metern.«

»Und warum ist das so schwierig?«, fragte Holtz und schob das letzte Stück seines belegten Brotes mit Streichkäse und Gurke in den Mund.

»Die Pfeile sind sehr windempfindlich. Beim geringsten Windhauch kann die Abdrift mehrere Meter betragen. Um den Wind zu kompensieren, braucht man eine moderne Armbrust mit sehr großer Kraft. Nur damit kann man große Weiten erzielen, und der Pfeil bleibt im Ziel stecken.«

»Und wer besitzt so eine Armbrust?«

»Ein paar hundert, vielleicht tausend Leute. In der Theorie ist es nicht erlaubt, eine Armbrust ohne Lizenz zu besitzen, und eine Lizenz erhält man nur, wenn man Mitglied in einem Verein ist.«

»Einem Verein wie diesem?«

»Genau.«

»Was meinen Sie mit ›in der Theorie‹?«

»Als Polizist müsste Ihnen das eigentlich klar sein. Waffenscheine sind in der Theorie eine prima Angelegenheit, aber es gibt sicher unzählige Besitzer einer Armbrust, die keine Genehmigung haben und auch nicht Mitglieder eines Vereins sind. Also genau wie bei allen anderen Waffen. Und die Jäger haben dafür mit Sicherheit keinen Waffenschein.«

»Die Jäger?«

»Leute, die Rehe und Wildschweine mit der Armbrust jagen, besitzen dafür garantiert keine Genehmigung. Das ist nämlich verboten.«

Ulf Holtz nickte. Er hatte sich den kurzen Gesetzestext angesehen, der Besitz und Gebrauch einer Armbrust regelte. Er wusste, dass die Jagd mit der Armbrust immer noch verboten war, obwohl die Jägerlobby größte Anstrengungen unternommen hatte.

Er wandte sich zum Fenster. Auf der zerkratzten Fensterbank lagen tote Fliegen vom Sommer neben ein paar vertrockneten, starren Hummeln. Vor dem Fenster erstreckte sich eine große Wiese. Eine weiße, offene Landschaft. Fünf Zielscheiben aus Stroh auf dreibeinigen Stativen standen verlassen im Schnee. Das Bild erinnerte Holtz an ein Stillleben.

In diesem Augenblick tauchten zwei Rehe auf dem erleuchteten Platz vor dem Gebäude auf. Sie blieben stehen und nahmen die Witterung auf. Fasziniert sah Holtz sie an. Sie regten sich nicht.

»Sie werden langsam hungrig, da sie bei dem vielen Schnee kein Futter mehr finden. Manchmal nagen sie etwas an den Zielscheiben«, sagte Marcus Koster, nachdem ein paar Minuten verstrichen waren.

Holtz nickte. Eines der Rehe drehte den Kopf in seine Richtung, als würde es ihn ansehen. Dann bewegte sich das andere Reh, und wie auf ein Signal wandten beide ihren Betrachtern das Hinterteil zu und liefen in weiten Sprüngen über die Wiese und in den Wald.

»Wirklich schöne Tiere«, sagte Holtz.

»Allerdings.«

»Und wie funktioniert so eine moderne Armbrust?«, fragte Holtz.

»Ich zeige es Ihnen.« Koster setzte routiniert mit seinem Rollstuhl vom Tisch zurück und rollte zur Haustür. Ulf Holtz wischte sich mit dem Handrücken über den Mund, nahm seinen Mantel und ging hinterher.

Marcus Koster hatte Mühe beim Anziehen seiner Jacke. Er öffnete die Haustür und rollte die Rampe hinunter auf den Minivan zu. Ulf Holtz folgte ihm und verspürte das dringende Bedürfnis, ihm behilflich zu sein, den Rollstuhl zu schieben und Türen zu öffnen, aber etwas hielt ihn davon ab. Er wusste nicht, wie er sich benehmen sollte, er kannte niemanden, der im Rollstuhl saß. Eine ältere Tante von ihm war sehbehindert gewesen und immer wütend geworden, wenn er versucht hatte, ihr zu helfen. Er konnte das irgendwie verstehen. Koster schien keine Hilfe zu benötigen.

»Stehen Sie nicht rum! Helfen Sie mir bei der Hecktür, die klemmt manchmal, und dann kriege ich sie nicht auf.«

Holtz errötete und eilte herbei, um zu helfen. Was ist eigentlich mit mir los, dachte er und öffnete energisch die Tür.

Der Boden des Minivans bestand aus geriffeltem Aluminium. Ein Scheinwerfer an der Decke warf einen grellen Lichtstrahl darauf. Das Licht funkelte in den Rillen des Metalls. Im Laderaum lagen drei Bogen und eine große Tasche.

»Geben Sie mir die Tasche«, sagte Koster und nickte ins Innere des Fahrzeugs.

Holtz beugte sich vor und nahm die Tasche. Sie war leichter, als er erwartet hatte.

Koster nahm sie entgegen, legte sie auf die Knie und öffnete sie langsam. Die Armbrust war ordentlich in Schaumstoff verpackt. Die Waffe war in Tarnfarbe lackiert, und in einem Seitenfach steckten sechs Pfeile. Sie waren schwarz und hatten gelbe Steuerfedern. Holtz fiel auf, dass sie länger waren als der Pfeil, der Styrbjörn Midvinter getötet hatte.

»Hier«, sagte Koster und reichte Holtz die Waffe.

Er nahm sie entgegen. Der schöne Kolben lag ausgezeichnet in der Hand. Die Waffe strahlte Eleganz und Kraft aus. Holtz legte sie an der Schulter an und spähte durch das Zielfernrohr.

»Die liegt gut in der Hand. Darf ich sie mal ausprobieren?«

»Natürlich. Sie sind doch Polizist, oder?«, erwiderte Koster mit einem schiefen Lächeln und nahm die Waffe zurück. Er setzte eine Kurbel am Ende des Kolbens an und befestigte einen Haken an der Bogensaite. Nachdem er ein paar Mal gekurbelt hatte, war die Armbrust schussbereit.

»Ich habe nicht so viel Kraft im rechten Arm«, sagte er, um die Kurbel zu erklären.

Anschließend suchte er einen Pfeil aus, reichte Holtz die Waffe und erklärte ihm, wie der Pfeil eingelegt wurde und wie die Sicherung funktionierte.

»Halten Sie den Daumen nach unten, damit die Sehne nicht die Daumenspitze mitnimmt«, sagte Koster.

Holtz folgte seinen Anweisungen, legte die Waffe an die Schulter, zielte auf einen Baum in zwanzig Meter Entfernung und drückte behutsam ab.

Pia Levin sah erstaunt Ulf Holtz an, der zurückgelehnt auf dem Bornholm-Sessel in seinem Büro saß und anschaulich erzählte, mit welch ungeheurer Kraft der Pfeil zwischen zwei Bäumen verschwunden war und durch die Reibung ein schwacher versengter Geruch zurückgeblieben war.

»Hundert Meter pro Sekunde. Er war einfach weg. Irgendwie hatte ich mir vorgestellt, man würde den Pfeil im Flug sehen. Aber er war einfach weg«, sagte er in einem Tonfall, den sie an ihm gar nicht kannte. Kindliche Verzückung vielleicht.

»Habt ihr den Pfeil gefunden?«

»Nein. Ich habe eine Weile gesucht, aber den kann man vermutlich abschreiben.«

»Gab es sonst noch irgendwelche Erkenntnisse? Einmal abgesehen davon, dass es ein irres Gefühl ist, einen Pfeil im Wahnsinnstempo in die Unendlichkeit zu befördern, meine ich.«

Er hob den Blick und sah sie an, war sich aber nicht sicher, ob sie sich über ihn lustig machte.

»Ja, einige. Nicht zuletzt, dass ein Armbrustschütze der Mörder sein könnte.« Er lehnte sich in seinem Sessel zurück. »Aber das besprechen wir dann, ich will erst einmal wissen, wie weit du gekommen bist.«

Levin erhob sich und ging im Zimmer auf und ab, während sie erzählte, was die Assistenten und sie in Erfahrung gebracht hatten. Das meiste war Holtz bekannt. Ab und zu warf er eine Frage ein. Es ärgerte ihn, dass es ihnen nicht gelungen war, den Standort des Schützen zu finden. Levin hatte den ganzen Tag damit verbracht, mit Hilfe eines Lasermessgerätes mögliche Abschussstellen ausfindig zu machen, wobei sie in ihren Berechnungen von dem Winkel ausging, den der Pfeil zu Midvinters Hals bildete. Sie hatte herausgefunden, dass der Schütze unmittelbar außerhalb des Feldes an der Längsseite des Fußballplatzes gestanden haben musste, gegenüber dem seine letzte Rede haltenden Neonaziführer. Möglicherweise hatte er auch auf dem Platz selbst gestanden, aber das schien sehr unwahrscheinlich, deswegen hatte Levin diese Hypothese beiseitegelegt. Ulf Holtz hatte ihr alle Fakten gegeben, die er über die Reichweite der Waffe zusammengetragen hatte. Wie sie auch rechnete, der Schütze musste sich innerhalb des flutlichtbeleuchteten Areals befunden haben.

»Aber dann müsste ihn doch jemand gesehen haben. Oder etwa nicht?«, meinte Holtz.

»Aber wieso hat sich dann niemand gemeldet? Wir haben schließlich unendlich viele Leute vernommen, die sich auf dem Fußballplatz befunden haben. Niemand will etwas Ungewöhnliches bemerkt haben.«

»Sind wir uns da so sicher?«

»Laut Ellen sind alle Vernehmungen bereits im Brunnen erfasst. Nichts deutet darauf hin.« Levin streckte die Hand nach einem Fruchtgummi aus, das einsam in einer Schale aus exotischem Holz auf Holtz' Schreibtisch lag.

»Bitteschön«, sagte Holtz, als Levin die Süßigkeit in den Mund schob.

»Herzlichen Dank.«

Langsam kaute sie auf dem Fruchtgummi.

»Und was haben die Vernehmungen der Kollegen, die an dem Abend im Einsatz waren, ergeben?«

»Ich weiß nicht. Warum?«

»Ich dachte nur, dass vielleicht einer der Uniformierten etwas gesehen hat, das uns weiterhelfen könnte.«

»Vielleicht. Wir müssen Ellen fragen.«

Eine Stunde später klopfte Pia Levin bei den Analytikern an, die nun nach mehrfacher Umorganisation über ein eigenes Reich im dritten Stockwerk verfügten. Sie saßen in einem Großraumbüro mit Fenstern zum Innenhof. Eine große schneebedeckte Kastanie hinderte das Sonnenlicht daran, in den Raum zu dringen. Schon viele Leute hatten gefordert, dass man den Baum fälle, damit mehr Tageslicht in die Büros fiel, aber das hatte die Stadtverwaltung bislang zu verhindern gewusst. Die Kastanie war über hundert Jahre alt, und was ein paar wehleidige Angestellte der Polizei fanden, kümmerte den Stadtgärtner nicht. Einige unbeholfene Versuche, den Baum mit Kupfernägeln oder Pflanzengift zu vergiften, waren aufgeflogen, ohne dass die Schuldigen gefasst worden wären. Die Kastanie wuchs und gedieh weiterhin.

Pia Levin ging auf eine schon ältere Frau zu, die ihr volles weizenblondes Haar in einem Zopf trug. Sie kannte sie nur vom Sehen und glaubte, dass sie eine Art Gruppenleiterin sei. Die Frau blickte über den Rahmen der Lesebrille auf ihrer Nasenspitze, als sich Levin vor ihr aufbaute. Ihre Haut war grau, und sie roch nach Zigaretten.

»Hallo! Wie geht's voran?«, fragte Levin.

»Womit?«, erwiderte die Frau irritiert.

»Mit den Vernehmungen nach dem Mord an Styrbjörn Midvinter. Ich dachte, Ellen …«

»Wissen Sie eigentlich, wie viel wir hier zu tun haben?«

»Nein, das kann ich nicht behaupten, aber ich vermute, dass es hier nicht anders ist als bei den meisten von uns. Es wird also viel zu tun sein«, sagte Levin mit ihrer freundlichsten Stimme.

»Dann werde ich Ihnen mal erklären, dass wir mindestens doppelt so viele Leute bräuchten, um die Arbeitsbelastung zu bewältigen.«

»Ich verstehe.«

»Wenn die Leitung dieses Betriebs nur die geringste Ahnung davon hätte, wie viel wir zu tun haben …«

»Aber …«

»Was, aber, glauben Sie etwa nicht, dass wir unser Äußerstes leisten?«, fragte die Frau mit dem weizenblonden Haar und wandte sich hilfesuchend an die Kollegin neben sich. »Man könnte schon bei weniger einen Vogel kriegen, oder?«

Pia Levin verlor langsam die Geduld und wollte schon etwas sagen, als die andere Frau sie anlächelte.

»Kommen Sie, ich helfe Ihnen. Lena kann manchmal etwas schwierig sein.« Sie lachte.

Lena warf den Kopf zurück, sodass ihr schwerer Zopf wie ein Pendel hin- und herschwang, und kehrte an ihre Arbeit zurück.

Pia Levin wusste nicht, was sie von ihr halten sollte. Die Frau wirkte leicht übergeschnappt.

»Kommen Sie«, sagte ihre Kollegin, die sich als Karen vorstellte. »Ich habe schon einige Informationen aus dem Brunnen zusammengestellt, die Ihnen möglicherweise weiterhelfen können.«

Sie bat Levin, sich einen Stuhl zu nehmen und neben ihr Platz zu nehmen. Pia Levin sah sich ratlos im Raum um, entdeckte dann aber einen freien Stuhl am Fenstertisch. Sie holte ihn und setzte sich neben die Analytikerin.

Karen öffnete das Programm, mit dem sich die Datenbank Mimers Brunnen, allgemein Brunnen genannt, durchsuchen ließ. Dort waren mehrere hundert Vernehmungen und Informationen, die die Mordermittlung betrafen, gespeichert.

»Wonach sollen wir suchen?«, fragte sie.

Levin dachte einige Sekunden nach, zupfte sich am linken Ohrläppchen und sagte dann:

»Personen ohne Begleitung, abgeschiedene Orte, ungewöhnliche Beobachtungen … sagen wir mal von einige Stunden vorher bis kurz vor dem Mord.«

Karen trug ein paar Suchbegriffe und Zeiten in die Suchmaske ein. Auf dem Monitor tauchte eine altmodische Uhr auf. Die Zeiger bewegten sich langsam, während das Programm arbeitete. Hunderte von Vernehmungen wurden nach den Suchbegriffen durchforstet, und nach ein paar Minuten tauchten ein paar Codes auf dem Monitor auf.

»Mal sehen … Dreißig Treffer. Glauben Sie, die Suche ließe sich noch weiter eingrenzen?«

»Ich weiß nicht recht. Haben Sie eine Idee?«

»Man kann sich beispielsweise auf Vernehmungen bestimmter Personen beschränken: Zuschauer, Veranstalter oder warum nicht gar Polizisten.«

»Gut, nehmen Sie Polizisten«, sagte Levin.

Ein weiterer Suchbegriff wurde eingetragen, und die Suche begann von Neuem. Nach nur einer halben Minute verschwand die Uhr wieder, und drei Zeilen tauchten auf dem Monitor auf. Nachdem die drei Vernehmungen aus dem digitalen Gedächtnis ausgedruckt waren, bedankte sich Levin, stellte den Stuhl dorthin zurück, wo sie ihn geholt hatte, und verließ die Abteilung.

Auf dem Weg nach draußen warf sie einen Blick aus dem Fenster. Es hatte zu dämmern begonnen. Ein großer Schneeklumpen löste sich von einem Ast der Kastanie und fiel schwer zur Erde.

Ellen Brandt erlebte etwas Ungewöhnliches. C. hatte eine Versammlung der mittleren Hierarchieebene einberufen, um sich über alle aktuellen operativen Angelegenheiten zu informieren.

»Wir müssen Prioritäten setzen. Wir verfügen nicht über unbegrenzte Mittel, und ich möchte, dass alle genau nachdenken und alles streichen, was im Augenblick nicht absolut notwendig ist.«

Niemand in dem schlecht beleuchteten Raum sagte etwas. Sie waren zu acht, und alle waren sehr ernst. Niemand hatte vor, kampflos etwas aufzugeben, und daher war es am besten abzuwarten, ob jemand freiwillig den Rotstift bei sich ansetzen ließ.

»Wie sieht's bei der Ermittlungsabteilung aus?«

Der Chef der Ermittlungseinheit, ein magerer, gut gekleideter Mann mit sehr vollem Haar, räusperte sich.

»Wir gehen bereits auf dem Zahnfleisch. Ich kann keinen Ermittler entbehren. Alle sind mit den Überfällen auf die Geldtransporter beschäftigt, denen du Vorrang eingeräumt hattest«, sagte er, um zu betonen, dass die Personalknappheit jedenfalls nicht seine Schuld war.

C. nickte.

»Und bei der Fahndung? Wie ist es bei euch?«

»Alle Hände voll zu tun. Alle geben ihr Äußerstes, du weißt ja, wie viel Zeit die Überwachung der Rockerbanden in Anspruch nimmt. Und als wäre das nicht genug, müssen wir uns jetzt auch noch mit dieser sinnlosen Terroristenjagd befassen, auf der die Kollegen von der Sicherheitspolizei bestehen«, antwortete der Fahndungschef, und einige am Tisch lachten.

C. war nicht im mindesten amüsiert.

»Wie ihr wisst, haben wir es jetzt mit diesem Mord an dem

Neonazi zu tun und müssen uns stärker darauf konzentrieren. Mir ist bereits von oben bedeutet worden, dass wir falsche Prioritäten setzen, und manche Medien haben bereits angezweifelt, dass wir diesen Mord überhaupt aufklären wollen, und uns unterstellt, wir würden nur deshalb nicht alles daransetzen, den Fall unverzüglich zu lösen, weil es sich nicht um einen Politiker der etablierten Parteien handelt.«

Eine Pause entstand, und Ellen Brandt nutzte diesen günstigen Moment.

»Wir könnten die Forensiker mehr in die Ermittlung einbinden. Als Ermittler, meinte ich.« Sie wusste, dass es eine Gratwanderung bedeutete, die Ermittlung behalten zu dürfen, Ermittlungskapazitäten zu sichern und es sich außerdem mit den anderen nicht zu verderben.

»Die Forensiker?«

»Schließlich sind sie ja auch Polizisten«, sagte Brandt. »Außerdem hat Holtz seine Dienste angeboten.«

C. kratzte sich die Wange und starrte auf eine vertrocknete Palme, die in eine dunkle Ecke des Raumes verwiesen worden war und offenbar immer vergessen wurde, wenn die Topfpflanzen von gestressten jungen Männern und Frauen in grüner Uniform einmal in der Woche gegossen wurden.

»Die Lage ist prekär. Sprich mit Holtz und bereite ihn darauf vor, dass sie ihren Einsatz in dieser Neonaziermittlung erweitern dürfen! Irgendwie können sie sich bestimmt nützlich machen. Hat die Ermittlung eigentlich inzwischen einen Namen?«

»Operation Hakenkreuz.« Brandt wirkte etwas verlegen.

»Du machst Witze, wer hat sich das denn einfallen lassen? Hakenkreuz? Das kommt wirklich nicht in Frage.«

C. holte tief Luft und schüttelte den Kopf.

»Ihr müsst euch was anderes ausdenken. Nehmt einen

Pflanzennamen oder so. Das war alles für heute«, sagte sie, packte ihre Sachen zusammen und marschierte aus dem Zimmer.

Ulf Holtz parkte den Wagen vor seinem Haus. Er hatte es gekauft, bevor die Preise astronomische Höhen erreicht hatten. Das schmucklose, weißverputzte Gebäude hatte ihm bei dem Besichtigungstermin sofort gefallen. Er hatte den Kauf nie bereut, und jedes Mal, wenn er in die Einfahrt einbog, empfand er die Ruhe und Geborgenheit, die nur die eigenen vier Wände vermitteln können. Langsam und behutsam schloss er die Autotür, um keine Aufmerksamkeit zu erregen. Sein Nachbar pflegte immer rein zufällig zu erscheinen, wenn er nach Hause kam. Immerzu neugierig und stets mit einer Frage auf den Lippen. Holtz hatte im Verlauf der Jahre gelernt, ihn mit ein paar Floskeln abzuspeisen und dann rasch weiterzugehen. Obwohl er beharrlich Distanz wahrte, schien sein Nachbar nicht aufzugeben. Immer zeigte er das gleiche einladende Lächeln und sprach ihn freundlich an. Holtz konnte es sich nicht erklären, warum er ihn nicht ertrug. Gleichzeitig machte ihm sein schlechtes Gewissen zu schaffen. Die Frau des Nachbarn hatte ihn noch nie gestört und nie am Zaun gehangen, um ihn auszuhorchen. Sie blieb stets im Hintergrund, und Holtz hatte sich manchmal gefragt, warum sie eigentlich so unsichtbar war.

Es erleichterte ihn, dass sein Nachbar ausnahmsweise einmal nicht auftauchte, und er legte die drei Schritte auf dem gestreuten Weg zur Haustüre rasch zurück, während er in seinen Taschen nach dem Schlüsselbund tastete. Eine Minute später befand er sich im Warmen, hängte seinen Mantel auf, warf den

Schlüsselbund in die blaue Pappschachtel auf der Kommode, zog Pantoffel an, ließ sich auf das mit einem hellen Stoff bezogene Sofa im Wohnzimmer fallen und schloss einen Moment lang die Augen. Nach ein paar Sekunden streckte er die Hand nach der Fernbedienung aus, die auf dem hellen Holztisch lag, und zappte rasch von einem Radiosender zum nächsten, ohne dass ihm etwas gefallen hätte. Stattdessen wechselte er zu seinem MP3-Player, ging die verschiedenen Listen durch und entschied sich schließlich für Chansons.

Die heisere Stimme drang in jeden Winkel des Hauses, und er lehnte sich wieder mit geschlossenen Augen zurück.

Warum rief sie nicht an? Vielleicht war etwas passiert? Er lächelte, als er sich an das Frühjahr erinnerte, in dem Nahid Ghadjar in sein Leben getreten war.

Sie war eher geschlichen.

Erst war ihm die Praktikantin, die sich an Pia Levins Fersen geheftet hatte, nicht weiter aufgefallen. Mit der Zeit war Nahid dann aber immer wichtiger geworden. Sie hatte schärfere Konturen bekommen, mehr Details. Das rabenschwarze, glatte Haar, das ihr manchmal wie ein Vorhang ins Gesicht fiel, wenn sie den Kopf bewegte, die weiße, durchscheinende Haut und die blauen Augen. So allmählich hatte Holtz das Gefühl gehabt, die Räume, in denen sie sich wie durch Zufall immer öfter gemeinsam befunden hatten, seien wie aufgeladen gewesen, und zum ersten Mal seit Jahren hatte er den Kopf wieder sehr aufrecht gehalten, den Bauch eingezogen und öfter in den Spiegel geschaut. Anfangs hatte sie ihn keines Blickes gewürdigt, aber im Verlauf jenes Frühjahrs, während ihre Arbeit an einem Fall, der in den Zeitungen als Graffitimord Furore machte, immer intensiver wurde, geschah etwas. Eines Abends stand sie einfach auf seiner Treppe, und dann ergab sich alles wie von selbst. Niemand gab das Tempo vor. Beide ließen sich einfach mitreißen. Ihm wurde warm, als er an sie dachte. An ihre Direktheit und Stärke, aber auch an ihre Schwäche. Mit der Zeit wurde das alberne Achterbahngefühl von einem steteren Gefühl abgelöst. Sie zog zwar nie regelrecht bei ihm ein, war aber oft da, wenn er zur Arbeit ging und nach Hause kam. Anfangs hielten sie ihre Beziehung noch geheim, so glaubte er zumindest. Seine Töchter Eva und Linda trafen sie ein paar Mal, ohne auch nur mit einem einzigen Wort auf den Umstand einzugehen, dass Nahid genauso alt war wie sie. Aber sie billigten die Beziehung auch nicht rundheraus. Ihre Spontanbesuche hörten fast ganz auf, ohne dass sie erklärten, warum. Er hoffte, dass sich das wieder ändern würde.

Pia Levin ging jedoch deutlich auf Abstand und bezeichnete ihn als alternden Lüstling. Zwar im Scherz, aber Holtz hörte den Ernst heraus. Er hätte ihr gerne erzählt, wie glücklich er war und dass die paar Jahre Altersunterschied keine Rolle spielten, dass es in seinem Leben heller geworden sei. Aber es blieb nur bei diesem Gedanken, weil ihm klar war, dass es doch nur pathetisch geklungen hätte, und im Grunde genommen pflichtete er ihr bei. Nahid Ghadjar war jung. Sehr jung.

Dann war sie plötzlich nicht mehr ständig bei ihm gewesen. Nur ein halbes Jahr nachdem sie sich kennengelernt hatten, wurden ihre Besuche immer rarer, und das Gefühl des Sommers war nur noch als schwache Erinnerung vorhanden. Als das Semester wieder begann, hatte die Welt, aus der sie gekommen war, sie wieder vereinnahmt.

Sie fehlte ihm, aber er wollte sich nicht aufdrängen. Ein zartes Pflänzchen darf nicht zu viel Nährstoffe erhalten, das wusste er.

Holtz saß fast eine Stunde lang in die Musik und in seine

Gedanken versunken da. Dann erhob er sich schwerfällig aus dem Sofa und begab sich in die Küche. Sein Körper wehrte sich. Ich muss mich mehr bewegen, vielleicht sollte ich ja mit Yoga oder diesem Tai-Chi anfangen, mit dem mir Linda in den Ohren liegt, dachte er. Als die Musik verstummte, übermannte ihn die Einsamkeit. Obwohl er so lange alleine gelebt hatte und ganz gut damit zurechtgekommen war, war er innerhalb kurzer Zeit abhängig geworden. Abhängig davon, eine Person um sich zu haben, mit der er reden und mit der er lachen konnte.

Ohne recht zu wissen, wie es geschehen war, stand er plötzlich mit dem Telefon in der Hand mitten im Zimmer. Routiniert fand er ihren Namen im Adressbuch und betätigte die Wähltaste, ehe er es sich anders überlegen konnte. Es klingelte viele Male. Er hoffte fast, dass sie nicht abheben würde, er bereute den Anruf fast schon. Schließlich hatte er ja einen Entschluss gefasst. Da hörte er, wie der AB ansprang. Ihre Tonbandstimme bat den Anrufer, eine Nachricht zu hinterlassen, dann ertönte dieses plätschernde Lachen, das sich mit einem Ciao vermischte.

Er zögerte.

»Hallo, ich bin's. Wollte nur wissen, wie es dir geht. Es gibt weiter nichts Wichtiges. Tschüs.«

Er legte auf und blieb mitten im Zimmer stehen.

»Verdammt nochmal!«

Pia Levin machte einen dicken rosa Strich in den Ausdruck, den sie von den Analytikern mitgenommen hatte. Sie blätterte weiter und markierte erneut Zeilen mit dem Leuchtstift, ließ den Packen zu Boden fallen, seufzte und rieb sich die Augen. Nachdem sie den Papierberg zweimal durchgelesen hatte, einmal ohne Unterbrechung, das zweite Mal mit dem gezückten rosa Marker, konnte sie nur feststellen, dass die Datenbank Brunnen nichts von Wert preisgegeben hatte. Ein Beamter hatte drei junge Leute auf einem Fahrradweg, der fast parallel zu der Straße mit dem Fackelzug verlief, beobachtet. Er erinnerte sich nur an sie, weil sie es offenbar eilig gehabt hatten und ausgelassener Stimmung gewesen waren. Wären sie nicht schwarz und zwei von ihnen in Palästinensertücher gekleidet gewesen, hätte er sich nicht weiter um sie gekümmert.

»Wie gemeinhin bekannt, muss man solche Leute ganz besonders im Auge behalten«, hatte er gesagt und auf einen Vortrag der Sicherheitspolizei über autonome Gruppen verwiesen.

Pia Levin hoffte, dass die Kursusleiter dies etwas nuancierter dargestellt hatten. Sie vermerkte am Seitenrand, dass der Mann, der sie überfallen hatte, vermutlich ebenfalls ein solches Tuch getragen hatte.

Auch die zweite Vernehmung betraf eine kleinere Gruppe, Rentner, die die Marschierenden beschimpft hatten, als sie durch ihren Ort gezogen waren. Einer der älteren Herren hatte einen Stein aufgehoben und in die Reihen der Marschierenden geworfen, ohne jemanden zu treffen. Bevor die Situation ausartete, waren die randalierenden Rentner von drei kräftigen Beamten abgedrängt worden und hatten ohne weitere Proteste das Feld geräumt.

Auch die dritte Information aus dem Brunnen war ihrer Meinung nach vollkommen bedeutungslos. Der Eintrag stammte von einer Beamtin, die eventuelle Gegendemonstranten hatte bewachen sollen.

»Ich folgte dem Demonstrationszug kurz hinter der Spitze und behielt dabei die Umgebung der Marschroute im Auge. Etwa einen Kilometer vor dem Platz, der als Ziel des Demonstrationszuges vorgesehen war, nahm ich eine Person wahr, wahrscheinlich männlich, die sich ein Stück innerhalb des Waldes am Wegesrand aufhielt. Der Mann urinierte an einen Baum.«

Pia Levin fragte sich, warum in aller Welt die Polizistin einen Polizeibericht über einen pinkelnden Nazi geliefert hatte.

Sie rieb sich wieder die Augen, und in ihrem Kopf tauchte der Wunsch nach einem Glas Wein vor dem Zubettgehen auf. Sie wusste, dass sie dann gut schlafen würde. Ein Karton mit australischem Weißwein stand zwischen Geschirrstapeln auf der Spüle ihrer winzigen Küche, bei der es sich eigentlich nicht um mehr als eine Kochnische neben dem Zimmer handelte, das Levin als Schlafzimmer bezeichnete und das einmal das Esszimmer der kleinen Wohnung gewesen war. Einige Sekunden lang erwog sie zu spülen, bevor sie sich ein Glas Wein gönnte, aber diesen Gedanken setzte sie nicht in die Tat um. Zwischen den ungespülten Gläsern fand sie eines, das recht sauber wirkte. Sie roch daran. Es roch sauber. Mit geübten Bewegungen füllte sie es zu Hälfte mit dem lauwarmen Wein, zögerte und goss dann noch etwas nach.

Als sie am nächsten Morgen erwachte, verspürte sie das dringende Bedürfnis, sich die Zähne zu putzen. Sie hatte einen metallischen Geschmack im Mund, und die Zunge klebte am Gaumen. Ihre Kleider lagen auf dem Fußboden. Sie hatte im Slip geschlafen, und der Gedanke, aufstehen zu müssen, war alles andere als angenehm.

Ulf Holtz war früh erwacht, hatte rasch seine morgendlichen Verrichtungen erledigt, aber das Frühstück dann übersprungen. Im Auto auf dem Weg in die Stadt hatte er Levin angerufen und sie gefragt, ob sie Lust habe, mit ihm in einem Café zu frühstücken. Sie hatte unkonzentriert gewirkt und geklungen, als würde sie krank werden. Sie hatte aber darauf bestanden das Lokal auszusuchen, und nach einem gewissen Zögern hatte er sich einverstanden erklärt. Pia Levin befand sich bereits an Ort und Stelle, als er eintraf, nachdem er dreimal um den Häuserblock hatte fahren müssen, ohne einen Parkplatz zu finden. Zu guter Letzt hatte er seinen Wagen neben einem riesigen Schneehaufen abgestellt. Nach einem gewissen Zögern hatte er die laminierte Mitteilung auf das Armaturenbrett gelegt, dass es sich bei dem Wagen um ein polizeiliches Dienstfahrzeug handele.

In einer Ecke des nüchternen Hotelrestaurants brannte ein Feuer in einem offenen Kamin, und die Wärme schlug ihm entgegen, als er eintrat. Pia Levin winkte ihm von einem Fenstertisch am anderen Ende des Raumes zu. Ihm fiel auf, dass sie eine Riesenmenge Essen vor sich aufgebaut hatte.

»Welche Zimmernummer?« Ein junger Mann mit nasaler Stimme versperrte ihm den Weg, noch bevor er seine Kollegin erreicht hatte.

»Bitte? Nein, also, ich wohne nicht hier«, entgegnete Holtz.

»Frühstück wird hier nur für die Hotelgäste serviert.«

»Michel! Er gehört zu mir. Sei jetzt nicht so«, rief Levin, als sie sah, dass Holtz Probleme mit dem Oberkellner hatte.

»Ach so, ein guter Freund meiner lieben Pia. Bitteschön, der Herr. Ich hoffe, es wird Ihnen schmecken«, sagte der Oberkellner, deutete eine Verbeugung an und schwebte davon.

Holtz bahnte sich zwischen den Tischen mit weißen Tischdecken einen Weg. Auf allen brannten Kerzen neben einer Vase mit einer einzelnen Rose. Nur wenige Männer, die eine aufgeschlagene Zeitung neben sich liegen hatten, frühstückten.

»Ich habe schon angefangen, bedien dich doch.«

»Das wirkt nicht gerade billig. Was kostet das Frühstück?«

»Darum brauchst du dich nicht zu kümmern. Hol dir jetzt was am Büfett.«

»Aber…«

»Jetzt nimm dir schon was, damit ich in Ruhe weiteressen kann«, sagte sie mit einem schiefen Lächeln.

Ulf Holtz holte sich eine Tasse Tee und zwei Brötchen mit Käse vom Büfett und kehrte zu Levin zurück.

»Wirklich aufregend. Käsebrötchen«, sagte sie, als er sich setzte.

»Für mich reicht das.«

»Wie du willst.«

»Was hast du gegen ihn in der Hand?« Holtz nickte in Richtung des Oberkellners.

»Ich war ihm einige Male behilflich, das Frühstück ist die Bezahlung dafür. Aber ich gehe eigentlich nicht oft hierher.«

»Du warst ihm einige Male behilflich? Und das hier ist die Bezahlung? Was soll das, Pia…«

»Ja, ja, spar dir deine Moralpredigt. Wechseln wir das Thema, was man nicht weiß, macht einen nicht heiß. Sollten wir nicht lieber über die Arbeit reden?«

Ulf Holtz lehnte den Kopf zurück und betrachtete den funkelnden Kronleuchter an der Decke.

»Okay, was hast du herausgefunden?«, fragte er, als er sich wieder auf Pia konzentrierte, die mit einer Blutpampelmuse kämpfte. Sie gab den Kampf mit der Zitrusfrucht schließlich auf und streckte die Hand nach einigen Papieren neben sich aus. Dann referierte sie knapp, was sie aus dem Brunnen erfahren hatte. Wie sie von den Analytikern empfangen worden war, beschrieb sie ebenfalls sehr anschaulich.

Ulf Holtz lachte trocken.

»Ist das etwas, dem wir nachgehen sollten? Was meinst du?«, fragte sie.

Er ließ den Blick über den Speisesaal schweifen. Weitere Hotelgäste waren zum Frühstück erschienen. Wieder verweilten seine Augen bei dem prächtigen Kronleuchter. Er strich sich geistesabwesend über die Wange.

»Tja, ich weiß nicht. Lies mir das mit dem Mann, der gegen den Baum pinkelte, noch mal vor«, sagte er.

»Eine Beamtin hat berichtet, sie habe nicht weit vom Ende der Marschroute einen Mann gegen einen Baum urinieren sehen. Ich begreife nicht ganz, weshalb sie dieses Detail überhaupt der Erwähnung wert befunden hat, und habe sie deswegen angerufen.«

»Und?«

»Sie konnte es nicht richtig erklären. Irgendwie war ihr dieser Mann eingefallen, als alle gebeten worden waren, ihre Beobachtungen zu melden. Da sei etwas gewesen, sie wusste aber nicht recht, was.«

»So seltsam klingt das doch nicht, dass jemand ein paar Schritte in den Wald geht, um zu pinkeln, oder?«

»Ich dachte nur, dass es vielleicht etwas mit Schnüfflerinstinkt und Intuition zu tun hat.«

»Und die anderen Aussagen?«

»An die alten Leute glaube ich keine Sekunde. Und die jungen … vielleicht. Ich habe mit Ellen geredet. Sie setzt jemanden auf die jungen Leute an. Mal sehen, wo das hinführt.«

»Wir sollten vielleicht erst einmal versuchen rauszukriegen, wo dieser pinkelnde Neonazi stand. Vielleicht finden wir dort ja was. Sehr viel mehr haben wir nicht in der Hand. Weißt du ungefähr, wo das war?«

»Ich habe es mir beschreiben lassen. Sollen wir hinfahren?«

Holtz dachte ein paar Sekunden lang nach.

»Okay, aber erst muss ich noch mein Frühstück aufessen.« Er biss herzhaft in sein Käsebrötchen.

Pia Levin packte ein großes Stück Camembert auf eine Scheibe Roggenbrot und kaute genüsslich. Das Ganze spülte sie mit einem Glas frischgepresstem Orangensaft herunter. Anschließend trank sie dann noch einen Himbeersmoothie.

Holtz blieb während der Fahrt auf der Überholspur. Die weiße Landschaft zog rasch vor den Fenstern vorbei. Die ersten Kilometer war die Bebauung sehr dicht: hohe Wohnhäuser im Hintergrund, Supermärkte und Autohäuser in unmittelbarer Nähe der Autobahn. Aber nach und nach ließen sie alles Großstädtische hinter sich, Tannenwälder und Felder wechselten sich ab. Ulf Holtz dachte an Nahid. Sie hatte sich nicht gemeldet, obwohl er ihr eine Nachricht auf dem Anrufbeantworter hinterlassen hatte. Seine Sehnsucht und sein Missmut darüber, dass er sich ihr so aufdrängte, mischten sich mit Besorgnis. Vielleicht war ja wirklich etwas passiert? Wann hatte er eigentlich zuletzt von ihr gehört? Vor drei Tagen hatte sie ihm eine SMS geschickt. »Ich melde mich.« Sonst nichts. Kein »Kuss« oder »Du fehlst mir«. Nicht einmal das blinkende Smiley, mit dem sie sonst immer ihre Nachrichten zu beenden pflegte. Je länger er nachdachte, desto besorgter wurde er. Das Gefühl, etwas unternehmen zu müssen, wurde immer stärker. Hätte nicht Levin neben ihm gesessen, dann hätte er nochmals versucht, Nahid zu erreichen.

Er beschleunigte noch mehr. Pia Levin sah ihn fragend von der Seite an, sagte aber nichts. Bald hatten sie die Abfahrt zum kleinen Ort Stjerneby erreicht, in dem einige Tage zuvor der Mord verübt worden war.

Holtz drosselte die Geschwindigkeit und hielt sich knapp über dem Tempolimit. Während sie durch den Ort fuhren, fiel ihm auf, wie trostlos alles war. Ein Hund war vor dem Lebensmittelladen neben dem U-Bahnhof festgebunden. Er wirkte einsam. Nichts erinnerte an die Aufruhrstimmung vor ein paar Tagen. Er versuchte, sich an die Polizisten mit ihren Schilden und Schlagstöcken zu erinnern, sich junge Demonstranten, zerbrochene Glasflaschen, marschierende Neonazis und einen lärmenden Hubschrauber vorzustellen, aber er konnte das Bild nicht festhalten, als wäre das alles nie geschehen.

Nach einigen Minuten erreichten sie den Fußballplatz. Sie parkten bei der noch vorhandenen Absperrung, die jedoch nicht mehr bewacht wurde. Die operative Leitung war der Meinung gewesen, kostenintensives Personal vor Ort sei überflüssig, und die Absperrung könnte eigentlich auch aufgehoben werden. Aber Holtz hatte nicht nachgegeben, deswegen hingen die blau-weißen Flatterbänder immer noch. Pia Levin zog eine Landkarte aus einer der Taschen am Bein ihrer dicken schwarzen Hose. Sie betrachteten die Karte eine Weile, dann wendete Holtz und fuhr ein gutes Stück auf der Straße zurück, auf der die Neonazis marschiert waren.

Das Wetter war umgeschlagen. Die beißende Kälte wurde von milderen Winden abgelöst. Dunkle Wolken zogen über den Himmel. Eine Schneeflocke fiel auf Levins Hand, als sie an einer Parkbucht an dem schmalen Weg aus dem Auto stieg. Erstaunt betrachtete sie den kalten, nassen Fleck auf ihrer Hand.

»Verdammt!«

Ulf Holtz sah sie an und dann zum Himmel. Er verstand sofort, was sie dachte. Nachdrücklich schloss er die Autotür, ging zur Rückseite des Wagens, öffnete den Kofferraum und nahm einen kleinen Hartschalenkoffer heraus, auf dem in großen weißen Buchstaben »FORENSIC« stand. Sein Blick fiel auf eine alubeschichtete Rettungsdecke, die ganz hinten im Kofferraum lag. Er zögerte einen Augenblick, zog sie dann heraus und schlug den Kofferraum knallend zu.

»Komm, es eilt.« Levin begann, den Weg, den der Fackelzug benutzt hatte, entlangzujoggen.

Ulf Holtz knöpfte die Jacke zu und folgte ihr. Sie liefen ein Stück. Schneeflocken fielen ihnen ins Gesicht. Holtz atmete schwer, als er Levin einholte, die am Wegrand stehengeblieben war.

»Hier könnte es irgendwo sein«, sagte sie, während sie sich umschaute, um ihren Standort mit dem Kreuz auf der Landkarte zu vergleichen. »Oder vielleicht auch nicht … Komm, hilf mir.«

»Landkarten sind nicht mein Ding, das weißt du doch«, erwiderte Holtz. Er war immer noch ganz außer Atem.

»Du kannst es dir ja wenigstens mal ansehen. Meine Güte, ein Polizist, der keine Karten lesen kann!«

»Okay, gib her. Woher wissen wir eigentlich, dass der Ort ganz exakt markiert ist?«

Er stellte den Koffer ab und legte die aufgerollte Decke auf die Erde. Dann blickte er über Levins Schulter auf die Karte. Das Papier wurde langsam nass, und die Kanten erschlafften, aber das schien Levin nicht zu stören.

»Sie war sich sehr sicher, dass dies die richtige Stelle ist. Außerdem hat sie früher an Orientierungsläufen teilgenommen. Auf die Karte können wir uns verlassen, aber die Frage ist, ob wir uns am richtigen Ort befinden.« Levin drehte sich um sich selbst, um sich zu orientieren.

»Du, sieh mal … auf der Karte macht die Straße doch eine Kurve und verläuft dann parallel zum Fahrradweg, ehe dieser in den Wald abzweigt, oder?«, sagte Holtz und deutete erst auf die Karte und dann die Straße entlang.

»Aber dann müsste es doch noch ein Stück weiter die Straße runter sein. Oder?«

»Wir versuchen unser Glück. Komm jetzt.« Er hob seine

Sachen auf und begab sich in die Richtung, in die er gezeigt hatte.

Der Schnee fiel immer dichter.

Levin blieb stehen und drehte die Karte hin und her. Sie sah sich ein drittes Mal um und entdeckte eine Stromleitung, die aus Osten kam, der Straße folgte und dann in den Wald abbog.

»Warte, hier stimmt was nicht!«, rief sie Holtz hinterher.

Er hatte sich bereits ein gutes Stück entfernt und hörte sie nicht. Sie rief nochmals und zwar so laut, dass sich ihre Stimme überschlug. Holtz blieb stehen, und trotz der Entfernung sah sie, dass er verärgert war. Er bedeutete ihr, zu ihm zu kommen.

Verdammter Idiot, dachte sie. Er weiß doch, dass er keine Karten lesen kann, warum benimmt er sich dann wie so ein blöder Pfadfinder?

Der Schneefall nahm weiter zu. Pia Levin wischte sich den Schweiß aus der Stirn.

Die beiden Kollegen sahen sich finster an.

»Komm schon!«, rief Levin schließlich.

Er gab nach, trottete zurück.

Seine Körpersprache verriet, dass er glaubte, im Recht zu sein. Meinetwegen, schien er zu sagen, aber ich weiß, dass ich Recht habe.

»Was?«, sagte er, als er bei ihr ankam.

»Halt den Mund, Pocahontas. Schau hier«, sagte sie und deutete wieder auf die Karte. Ihr Finger folgte einer dünnen schwarzen Linie.

»Das hier ist diese Stromleitung.« Sie deutete auf das Kabel, das an graubraunen Holzpfählen hing.

»Und?«, meinte er säuerlich.

»Wir sind zu weit gelaufen. Wir müssen bis zu dieser Kurve dort drüben zurück.«

Einige Minuten später standen sie am Wegesrand an der Stelle, die ihrer Vermutung nach auf der Landkarte markiert war. Levin stieg in den Graben hinunter und schritt ihn ein paar Meter nach rechts und links ab, während sie die Erde mit den Augen absuchte. Es schneite inzwischen noch stärker, aber die Tannen und Büsche am Wegrand schützten einstweilen noch den Boden.

»Wenn wir nicht bald etwas finden, dann können wir aufgeben«, meinte Holtz oben auf dem Weg. Levin hörte ihm an, dass er in die Wärme des Präsidiums zurückwollte.

»Sei dir da nicht so sicher«, rief sie zurück, nachdem sie sich fast zehn Meter von ihm entfernt hatte. »Komm, beeil dich!«

Deutliche Fußspuren waren im Graben zu sehen.

»Schau hier.« Pia Levin zeigte auf einen deutlichen Abdruck neben einem Stein. Zwei perfekte Schuhabdrücke nebeneinander.

»Jemand hat hier auf dem Stein gesessen«, sagte sie.

Holtz löste rasch die Schnur, mit der die alubeschichtete Decke zusammengehalten wurde.

»Hol ein paar Zweige. Beeil dich.«

Levin sah sich um. Etwas weiter den Graben entlang erblickte sie zwei orangefarbene Wegmarkierungen, die in der Erde steckten. Sie zog die Stecken heraus, und mit Hilfe der Rettungsdecke und ein paar kräftigen Kiefernzweigen errichteten sie daraus rasch ein provisorisches Zelt über den Abdrücken. Als sie fertig waren, begaben sie sich wieder auf den Weg.

»Meine Güte. Ganz schön anstrengend«, sagte Holtz mit einem schrägen Lächeln. »Jedenfalls habe ich jetzt etwas Neues über Orientierung in der Natur gelernt. Aber das mit Pocahontas kapiere ich nicht. Geronimo schon eher, aber Pocahontas?«

Sie lächelte. Der Ärger war verflogen, das Gleichgewicht wiederhergestellt.

Holtz öffnete seine Tasche und nahm eine Spraydose heraus. Levin holte das Auto. Als sie zurückkam, hatte er die Spuren im weißen Schnee mit einer Schicht dunkelroter Farbe bedeckt.

»Die Schuhabdrücke sind erstklassig, vielleicht bringen sie ja etwas«, meinte er. »Aber da ist noch etwas. Komm und nimm den Fotoapparat mit.«

Levin streckte gerade die Hand nach der Kamera aus, die zwischen Fahrer- und Beifahrersitz im Auto lag, als sie irgendwo auf dem Boden des Fahrzeugs ein Handy klingeln hörte. Sie langte reflexartig nach ihrem eigenen, aber das steckte, wo es stecken sollte.

»Ich glaube, dein Handy liegt hier irgendwo. Es hat geklingelt.«

Verwirrt sah Holtz hoch und tastete seine Hosentaschen ab.

»Das kann warten. Komm jetzt mit.«

Sie stellte sich neben ihn in den Graben.

Der Abdruck neben dem Stein wies ein rechteckiges und ein abgerundetes Ende auf, war ungefähr vierzig Zentimeter lang und zwanzig Zentimeter breit. Irgendetwas hatte auf der Sohle gestanden.

Holtz besserte die Konturen des Abdrucks mit Farbe nach, und Levin schoss eine Serie Fotos aus allen denkbaren Perspektiven. Dann sperrten sie das Areal mit Flatterband ab und hängten ein kleines Schild auf, das den Zutritt untersagte.

Den Nachmittag verbrachte Levin damit, die Fotos zu analysieren und zu katalogisieren, sie lieferten ihr jedoch keine weiteren Aufschlüsse, und schließlich saß sie einfach nur da und starrte in die Luft. Langsam kaute sie auf einem Toffee, das sie in einer Schreibtischschublade gefunden hatte. Es klebte an ihren Zähnen. Nach einigen Minuten erhob sie sich aus ihrem Bürosessel. Er schaukelte und kam schließlich in aufrechter Stellung zur Ruhe. Sie hatte versucht, ihn anders einzustellen, da sie es wenig angenehm fand, bei jedem Hinsetzen nach hinten wegzukippen. Es war ihr jedoch nicht gelungen herauszufinden, welcher Hebel für die Schaukelfunktion zuständig war. Gedankenverloren massierte Levin ihr rechtes Ohrläppchen, während sie im Zimmer einige Runden drehte. Dann holte sie die Mappe und schaltete die Deckenlampe aus, sodass die Schreibtischlampe einen warmen, orangefarbenen Lichtkreis auf die Schreibtischplatte warf. Die Pappmappe war gelb und wurde von schwarzen Gummibändern zusammengehalten. Die Farbe hatte sie bewusst ausgesucht. Gelbe Mappen verwendete sie für jene Fälle, von denen sie Schmerz erwartete. Die Farbe der Schande. Lange lag die Mappe ungeöffnet im Lichtkegel auf dem Tisch. Sie setzte sich. Fingerte an der Mappe herum. Zog langsam die Gummibänder weg, die sie zusammenhielten. Holte tief Luft.

In der Mappe lagen neun Fotos des Jungen. Er war drei Monate alt gewesen, als er ins Krankenhaus gekommen war. Sein verzweifelter Vater hatte ihn eingeliefert. Er habe den Jungen beim Windelwechsel fallen lassen. Fliesenboden. Der behandelnde Arzt hatte die Polizei verständigt. Die Verletzungen des Jungen waren erheblich gewesen. Ein gebrochenes Bein, eingedrückter Brustkorb, mehrere alte Verletzungen, auch des Gehirns, wie sich später herausstellte. Der Vater wurde festgenommen. Das Kind kam zu Pflegeeltern. Pia Levin hatte bei der Haussuchung am selben Abend alles getan, was ihrer Meinung nach nötig gewesen war, und der Gerichtsmediziner war sich seiner Sache ganz sicher gewesen.

Das hatte nicht gereicht.

Anklage wurde nicht erhoben.

Nach einigen Monaten hatte der Mann seinen Sohn zurückbekommen.

Dann war die Sache in Vergessenheit geraten. Sie hatte neue Fälle auf den Tisch bekommen.

Sie blätterte in den Fotos. Sie waren grell ausgeleuchtet. Man konnte die blauen Flecken deutlich erkennen. Sie nahm ein Foto nach dem anderen und betrachtete sie eingehend. Der Junge hielt stets die Augen geschlossen. Mit Ausnahme eines Fotos, auf dem er mit dem Blick eines alten Menschen und einer unergründlichen, vielleicht betrübten Miene geradewegs in die Kamera sah.

Die Akte war nicht sonderlich umfangreich, zwanzig Seiten einschließlich des ärztlichen Gutachtens. Weder mehr noch weniger. Sie hatte sie oft gelesen. Jetzt las sie sie ein weiteres Mal, genauso gründlich wie immer. Bevor sie die Mappe schloss, blieb ihr Blick auf der Todesanzeige hängen, die auf der Innenseite des Deckels klebte.

Schwarzer Rahmen, vergilbtes Papier. Das Bild eines Teddybären und darunter die Worte:

»Simon, du wurdest nur zwei Jahre alt. Jetzt hast du es besser. Wir vergessen dich nie. Großmutter und Großvater.«

Das war alles.

Holtz saß wieder in seinem Wagen. Er war Richtung Süden auf die Autobahn abgebogen statt nach Hause Richtung Norden. Es war ein spontaner Entschluss gewesen. Jetzt konnte er bereits die graublauen Baracken vor sich sehen. Sogar der Minivan stand dort, wo er bei seinem letzten Besuch gestanden hatte.

Er hatte nach Hause fahren wollen, aber dann hatte ihn ein tiefes Gefühl der Einsamkeit ergriffen, als er sich in sein Auto gesetzt und sein Handy hervorgenommen hatte. Drei Anrufe in Abwesenheit, alle von unbekanntem Teilnehmer. Es konnte sich um eine x-beliebige Person handeln, vermutlich einen Kollegen, Polizeibeamte vermieden es oft, ihre Telefonnummer preiszugeben. Es konnte aber auch Nahid gewesen sein.

Obwohl sein Haus der Ort war, an dem er sich am wohlsten fühlte, erschien es ihm plötzlich unmöglich, dorthin zu fahren. Seit Nahid ihn verlassen hatte, oder was es auch immer gewesen sein mochte, war alles aus dem Lot geraten. Seine Burg kam ihm nicht mehr so uneinnehmbar vor. Ihn überkam dort ein Gefühl der Unsicherheit, das er verabscheute. Stattdessen war er jetzt also kilometerweit in die falsche Richtung gefahren an einen Ort, den er bislang nur einmal besucht hatte. Warum, das konnte er sich nicht richtig erklären. Vielleicht war bei ihm plötzlich das Interesse am Bogenschießen erwacht.

Ulf Holtz' Begeisterung für Sport war eigentlich sehr begrenzt, aber manchmal unternahm er einen ernsthaften

Versuch, etwas Neues zu beginnen. Er hatte einen Kampfsport nach dem anderen ausprobiert. Eigentlich ging es ihm um Harmonie, und da er sich sehr für östliche Philosophie interessierte, hatte er sich im Laufe der Jahre für Judo, Aikido, Karate, Taekwondo und Kendo angemeldet. Die Faszination der Geheimnisse des Ostens hatte ihn vor Jahren auch dazu veranlasst, mit der Züchtung von Bonsais zu beginnen. Das Interesse an den kleinen Bäumen hatte er bewahren können, aber jeder Versuch, seine Leidenschaft für ostasiatische Philosophie mit Sport zu verbinden, war im Sande verlaufen.

Vielleicht war ja Kyudo, rituelles japanisches Bogenschießen, etwas für ihn. Da lag es doch wohl auf der Hand, sich von Marcus Koster beraten zu lassen, redete er sich ein.

Der Schnee lag schwer auf dem Tannenwald, der die Lichtung umgab, eine einsame Straßenlaterne führte einen aussichtslosen Kampf gegen das Winterdunkel. Der Lichtschein reichte gerade dazu aus, die beiden Fahrzeuge zu beleuchten. Er stieg aus seinem Wagen und ließ die Dunkelheit und die Stille auf sich wirken. Statt jedoch zur Tür der Baracke zu gehen, arbeitete er sich mit vorsichtigen Schritten durch den hohen Schnee um das Gebäude herum und hielt auf der Rückseite inne, wo sich ein weites Feld vor ihm ausbreitete. Er lehnte sich mit dem Rücken an die Baracke und spürte die ungehobelten Bretter durch die dicke Jacke. Er spähte über das Feld. Die Wolken zogen in rasendem Tempo über den Himmel, und hin und wieder fiel der Silberschein des Mondes auf die verschneite Wiese. Erst schwarz, dann silbern, dann wieder schwarz. Die Schießscheiben auf der Wiese erinnerten an Wesen von einem anderen Planeten, wie er sie in dem einen oder anderen Film gesehen hatte. Der Mond beschien sie einige Sekunden lang, dann verschwanden sie wieder. Lange stand er so da und betrachtete das Schauspiel, und hätte er es nicht besser gewusst, hätte er schwören können, dass sich die Zielscheiben bewegten. Wie eine Gruppe Außerirdischer auf drei Beinen, die sich im Schutze der Dunkelheit rührten und dann wieder erstarrten, wenn das Licht des Mondes auf sie fiel.

Plötzlich empfand er eine Beklommenheit, eine Verletzlichkeit, die er so nicht kannte. Er fasste unwillkürlich nach seiner Pistolentasche, die er schon seit Jahren nicht mehr trug.

Er lächelte, als ihm auffiel, was er tat.

Vermutlich hätte das gegen die dreibeinigen Marsmenschen ohnehin nicht geholfen, dachte er und ging um die Baracke herum und klopfte an.

Jemand rief »Herein«, und er öffnete die Tür. Marcus Koster rollte auf ihn zu, um ihn zu begrüßen.

»Hallo! Das ist ja eine Überraschung. Haben Sie beim letzten Mal was vergessen?«, fragte er.

Ulf Holtz klopfte sich in dem Vorraum mit der Glastheke voller Pokale den Schnee von den Schuhen, hielt dann aber mitten in der Bewegung inne.

»Entschuldigung. Das hätte ich natürlich draußen tun sollen.«

»Kein Problem. Das trocknet wieder. Kommen Sie rein, wollen Sie einen Kaffee?«

»Lieber einen Tee, falls Sie einen haben.«

»Natürlich. Kommen Sie mit.«

Koster rollte vor ihm her in den etwas größeren Raum mit Aussicht auf die Wiese. Er kochte Tee und machte ein paar belegte Brote mit Zervelatwurst, während sich Ulf Holtz umsah. An den Wänden hingen ältere und neuere Bilder von Bogenschützen, sowohl Fotos als auch Zeichnungen. Er blieb vor einer der Zeichnungen stehen, eine muskulöse Frau in einer Art körperbetonenden Mittelalterrüstung. Holtz fühlte sich an die deutsche Kunst der dreißiger Jahre erinnert. Sie sah fast perfekt aus. Langes, glänzendes, geflochtenes Haar, große, mandelförmige Augen mit langen Wimpern, milchweiße Haut und ein riesiger Busen in einem korsettähnlichen Oberteil aus Metall. In der Hand hielt sie einen Bogen, und auf dem Rücken trug sie einen wohlgefüllten Köcher.

»Nett, oder?«, sagte Koster hinter seinem Rücken.

»Wer ist das?«

»Tisiphone, eine griechische Göttin modern interpretiert. Gutaussehend, stark, geschmeidig und immer auf der Seite der Guten. Erlebt viele Abenteuer, während sie der Gerechtigkeit dient. Kommen Sie, jetzt trinken wir Tee.«

Ulf Holtz schüttelte lachend den Kopf.

Nachdem sie beide ein belegtes Brot gegessen und Tee getrunken hatten, wurde Marcus Koster etwas verlegen.

»Warum sind Sie eigentlich hier? Es ist ja, wie soll ich sagen, nicht nur angenehm, Besuch von der Polizei zu erhalten. Ich glaube, dass ich Ihnen schon alle Infos über Armbrüste und Bogen gegeben habe, oder haben sich weitere Fragen ergeben?«

Ulf Holtz wusste selbst nicht so genau, warum er eigentlich gekommen war. Er überlegte einen Augenblick, ehe er antwortete.

»Ich hatte nichts zu tun, und dann ist mir dieser Verein eingefallen. Aus irgendeinem Grund bin ich hergefahren. Ich erwartete eigentlich nicht, dass jemand hier sein würde.«

Er verstand auch nicht recht, warum er dem hilfsbereiten Mann im Rollstuhl gegenüber so offenherzig war, schließlich hatte er ihn bisher erst einmal getroffen. Aber in der Gesellschaft Marcus Kosters war er einfach entspannt.

»Und dann fiel mir Kyudo ein. Haben Sie davon schon einmal gehört?«

»Japanisches Bogenschießen. Natürlich.«

»Ich dachte, dass Sie mir das vielleicht beibringen könnten ...«

Koster lachte.

»Da müssen Sie sich an einen anderen Verein wenden, diese Sportart betreiben wir hier nicht.«

»Ach so«, erwiderte Holtz. »Ich weiß nicht, das war eigentlich nur so ein Einfall. Ich hatte sonst nichts zu tun.«

»Sie sind hier immer willkommen«, sagte Koster und klang aufrichtig froh darüber, dass Ulf Holtz beschlossen hatte, ausgerechnet ihn zu besuchen. »Nett, dass Sie gekommen sind. Es ist ziemlich düster hier, geradezu einsam, aber ich fühle mich trotzdem wohl. Irgendwie ist dieser Verein so etwas wie mein zweites Zuhause, oder eher schon mein erstes, wenn ich genauer darüber nachdenke.«

»Sind Sie immer allein hier?«

»Ja. Im Winter bin ich fast der Einzige, der hier nach dem Rechten sieht. Aber im Sommer ist immer viel los, nicht zuletzt, wenn die Leute vom Behindertensport hier zusammenkommen.«

»Sie sind also im Behindertensport aktiv?«

»Ich weiß nicht, ob Ihnen aufgefallen ist, dass ich im Rollstuhl sitze.« Marcus Koster lachte.

Holtz murmelte etwas und kam sich dumm vor.

»Das war nur ein Witz«, sagte Koster. »Ja, ich beschäftige mich mit Behindertensport. Genauer gesagt bin ich Trainer und vieles mehr. Wir haben hier eine Menge talentierter Sportler.«

»Es kann nicht ganz einfach sein ... ich meine, an den Rollstuhl gefesselt zu sein und an Wettkämpfen teilzunehmen.«

»Wieso? Wie meinen Sie das?«

»Ach, ich weiß eigentlich gar nicht, was ich meine.«

Wie ich mich auch ausdrücke, ist es verkehrt, dachte Holtz.

»Keine Sorge. Das ist nur meine ironische Art. Die meisten Leute benehmen sich seltsam, wenn sie jemandem im Rollstuhl begegnen, außerdem heißt es nicht, an den Rollstuhl gefesselt. Wie Sie sehen können, trage ich keine Fesseln.«

»Spielt es denn eine Rolle, wie man sich ausdrückt, meine ich?«

»Was soll ich sagen. Einige von uns kränkt es, wenn sie als jemand gesehen werden, der im Rollstuhl festsitzt. Als wären der Mensch und der Rollstuhl eins, aber so ist es nicht, zumindest für die meisten von uns nicht.« Koster streckte die Hand nach der Teekanne aus und hob fragend die Augenbrauen.

Holtz nickte und hielt ihm seinen leeren Becher hin. Die Elektroheizkörper summten, und bösartig rotleuchtende Lampen signalisierten, dass sie in Betrieb waren. In der trockenen Wärme spannte die Haut seines Gesichts. Die Wärme schien jedoch nicht auszureichen, um die Feuchtigkeit zu vertreiben. Holtz fielen die Flecken auf den aus Sperrholzplatten zusammengezimmerten Wänden auf. Der PVC-Boden hatte auch schon bessere Zeiten erlebt. Es roch verschimmelt.

»Ist das hier eigentlich ein großer Verein?«

»Nein. Es gibt etwa fünfzig zahlende aktive Mitglieder und einige wenige Fördermitglieder. Wir haben ein Sommerlager für Behindertensportler, und dann kommen viele auch einfach so. Aber die Finanzen sind angestrengt. Die Gemeindeverwaltung überlässt uns das Gelände mietfrei, und wir bekommen auch Geld von verschiedenen Behindertenverbänden. Es gibt natürlich Mitgliedsbeiträge, aber mit dem Eintreiben hapert es.«

»Und Sie? Werden Sie entlohnt?« Marcus Koster lachte. Er hatte ein warmes und charmantes Lachen, aber Holtz spürte einen Unterton der Trauer.

»Alles ehrenamtlich. Ich zahle sogar noch drauf, damit der Verein in Gang bleibt.«

»Sie bezahlen?«

»Ja. Indirekt zumindest. Alles was Sie hier sehen, habe ich angeschafft. Alle Möbel, die Kücheneinrichtung, die Küchenutensilien.«

Ulf Holtz blickte in seine Tasse und fühlte sich aus unerklärlichen Gründen schuldig.

»Warum tun Sie das alles?«

»Manchmal frage ich mich das auch, aber wenn man das Strahlen in den Augen der Anfänger sieht, die merken, dass sie das genauso gut oder vielleicht sogar besser können als Leute, die gehen können, dann versteht man, warum. Einige, die hier ernsthaft trainieren oder auch nur gelegentlich schießen, waren durch ihre Behinderung jahrelang wie gelähmt. Sie waren allein mit ihrer Angst, manchmal schämten sie sich, manchmal waren sie deprimiert. Dann kommen sie hierher in diese heruntergekommene, muffige Baracke und sehen sich eingebunden in eine Gemeinschaft. Das ist doch was!« Er strahlte auf eine Art, die nur sehr engagierten Menschen eigen ist.

Ulf Holtz überlegte, was er selbst unternahm, um anderen Menschen eine Freude zu bereiten. Nichts, konstatierte er düster.

»Könnte ich Ihnen bei irgendetwas helfen?«, fragte er.

Marcus Koster nickte kurz, antwortete aber nicht. Stattdessen begann er methodisch die Reste der Kaffeetafel abzuräumen, indem er, alles auf dem Schoß balancierend, mit ein paar kräftigen Armbewegungen vom Tisch zurücksetzte. Der Rollstuhl beschrieb eine elegante Kurve, und Koster begab sich in die Küche, um zu spülen.

Holtz erhob sich langsam, zog seine Jacke an und sah auf die Uhr. Fast Mitternacht.

»Ich glaube, ich fahre jetzt nach Hause. Kann ich vorher noch die Toilette benutzen?«

»Natürlich. Sie finden doch den Weg?«

»Klar«, erwiderte Holtz und ging in den hinteren Raum, in dem er einige Tage zuvor Koster auf dem Fußboden gefunden hatte.

Das Badezimmer war ungewöhnlich groß. Es war sauber und roch angenehm, leicht süßlich. Ein weißes Metallgestänge ragte neben der Toilette von der Wand, damit die Rollstuhlfahrer sich daran abstützen konnten. Er sah sich nach einem Alarmknopf um, wie es sie in allen Behindertentoiletten zu geben pflegte, fand aber keinen. Alarmknöpfe vermittelten ihm ein Gefühl der Sicherheit. Immer wenn er unbekannte Toiletten aufsuchte, stellte er sich vor, was geschähe, wenn er sich einmal so anstrengte, dass eine Ader platzte. Dann würde er vornüber auf den harten Fußboden stürzen und dort liegen bleiben, bis zufällig jemand vorbeikam. Ein unwürdiges Ende, das sich, wie er sich einredete, vermeiden ließ, wenn er mit Hilfe eines Knopfes Hilfe herbeirufen konnte. Aber dieses Mal musste es auch ohne Knopf gehen, außerdem würde er sein Geschäft im Stehen verrichten können. Anschließend wusch er sich sorgfältig die Hände mit einer Seife, die nach Früchten roch, ein süßer, übertriebener Geruch, wie ihn nicht einmal überreifes Obst verströmte. Als er die Toilette verließ, wäre er beinahe über einen Putzeimer gestolpert. Holtz fuchtelte mit den Armen, um das Gleichgewicht zurückzugewinnen, und warf ein paar Krücken um, die an der Wand lehnten. Er seufzte, beugte sich vor, um die Krücken aufzuheben, und stellte sie an ihren Platz zurück.

Marcus Koster erwartete ihn neben der Haustür. Er hatte sich einen dicken Pullover über die Schultern gehängt, aber seine Arme waren immer noch nackt.

»Sind Sie auf dem Heimweg?«

»Ja. Ich habe noch einiges zu Hause zu erledigen, und es wird langsam spät.«

»Wollen Sie sich nicht wärmer anziehen? Draußen ist es kalt.«

»Ich muss nur zum Auto, und es fällt mir nicht ganz leicht, eine Jacke auszuziehen, wenn ich erst einmal am Lenkrad sitze.«

Die beiden Männer verließen das Vereinshaus, und Holtz half Koster auf den Fahrersitz, obwohl er keine Hilfe zu benötigen schien. Nachdem er sich zurechtgesetzt hatte, beugte sich Koster seitlich aus dem Auto, packte den Rollstuhl mit einer routinierten Bewegung, klappte ihn zusammen und verstaute ihn mit einer kräftigen, schwungvollen Bewegung hinter sich. Er wollte gerade die Tür schließen, als ihm plötzlich einzufallen schien, dass er etwas vergessen hatte.

»Wenn Sie morgen immer noch das Gefühl haben, mit anpacken zu wollen, und Sie es für die anderen tun und nicht für sich selbst, dann sind Sie hier willkommen«, sagte er und sah Holtz fest in die Augen.

Ulf Holtz öffnete den Mund, aber Marcus Koster kam ihm zuvor.

»Antworten Sie jetzt noch nicht. Denken Sie darüber nach. Bis dann.« Er schloss die Autotür.

Holtz' Blick folgte den roten Rücklichtern auf ihrem kurvigen Weg durch den Wald, bis sie nicht mehr zu sehen waren. Dann stieg er in seinen eigenen Wagen, ließ den spärlich erleuchteten Platz und die drei dreibeinigen Marsmenschen hinter sich und fuhr nach Hause.

Fünf junge Männer mit sehr kurzen Haaren lagen auf Matratzen zwischen Unmengen Bierdosen, Zigarettenkippen, Glasscherben und anderem Müll. Sie waren alle fast nackt, einem von ihnen hing die Unterhose an den Knöcheln. Ihr Erwachen würde ungemütlich werden.

Der Abend hatte wie immer begonnen. Die Leute waren herbeigeströmt, und die Stimmung hatte sich immer mehr gehoben, man könnte auch sagen, je lauter die Musik dröhnte, desto aggressiver wurde sie. Etwa zehn junge Männer sangen gröhlend mit und taumelten in tanzähnlicher Ekstase durch das größere Zimmer, bis sie vollkommen durchgeschwitzt waren. Ein paar sehr junge Frauen waren ebenfalls da, hingen aber hauptsächlich auf den durchgesessenen und schmutzigen Sesseln in der Ecke und sahen zu. Als das Bier zur Neige ging, machten sie mit Schnaps weiter, den sie warm direkt aus der Flasche tranken. Kurz nach Mitternacht rief jemand etwas von einer anderen Party, und die Räume lehrten sich rasch.

Einige blieben jedoch.

Fünf Männer und ein Mädchen.

Das Mädchen schlief auf einer Matratze in der Küche im kalten Licht der Leuchtstoffröhre an der Decke. Eine blonde Strähne war ihr in den Mundwinkel gerutscht und in Erbrochenem klebengeblieben. Wimperntusche und rubinroter Lippenstift verschmierten ihr Gesicht.

Es hatte als Witz begonnen.

Einer der Männer zog ihr erst einen, dann den anderen

Strumpf aus. Sie reagierte nicht. Ihr kurzer, karierter Rock rutschte hoch, und die Blicke der Männer fielen auf den weißen Slip. Die Stimmung, eben noch kichernd-berauscht, kippte um. Einer, der Jüngste, ließ seine Hand an ihrem Schenkel hinaufgleiten, dann schob er einen Finger unter den Slip.

Sie regte sich nicht.

Er wurde eifriger und zupfte am Slip. Gleichzeitig drehte er sich mit erregtem, fragendem Gesicht zu den anderen um. Sein Blick leicht irre.

Das Rot auf den Wangen der Männer vertiefte sich.

»Zieh ihn runter.«

»Runter, runter, runter!«

Alle stimmten ein.

Er zog ihren winzigen weißen Slip nach unten. Das Kleidungsstück blieb am Knöchel hängen, als er ihre Beine spreizte.

Die anderen waren still geworden. Sie starrten auf den nackten Schoß und auf ihren Kumpan, der langsam seinen Mittelfinger in sie hineinschob. Er bewegte ihn hin und her, hob ihn dann mit triumphierender Miene und leckte ihn ab.

»Hm. So schmeckt eine richtige Fotze«, sagte er.

Die anderen grinsten.

Sie begann zu wimmern und sich zu bewegen. Er zögerte einen Augenblick, aber dann zog er seine Hose herunter und legte sich auf sie.

Sie erwachte und begriff erst nicht, was geschah. Sie schmeckte Erbrochenes im Mund, und jemand lag auf ihr. Etwas drückte auf ihre Brust, und sie bekam fast keine Luft. Sie spürte eine Hand zwischen ihren Beinen, ihren nackten Beinen. Jemand atmete ihr ins Gesicht. Ein keuchender, nach Schnaps stinkender Atem. Ihr wurde übel.

Sie schrie, verstummte aber sofort, da ihr jemand eine Hand auf den Mund legte und einen Finger zwischen die

Lippen presste. Sie bekam keine Luft. Ihr Kopf schien zu platzen. Sie konnte sich nicht bewegen. Sie versuchte zu treten, aber sie hielten sie fest.

Er drang in sie ein.

Einer nach dem anderen drang in sie ein. Sie wusste nicht, wie viele es waren. Es tat fürchterlich weh.

Anschließend schliefen die fünf Männer erschöpft auf ihren Matratzen ein.

Sie begriffen nicht, wie ihnen geschah, als die Tür krachend aufgerissen wurde und schwarzgekleidete Männer das Zimmer stürmten, sie vom Boden hochrissen und nacheinander ins Freie schleppten.

Das Mädchen war halbnackt, und ihr Slip hing immer noch um den Knöchel. Sie wirkte leblos und lag in einer seltsamen Stellung auf der Matratze, kam dann jedoch zu sich und kauerte sich mit angezogenen Beinen zusammen, als sie eine Hand auf ihrem Arm spürte.

Sie jammerte vor Angst.

»Jetzt ist alles gut, nur ruhig, Kleine. Wir kümmern uns um dich.«

Der Sanitäter schüttelte betrübt den Kopf, während er das Mädchen gemeinsam mit einem Kollegen in eine dicke Decke hüllte und in den Rettungswagen schob.

Sie spürte einen Stich im Arm und empfing dankbar den Schlaf, als der Krankenwagen mit Blaulicht aber ohne Sirene davonrollte.

»Kommt nicht in Frage.«

Ulf Holtz fühlte sich, als wäre er aus einem tiefen Brunnen zurückgekehrt. Das Telefon hatte geklingelt, als er sich im Tiefschlaf befunden hatte. Obwohl er so gut wie bewusstlos war, war er sich seiner Sache sicher.

»Wir nehmen nach einer Vergewaltigung keine erkennungsdienstliche Untersuchung mitten in der Nacht vor, und vor allen Dingen nicht ich, am allerwenigsten, wenn ich keinen Bereitschaftsdienst habe. Wenn es so wahnsinnig eilig ist, dann müsst ihr eben auf die Lokalkräfte zurückgreifen. Dazu sind sie schließlich ausgebildet.«

Ulf Holtz hatte die Idee befürwortet, im Schnellverfahren Lokalkräfte für die Spurensicherung auszubilden. Er hielt das durchaus für eine Methode, der Forderung nach schnelleren Ermittlungen nachzukommen. Dadurch blieb den Kriminaltechnikern der forensischen Abteilung mehr Zeit für die komplexeren Tatortanalysen. Holtz fand, dass diese Lokalkräfte viel zu selten eingesetzt wurden. Damit hatte er C. schon oft in den Ohren gelegen und teilte dies nun auch Ellen Brandt mit, die angerufen und ihn geweckt hatte.

Dann schwieg er lange und hörte nur zu.

»Warum hast du das nicht gleich gesagt? Verdammt! Ich war gerade eingeschlafen. Gib mir eine Stunde«, sagte er und legte auf.

Er blieb noch ein paar Minuten liegen, um zur Besinnung zu kommen, dann schob er mit Mühe die Beine über die Bettkante, damit er nicht wieder einschlief. Die Kleider vom Vortag lagen auf einem Stuhl neben dem Bett. Er roch an ihnen und kam zu dem Schluss, dass er sie gut noch einen weiteren Tag lang tragen konnte.

Nach einem raschen Besuch des Badezimmers mit kaltem Wasser fürs Gesicht und einer allzu kurzen Begegnung mit der Zahnbürste setzte er sich mit einer Tasse kochend heißem Tee an den Küchentisch und versuchte, seine Gedanken zu sammeln. Seine Müdigkeit grenzte an Übelkeit. Nachdem er das Für und Wider abgewogen hatte, beschloss er, Pia Levin anzurufen.

Sie ging nach dem dritten Klingeln dran.

»Hallo! Ich bin's. Habe ich dich geweckt?«

»Was zum Teufel glaubst du wohl?«

»Es tut mir leid, aber wir werden gebraucht, und zwar beide.«

»Ich hab aber keine Bereitschaft.«

»Ich weiß, aber es geht um einen Ausnahmefall, eine Gruppenvergewaltigung. Ellen will, dass wir das übernehmen.«

»Wir kümmern uns doch schon lange nicht mehr um Vergewaltigungen, damit werden doch wohl …«

»Ich weiß, aber dieser Fall ist speziell. Bei dem Opfer handelt es sich um eine junge Frau, und die Ehrenmänner waren zu fünft. Die Täter sind festgenommen worden, und das Mädchen befindet sich im Krankenhaus. Sie ist bereits ärztlich untersucht worden, und Proben wurden auch entnommen. Darum brauchen wir uns also nicht zu kümmern.«

»Ich begreife nicht, was das mit uns zu tun hat.«

»Der Tatort ist der Adlerhorst.«

»Unglaublich!«

»Allerdings. Eine solche Gelegenheit bietet sich nicht nochmal«, sagte Holtz. Levin fand, dass er so ausgelassen klang wie ein kleiner Junge, dem gerade ein neuer Streich eingefallen ist.

»Du könntest wenigstens so tun, als wäre eine Vergewaltigung ein tragischer Vorfall und nicht nur eine günstige Gelegenheit für uns«, sagte sie.

»Du weißt genau, was ich meine. Wir sehen uns in einer halben Stunde im Büro. Raus aus den Federn.« Er legte auf, bevor Levin noch weitere Einwände vorbringen konnte.

Die Räumlichkeiten befanden sich im Erdgeschoss eines Industriegebäudes am Stadtrand. Etliche Jahre hatte der Sachbearbeiter der Stadt, der einen Mietzuschuss gewährt hatte, geglaubt, dort residiere ein Ornithologen-Verein. Alle Kontakte mit dem Verein waren über einen stets höflichen und eloquenten jungen Mann abgewickelt worden. Der Sachbearbeiter hatte beteuert, dass es keinerlei Anlass gegeben habe, Zwielichtiges zu vermuten. Dass die Räumlichkeiten eigentlich für Versammlungen einer erstarkenden Neonazigruppierung genutzt worden waren, war für die Jugendkulturverwaltung ein Schock gewesen.

Zweimal im Jahr war eine Gruppe mit einem gemieteten Bus zu einem Vogelschutzgebiet in Mittelschweden gefahren, um, wie sie es ausgedrückt hatten, sich ihrem großen Vogelinteresse zu widmen. Sie hatten immer einen langen, wohlformulierten Bericht und eine Teilnehmerliste eingereicht.

Dass die Vögel nur ein Vorwand gewesen waren und die Teilnehmer vermutlich eine Elster nicht von einer Krähe unterscheiden konnten, war mittlerweile den meisten klar, aber das reichte nicht aus, um den Mietvertrag kündigen zu können. Erboste Nachbarn und andere Steuerzahler sowie eine Flut von Leserbriefen an die Lokalzeitung hatten darauf keinen Einfluss. Im Volksmund hieß das Versammlungslokal Örnästet, Adlerhorst, was Styrbjörn Midvinter keineswegs gestört hatte. Im Gegenteil.

Die Ermittler hatten nach der Ermordung des Neonaziführers wiederholt versucht, sich dort Zutritt zu verschaffen, aber es war ihnen nicht geglückt. Der Mann, dessen Name auf dem Mietvertrag stand, hatte behauptet, Styrbjörn Midvinter habe mit den Räumlichkeiten nichts zu schaffen gehabt, und er könne nicht verstehen, was die Polizei dort wolle. Und den Ermittlern war, so sehr sie sich auch bemüht hatten, kein plausibler Grund eingefallen, anhand dessen Staatsanwalt Mauritz Höög eine Haussuchung hätte anordnen können.

Ein Verdacht auf mehrfache Vergewaltigung kam daher einem Geschenk des Himmels gleich.

Im Raum stank es nach Zigaretten und verschüttetem Bier. Ulf Holtz, der einen hellblauen Papieroverall mit Kapuze trug, hockte auf dem Boden und las mit einer Pinzette Kippen auf und legte sie einzeln in kleine Papiertüten. Das ergab eine beachtliche Menge. Auch Bierdosen und Flaschen sammelte er ein. Aber nicht alles würde sofort in das wichtigste forensische Labor des Landes geschickt werden, das den prächtigen Namen Gemeinsames Forensisches Forschungscenter, kurz GFFC, trug. Wenn jedoch Zweifel auftauchten, dann konnte man mit Hilfe dieser Asservate beweisen, dass sich ein Tatverdächtiger am Tatort aufgehalten hatte. Mit der Zeit würde das GFFC deshalb Unmengen von Fundstücken zur Analyse erhalten.

»Komm mal rüber«, rief Pia Levin aus der Küche.

Holtz erhob sich. Er vermied es, auf den Unrat auf dem Fußboden zu treten, den sie noch nicht untersucht hatten.

Die Matratze war schmuddelig. Ein Teil der Flecken war alt und unbestimmbar. Die neueren waren leicht zu identifizieren. Blut und unverdauter Mageninhalt. Die dünne Matratze lag direkt auf dem schwarz-weiß-karierten, schmutzigen PVC-Fußboden. Die Küche war klein, und überall standen ungespülte Teller, Gläser und Kaffeebecher. Eine Kaffeemaschine lief, und der Kaffee hatte sich in die gläserne Kanne eingebrannt. Der Wasserhahn tropfte.

»Hier ist es passiert. Was für Schweine! Männer sind wirklich Tiere«, sagte Levin, die dieselbe hellblaue Kleidung trug wie Holtz.

»Das kann man vielleicht sagen. Zumindest, was diese Männer betrifft.«

»Wie sieht es nur in den Köpfen von Leuten aus, die so etwas tun?«

»Ich weiß es nicht, aber hoffentlich kriegen wir die Schweine dran.«

»Das ist nur ein schwacher Trost für … wie heißt sie eigentlich?«

»Ich weiß nicht.« Holtz hatte ein schlechtes Gewissen, weil er sich nicht daran erinnerte oder vielleicht auch nie danach gefragt hatte.

»Wo sollen wir anfangen?«, fragte Levin.

»Die Matratze muss mit, das ist das Wichtigste. Und wenn wir alle Spuren gesichert haben, die für die Vergewaltigung von Bedeutung sind, dann müssen wir uns um das andere kümmern.« Holtz machte sich wieder daran, im Nebenraum die Kippen einzusammeln, während Levin die Matratze in einem großen Papiersack verstaute.

Als die beiden alle relevanten losen Gegenstände sichergestellt hatten, forderten sie weitere Kriminaltechniker an.

Alles wurde auf den Kopf gestellt. Jede Schublade, jeder Schrank, einfach alles wurde geleert und der Inhalt, sofern er für die Ermittlung von Bedeutung war, in Pappkartons verpackt. Sämtliche Türrahmen und Türklinken wurden zwecks Sichtbarmachung von Fingerabdrücken mit Kohlestaub und Metallpulver bepinselt. Etliche DNA-Spuren wurden gesichert. Die Räumlichkeiten wurden skizziert und in ein Programm für dreidimensionale Bildverarbeitung eingegeben. Hunderte von Fotos wurden gemacht, während zwei große Baustellenscheinwerfer den Raum ausleuchteten. Für jeden Eingeweihten war offensichtlich, dass dieser Einsatz alles übertraf, was eine Vergewaltigung für gewöhnlich erforderte. Aber die Erkenntnisse waren für die Mordermittlung bestimmt, und deswegen wurde das Ganze im großen Stil durchgezogen. Falls dabei wichtige Beweismittel für die Vergewaltigung abfielen, war das natürlich ein Bonus.

Ulf Holtz fuhr am frühen Nachmittag nach Hause. Er hatte keine Pläne für den Abend, aber er wusste, dass er sich bald um die Frage kümmern musste, wie er Weihnachten feiern wollte. Falls sonst nichts zu tun war, konnte er diese Angelegenheit endlich einmal klären. Bis Weihnachten waren es nur noch wenige Wochen. Eva und Linda hatten nichts über ihre Pläne verlauten lassen, aber damit warteten sie immer bis zur letzten Sekunde. Das erstaunte ihn also nicht weiter. Manchmal wollten sie Weihnachten mit ihrem Vater verbringen, manchmal aber auch nicht. Vor vielen Jahren, als sie gerade ausgezogen waren, hatte es ihn noch geärgert, dass ihnen seine Wünsche so gleichgültig gewesen waren. Wenn sie wollten, dann kamen sie, sonst eben nicht. Inzwischen akzeptierte er ihr Verhalten und freute sich einfach, wenn eine der beiden oder sogar beide einen Feiertag mit ihm verbringen wollten.

Damit, dass Nahid kommen würde, war wohl nicht zu rechnen. Am Vormittag hatte sie ihn angerufen, und sein Herz hatte sich förmlich überschlagen. Sie hatte fast wie früher geklungen und ihm mitgeteilt, sie habe vor ihrem Abschlussexamen viel zu tun und würde wieder von sich hören lassen. Er hatte sie nicht gefragt, warum sie ihn nicht mehr besuche, da er die Antwort fürchtete. Aber jetzt bereute er es. Mit Wissen war leichter umzugehen als mit Nicht-Wissen. Trotzdem hatte er sich gefreut, wieder einmal ihre Stimme zu hören.

Dass sie Weihnachten wohl nicht mit ihm feiern würde, war seine eigene Schuld, das wusste er. Er hatte sich schon vorgestellt, wie sie am Morgen des Heiligen Abends aufstehen, sich gegenseitig ein Weihnachtsgeschenk überreichen und lange frühstücken würden, um dann wieder ins warme Bett zurückzukehren und das fortzusetzen, was sie mittlerweile so gut zusammen beherrschten. Den Tag hätten sie zusammen verbracht: lange Spaziergänge in funkelndem Schnee und Gespräche über die Zukunft. Abends wären dann seine beiden Töchter gekommen, und sie hätten zusammengesessen, glücklich wie eine Familie, und gegessen: Hering, hausgemachte Fleischkügelchen und den Weihnachtsschinken. Anschließend hätten sie dann weitere Geschenke geöffnet.

Himmel, was für ein Idiot er doch war.

Er hatte Nahid von seinen Weihnachtsfantasien erzählt, und sie hatte nur gelacht. Du scheinst das Offensichtlichste vergessen zu haben, hatte sie gesagt, und es dauerte eine unentschuldbar lange Zeit, bis ihm aufging, was sie gemeint hatte.

Anschließend schämte er sich und versuchte, sie zu besänftigen, indem er ein kombiniertes Fest ins Spiel brachte. Ob sie einen Vorschlag habe? Schließlich sei es schon lange her, dass Weihnachten als Gedenken an Jesu Geburt gefeiert werde. Mittlerweile handele es sich eher um ein Fest der Familie. Warum gefeiert werde, sei nicht so wichtig. Sie schnaubte nur verächtlich, was er als ungerecht empfand. Schließlich erzählte sie, sie sei nicht sonderlich religiös. Er erinnerte sich noch deutlich an den ersten Abend, als er gezögert hatte, ihr Wein anzubieten. Da hatte sie nur gelacht, sich selbst bedient und es sich schmecken lassen. Wie hätte er wissen sollen, dass Weihnachten ein wunder Punkt war?

Er ging etwas im Wohnzimmer auf und ab und dachte darüber nach, was er tun sollte. Es fiel ihm jedoch schwer, sich zu konzentrieren. Das Zimmer war hell und spärlich, fast minimalistisch, möbliert. Er bezeichnete das gerne als Japan-inspiriert, aber die wenigen Leute, die ihn besuchten, lobten ihn für seinen konsequenten skandinavischen Einrichtungsstil.

Auf den Sekretär aus Birkenholz hatte er seinen ganzen Stolz gestellt, den japanischen Ahorn, den er einige Jahre lang gehegt, umwickelt und gezähmt hatte und der jetzt immer mehr wie der Bonsai aussah, den er sich vorgestellt hatte. Ein Blatt hatte sich etwas verfärbt. Er betrachtete es lange, kam dann aber zu dem Schluss, dass es sich vermutlich nicht um eine Krankheit handelte. Vielleicht goss er den Baum zu wenig. Oder zu viel? Er bedachte die Pflanze mit ein paar aufmunternden Worten, ließ sie dann aber in Frieden. Vermutlich war alles in Ordnung.

Plötzlich spürte er einen Schmerz im Nacken. Ihm wurde bewusst, dass er seine Schultern verspannt hatte. Er versuchte, sie zu lockern, was ihm aber nicht richtig gelang. Langsam ließ er den Kopf kreisen, um die Sehnen und Muskeln zu entspannen.

Aber es tat nur weh.

Er fand ihn im Schlafzimmerschrank unter einem Stapel ausrangierter Pullover mit merkwürdigen Mustern und zog ihn an. Der Judoanzug mit dem weißen Gürtel saß weit und bequem, aber er kam sich etwas dumm vor. Ein erwachsener Mann, der zu Hause in einem weißen Kampfsportanzug herumlief, kann nicht ganz normal sein, dachte er, musste sich dann aber beschämt eingestehen, dass es sehr angenehm war. Linda hatte ihm den Anzug vor etlichen Jahren zusammen mit einem üppig illustrierten Buch über Yoga geschenkt. Das war in seiner ganz intensiven Japan-Phase gewesen. Er hatte versucht, die Bewegungen im Buch nachzuahmen, aber immer hatte es ihm anschließend irgendwo weh getan. Es war ihm nicht einmal annähernd gelungen, sich so mühelos wie die Person auf den Bildern zu verrenken. Der Judoanzug war also nach kurzer Zeit in den Schrank gewandert, und dort hatte er bis jetzt gelegen.

Nachdem er nach einer Weile das Gefühl überwunden hatte, sich wie ein Idiot zu benehmen, kniete er sich auf den Fußboden und setzte sich auf seine Fersen. Es schmerzte. Die darauffolgenden Positionen im Schneidersitz und in der Hocke waren auch kein Erfolg.

Ich werde wirklich alt, dachte er.

Er erhob sich und blieb dann einfach mit geschlossenen Augen stehen, atmete langsam und versuchte, sich auf einen hellen Fleck weit innen in seinem Körper zu konzentrieren.

Es ging nicht.

Die Eindrücke der Haussuchung gingen ihm immer wieder durch den Kopf. Die schmutzige Matratze. Die Bilder mit Motiven aus der nordischen Mythologie. Der hinterste Raum erinnerte an ein Klassenzimmer mit Schulbänken, die hundert Jahre alt zu sein schienen. Ein Whiteboard und Fahnen mit Nazisymbolen hingen an der Wand. In den Regalen standen Bücher.

Er versuchte, sich auf sein inneres Licht zu fokussieren, aber es gelang ihm nicht. Seine Gedanken kreisten um den Abend vor der Vergewaltigung.

Ein Fest. Fünf Männer. Eine junge Frau. Die Polizei eilte ihr zur Hilfe, jedoch zu spät.

Er konzentrierte sich wieder. Was war geschehen?

Sechs Personen, alle auf ihre Art in das Geschehen verwickelt. Dann kam die Polizei.

Er öffnete langsam die Augen, fuhr sich sachte über die Wange und spürte die Bartstoppeln. Seine umherirrenden Gedanken wichen einem klaren Bewusstsein.

Sechs Personen in einem Raum. Keine Zeugen … Dann kam die Polizei. Warum? Woher hatte die Polizei wissen können, was geschehen war?

Er war so in diesen neuen Gedanken vertieft, dass er erst nicht hörte, wie es an der Tür klingelte. Aber das zweite, lang anhaltende Klingeln drang zu ihm durch und verkündete, dass ihn jemand besuchen wollte. Vielleicht Nahid oder die Mädchen? Er eilte zur Haustür.

Es war keine von ihnen. Ein Mann im Mantel stand auf der Treppe, ein Mann mit kurzgeschnittenen, dunklen Haaren und freundlichen Augen. Er lächelte Holtz an, sagte aber nichts.

Holtz wusste nicht, was er von ihm halten sollte. Wollte er etwas verkaufen? Eine Alarmanlage, einen Staubsauger? Wollte er ihm eine obskure Religion aufzwingen? Holtz fröstelte es. Er errötete etwas, als ihm klar wurde, dass er seinen Judoanzug trug.

»Ja, bitte?«, sagte er, als er nicht länger darauf warten wollte, dass ihn der Mann über den Zweck seines Besuchs unterrichtete.

»Darf ich reinkommen?«, fragte der Mann. Er hatte einen leichten Akzent.

»Das kommt ganz darauf an, warum Sie hier sind, und vor allen Dingen, wer Sie sind.«

»Entschuldigen Sie, ich dachte, Sie würden mich erkennen. Ich bin Nahids Vater.«

Es dauerte mehrere Sekunden, bis Holtz verstand, was der Mann gesagt hatte. Nahids Vater? Seine Gedanken wirbelten durcheinander. War etwas mit Nahid? Wieso hätte er Nahids Vater erkennen sollen? Er hatte zwar viel über ihren Vater gehört, aber begegnet waren sie sich nie.

»Ist ihr etwas zugestoßen? Wo ist sie?«, brachte er schließlich hervor.

»Nein, nein, es ist nichts passiert. Darf ich jetzt reinkommen?«, fragte Nahids Vater ein weiteres Mal.

»Ja natürlich, treten Sie ein.« Holtz ließ ihn in die Diele treten, nahm ihm den Mantel ab und hängte ihn auf einen Bügel. »Behalten Sie die Schuhe an, das tue ich auch immer«, sagte er, obwohl sein Besucher keinerlei Anstalten gemacht hatte, die Schuhe auszuziehen.

Nahids Vater, der immer noch nicht seinen Namen gesagt hatte, ging ihm voran auf eine Art und Weise ins Wohnzimmer, wie es nur sehr selbstsicheren Männern eigen ist. Männern, die das Befehlen gewohnt sind. Männern mit angeborener Autorität. Holtz überkam das seltsame Gefühl, selber der Besucher zu sein, als er ihm in sein eigenes Wohnzimmer folgte. Die Tatsache, dass er einen Judoanzug trug, steigerte nicht unbedingt sein Selbstwertgefühl.

»Sie haben ein schönes Zuhause.«

»Danke. Aber warum sind Sie hier? Wo ist Nahid?«

Der Mann betrachtete Holtz, musterte ihn von Kopf bis Fuß. Langsam und gründlich und die ganze Zeit mit einem freundlichen Lächeln auf den Lippen.

»Meine Tochter ist eine sehr eigensinnige junge Frau. Eigensinnig und sehr energisch.«

»Danke für diese Information, aber könnten Sie jetzt so freundlich sein und mir die Frage beantworten, warum Sie hier sind?«, entgegnete Holtz, der langsam sein Selbstvertrauen zurückgewann. »Was wollen Sie?«

»Sie hat viel von Ihnen erzählt, nur Gutes natürlich. Sie sind bei der Polizei.«

»Ja.«

»Nahid ist alles, was mir geblieben ist. Sie ist der einzige Mensch, der unsere Familie weiterführen kann.« Holtz wurde langsam ärgerlich. Wer war dieser Mann, der einfach zu ihm nach Hause kam und mit ihm sprach, als wäre er ein kleiner Junge? Der sich das Recht herausnahm …

»Ich möchte Ihnen eine Geschichte erzählen«, sagte der Mann und deutete fragend auf das Sofa.

Ulf Holtz nickte. Schließlich war er Nahids Vater.

»Bitte nehmen Sie doch Platz.« Holtz setzte sich selbst auf den Sessel gegenüber dem Sofa. Er erwog, seinem Gast etwas anzubieten, entschied sich dann aber dagegen.

»Ich heiße übrigens Morteza Ghadjar«, sagte der Besucher, nachdem er es sich auf dem Sofa bequem gemacht hatte.

»Angenehm.« Holtz glaubte nicht, dass sein Gegenüber die Ironie bemerkte.

Morteza Ghadjar lächelte und schien darüber nachzudenken, wie er beginnen sollte.

»Als wir hierherkamen, besaßen wir überhaupt nichts. Wir hatten nur, was wir am Leib trugen. Alle unsere Verwandten blieben im Iran, als wir flohen. Soweit ich weiß, lebt von ihnen niemand mehr. Nur wir drei, Nahid, ihre Mutter und ich, entkamen. Ich ließ ein gut gehendes Unternehmen im Iran zurück und war fest entschlossen, in einem anderen Land neu zu beginnen.«

»Sie kamen nach Schweden?«

»Das war Zufall. Ich hatte mir Deutschland vorgestellt, aber unterwegs änderte sich die Route, und wir gerieten in dieses kalte Land im Norden.«

»Dieses kalte Land im Norden?«, erwiderte Holtz trocken.

»Verstehen Sie mich nicht falsch. Ich bin sehr dankbar für alle Möglichkeiten, die mir geboten wurden.«

Ulf Holtz ahnte die Verbitterung hinter der ruhigen und eloquenten Fassade. Und dieses Gefühl sollte sich im Laufe der folgenden Stunde verstärken. Morteza Ghadjar erzählte von der ersten Zeit in dem fremden Land, vom Kampf ums Überleben und davon, ganz von vorne anfangen zu müssen. Er war nachts Taxi gefahren und hatte tagsüber bei einer Putzfirma gearbeitet.

Er berichtete von den Monaten, die er die Schulbank gedrückt hatte. Man hatte von ihm erwartet, dass er gemeinsam mit Einwanderern aus der ganzen Welt eine neue Sprache lernte. Viele von ihnen waren Analphabeten gewesen. Er hatte eingesehen, dass die Sprache der Schlüssel war. Wenn man sie erlernen wollte, musste man es alleine tun und die staatlichen Kurse, die ohnehin nur frustrierten, abschreiben. Der Kampf hatte Früchte getragen. Er hatte sich Geld für eine Imbissbude geliehen, aus dieser waren mehrere geworden und schließlich eine Kette von Lebensmittelgeschäften. Mittlerweile war Morteza Ghadjar ein geachteter und wohlhabender Mann. Er besaß eine der wichtigeren Lebensmittelgroßhandelsfirmen, die er selbst führte. Er war ein überzeugender Selfmademan.

»Aber Glück lässt sich nicht in Geld messen, oder?«, sagte Morteza Ghadjar und breitete die Hände aus.

»Und warum sind Sie nicht glücklich?«

»Ich bin allein. Ich habe niemanden, mit dem ich teilen könnte.«

»Und Ihre Frau?«

»Sie ist vor fast zehn Jahren an Krebs gestorben.«

Ulf Holtz merkte auf und sah Angela vor sich, seine geliebte Angela, die Mutter seiner Töchter. Die Alpträume waren in den vergangenen Jahren verblasst und, seit Nahid in sein Leben getreten war, fast verschwunden. Aber die Erinnerung an sie blieb wie ein stetes Rauschen im Hintergrund, und jetzt nahm dieses Rauschen zu. Er versuchte, sich nichts anmerken zu lassen, aber Morteza Ghadjar bemerkte Holtz' Gemütswandel.

»Habe ich etwas Unpassendes gesagt, oder langweile ich Sie?«

»Nein, nein, überhaupt nicht. Ich dachte nur gerade an meine Frau. Sie ist vor vielen Jahren gestorben … an Krebs. Auch sie.«

Morteza Ghadjar nickte nur, er ließ die Stille sprechen.

»Erzählen Sie weiter«, sagte Holtz nach einer Weile.

»Jetzt sind nur noch Nahid und ich übrig, und ich habe große Pläne für sie. Sie ist sehr begabt. Ich hatte gehofft, dass sie BWL oder Jura studieren würde, um dann meine Firma zu übernehmen, aber wie immer setzte sie ihren Willen durch. Wie Sie wissen, entschied sie sich für Naturwissenschaften und diese … wie heißt das gleich wieder?«

»Forensische Wissenschaft. Sie will Forensikerin werden. Oder wollte es zumindest. Jetzt weiß ich nicht mehr so genau, was sie eigentlich will«, sagte Holtz, bereute es aber im selben Augenblick. Er wusste nicht, wie gut Nahids Vater über ihre Beziehung Bescheid wusste. Oder ihre Nicht-Beziehung.

»Wie sehen uns gelegentlich, wie Sie wissen.«

»Deswegen bin ich hier«, sagte Nahids Vater.

»Ja, das kann ich mir denken. Aber was wollten Sie eigentlich?«

»Ich will, dass Sie sie in Frieden lassen«, antwortete er mit einer gewissen Schärfe.

Ulf Holtz zuckte zusammen und holte tief Luft.

»Ich glaube, dass Nahid durchaus in der Lage ist, selbst darüber zu entscheiden, mit wem sie sich treffen will. Außerdem bin ich zu alt, um mir von jemand anderem vorschreiben zu lassen, wie ich mein Leben zu gestalten habe«, sagte er mit Nachdruck.

»Sie verstehen mich nicht …«

Holtz hörte nicht zu. Er wusste, worum es ging.

»Doch, ich verstehe Sie sehr wohl. Sie wollen, dass sie einen von ihren eigenen Leuten heiratet und nicht mit so einem alten Sack wie mir zusammen ist.« Holtz spürte seinen Puls am Hals. Er wusste nicht, woher diese Worte kamen, sie waren ihm fremd.

»Sie missverstehen mich.«

»Glauben Sie bloß nicht, dass Sie herkommen und entscheiden können, mit wem ich zusammen bin.« Er beugte sich vor. Er hatte das Gefühl, das Klopfen im Hals würde ihn ersticken.

»Sie mag sie sehr.«

»Bitte?«

»Nahid mag sie. Sehr sogar.«

»Aber, was zum Teufel, warum soll ich dann …«

»Es ist kompliziert. Glauben Sie mir, es hat nichts mit Ihrem Alter zu tun. Meine geliebte Frau war viele Jahre jünger als ich.«

»Aber warum, verdammt nochmal …« Er war sich nicht sicher, ob er sich freuen sollte, auf diese unerwartete Art zu erfahren, dass Nahid ihn immer noch mochte, oder ob er ihren Vater verfluchen sollte, der aus einem unbegreiflichen Grund an diesem Abend uneingeladen auf seinem Sofa, in seinem Wohnzimmer saß und ihn dazu aufforderte, Nahid nicht mehr zu treffen.

»Sie geht in den Iran«, sagte Morteza Ghadjar.

»Sie will den Iran besuchen?«

»Nein, nicht besuchen. Sie kehrt nach Hause zurück.«

Es hatte begonnen zu tauen. Der Schnee, der noch vor wenigen Tagen strahlend weiß geglitzert hatte, war jetzt nass und grau. Levin trat gegen einen Schneewall, der Fuß sank im Matsch ein, und Wasser lief ihr in den Schuh, was ihr jedoch gleichgültig war. In Gedanken war sie bereits bei den Dingen, die jetzt zu tun waren. Sie hatte jedoch Bedenken und hätte alles gerne aufgeschoben. Es war lange her, dass sie jemanden vernommen hatte, außerdem hatten Vernehmungen nie zu ihren Stärken gehört. Aber Ellen Brandt war unerbittlich gewesen. Sie hatte darauf hingewiesen, dass es nicht darum ging, einen Verdächtigen zu verhören. Sie musste sich nur in ihren Wagen setzen, eine knappe Stunde gen Norden fahren und sich eine Weile mit einem Mann unterhalten. Als ob das so viel einfacher wäre. Die Ermittler benötigten Hintergrundmaterial, und sonst hatte niemand Zeit. Sie habe auch keine, hatte sie gemeint, aber das hatte ihr nichts genützt. Nicht einmal Holtz hatte ihr beigestanden, was ihr unbegreiflich war. Er hatte die Angelegenheit gar nicht erst diskutiert, sondern sie einfach gebeten, auszuführen, was Ellen ihr aufgetragen habe. »Ein wenig Abwechslung tut dir gut«, hatte er hinzugefügt.

Levin trat nochmals gegen einen Schneehaufen, und ein Berg aus Schneematsch rutschte in das dunkle Wasser des Kanals. In Gedanken versunken ging sie weiter am Ufer entlang. Der Kanal lag nur ein paar Haltestellen von ihrer Wohnung entfernt. Sie ging immer dorthin, wenn sie nachdenken musste. Manchmal spazierte sie stundenlang an der schmalen Wasserstraße entlang, gelegentlich aber auch nur kurz, um einen klaren Kopf zu bekommen.

Die Ermittlung im Mordfall Johan Seger alias Styrbjörn Midvinter schien nicht vom Fleck zu kommen. Sie hatten den Ort, an dem der Schütze gestanden hatte, nicht gefunden, es gab keine Mordwaffe, keinen Verdächtigen und kein klares Motiv, aber unzählige Theorien. An Feinden hatte es Midvinter wirklich nicht gemangelt. Die Ermittlung verfolgte keine klare Linie, deshalb wussten die Kriminaltechniker nicht, worauf sie sich konzentrieren sollten. Die Analyse der Gegenstände aus dem Adlerhorst und die weitere Analyse sämtlicher Spuren vom Tatort hatten warten müssen, da sich die Prioritäten ständig änderten. Holtz hatte entschieden, dass keine Analysen durchgeführt werden sollten, sofern sie nicht die Vergewaltigung betrafen, solange sich die Leitung des Kriminaldezernates in die Ermittlung einmischte. Der Chef der Ermittlungsabteilung war wie immer eingeknickt und tat alles, um die Launen von C. zufriedenzustellen.

»Wir sammeln weiterhin Material, aber die Analysen müssen warten. Sonst werden wir und das GFFC von Resultaten, die uns nicht weiterhelfen, überschwemmt«, hatte Holtz gesagt.

Ein einzelnes Boot lag an der Brücke über den Kanal vertäut. Es war fast bis auf den Grund gesunken, eine Kette, die an einem der Brückenpfeiler befestigt war, hielt den Bug knapp über der Wasseroberfläche. Das Boot sah teuer und recht neu aus. Wie kann man ein Boot nur so vernachlässigen? Erst machte man sich die Mühe, es mit einer stabilen Kette und einem guten Schloss festzuschließen, um es dann seinem Schicksal zu überlassen, dachte sie.

Außer ihr war fast niemand unterwegs. Es war um null

Grad und das Wetter alles andere als einladend. Vielleicht also nicht sonderlich verwunderlich. Die Sonne war nicht zu sehen, und die feuchte Luft drang einem unter die Kleider. Ein Mann und eine Frau Anfang fünfzig näherten sich ihr Hand in Hand. Sie hatten nur Augen füreinander. Die könnten doch gut zu Hause bleiben und etwas anderes tun, dachte Levin, als sie an ihr vorbeigingen, ohne sie weiter zu beachten.

Plötzlich nahm sie den Geruch von Zigarettenrauch wahr.

Sie sah sich um. Das Paar hatte sich mittlerweile ein gutes Stück entfernt, und sie glaubte nicht, dass einer der beiden rauchte. Jedenfalls hatte sie keine Zigarette gesehen. Sie hielt inne und schaute sich um. Kein Mensch zu sehen. Der leere Fußballplatz mit dem orangefarbenen Licht und der Überfall im Wald kamen ihr in den Sinn. Sie erinnerte sich, wie sie mit der Kollegin das ganze Areal abgesucht hatte, ohne Zigarettenkippen oder andere Spuren zu finden. Ich muss nachfragen, ob sich über die Person, die mich überfallen hat, etwas Neues ergeben hat, dachte sie. Dann nahmen ihre Gedanken eine andere Richtung. Wie hatte sie gleich wieder geheißen? Marie? Sie hatten nach der Suchaktion zusammen Kaffee getrunken. Sie sah Maries Lächeln noch vor sich. Weiße, etwas schiefe Zähne. Schöner Mund, der gerne lächelte. Sie hatte oft gelacht. Pia Levin schmunzelte, als sie an ihre Unterhaltung dachte, sie erinnerte sich aber kaum noch, worüber sie gesprochen hatten.

Sie setzte ihren Weg fort, beschleunigte ihre Schritte durch den Schneematsch und spürte, wie kalt es geworden war. Sie ging noch schneller und hatte bald die Bushaltestelle erreicht.

Es war Zeit, mit der Arbeit zu beginnen. Levin fuhr nach Hause, zog sich um, und nach einem kurzen Besuch im Präsidium saß sie in einem Dienstwagen auf dem Weg zu der verhassten Vernehmung.

Genau wie sie angenommen hatte, dauerte die Fahrt keine Stunde. Sie fuhr langsamer, als sie sich dem Zentrum des kleinen Ortes näherte. Zumindest nahm sie an, dass es sich um das Zentrum handelte, da eine Reihe Stecken, gekrönt von überdimensionierten, absonderlichen schwarzen und roten Holzkonstruktionen, die Hauptstraße säumten, als sollte dadurch markiert werden, dass man irgendwo hineinfuhr. Ungefähr wie ein mittelalterliches Stadttor, jedoch nicht so dauerhaft.

An der Straße durchs Zentrum parkten nur wenige Autos. Einige Läden lagen in einem Gebäude aus weißglasierten Ziegeln. Eine Pizzeria, ein Süßwarenladen, ein Blumengeschäft und ein Geschäft für Schnickschnack. Gegenüber lag der Lebensmittelladen des Ortes, ebenfalls in einem Gebäude aus weißem Backstein. Dann kam ein größeres, schmutzig grau verputztes Gebäude, das aussah wie ein Ärztehaus oder vielleicht auch ein Altenheim. Ein Parkplatz lag am Ende der Straße, danach nur noch verstreute Einfamilienhäuser.

Sie gab die Adresse in ihr Navi ein und folgte den Anweisungen der nasalen Frauenstimme. Auf einer kurvigen Straße wurde sie aus dem Ort und durch weite Felder mit Schneeverwehungen gelotst. Ab und zu wurde das Weiß von Bäumen unterbrochen, Reste eines vor langer Zeit abgeholzten Tannenwalds. Nach einigen Kilometern ahnte sie vor sich das Meer. Zwischen windgebeugten Kiefern sah sie ein graues Band, Schatten, die sich bewegten, vermutlich das aufgewühlte Meer.

Die Straße wurde an einer Bushaltestelle etwas breiter. Sie fuhr an die Seite und schaltete den Motor, aber nicht die Zündung aus, damit die Musik weiterlief. Der Countrypop hob ihre Laune. Sie hatte das Gefühl, sämtliche positive Energie zu benötigen, die sich auftreiben ließ.

Levin lehnte sich zurück und streckte die Hand nach einer Mappe auf dem Rücksitz aus. Sie war blau und recht dünn. Auf den Deckel hatte sie mit dicken schwarzen Druckbuchstaben den Namen Thord Seger geschrieben. Es würde eine kurze Vernehmung werden, da es sich nur um ein paar Zusatzinformationen handelte. Es lagen natürlich einige Berichte der Sozialbehörde vor, aber die waren neueren Datums. Es gab erstaunlich wenig Material über den Hintergrund des Ermordeten. Wer war dieser Johan Seger eigentlich gewesen, ehe er Styrbjörn Midvinter wurde? Wie war er als junger Mann und als Kind gewesen? Was hatte Johan Seger dazu bewogen, seinen Namen und sein Leben zu ändern?

Pia Levin blätterte rasch die Papiere durch, die sie von der Ermittlergruppe erhalten hatte und rief sich noch einmal ins Gedächtnis, welche Angaben sie kontrollieren und welche Fragen sie stellen musste. Einer ihrer Kollegen hatte sich bereits mit Styrbjörn Midvinters Vater in Verbindung gesetzt, ihn bei dieser Gelegenheit aber nur davon unterrichtet, dass sein Sohn verstorben sei. Es gab keine Angaben darüber, wie der Vater reagiert oder was er gesagt hatte. Die Ermittlergruppe hatte ungewöhnlicherweise einen Kriminalbeamten vor Ort gebeten, die Trauernachricht zu überbringen, aber offenbar vergessen, diesen darum zu bitten, Fragen zu stellen und die Reaktion des Vaters zu beobachten. Darüber gab die Mappe keine Auskunft.

Vielleicht hat er ja überhaupt nicht reagiert, vielleicht ist es ihm gleichgültig, dass sein Sohn, der Neonazi, nicht mehr auf Mutter Erde herumläuft, dachte sie, ließ den Motor wieder an und fuhr weiter aufs Meer zu.

Sie erreichte ein niedriges, traditionell rotgestrichenes Holzhaus mit weißen Ecken und Ziegeldach. Es duckte sich mit dem Meer zugewandter Schmalseite vor dem Wind. Auf dem schmalen Pfad, der zum Haus führte, lag kein Schnee; der Wind hatte ihn an die Mauer geweht, die das Grundstück umgab. Es handelte sich um eine alte, solide Mauer aus flachen Natursteinen in verschiedenen Größen, die so geschickt zusammengefugt worden waren, dass kaum Spalten zu sehen waren. Vor dem Haus stand eine einsame, einige Meter hohe Kiefer, die nur auf einer Seite Äste hatte. Sie neigte sich vom Meer weg.

Pia Levin parkte ihren Wagen vor der Mauer neben einem gepflegten, älteren Land Rover. Sie ging auf das Haus zu und atmete die kalte, salzige Meeresluft ein.

Sie wusste nicht recht, was sie eigentlich erwartet hatte, aber sie sah rasch ein, dass Thord Seger nichts mit dem Bild gemeinsam hatte, das sie sich von dem Vater eines Neonaziführers gemacht hatte.

»Treten Sie ein, ich habe Sie kommen sehen. Willkommen«, sagte er, nahm ihr den Mantel ab und hängte ihn an einen Haken. Er trug eine Cordhose, ein weißes, sorgfältig gebügeltes Hemd und eine Wolljacke, die zu der Hose passte. Er hatte nur noch wenige graue Haare, und seine Glatze verlieh ihm einen intelligenten und gelehrten Eindruck. Er war größer als Pia Levin und wirkte recht fit. Außerdem hatte er eine auffällige Stimme. Sie war leise, aber trotzdem füllte sie das ganze Zimmer.

»Nicht groß, aber für Lord Nelson und mich reicht es.« In diesem Moment trottete ein schwarz-weißer Hund auf sie zu. »Ich hoffe, Sie haben keine Hundeallergie?«

»Nein, soweit ich weiß, nicht. Was ist das für eine Rasse?«

»Ein flatcoated Retriever. Wir sind schon lange ein Paar.«

Der Hund schnupperte zerstreut an Pia Levin und trottete dann mit langsamem Schwanzwedeln an seinen Platz zurück.

»Gut erzogen ist er jedenfalls und fröhlich«, sagte Levin, und Thord Seger lächelte.

»Danke. Kann ich Ihnen etwas anbieten?«

Sie hätte fast abgelehnt, überlegte es sich dann aber anders. »Gerne. Kaffee, wenn Sie haben.«

Das Zimmer war nicht groß und kontrastierte stark mit dem Äußeren des Hauses. Ein Feuer brannte in einem eckigen offenen Kamin aus Glas, der über dem bernsteinfarbenen, geölten Holzfußboden zu schweben schien. Der Glaskasten mit dem Feuer darin hing an einem geschwärzten Rohr von der Decke. Levin kannte sich mit exklusivem Design nicht sonderlich gut aus, aber ihr war klar, dass die Möbel, die sie vor sich sah, keine Dutzendware waren. Zwei schwarze Sessel aus Leder und verchromtem Stahl standen vor einer verglasten Wand Richtung Meer. Eine andere Wand wurde von einem randvoll gefüllten Bücherregal eingenommen.

»Schließlich muss es nicht spartanisch sein, auch wenn das Haus schon über hundert Jahre alt ist, oder?«

Pia Levin nickte nur und betrachtete das Schauspiel vor dem Fenster, das von einer Lampe an der Fassade erleuchtet wurde. Nur wenige Meter vor dem Haus lag ein Steg, der von Wellen mit weißen Schaumkronen umspült wurde. Eine einsame Möwe saß auf einem windgepeinigten, von Vogeldreck weißen Poller und blickte übers Meer.

»Sehen Sie sich ruhig um, während ich den Kaffee koche.« Thord Seger verschwand außer Sicht.

Pia Levin betrachtete das Meer in der Dunkelheit da draußen und überlegte, wie sie beginnen sollte. Sie hatte Thord Seger vor einigen Stunden angerufen und ihren Besuch angekündigt. Er hatte gesagt, sie dürfe gerne vorbeikommen, aber erst am Abend, da er tagsüber beschäftigt sei. Bereits da hatte sie ein Gefühl der Unwirklichkeit überkommen. Etwas in seinem Tonfall hatte sie verunsichert.

Als er mit einem Tablett mit warmen Scones und einer

Kanne Tee zurückkehrte, betrachtete sie gerade die Bücher im Regal.

»Die Tage und Nächte sind hier lang und einsam. Lord Nelson und die Bücher sind meine einzige Gesellschaft«, sagte er.

Sie drehte sich überrascht um und hatte das unerklärliche Gefühl, etwas Unerlaubtes getan, herumgeschnüffelt zu haben.

»Sie haben wirklich viele Bücher. Haben Sie sie alle gelesen?«

»Nein, aber fast. Kommen Sie. Nehmen Sie doch Platz. Ich habe Tee statt Kaffee gekocht. Ich hoffe, das ist Ihnen auch recht. Tee passt besser zu Scones, nicht wahr?«

Sie nickte und setzte sich an den Tisch, der aus einem matten, gemaserten Holz gefertigt war. Die Stühle waren leicht und hell.

»Entschuldigen Sie, dass ich gleich zur Sache komme, aber ich habe einige Fragen, die Ihren Sohn betreffen«, sagte Pia Levin versuchsweise, nachdem sie jeder einen Scone mit Marmelade gegessen hatten. Der Tee war stark und gut.

»Das ist mir klar. Was wollen Sie wissen?«

Pia Levin bereute, dass sie ihm nicht sofort ihr Beileid ausgesprochen hatte. Jetzt kam es ihr dafür irgendwie zu spät vor, als sei es nichts mehr wert, wenn man zu lange gewartet hatte. Sie öffnete ihre Mappe und überflog die erste Seite, schlug sie dann jedoch energisch wieder zu und legte ein Tonbandgerät auf den Tisch.

»Haben Sie etwas dagegen, dass ich das Gespräch auf Band aufnehme?«

»Nein.«

»Erzählen Sie mir von ihm, erzählen Sie, wer er war.«

Thord Seger hob seine Tasse an den Mund, blies vorsichtig und nippte daran.

»Wie schmeckt Ihnen der Tee? Das ist eine Spezialmischung, die ich besorge, wenn ich in der Stadt bin. Hier gibt es nur Beuteltee im Laden. Ich komme nur noch selten in die Stadt, daher kaufe ich immer ziemlich große Mengen und lagere den Tee dunkel und kühl. Tee ist ein seltsames Getränk. Man muss es sorgfältig zubereiten, um überhaupt etwas zu schmecken. Haben Sie darüber schon einmal nachgedacht?«

»Nein, eigentlich nicht. Ich trinke hauptsächlich Kaffee.«

»Tee ist gesünder, wussten Sie das?«

»Ja. Mein Chef liegt mir damit auch immer in den Ohren. Er trinkt nur Tee. Gelegentlich auch Kakao.«

»Vermutlich ein guter Mann.«

»Ja, an sich schon, aber ...« Sie warf einen Blick auf die kleine Lampe des Tonbandgerätes, die grün leuchtete.

»Ich werde Ihre Fragen beantworten ... gleich.« Seger erhob sich, ging auf den schwebenden offenen Kamin zu und legte zwei Holzscheite nach. Das Feuer flammte auf, und Levin glaubte zu spüren, wie die Wärme auf sie zuwogte, obwohl sie etliche Meter von dem Kamin entfernt saß.

Seger blieb mit dem Rücken zu ihr am Kamin stehen und blickte über das schwarze Meer. Einige Minuten lang schwieg er, und Levin wurde es langsam unbehaglich zumute. Gerade als sie etwas sagen wollte, drehte er sich zu ihr um. Sie hatte den Eindruck, er habe geweint, war sich aber nicht sicher.

»Johan war ein rücksichtsvoller und beliebter Junge. Das müssen Sie verstehen«, sagte er und nahm wieder ihr gegenüber am Tisch Platz. Sie erwiderte nichts. Sie wartete und sah ihn unverwandt an.

»Johan ist hier in der Nähe aufgewachsen in einem der großen Häuser in der Nähe des Zentrums. Er, seine Mutter Kerstin und ich. Eine glückliche Familie.«

»Und dann?«

Er hob eine Hand, eine beruhigende, freundliche Geste.

»Ich werde Ihnen erzählen, was geschah, aber das ist eine lange Geschichte. Haben Sie Zeit?«

Sie nickte und warf einen hastigen Blick auf die Uhr. Es ging auf acht Uhr zu, und eigentlich sprach alles dagegen, hier länger zu verweilen, aber nach kurzem Abwägen nickte sie wieder.

»Ja, diese Geschichte würde ich gerne hören.«

Johan Seger war Einzelkind, ein verwöhntes, aber wohlerzogenes Kind. Bereits im Kindergarten merkten alle, dass er der geborene Anführer war. Alle anderen Kinder wollten mit ihm spielen. Bereits als Sechsjähriger bestimmte er das meiste, war aber trotzdem allseits beliebt. Zuhause half er, obwohl das eigentlich gar nicht nötig gewesen wäre, da seine Mutter nicht arbeitete und ihren geliebten Sohn mit Vergnügen verwöhnte. Sie hätten gerne noch weitere Kinder gehabt, aber Johan bekam keine Geschwister, und nach einigen Jahren hatten sich seine Eltern an den Gedanken gewöhnt, dass es bei diesem einen Sohn bleiben würde.

»Soweit ich mich erinnere, machten wir keine große Affäre daraus, es gab also keine Untersuchungen und so. Ich war zufrieden, aber später wurde mir klar, dass Kerstin sich nach weiteren Kindern sehnte«, sagte Thord Seger.

In der Schule gehörte Johan Seger zu den Begabtesten. Alles fiel ihm leicht, er musste nie büffeln und bekam trotzdem immer gute Noten. Die Freizeit verbrachte er mit Segeln und Angeln. An den Wochenenden arbeitete er im Kiosk im Ort.

»Den gibt es nicht mehr. Unrentabel. Es ist nur eine Frage der Zeit, bis auch der Lebensmittelladen dichtmacht. Vermutlich wird daraus ein Chinarestaurant oder so was. Vielleicht ein Thailänder. Die sind ja jetzt so beliebt. Wollen Sie übrigens was zu essen?«, fragte Thord Seger. »Mit ein paar Scones kommt man schließlich nicht weit.«

»Ich werde tatsächlich langsam etwas hungrig«, erwiderte Pia Levin zögernd.

»Ich mache uns rasch was. Kommen Sie mit in die Küche, dann kann ich weitererzählen.«

Die Küche war ganz in Edelstahl gehalten. Arbeitsflächen, Kühlschrank, Gefrierschrank, Spülmaschine und Gasherd, alles bestand aus Edelstahl. Die Wände und der Fußboden waren aus poliertem Beton. Das Einzige, was aus dem Rahmen zu fallen schien, war eine alte, schmale Holztüre an der einen Schmalseite der Küche.

»Vielleicht etwas too much, aber als ich die Küche habe einbauen lassen, kam mir das alles ganz richtig vor. Ich weiß nicht, vielleicht hätte ich mich doch lieber für eine Bauernküche entscheiden sollen. Was meinen Sie?«, fragte er und öffnete den Kühlschrank.

»Tja ... Inneneinrichtung ist nicht so mein Ding. Ich wohne in einer winzigen Wohnung, in der nichts durchdacht ist. Und eine richtige Küche habe ich auch nicht.«

Er nickte verständnisvoll.

»Ich glaube, dass ich mich das nächste Mal für eine Bauernküche entscheide. Vielleicht eine mit einem Aga-Herd und weißverputzten Wänden.«

Levin war sich nicht sicher, ob von ihr ein weiterer Kommentar zur Einrichtungsfrage erwartet wurde.

Thord Seger verrührte sieben Eier und briet dann auf dem Gasherd einige Pfifferlinge und fein gehackte Schalotten an. Er gab das Ei unter die Pilze, drehte die Flamme klein und rührte dann sorgfältig so lange, bis es cremig wurde. Dann rundete er das Ganze ab, indem er mit kräftigen Handbewegungen einen südeuropäischen Hartkäse darüber raspelte.

Er deckte einen kleinen Tisch am Fenster und brachte dann das Eiergericht und eine Kanne Wasser herüber. Es gab nur zwei Stühle.

»Ich esse immer hier, wenn ich allein bin, und das bin ich meistens«, sagte er und bat Levin, ihm gegenüber Platz zu nehmen.

Eine Weile lang aßen sie schweigend. Dann griff Seger den Faden dort wieder auf, wo er den Bericht über seinen Sohn unterbrochen hatte. Levin hatte alle Hände voll damit zu tun, ihr Tonband ein- und auszuschalten, um nichts Wichtiges zu verpassen, aber Belangloses zu überspringen.

Johan Seger war immer der Schwarm vieler Mädchen gewesen. Bereits als er dreizehn gewesen war, hatten sich die Mädchen bei den Segers die Klinke in die Hand gegeben. Aber er hatte sich mehr fürs Segeln und Angeln interessiert.

Mit siebzehn hatte sich dann alles verändert.

»Sie war erst vierzehn und ganz anders als jene, die sonst immer hier aus und ein gingen. Die anderen waren gesund und stark gewesen, richtige Schärenmädchen«, sagte er und begann abzuräumen. »Wollen Sie etwas Süßes zum Nachtisch? Vielleicht ein Biscotto?«

»Warum nicht«, erwiderte Pia Levin, die sich allmählich zu Hause fühlte und alles sogar recht nett fand. Sie war schon lange nicht mehr eingeladen worden und wusste Thord Segers Gesellschaft zu schätzen. Irgendetwas an seinem Ton veranlasste sie, ihm gebannt zuzuhören. Er sprach bedächtig, und sie hatte das Gefühl, seine Stimme dränge ihr irgendwie in jede Zelle.

Er räumte den Tisch ab, machte Espresso, legte sechs Biscotti auf ein Tellerchen und trug alles ins große Zimmer.

»Wir setzen uns hierhin. Das ist bequemer.« Sie nahmen vor dem Kamin Platz. Pia Levin sah wieder auf die Uhr.

»Meine Güte, schon fast zehn«, sagte sie.

»Die Zeit vergeht schnell, wenn es nett ist, nicht wahr?«

»Das stimmt, aber jetzt muss ich Sie doch bitten, die Geschichte fertig zu erzählen.«

Und dann vernahm sie die Geschichte von dem Mädchen, das an einem Frühlingstag vor fast zwei Jahrzehnten in das Leben der Familie Seger getreten war und alles verändert hatte.

Pia Levin machte einen Schritt über den Zeitungsstapel in der Diele, ging geradewegs in die kleine Küche und nahm sich dort ein sauberes Glas. Der Wein war lauwarm, aber das war ihr egal. Ganz hinten im Kühlschrank fand sie ein Glas mit kleinen Salzgurken. Sie konnte sich beim besten Willen nicht erinnern, wann sie es gekauft hatte, aber die Gurken stellten das einzig halbwegs Essbare dar. Mit dem Gurkenglas in der einen und dem Weinglas in der anderen Hand setzte sie sich auf das Sofa des winzigen und spärlich möblierten Wohnzimmers, das von einem großen Plasmafernseher dominiert wurde. Sie zappte durch die Programme, ohne dass ihr irgendetwas zugesagt hätte, und entschied sich für einen Musiksender. Dann fischte sie mit den Fingern eine Minigurke aus dem Glas, kaute sie gierig, leckte dann sorgfältig ihre salzig nassen Finger ab und trank einen großen Schluck lauwarmen Weißwein. Sie verzog das Gesicht, als sich der Geschmack der Salzgurke und des Weins mischten.

Sie stellte den Fernseher lauter, legte die Füße auf den Couchtisch und überlegte, warum der Mann auf dem Bildschirm einen schwarzen Hut auf dem Kopf hatte und eine Gitarre in der Hand hielt, aber kein Hemd trug, während er im Wind auf einem Berggipfel stand und sang.

Als sie das spartanische Mahl beendet hatte, kehrten die Gedanken zurück, die sie auf dem Nachhauseweg hatte verdrängen wollen. Sie schaltete den Fernseher aus.

Warum zum Teufel ausgerechnet ich? Hätte nicht jemand

anderes diese Vernehmung mit Thord Seger durchführen können?, überlegte sie und rieb sich die Augen. Sie brannten und waren vor Müdigkeit und Frustration gerötet.

Sie erwog, Holtz anzurufen, wusste aber, dass er zu dieser Tageszeit auch nichts unternehmen konnte. Außerdem hatte er sich nie sonderlich für ihre arbeitsbezogenen Ängste und Zweifel interessiert. Ihn mitten in der Nacht anzurufen und Trost zu suchen, würde zu nichts führen. Sie arbeitete schon ewig mit Ulf Holtz zusammen, und sie hatten sich immer verstanden. Sie fühlte sich gleichberechtigt, obwohl er ihr Chef war. Sie hatte sich stets für ihn eingesetzt, wenn er sich unbeliebt gemacht hatte, wie damals bei dem Fall mit dem Minister, der seine Frau misshandelt hatte. Damals wäre Holtz fast gefeuert worden, aber obwohl ihm Levin während dieser Angelegenheit etwas nähergekommen war, konnte sie nicht behaupten, dass sie Freunde waren. Vermutlich besaß er keine Freunde. Aber das ist bei mir ja auch nicht anders, dachte sie und fischte die letzte Gurke aus dem fettigen Glas. Sie wischte sich die Hände an ihrer Hose ab, die ohnehin in die Wäsche musste.

Ihre Gedanken kehrten zu dem roten, windgepeinigten Haus am Meer zurück, das sie an diesem Abend besucht hatte. Sie hatte sich erst nach Mitternacht auf den Heimweg gemacht, und als Allererstes würde sie am nächsten Morgen darum bitten, von weiteren Nachforschungsaufträgen, die die Familie Seger betrafen, verschont zu bleiben. Schließlich arbeitete sie für den Erkennungsdienst und nicht für das Dezernat für Gewaltverbrechen. So wie sich die Sache entwickelte, war es das Beste, wenn jemand anderes die Sache übernahm.

Egal wer, nur nicht sie selber.

Pia Levin leerte das Weinglas und überlegte, ob sie noch mehr trinken sollte, nahm dann aber davon Abstand, als sie sah, dass es schon drei Uhr war. In wenigen Stunden würde sie berichten müssen, wie die Vernehmung des Vaters des ermordeten Neonazis verlaufen war.

Ich muss schlafen, dachte sie.

Mit Johan Segers elender Vergangenheit würde sie sich morgen wieder befassen.

Ulf Holtz war für seine Besprechung bereits zu spät dran, als er den Code eingab und die Karte durch das Lesegerät zog. Aber noch ehe er durch die Schwingtür gehen konnte, hörte er, wie sein Name gerufen wurde, und als er sich zu der Stimme umdrehte, wurde die Tür wieder gesperrt. Holtz fand, dass Pia Levin sehr müde und alles andere als fit aussah. Sie wirkte regelrecht ungewaschen und verfleckt.

»Pia! Was ist los?«, fragte er und eilte auf sie zu. Sie saß auf einem der wenigen Besucherstühle in dem großen Foyer. Er hatte sie nicht bemerkt, als er durch den Eingang geeilt war.

»Warum sitzt du hier?«

»Ich will mit dir allein sprechen. Unter vier Augen.«

»Dann gehen wir halt rauf.«

»Können wir nicht woanders hingehen. Mir geht es nicht gut.«

»Bist du krank?«

»Nein, ich bin nicht krank. Aber ich will mit dir sprechen. Können wir nicht ein Weilchen hinausgehen?«, fragte sie.

Holtz dachte einen Augenblick an die Besprechung, die bereits begonnen hatte, aber Pia Levins flehender Blick veranlasste ihn, diesen Gedanken beiseitezuschieben, seine Jacke zuzuknöpfen und ihr nach draußen zu folgen.

Man ahnte kaum noch, dass es vor einigen Tagen noch eiskalt und verschneit gewesen war. Die Straßen waren schneefrei, und nicht einmal die von den Schneepflügen aufgeworfenen Schneewälle hatten dem Wetterumschlag standhalten können, sondern hatten sich in graue Berge aus Schneematsch und Sand verwandelt.

Seite an Seite gingen sie schweigend einen Häuserblock weit, bevor Pia Levin begann.

»Du findest sicher, dass ich mich komisch benehme.«

»Ich weiß nicht recht, aber ich frage mich natürlich, warum wir nicht einfach im Büro reden können.«

»Ich hatte das Bedürfnis, mit dir allein zu sprechen, ohne andere Leute treffen zu müssen. Außerdem brauche ich etwas frische Luft.«

»Schon okay.«

»Wie du weißt, bin ich gestern zu Thord Seger gefahren, um ihn zu vernehmen.«

»Ja. Ich habe das schließlich genehmigt. Wie ist es gelaufen?«

»Gut. Aber ich will mit der Sache nichts mehr zu tun haben.«

»Wie meinst du das?«

»Ich bin mir bewusst, dass Personalknappheit herrscht, aber ich bin Erkennungsdienstlerin und …«

»Du weißt, dass in diesen Fragen nicht ich entscheide. Alle haben viel zu tun, und auch wir müssen schließlich mit einigen Hintergrundrecherchen aushelfen können.«

»Du weißt nicht, was sich Johan Seger hat zuschulden kommen lassen, oder?«

»Sicherlich eine Menge Untaten und bestimmt ganz viele Dinge, von denen wir keine Ahnung haben. Worauf willst du hinaus?«

»Weißt du, wie das Ganze begann? Wie sich ein ganz normaler und begabter junger Mann, der sein Leben vor sich hatte, dafür entschied, sich von allem abzuwenden, was seine Familie vertrat?«

»Nicht so genau, aber …«

»Sein Vater ist Arzt, Humanist. Kannst du dir vorstellen, dass einer der einflussreichsten Neonazis hier im Land der Sohn eines Arztes war?«

»Nein, vielleicht nicht«, erwiderte Holtz verblüfft, »aber was hat das mit allem zu tun? Er ist doch wohl nicht deswegen Neonazi geworden?«

»Nein. Ich glaube, es war etwas ganz anderes. Kindesmisshandlung.«

Der Chlorgeruch lag wie eine Erinnerung an den Schwimmunterricht der Kindheit in der Luft. Das weiße, kalte Licht, das widerhallende Geräusch von Geplansche, das Rasseln der Plastikkugeln der Bahnmarkierungen, die gerade ausgerollt wurden, riefen bei ihm beinahe Übelkeit hervor. Ulf Holtz hatte für Hallenbäder nicht viel übrig, und er hätte die eigene Schwimmhalle der Polizei im Ostflügel des Präsidiums auch nie freiwillig besucht.

Der Bau des Beckens hatte zu Diskussionen über Verschwendung von Steuergeldern geführt, aber das Versprechen, dass die Allgemeinheit gelegentlich zusammen mit den Polizeibeamten schwimmen dürfe, hatte die Situation gelöst. Sonderlich viele Zivilisten hatten von dem Angebot jedoch nie Gebrauch gemacht.

Ellen Brandts Kopf näherte sich im Wasser. Holtz versuchte, sie auf sich aufmerksam zu machen, aber sie schwamm einfach an ihm vorbei. Ihr Kopf verschwand, ehe sie die Kachelwand erreichte, und tauchte wenige Sekunden später in entgegengesetzter Richtung wieder auf.

»Ellen!« Seine Stimme hallte wider, und er sah sich um. Abgesehen von einem Putzmann, der sich nicht weiter für Holtz' Versuche interessierte, Ellen Brandts Aufmerksamkeit auf sich zu ziehen, war niemand in der Schwimmhalle.

»Ellen«, rief er erneut und folgte einer blaugekachelten Linie mit rauer Oberfläche. Sie richtete sich im seichten Ende des Beckens auf, schob eine dunkelblaue Schwimmbrille hoch und drehte sich in seine Richtung.

»Mir fehlen nur noch wenige Längen, kannst du dich nicht so lange irgendwo hinsetzen?«, rief sie. Er nahm auf einem Plastikstuhl Platz und stellte fest, dass sie im Badeanzug eine gute Figur machte. Er hatte sich Ellen Brandt noch nie im Badeanzug vorgestellt und vermutlich auch sonst niemanden. Aber jetzt konnte er ihren durchtrainierten Körper nicht aus den Augen lassen. Was tue ich hier eigentlich, dachte er? Er schüttelte sich, um in die Wirklichkeit zurückzufinden.

»Gib mir bitte das Handtuch.« Brandt stieg aus dem Wasser und deutete auf ein dickes, marineblaues Badetuch, das über einer Stuhllehne hing.

Er reichte es ihr und konzentrierte sich darauf, nicht auf ihren Busen zu schauen. Es ist mir noch nie aufgefallen, dass sie so große Brüste hat, dachte er und überlegte, ob er eigentlich noch ganz bei Trost war.

»Was ist so eilig?«, fragte sie, während sie sich ihre kurzen Haare abtrocknete.

»Wie sehr habt ihr euch in Styrbjörn Midvinters Vergangenheit vertieft? Ich meine natürlich Johan Seger?«

»Wieso?«

»Weißt du, dass er wegen Kindesmisshandlung verurteilt worden ist?«

»Nein, aber das erstaunt mich nicht. Bei dem kann ich mir alles vorstellen.«

»Er war selbst noch ein Kind, als es geschah. Er wurde zu einer Jugendstrafe verurteilt.«

»Wie alt war er da?«

»Ich weiß nicht genau, aber er war siebzehn, als er entlassen wurde. Sie haben ihn zu einem Jahr oder so verurteilt.«

»Dann ist es nicht weiter verwunderlich, dass das nicht in unseren Akten stand. Schließlich liegt es zwanzig Jahre zurück.« Sie trocknete sich die Arme ab.

»Achtzehn Jahre, um genau zu sein.«

»Das ändert nichts, lange genug, um aus den Akten zu verschwinden.«

»Aber irgendwelche Unterlagen muss es doch noch geben? Vom Jugendamt oder so?«

»Vielleicht, aber du weißt, dass wir auf so alte Sachen nicht automatisch Zugriff haben. Wessen Kind hat er denn misshandelt?«

»Sein eigenes.«

»Sein eigenes?«, erwiderte sie und hielt mitten in der Bewegung mit dem Abtrocknen inne.

»Genau.« Holtz war zufrieden, endlich ihre volle Aufmerksamkeit zu genießen.

Pia Levin biss in einen Apfel. Sie betrachtete ihn nach jedem Happen, als wollte sie sich versichern, dass sie wirklich einen Apfel aß.

»Was ist das eigentlich für eine Sorte?«, fragte sie und nahm einen weiteren großen Bissen. Ellen Brandt sah Levin ratlos an und warf dann Holtz einen fragenden Blick zu. Dieser schüttelte nur den Kopf.

Holtz' Protesten zum Trotz hatten sie eine Besprechung mit Levin im Personalrestaurant angesetzt. Er weigerte sich, dieses Etablissement zu frequentieren, aber Brandt hatte sie einladen wollen, so war es zumindest nicht sein Geld, an dem sich der Pächter mit seinem lausigen Angebot bereicherte.

»Wollt ihr was?«, fragte Brandt.

»Nein danke.« Levin nagte weiter an ihrem Apfel.

»Eine Tasse Tee und ein Marzipangebäck«, sagte Holtz.

»Gesund«, meinte Brandt und begab sich zum Tresen.

Als sie mit dem giftig grünen Gebäckstück, einer Tasse warmem Wasser und einem Teebeutel zurück war, bat sie Levin darum, zu erzählen.

Pia Levin legte das Kerngehäuse ihres Apfels auf Holtz' Teller und räusperte sich.

»Um es kurz zu machen: Ich war über drei Stunden lang bei Thord Seger und habe erfahren, dass sein Sohn vor fast zwanzig Jahren verurteilt wurde, weil er sein eigenes Kind schwer misshandelt hat. Er stritt natürlich alles ab, wurde aber trotzdem zu einer einjährigen Jugendstrafe verurteilt. Eine verdammt kurze Strafe, finde ich«, sagte sie voller Verachtung. Dann sammelte sie sich und erzählte Thord Segers Geschichte seines Sohnes.

Es war ein ungewöhnlich regnerischer Sommer, aber das war Johan Seger gleichgültig. Nichts schien dem Jungen etwas anhaben zu können. Alle staunten über seine Gabe, alles immer positiv zu sehen. Statt darüber zu klagen, dass der Kiosk, in dem er im Sommer immer jobbte, wegen des schlechten Wetters geschlossen hatte, verbrachte er fast seine ganze Zeit mit Segeln. Je stärker der Wind, desto eiliger hatte er es morgens. Zwei Brote, ein Glas Milch, dann radelte er rasch zum Hafen und zu seinem Boot.

Er hatte das Boot von seinem eigenen Geld gekauft, größtenteils jedenfalls. Seine Eltern hatten gefunden, er habe so fleißig gespart, dass sie ihm den Rest dazugaben. Einen Transportkarren erhielt er als Dreingabe. Auf diesem konnte er, wenn er den Mast abgenommen hatte, das Boot von ihrem Haus zum Hafen ziehen. Aber meist ließ er die hellblaue Jolle über Nacht neben den anderen Jollen liegen. Noch nie war ein Boot gestohlen oder zerstört worden.

Wenn Johan Seger nicht segelte oder an seinem Boot werkelte, fand man ihn meist mit einer Angel am äußersten Ende des Piers. Niemand warf die Leine so weit aus wie er.

Es kam auch vor, dass er mit einem der Mädchen aus dem Ort zusammen war, aber nie längere Zeit, und von einer Beziehung konnte keine Rede sein. Seine blonden Haare, die ihm in die Stirn hingen, seine fast dauernde Sommerbräune und sein durchtrainierter junger Körper waren nur einige der Gründe, warum er bei den Mädchen so beliebt war. Glaubte seine Mutter zumindest. Sie war der Meinung, dass seine Attraktion vor allem darin bestand, dass er sich nicht um Mädchen zu kümmern schien und sie gerade dieses sonnengebräunte Desinteresse so anziehend fanden.

Sie interessierten ihn einfach nicht.

So war er zumindest, bis Petra auf der Bildfläche erschien.

Petra Jonsson wohnte in der Stadt, war von ihren Eltern jedoch gezwungen worden, sie in ein kleines Sommerhaus zu begleiten, das sie am Ende des Weges gemietet hatten, der aus dem Dorf führte. Ein kleines, heruntergekommenes Haus mit Ziegeldach und der Schmalseite zum Meer.

Petra war anders als alle Mädchen im Dorf. Störrisch, bleich und immer schwarzgekleidet hielt sie sich im Schatten auf. Sie war immer zu dick angezogen und trug eine Menge seltsamen Schmuck sowie Aufnäher auf den Kleidern. Niemand wollte etwas mit Petra zu tun haben, aber das schien ihr egal zu sein, und ihre Eltern mischten sich nicht ein. Sie waren genug mit sich selbst beschäftigt. Der Sommer an der Küste sollte ihre bereits seit langem für tot erklärte Ehe retten.

Viele konnten jedoch bezeugen, dass Sommerferien in einer heruntergekommenen Häuslerkate nicht unbedingt die

Medizin war, die sie brauchten. Die ständigen, lautstarken Streitereien wurden von den Meerwinden überall hingetragen und waren weithin zu hören.

Eines Morgens, als Johan Seger wie immer zum Hafen geradelt war, sah er, dass jemand in seinem Boot saß. Eine schwarzgekleidete Gestalt, die sich mit einem Werkzeug zu schaffen machte. Ihn packte die Wut. Die Person, die in seinem Boot saß, schien etwas in das Plastik zu ritzen.

In sein Boot.

Er warf sein Fahrrad auf die Erde und rannte auf die dunkle Gestalt zu.

Petra Jonsson blieb reglos sitzen. Sie versuchte gar nicht zu fliehen, saß einfach mit dem scharfen Gegenstand in der Hand da und sah Johan Seger mit ausdrucksloser Miene an.

Dann schwang sie unbekümmert die Beine über die Kante des Bootes und ging weg, ohne sich umzudrehen. In das Plastik des Bootes waren die Buchstaben »P.J.« geritzt. Er betrachtete die Buchstaben, und sein Zorn wurde von Bewunderung abgelöst. Wer war dieses schwarzgekleidete Mädchen, das so mutig war? Das es wagte, ihn so respektlos herauszufordern?

Seit diesem Tag ging Petra Johan nicht mehr aus dem Sinn.

Nach dem Vorfall umkreisten sie sich wie zwei Kampfhunde, die ihre Kräfte messen. Als es August wurde, waren ihre Kreise zu einem geworden. Johan Seger hatte sich in Petra Jonsson verliebt, und sie sich in ihn.

Irgendwann im Spätherbst erfuhr Petra, dass sie wieder in die Stadt zurückziehen musste. Ihre Eltern hatten schließlich eingesehen, dass sich eine Ehe nicht mit einem Haus auf dem Land retten ließ oder jedenfalls ihre nicht. Nach diesem Entschluss verschwanden Johan und Petra von der Bildfläche.

Tagelang suchten immer verzweifeltere Eltern sowie Polizei und Freiwillige nach ihnen. Plötzlich kehrten sie ohne eine

Erklärung zurück. Petra äußerte kurz und bündig, sie gedenke nicht, Johan zu verlassen, außerdem sei sie schwanger.

Als sich die Aufregung gelegt hatte, stellte ihnen das Jugendamt eine Wohnung zur Verfügung. Petras Eltern zogen weg, und Johans versprachen, sich um sie zu kümmern. Alles schien seinen Gang zu gehen. Da geschah es plötzlich.

Das, worüber in dem kleinen Ort noch lange gesprochen werden würde.

Ihr etwa einjähriger Junge, auf den Namen Gabriel getauft, kam am späten Abend zusammen mit seinen Eltern in das Ärztehaus. Der Junge wies Knochenbrüche auf und ein Gehirntrauma, das darauf hindeutete, dass das kleine Kind heftig geschüttelt worden war.

»Als er aus der Haft entlassen wurde, war er ein ganz anderer Mensch«, sagte Pia Levin. »Er zog nicht wieder zu Petra. Nachdem er ein paar Monate bei seinen Eltern gewohnt hatte, zog er in die Stadt, wohnte jahrelang zur Untermiete und jobbte herum.«

Pia Levin atmete aus, als hätte sie sich körperlich verausgabt.

»Und was geschah dann?«, fragte Ulf Holtz, als sie nicht weitererzählen zu wollen schien.

»Wie? Was meinst du?«

»Wieso und wann wurde er Neonazi?«

»Ich weiß nicht. Thord Seger konnte seinem Sohn nie verzeihen. Nachdem er ausgezogen war, hatten sie keinen Kontakt mehr.«

»Und was wurde aus Gabriel?«, fragte Ellen Brandt, die Levins Erzählung gebannt gelauscht hatte.

Pia Levin sah aus, als hätte ihr jemand eine vollkommen abwegige Frage gestellt.

»Das weiß ich nicht. Zu diesem Punkt kamen wir nicht mehr.«

Ellen Brandt nickte nachdenklich und massierte sich mit den Fingerspitzen die Schläfen. Ihre Haut wurde ganz rot davon.

»Anscheinend gibt es noch einiges herauszufinden, was das Leben Johan Segers betrifft. Einer unserer Ermittler ist bereits damit befasst, aber vielleicht wäre es ja nicht schlecht, wenn du uns dabei behilflich wärest«, sagte sie zu Levin.

»Aber, verdammt, ich ...«

»Natürlich hilft sie euch«, sagte Holtz. Er legte Levin eine Hand auf den Unterarm. Sie sah erst auf seine Hand und dann fragend in seine Augen. Er nickte fast unmerklich, und sie schluckte die Frage herunter, die ihr auf der Zunge lag. Stattdessen brummelte sie etwas Unverständliches, erhob sich und ging.

»Gut. Dann sind wir uns also einig«, meinte Ellen Brandt in ihre Richtung. Sie wandte sich an Holtz.

»Was ist eigentlich mit ihr los?«

»Sie ist etwas sensibel, wenn es um Kindesmisshandlung geht.«

»Ach? Das wusste ich nicht. Sollen wir jemand anderen heranziehen?«

»Nein, das finde ich nicht. Sie kommt schon zurecht«, sagte Holtz.

Ulf Holtz rieb sich die Wange, als Pia Levin in sein Büro trat.

»Was machst du?«, fragte sie.

»Ich glaube, ich habe Zahnschmerzen.« Er rieb sich die Wange noch fester und verzog gleichzeitig das ganze Gesicht.

»Willst du nicht zum Zahnarzt gehen?«

»Vielleicht geht es ja vorbei.«

»Warum sollte es vorbeigehen? Wenn man Zahnschmerzen hat, muss man etwas dagegen unternehmen.«

»Mal sehen. Hast du zufällig Schmerztabletten?«

»Nein, aber die lassen sich sicher auftreiben. Warte hier, dann besorge ich dir ein paar«, sagte Levin und verschwand.

Der dumpfe Schmerz wollte einfach nicht nachlassen. Er war auch stärker, als er Levin gegenüber hatte eingestehen wollen. Während er wartete, sah er sich ein paar Fotos auf seinem Bildschirm an. Sie zeigten die Schuhabdrücke, die Levin und er hatten sichern können, bevor der Schnee alle Spuren vernichtete.

Er vergrößerte ein Foto mit zwei sehr deutlichen Abdrücken zweier Schuhe oder Stiefel. Die Abdrücke waren dunkelrot eingefärbt, und der weiße Schnee umrahmte sie wie ein Passepartout. Holtz hatte einen Spezialisten für Fußabdrücke gebeten, sich die Fotos anzusehen und nach möglichen Treffern im nationalen Schuhabdrucksregister zu suchen. Erstaunlicherweise hatte er einen ähnlichen Abdruck in der Datenbank gefunden. Er öffnete das Dokument, das zu dem Abdruck gehörte. Es war recht kurz.

»Schuhgröße: 42.
Marke: Cat.
Abnutzung: relativ umfassend.
Im Übrigen: ungleichmäßige Abnutzung. Der rechte Schuh ist erheblich stärker abgelaufen als der linke.«

»Hier.« Levin warf Holtz zwei weiße Tabletten zu. Er blickte von seinem Bildschirm auf, als er ihre Stimme hörte, und versuchte, die Tabletten aufzufangen, was ihm jedoch misslang. Sie prallten auf den Schreibtisch und fielen dann zu Boden.

Er seufzte theatralisch, bückte sich unter den Tisch, konnte die Tabletten aber nicht finden.

»Für so etwas bin ich zu alt. Komm und hilf mir«, forderte er Levin auf, die verlegen lächelnd in der Tür stand.

»Ich dachte, du würdest sie auffangen.«

»Ja. Aber jetzt habe ich das nun einmal nicht getan. Komm schon und hilf mir suchen.«

Sie umrundete Holtz' Schreibtisch, ging resolut auf alle viere und kroch unter den Tisch.

»Was für ein Durcheinander. Erfüllen alle diese Kabel wirklich einen Zweck?«, fragte sie von unten. Holtz hatte die Suche nach den verschwundenen Tabletten in dem Moment eingestellt, in dem sich Levin unter den Tisch begeben hatte. Er schaukelte zufrieden mit seinem Bürostuhl, während er Levins Sucheinsatz beobachtete. Er hatte schon fast vergessen, wozu er die Tabletten eigentlich brauchte, bis die Schmerzen auf einmal wieder zunahmen und er das Gesicht verzog.

»Hier sind sie«, sagte Levin und streckte gleichzeitig ihren Kopf unter dem Tisch hervor. Sie hielt Holtz die Tabletten hin.

»Was sind das für welche?«

»Ich weiß nicht. Eine der Sekretärinnen hatte einen ganzen Vorrat davon im Schreibtisch. Ich habe sie nicht gefragt.«

»Ich soll also einfach dankbar zwei Tabletten nehmen, ohne zu wissen, worum es sich handelt?«

»Stell dich jetzt nicht so an. Willst du die Schmerzen loswerden oder nicht?«

»Ja, manchmal muss man halt was riskieren.« Holtz nahm beide Tabletten in den Mund, sammelte Spucke und schluckte sie herunter. »Wenn ich jetzt sterbe, dann ist das deine Schuld, nur dass du's weißt.«

»Du stirbst nicht, jedenfalls nicht an den Tabletten. Können wir deine Zahnschmerzen einen Moment lang vergessen und uns auf die weitere Vorgehensweise konzentrieren?«

»Wir müssen nach einem Mörder suchen, der hinkt.« Holtz schluckte noch ein paar Mal, um den Geschmack der Tabletten loszuwerden.

»Er hinkt?«

»Schau hier. Diese Mitteilung habe ich heute Vormittag erhalten«, sagte er und drehte den Monitor in Levins Richtung. Sie stand vom Fußboden auf, wischte sich mit übertriebener Geste nicht vorhandenen Staub von den Knien und nahm Holtz gegenüber Platz.

Sie las das Dokument.

»Interessant!«

»Obwohl nach wie vor nicht sicher ist, ob diese Spuren überhaupt etwas mit dem Mord zu tun haben. Ich dachte, du könntest diese Polizistin noch einmal fragen. Vielleicht erinnert sie sich ja an noch mehr. Wir müssen mit dem, was wir in der Hand haben, weitermachen.«

»Natürlich, kein Problem.«

Holtz drehte den Monitor wieder in seine Richtung und klickte das nächste Foto an.

»Was hältst du hiervon?« Er drehte den Monitor zurück zu Levin.

Sie sah sich das Foto genau an und biss sich auf die Unterlippe, während sie nachdachte.

»Ich weiß nicht. Könnte das der Abdruck einer Tasche sein?«, fragte sie. »Es könnte sich um einen Geigenkasten handeln, aber das klingt nicht sonderlich wahrscheinlich.«

»Sag das nicht. Vielleicht kam ja jemand von einer Probe nach Hause, musste pinkeln, ging in den Wald und stellte währenddessen die Tasche in den Schnee«, meinte Holtz.

»Nein, das glaube ich nicht. Die Anordnung der Schuhabdrücke lässt darauf schließen, dass die Person auf dem Stein gesessen und auf den Weg geschaut hat. Die Tasche, oder was auch immer das ist, hat neben ihr gestanden.«

»Er hat gewartet. Er hat auf dem Stein gesessen und gewartet«, sagte Holtz und rieb sich wieder die Wange. Die Tabletten wirkten noch nicht.

»Hm. Und worauf hat er deiner Meinung nach gewartet? Im Wald. Neben dem Weg, den der Ermordete entlangging.«

Holtz nickte zustimmend.

»Ich glaube, ich muss diese Theorie eingehender prüfen«, sagte er.

Als Levin gegangen war, klickte Holtz auf Drucken und ging in den Korridor. Alle Drucker standen dort, obwohl das nicht erlaubt war, weil der Flur ein Fluchtweg war. Es hatte deswegen immer wieder Klagen gegeben, und sie hatten versucht, die Geräte in einem gerade leerstehenden Büro unterzubringen, aber da früher oder später jedes Büro benötigt wurde, landeten sie immer wieder auf dem Korridor. Holtz hatte gefragt, ob er sich nicht einen eigenen Drucker ins Büro stellen könne, aber auch das verstieß offenbar gegen irgendwelche Vorschriften. Er nahm den Ausdruck an sich und holte sich auf dem Rückweg noch eine Handvoll Plastikmappen aus einem Schrank mit Büromaterial. Den Ausdruck legte er in eine rote Mappe, die anderen Mappen verstaute er in seiner Schreibtischschublade. Er packte den Ausdruck und einige andere Papiere in seine Tasche, zog seine Jacke an und verließ das Büro. Einige Minuten später fuhr er aus der Tiefgarage des Präsidiums, an der Wache vorbei und zur Kreuzung. Dort ordnete er sich Richtung Autobahn ein. Im Radio wechselte sich einfältige Musik mit infantilen Liebesgrüßen ab, während er die Großstadt hinter sich ließ. Er griff nach seinem Handy und suchte eine Nummer, die er erst wenige Tage zuvor gespeichert hatte.

»Hallo, hier ist Ulf Holtz«, sagte er, als nach fünfmaligem Klingeln abgehoben wurde. »Ich habe über Ihre Worte nachgedacht, und ich würde gerne irgendwie helfen. Können wir uns treffen? Gut, dann sehen wir uns gleich.« Er beendete das Gespräch. Nach einer Weile bog er auf eine Tankstelle ab, tankte und ging zur Kasse. Es gab belegte Brote, Fertiggerichte, Milchprodukte und Obst. Außerdem roch es frittiert. Ganz hinten fand er, wonach er gesucht hatte. Er legte vier gerade aufgebackene Zimtschnecken in eine Papiertüte. Zögerte. Nahm noch eine. Vor ihm an der Kasse stand eine übergewichtige, jüngere Frau und besprach mit dem Mann hinter dem Tresen, der ein dunkelblaues Hemd mit dem Logo der Tankstellenkette trug, ob sie zu ihren gegrillten Würsten Krabbensalat oder Majonäse mit Essiggurken und gebratenen Zwiebeln nehmen sollte. Der Mann hatte jedoch keinen Tipp, sondern wartete stoisch mit einem reservierten Lächeln, dass sich die Frau endlich entschied. Gerade als sie einen Entschluss gefasst zu haben schien und der Mann ihre Bestellung ausführte, überlegte sie es sich anders.

»Ich nehme Krabbensalat zu allen fünf und gebratene Zwiebeln«, sagte sie und drehte sich mit einem entschuldigenden Lächeln auf ihren fetten Wangen zu Holtz um.

»Mir fällt die Wahl immer schwer«, sagte sie.

Holtz lächelte die Frau nachsichtig an und überlegte, ob sie wohl alle Würste allein essen würde. Als die Übergewichtige mit Würsten in beiden Händen und einer Wurst im Mund die Kasse verlassen hatte, wandte sich der Mann im blauen Hemd an Holtz.

»Benzin?«

»Benzin und das hier.« Holtz hielt ihm die Papiertüte hin, damit er die Zimtschnecken zählen konnte.

Marcus Koster empfing ihn vor dem Vereinshaus.

»Nett, dass Sie mich besuchen. Das wird ja schon fast zur Gewohnheit«, sagte er und lachte sein ansteckendes Lachen. Holtz fiel auf, dass er dabei die Augen zusammenkniff. Dadurch sah er aus wie ein Lausbub aus einem alten Schwarzweißfilm.

Holtz erwiderte sein Lächeln und stieg mit der Tüte Zimtschnecken aus dem Wagen.

»Allerdings«, erwiderte er.

Die Sonne hatte nach etlichen Tagen Winterdunkel endlich die kompakte Wolkendecke durchbrochen. Die letzten bleichen Strahlen des Tages fielen herab. Der Schnee vor dem Haus war geschmolzen, bildete aber unter den Tannen am Waldrand eine kompakte Decke.

Marcus Koster rollte seinen Rollstuhl mit kräftigen Armbewegungen vor Holtz her durch den Kies, die Rampe hinauf und in das Vereinslokal. Holtz folgte ihm ins Haus und in den großen Raum neben der Küche. Koster hatte die Teekanne schon bereitgestellt und schaltete nur noch den Wasserkocher ein.

»Ich habe ein paar Zimtschnecken mitgebracht«, sagte Holtz.

»Wunderbar! Legen Sie sie auf einen Teller. Die Teller finden Sie im rechten Schrank.« Koster deutete auf einen der Hängeschränke. »Ich komme da schlecht dran.«

»Das kann ich mir vorstellen«, erwiderte Holtz.

Als sie sich gesetzt hatten, hörten sie ein Auto vor dem Haus.

»Erwarten Sie Besuch?«, fragte Holtz.

»Nein, aber ab und zu kommen Leute, Mitglieder, die nach dem Vereinshaus sehen wollen oder einfach Lust auf Gesellschaft haben.«

Die Tür flog mit einem lauten Knall auf.

Der junge Mann trug ein rotes, amerikanisches Basketball-Sweatshirt und eine umgekehrte Baseballmütze.

Er hatte keine Beine.

»Aber hallo! Party oder was?«

»Hallo! Lange nicht gesehen«, meinte Koster, während der Neuankömmling mit imponierender Präzision nur auf den großen Hinterrädern auf sie zufuhr. Die kleinen Vorderräder hingen ein Stück über dem Boden.

Der Mann ohne Beine parkte den Rollstuhl neben Holtz und streckte die Hand aus.

»Massoud.«

»Holtz«, sagte Holtz und gab ihm die Hand. Sie war trocken und etwas rau.

Massoud griff nach einer Zimtschnecke und verspeiste sie mit drei Bissen.

»Nimm dir doch bitte eine Zimtschnecke«, sagte Marcus Koster und schüttelte amüsiert den Kopf.

»Oje! Das war doch wohl in Ordnung?« Massoud sah Holtz beschämt an.

»Natürlich. Nehmen Sie noch eine. Ich habe sowieso Zahnschmerzen.«

Massoud schnappte sich eine weitere Zimtschnecke und verspeiste sie ebenfalls in imponierendem Tempo. Dann wandte er sich wieder an Holtz.

»Sind Sie ein Freund der Seele des Vereins, oder kommen Sie von der Gemeindeverwaltung, um das Gebäude für abbruchreif zu erklären?«

»Er ist unser neuer Sponsor«, sagte Koster, bevor Holtz noch etwas entgegnen konnte.

Massoud stieß einen leisen Pfiff aus.

»Du hast also endlich jemanden an der Angel?«

»Hör schon auf. Ulf hat uns eine Spende versprochen, nicht wahr?«

»Doch … ja … natürlich. Oder auf die eine oder andere Art mitzuhelfen«, sagte Holtz. Er fühlte sich ein wenig unter Druck gesetzt. Er hatte sich noch gar nicht überlegt, wie sich sein Beitrag gestalten würde.

»Geld ist uns immer willkommen, oder, Massoud?«

»Geld ist immer willkommen.«

»Nehmen Sie auch an Wettkämpfen teil?«, fragte Holtz.

»Nur selten. Marcus hat mich überredet, mit dem Bogenschießen anzufangen. Es geht ein wenig auf und ab. Ich bin alles andere als ein Star.«

»Du wirst immer besser, und das ist das Wichtigste. Nicht wahr?«, sagte Koster.

»Doch, vermutlich.« Massoud setzte in einer eleganten Bewegung zurück. »Aber genug geredet. Ich wollte eigentlich nur ein paar Sachen holen. Ich packe sie rasch zusammen, und dann verschwinde ich.«

»Okay. Nett, dass du reingeschaut hast.«

»Hat mich gefreut, Ihre Bekanntschaft zu machen«, sagte Holtz, während Massoud ins Nachbarzimmer rollte. Massoud winkte zum Abschied und verschwand.

»Netter Bursche.«

»Hm. Etwas eigen, aber mit einem großen Herzen«, flüsterte Koster. »Er hatte es nicht leicht, ist aber auf dem besten Wege, ins Leben zurückzufinden.«

»Was ist geschehen?«

»Motorradunfall vor drei Jahren. Mit sehr hoher Geschwindigkeit von der Straße abgekommen. Hätte ihn fast das Leben gekostet. Dauerte ein Jahr, bis er überhaupt das Bett verlassen konnte. Aber schauen Sie ihn sich heute mal an. Voller Energie und Lebenswillen«, sagte Koster mit zärtlicher Stimme.

Nach einigen Minuten hörten sie, dass die Haustür geöffnet und wieder geschlossen wurde, dann entfernte sich ein Auto mit aufheulendem Motor.

Holtz erhob sich und ging im Zimmer auf und ab. Die Zahnschmerzen nahmen wieder zu.

»Ich frage mich, ob Sie mir bei etwas helfen könnten«, fragte er, während Koster den Tisch abräumte.

»Das kommt ganz darauf an.«

Holtz holte die Tasche, die er in den Windfang gestellt hatte, und kehrte in das große Zimmer zurück.

»Sie haben nicht zufällig irgendwo eine Schmerztablette? Ich wollte auf dem Weg welche kaufen, habe es dann aber vergessen.«

»Ich habe ein ausgesprochen großes Sortiment Tabletten. Was hätten Sie denn gerne?«

»Egal was, Hauptsache es hilft gegen Zahnschmerzen.«

Holtz bekam seine Tablette und schluckte sie mit etwas kaltem Tee. Dann öffnete er die Tasche und nahm eine Mappe heraus.

»Wissen Sie vielleicht, was diesen Abdruck verursacht haben könnte?« Er legte den Ausdruck, den er aus dem Präsidium mitgenommen hatte, auf den Tisch.

Marcus Koster nahm das Blatt und betrachtete es einige Sekunden lang. Er zuckte mit den Achseln.

»Ich bin mir nicht sicher, aber das könnte von einer Armbrusttasche stammen.«

Ulf Holtz schaltete den Motor aus, konnte sich aber nicht dazu überwinden auszusteigen. Zerstreut ging er die unterschiedlichen Musikrichtungen seines MP3-Players durch und entschied sich wie immer für französische Chansons. Er hatte ein paar billige CDs in einem Korb neben der Kasse einer Tankstelle gefunden, und schließlich war es ihm auch gelungen, sämtliche CDs auf dem MP3-Player zu speichern. Als er begriffen hatte, wie es funktionierte, hatte er immer, bevor er mit dem Auto zur Arbeit fuhr, zwei Platten seiner eher bescheidenen Sammlung auf den MP3-Player kopiert, eine für den Hin-, die andere für den Rückweg. Inzwischen hatte er etliche hundert Titel gespeichert, die sich in beliebiger Kombination abspielen ließen.

Er war sehr stolz auf seine kleine Sammlung, trotzdem wählte er fast immer französische Chansons.

Er drehte die Musik auf, lehnte sich zurück und schloss die Augen. Die Musik versetzte ihn immer in eine weit zurückliegende Zeit, in die sorgenlose Zeit, in der Angela und er keine Hindernisse auf dem Weg zum Glück gesehen hatten. Zwei Mädchen kurz hintereinander. Eine fast perfekte Ehe, und eine Zukunft voller Hoffnung und Herausforderungen. Aber der breite Weg, den sie Hand in Hand entlanggewandert waren, war ohne Vorwarnung zu einem verschlungenen, schmalen Pfad geworden, auf dem nicht mehr alle Platz gefunden hatten. Es war schnell gegangen. Die Krankheit hatte sie ihnen so rasch entrissen, dass sowohl er selbst als auch Eva und Linda das Unerhörte erst viel später fassen konnten. Angela, die Stärkste von ihnen, verschwand und ließ eine große Leere zurück, die sie auch jetzt, zwei Jahrzehnte später, noch nicht zu füllen vermocht hatten. Es würde ihnen auch in Zukunft nicht gelingen, und sie würden es auch nicht anstreben. Als das Chaos über die Familie hereingebrochen war, hatten alle ihr Beileid ausgesprochen und ihm zu verstehen gegeben, dass die Zeit alle Wunden heile.

Aber sie hatten sich geirrt.

Die Kälte begann ins Innere des Autos zu dringen, und unter Aufbietung seiner ganzen Willenskraft öffnete er seufzend die Augen, machte die Musik aus und ging ins Haus.

Ich muss die Mädchen anrufen, dachte er, nachdem er seine Jacke aufgehängt und ein paar Minuten im Haus herumgelaufen war, um überall Licht anzuschalten. In einigen Zimmern sogar mehrere Lampen. Linda, seine jüngere Tochter, hatte sich nicht gemeldet, obwohl er wusste, dass sie von einer vierwöchigen Reise in ein lateinamerikanisches Land, wo sie an einem Friedensprojekt teilgenommen hatte, zurückgekehrt war. Er ging davon aus, dass sie sich in eine Krisenregion mit einem wenig freundlich gesinnten Regime begeben hatte, aber um welches Land es sich konkret gehandelt hatte, war, wie er verärgert feststellte, vollkommen aus seinem Kurzzeitgedächtnis gelöscht worden.

Eva hatte ihn vor einigen Monaten angerufen und ihm mitgeteilt, es könne etwas dauern bis zum nächsten Besuch. Ihre Arbeit als amtliche Begleitperson der Strafvollzugsbehörde nahm sie sehr in Anspruch. In der letzten Zeit habe die Zahl der Abschiebungen sprunghaft zugenommen, und alle müssten Überstunden machen. Er hatte das für einen Vorwand gehalten, aber nichts gesagt.

Als Nahid in Ulf Holtz' Leben getreten war, hatte sich vieles verändert. Nicht unbedingt nur zum Besseren. Er hatte gehofft, das Verhältnis zu seinen Töchtern werde keinen ernsten Schaden nehmen, und beschlossen, nichts übers Knie zu brechen. Aber jetzt sah alles anders aus. Er lief im Haus herum und versuchte, genug Mut aufzubringen, um Eva anzurufen. Er wollte wirklich gerne mit seinen Töchtern Weihnachten feiern, wusste aber nicht, wie er sich ausdrücken sollte. Schließlich wollte er nicht, dass sie aus Mitleid zu ihm kamen, sondern weil sie wirklich Lust hatten. Er holte sein Handy, das er in der Jackentasche vergessen hatte, und fingerte unentschlossen daran herum. Langsam strich er über die konkaven, viel zu kleinen Tasten, konnte sich aber nicht dazu durchringen, Evas Nummer zu wählen.

Er rief an diesem Abend nicht an. Stattdessen setzte er sich mit einer Tasse Tee in die Küche. Eine Zeitung lag aufgeschlagen auf dem Tisch. Er blätterte zerstreut darin herum und landete wie immer bei den Familienanzeigen. Geburten interessierten ihn nicht, auch nicht die glücklichen Menschen, die dem Rest der Welt erzählen wollten, sie hätten Ringe getauscht und würden jetzt glücklich leben, bis dass der Tod sie scheide. Routiniert überflog er die Todesanzeigen, um zu sehen, ob jemand ungewöhnlich jung gestorben war, aber alle schienen das irdische Dasein verlassen zu haben, nachdem sie die Siebzig überschritten hatten. Das bereitete ihm gute Laune.

Es gab nur zwei Nachrufe. Einen auf einen erfolgreichen Finanzmann, der im Alter von dreiundachtzig Jahren das Zeitliche gesegnet hatte; den las er nicht. Der andere Nachruf war ungewöhnlich kurz. Und ungewöhnlich interessant.

Johan Seger wurde nur dreißig Jahre alt. Als alles begann, war es auch schon zu Ende. Johan Seger war ein beliebter und fürsorglicher Mensch. Aber noch so vieles mehr. Er war bedeutend.

Trotz seiner jungen Jahre hatte er auf seinem verschlungenen Lebensweg ein Ziel vor Augen, ehe er uns allzu früh genommen wurde. Er erzählte oft von seiner glücklichen Kindheit in den Schären, während der sein großes Interesse an der Natur, am Segeln und am Angeln erwachte. Diese Leidenschaft begleitete ihn sein ganzes Leben, und er erzählte uns, seinen vielen Freunden, gerne davon, obwohl ihm immer weniger Freizeit blieb, da ihn seine wichtige Arbeit immer stärker in Anspruch nahm.

Johan Seger entschied sich bereits in jungen Jahren für einen eindeutigen Weg, von dem er weder bei Rücken- noch bei Gegenwind abkam. Und so werden ihn die meisten in Erinnerung behalten, als einen Mann mit Idealen, von denen er nie abwich. Er war immer ein Vorbild, und wir sind viele, denen seine feste Hand fehlen wird.

Erik, im Namen aller seiner Freunde im Ornithologen-Verein

Holtz las den Nachruf mehrmals. Dann schnitt er ihn aus und legte ihn in einer Mappe in seine Tasche.

Alle Stühle waren besetzt, und einige der aus anderen Dezernaten abgeordneten Ermittler standen an der Schmalseite des Raumes und unterhielten sich leise. Die Stimmung war spürbar entspannt. Hie und da wurde über einen besonders gelungenen Scherz gelacht. Ellen Brandt, die bislang noch nie alleine eine Mordermittlung geleitet hatte, hatte entschieden, einmal in der Woche alle, die irgendwie mit dem Fall befasst waren, zu versammeln. Erst als sie den bis zum Bersten gefüllten Raum betrat, in dem die Luft zu stehen schien, wurde ihr bewusst, um wie viele Personen es sich dabei handelte. Die allgemeine Unterhaltung verstummte nicht, obwohl sie sich ganz nach vorne neben eine weiße Tafel stellte, auf der die Ermittlung in groben Zügen aufgezeichnet worden war. Sie hatte keine Lust, die Gespräche zu unterbrechen. Die Analytiker, Ermittler, Kriminaltechniker, Rechercheure und Fahnder bildeten eine heterogene Gruppe, und sie verspürte plötzlich Stolz darauf, Teil dieser Schar engagierter Menschen zu sein.

»Können wir anfangen? Es gibt einiges zu tun.«

Die Stimme des versetzten Ermittlers, der aus irgendeinem Grund immer noch einen Wollpullover mit Rentieren trug, riss sie abrupt in die Wirklichkeit zurück.

»Hallo! Dürfte ich um Aufmerksamkeit bitten?« Sie hörte selbst, dass ihre Stimme nicht recht durchdrang.

»Jetzt seid doch endlich still!«

Die scharfe Stimme des Chefs der Ermittlungsabteilung beendete alle Gespräche. Stille breitete sich aus.

»Danke«, sagte sie und lächelte den Ermittlungschef an. Sie hatte soeben mühsam erkämpftes Gebiet verloren, das sie nun zurückerobern musste.

»In der Besprechung heute soll es vor allen Dingen um die Erkenntnisse der Spurensicherung und die forensischen Analysen gehen. Bitte schön, Ulf.«

Sie nickte, und Holtz räusperte sich, um etwas Zeit zu gewinnen. Sein Zahn schmerzte immer noch, und er stellte fest, dass die Aufmerksamkeit der Anwesenden bereits abnahm.

»Wie ihr alle wisst, starb Johan Seger an einem Pfeil, der in seinen Hals eindrang«, sagte er rasch, damit die Gedanken der Versammelten nicht abschweiften. »Mit größter Wahrscheinlichkeit wurde dieser Pfeil mit einer Armbrust abgeschossen.«

»Ist das sicher?«, meldete sich eine Stimme ganz hinten im Raum.

»Darauf komme ich gleich zurück, ich will nur erst versuchen, ein paar Bilder zu zeigen.« Holtz öffnete das Notebook, das er auf dem Schoß hatte.

»Könnte mir jemand bitte das rote Kabel geben?«

Ein Analytiker, dessen Namen er vergessen hatte, reichte ihm ein Kabel, das durch ein Loch im Tisch verlief, und Holtz schloss es an, woraufhin ein Projektor an der Decke aufleuchtete und eine weiße Leinwand langsam von der Decke herabglitt.

»Das ist ein Luftbild des Tatortes. Hier ist die Lastwagenladefläche, auf der das Opfer stand, als es starb. Dies ist ein Fußballplatz, der, wie ihr sehen könnt, von Wald, ein paar Wegen und einem Viertel mit Einfamilienhäusern umgeben wird.«

Ein roter Pfeil huschte über die beschriebenen Orte.

»Wir können nicht mit Sicherheit sagen, von wo der Schütze geschossen hat. Aber angesichts der uns bislang vorliegenden Fakten würde ich vermuten, dass er hier gestanden hat.« Holtz ließ ein rotes Kreuz an der einen Längsseite des Fußballplatzes nahe der Ecke aufscheinen.

Niemand schien Fragen oder Einwände zu haben, und er fuhr fort.

»Ich habe einen Bogensportexperten zu Rate gezogen. Die Reichweite und Zielgenauigkeit der Waffe sowie der Winkel des Einschusses legen nahe, dass der Mörder hier gestanden haben müsste. Außerdem funktioniert in dieser Ecke das Flutlicht nicht, deswegen ist es dort auf dem Platz dunkler.«

»Ich bin zwar kein Experte auf diesem Gebiet«, warf einer der Fahnder ein, »aber findest du es plausibel, dass jemand an einem Ort, der sehr gut einzusehen ist, eine Armbrust auspackt, zielt und jemanden erschießt, auch wenn es dort vielleicht etwas dunkler ist?«

Der Mann hatte den Bügel seiner Lesebrille im Mund und lispelte deswegen etwas beim Sprechen.

»Das ist eine berechtigte Frage, aber ich referiere nur die Theorie der Spurensicherung. Wie der Täter es angestellt hat, das müsst schon ihr herausfinden«, erwiderte Holtz.

»Wissen wir, warum ausgerechnet dort das Licht nicht funktionierte? Handelte es sich um einen Zufall?«

»Das kann ich nicht eindeutig beantworten. Laut der Person, die sich um den Platz kümmert, deutet nichts darauf hin, dass der Scheinwerfer vor diesem Abend defekt war. Wir haben nicht herausfinden können, ob er von allein kaputtging oder ob ihn jemand manipuliert hat. Es gab jedoch keinen Kurzschluss. Das wissen wir. Wir stellen weitere Nachforschungen an.«

»Und wie sicher ist es, dass es sich wirklich um eine Armbrust gehandelt hat?«, fragte der Mann mit dem Brillenbügel im Mund.

»Wie gesagt, haben wir einen Experten befragt, der bezeugen kann, dass der Pfeil von einer Armbrust stammt. Aber nicht nur das.« Holtz drückte auf eine Taste seines Computers.

Das Luftbild verschwand. Stattdessen tauchte der mit roter Farbe eingesprühte Abdruck im Schnee auf der weißen Leinwand auf.

»Das hier ist höchstwahrscheinlich der Abdruck einer spezialgefertigten Armbrusttasche. Wir sind immer noch damit beschäftigt, aber ich bin so gut wie sicher und habe mir das auch von meinem Experten bestätigen lassen«, meinte Holtz.

»Und was bedeutet das?« Wieder der Mann, der auf seinem Brillenbügel herumkaute.

Ulf Holtz unterdrückte den Wunsch, ihn darum zu bitten, die Brille aus dem Mund zu nehmen. Stattdessen warf er wieder das Luftbild an die Wand und ließ ein rotes Kreuz aufleuchten.

»Hier haben wir den Abdruck der Tasche gefunden sowie einige Schuhabdrücke eines Mannes, der vermutlich hinkt. Da wir einen Mörder mit einer Armbrust suchen, beweisen die Abdrücke meiner Meinung nach, dass er entweder vor oder nach dem Mord hier gesessen und auf etwas gewartet hat. Wir haben im Übrigen das gesamte Gelände genauestens abgesucht, ohne etwas von Belang zu finden.«

»Gibt es irgendwelche Theorien, dann bitte ich darum, sie jetzt vorzubringen«, sagte Ellen Brandt, als niemand etwas zu sagen zu haben schien.

»Habt ihr den Fußweg abgesucht, der vom Wald zum Fußballplatz führt?«, fragte der Chef der Ermittlungsabteilung.

»Ja. Aber das Tauwetter kam uns in die Quere. Schuhabdrücke haben wir also keine gefunden und auch sonst nichts.«

»Okay. Danke Ulf. Das wäre alles für heute.« Ellen Brandt bat nun die Chefs der Abteilungen darum, noch ein paar Minuten zu bleiben.

Die anderen erhoben sich, packten zusammen und nahmen ihre Unterhaltungen wieder auf, während sie aus dem Saal strömten.

»Könntest du vielleicht ein paar Fenster öffnen und etwas Luft hereinlassen?«, bat Brandt Holtz und wandte sich dann an die anderen im Raum.

»Ich hätte gerne eine Zusammenfassung der Lage. Was haben wir bislang?«

Der Ermittlungschef ging davon aus, dass er die Zusammenfassung liefern sollte.

»Wir haben drei Haupthypothesen: eine interne Abrechnung in Neonazikreisen, ein Werk gewalttätiger Linksaktivisten oder die Tat eines normalen Zeitgenossen aus der Gegend, der es leid war, dass sein Ort zum Symbol rechtsradikaler Kreise geworden war«, sagte er.

»Und wie wäre es mit einem Familiendrama?«, meinte Brandt. »Schließlich lässt sich nicht behaupten, dass er ein sonderlich inniges Verhältnis zu seiner Familie hatte.«

»Diese Theorie haben wir einstweilen verworfen. Der M. O. wirkt zu professionell«, sagte der Ermittlungschef.

»Und der engste Kreis um Johan Seger? Was wissen wir über den?«

»Teil der Neonazihypothese. Wir sind momentan damit beschäftigt.«

»Okay. Und was geschieht jetzt?«, fragte Brandt.

»Wir bemühen uns, allen drei Hypothesen nachzugehen, aber wie ihr wisst, haben wir nicht sonderlich viel in der Hand. Die Analytiker und die Rechercheure haben alle Hände voll zu tun, die ganze linke und rechte Szene zu durchleuchten«, sagte er und nickte dem Analysechef zu.

Dieser schien nichts hinzuzufügen zu haben.

»Und die Forensiker?«

»Ich habe das meiste während der Besprechung vorgetragen. Bislang gibt es keine richtigen Spuren.«

»Der Platz, von dem aus geschossen wurde. Wie sicher ist deine Theorie eigentlich?«, wollte Brandt wissen.

»Tja. Wie gesagt habe ich einen Experten konsultiert.«

»Und wenn der sich irrt?«

»Das könnte natürlich sein …«

»Hast du noch andere Spezialisten befragt?«

»Nein, das habe ich nicht«, erwiderte Holtz unwirsch. Er fühlte sich plötzlich verunsichert. Brandt hatte ihn auf eine Selbstverständlichkeit hingewiesen, an die er selbst hätte denken müssen. Vielleicht muss ich ja noch einmal von vorne anfangen?, überlegte er.

»Und der Überfall auf Levin?« Brandt wandte sich wieder an den Ermittlungschef.

»Bisher resultatlos. Könnte eine x-beliebige Person gewesen sein. Jemand, der Angst bekam, als er eine Polizistin durch den Wald laufen sah. Ein Schaulustiger vielleicht.«

»Haltet ihr das für wahrscheinlich?«, fragte Holtz mit verärgerter Stimme, die vermutlich mehr dem Umstand geschuldet war, dass er begonnen hatte, an seinem eigenen Urteil zu zweifeln.

Der Ermittlungschef antwortete mit einem Schulterzucken.

»Okay. Dann fangen wir an«, sagte Brandt und verließ den Raum.

Obwohl die Türen des Örnnästet eine halbe Stunde weit offen gestanden hatten, während Levin Holtz dabei geholfen hatte, die von ihm initiierte erneute Spurensuche vorzubereiten, roch es immer noch unverkennbar nach Zigarettenqualm und verschüttetem Bier, eine alles andere als angenehme Duftmischung.

»Schon seltsam, dass sich ein Verein ornithologisch interessierter Jugendlicher so einrichtet, oder?«, sagte Holtz und zog sich einen blauen Wegwerfoverall über.

»Eigentlich handelt es sich weder um Vogelliebhaber noch um Jugendliche. Die meisten sind doch wohl Anfang dreißig?«, entgegnete Levin.

»Nur die Anführer. Bei den Mitläufern sind von Kindern an alle Altersgruppen vertreten«, sagte Holtz.

»Wonach suchen wir eigentlich? Nach weiteren Asservaten für die Gruppenvergewaltigung?«

»Nein, diese Untersuchung ist so gut wie abgeschlossen. Fünf Vergewaltiger und ein Opfer. Wir haben sämtliche technischen Beweismittel, die wir benötigen. Sie werden alle eine ziemliche Zeit hinter Gittern sitzen. Das behauptet zumindest Adrian Stolt.«

»Adrian Stolt? Leitet er diese Ermittlung? Ich habe ihn schon eine ganze Weile nicht mehr gesehen, jedenfalls nicht mehr seit den Graffitimorden.« Pia Levin riss die Verpackung eines Kittels auf.

»Er arbeitet seit einigen Monaten in Stockholm West, der

für die Vergewaltigung zuständigen Behörde. Wir leisten nur erkennungsdienstliche Hilfestellung.«

»Wie schade. Stolt mag ich. Warum hat er sich in den Westen versetzen lassen?«

Sie schüttelte den Kittel aus und stopfte die zerrissene Plastikverpackung in die Tasche.

»Lust auf Veränderung, vermute ich. Ich habe ihn nicht gefragt. Er lässt dich übrigens grüßen. Ich habe ihn gestern getroffen, um ihn zu fragen, ob er noch etwas benötigt, aber wie gesagt, Spuren gibt es mehr als ausreichend. Da war noch etwas anderes.« Er verzog vor Schmerz das Gesicht.

»Immer noch Zahnschmerzen?«

»Ja. Sie lassen einfach nicht nach. Ich muss wohl doch zum Zahnarzt gehen«, sagte er und schob den Unterkiefer seitlich hin und her. Es knackte in den Kiefergelenken, aber er vermutete, dass dieses Geräusch nur in seinem Kopf zu hören war.

»Und was?«

»Bitte?«

»Du hast gerade gesagt, da sei noch etwas anderes.«

»Genau. Richtig. Ich will wissen, wer die Polizei alarmiert hat.«

»Wie meinst du das?«

»Mir fiel auf, dass es keine Informationen darüber gab, wer die Polizei verständigt hat. Schließlich war es nicht das vergewaltigte Mädchen selbst. Auch keines der Schweine, vermute ich. Es war aber sonst niemand da, als das Einsatzkommando die Räume stürmte. Also habe ich mich erkundigt, wer angerufen hat.«

»Und? Wer war es?«

»Weiß nicht. Adrian wusste es seltsamerweise auch nicht. Aber er hat mir versprochen, der Sache nachzugehen. Er wirkte in der Tat etwas beschämt.«

»Und wieso interessiert dich das so brennend?«

»Offene Fragen. Du weißt ja, was ich von offenen Fragen halte.« Wieder bewegte er den Unterkiefer, bis es knackte.

»Lass dir heute einen Termin beim Zahnarzt geben. Das sieht richtig gestört aus, wenn du das machst. Jemand könnte denken, dass du irgendwelche Tabletten schluckst.«

»Das tue ich auch. Eine Unmenge weißer Tabletten«, sagte er und wackelte erneut mit dem Unterkiefer. »Nein, jetzt legen wir los.«

Pia Levin zog routiniert Gummihandschuhe und den Schuhschutz über, nachdem sie den Kittel angelegt hatte. Sie überlegte, ob sie auch noch eine Haube aufsetzen sollte, ließ es dann aber bleiben.

»Wenn wir für die Vergewaltigung kein weiteres Material benötigen, dann vermute ich, dass wir wegen Johan Seger hier sind. Wonach suchen wir genau?«

»Wir müssen alles noch einmal eingehend unter die Lupe nehmen, bevor wir die Absperrung aufheben. Ich glaube zwar, dass wir alles Erforderliche getan haben, aber ein letzter Durchgang kann trotzdem nicht schaden. Außerdem ist dir das doch sicher lieber, als den Laufburschen für Ellen zu spielen?« Er lächelte auf ein Art, die sie nicht deuten konnte.

»Na klar, aber ich begreife immer noch nicht, was du damit bezweckst.«

»Was ich damit bezwecke?«

»Du hast immer darauf geachtet, dass man uns nicht zu viel Arbeit aufbürdet, die nicht in unsere Zuständigkeit fällt. Das hat sich geändert. Ich frage mich, warum.«

»Hast du ein Problem damit, außerhalb der Forensik zu arbeiten?«

»Problem wäre vielleicht zu viel gesagt. Aber du weißt ja selbst, wie viel wir zu tun haben. Trotzdem schickst du mich zu einer Vernehmung. Obwohl du weißt, dass ich Vernehmungen nicht sonderlich schätze.«

»Ich habe meine Gründe, glaube mir. Außerdem habe ich Ellen versprochen, dass du dich auch weiterhin um Segers Familie kümmerst. Komm jetzt, das Örnnästet birgt sicher noch weitere Geheimnisse«, sagte er und betrat die Räumlichkeiten, noch ehe Levin ihre Meinung äußern konnte.

Sie sah ein, dass jetzt nicht der richtige Zeitpunkt zum Protestieren war, und folgte ihm. Die Räume wurden von starken Bauscheinwerfern erleuchtet. Das Licht war kalt und weiß, und die Möbel warfen deutliche Schatten auf die Wände. Sie durchquerten den großen Raum mit einem Sammelsurium von Möbeln und begaben sich in die Küche. Pia Levin betrachtete das Chaos, das immer noch dort herrschte. Sie sah zu Boden, und bei dem Gedanken an die junge Frau, die auf diesem schmutzigen Boden von mehreren Männern vergewaltigt worden war, wurde ihr übel. Ein schwacher Trost war, dass sie ihrer gerechten Strafe vermutlich nicht entgehen würden. Aber das hilft dem Mädchen wahrscheinlich nicht im Geringsten, dachte sie.

Die Matratze war abtransportiert worden und befand sich jetzt in der Rechtsmedizin. Sie war für die Analyse verantwortlich gewesen, und es war ihr gelungen, Sperma der fünf Täter in ausreichender Menge sowie Blut des Opfers sicherzustellen. Sie würden nicht davonkommen, selbst wenn sie behaupteten, das Opfer sei einverstanden gewesen. Sie hatte die Aussage des Opfers gelesen und war so wütend geworden, dass sie um ihre Objektivität hatte fürchten müssen. Sie schluckte.

»Komm mal her!«, rief Holtz von dem hinteren Zimmer, und sie ging dorthin.

Der Raum wirkte irgendwie unheimlich. Im Unterschied zu

den anderen beiden Räumen war es dort sehr aufgeräumt. Die alten, hölzernen Schulbänke, deren Pulte sich aufklappen ließen, standen dicht an dicht, alle im gleichen Abstand.

»Was hältst du davon?«, fragte er.

»Sieht aus wie ein altes Klassenzimmer.«

»Was glaubst du, wozu sie es verwendet haben?«

»Vermutlich genau dafür. Wahrscheinlich wurde hier die wahre Lehre verbreitet. Glaubst du nicht auch?«, meinte sie und verzog das Gesicht.

Ulf Holtz ging eine Weile auf und ab und dachte nach. Der Raum war bereits gründlich durchsucht und einiges Material abtransportiert worden. Er ließ den Blick über die Buchrücken in den Regalen an der Wand schweifen. Es handelte sich überwiegend um Literatur, wie man sie an einem solchen Ort erwartete. Bücher über die Überlegenheit der arischen Rasse, Rassenbiologie und Rhetorik. Es gab jedoch auch einige Bände über Ornithologie, wie ihm auffiel.

»Ich habe eingehend über dieses Zimmer nachgedacht.« Er reichte Levin ein Bandmaß. »Wir vermessen es noch mal.«

»Aber wir haben es doch schon einmal mit einem Lasermessgerät ausgemessen und die Maße in das Bildverarbeitungsprogramm eingegeben.«

»Ich weiß. Aber ich will es trotzdem auf diese Weise machen. Die Zentimeter sehen. In Wirklichkeit.«

Sie seufzte. Ulf Holtz wollte immer überprüfen, was Computer und Lasermessgeräte ausgerechnet hatten. Sie vermaßen das Zimmer mehrmals und skizzierten es auf einem weißen Blatt Papier, das Holtz auf eine Schulbank gelegt hatte. Zuvorderst an jeder Bank befand sich ein kleines Fach, in dem drei gelbe Bleistifte, ein rosa Radiergummi und ein silberner Spitzer aus Metall lagen. Das erstaunte ihn, denn obwohl es genau dafür vorgesehen war, hatte er nicht damit gerechnet.

Während Levin die Skizze fertig stellte, ging er die Bänke ab und öffnete jedes Fach. Überall der gleiche Inhalt: Bleistifte, Radiergummi, Spitzer. Nicht zu fassen, dachte er.

»Ich bin mit der Skizze fertig«, sagte Pia Levin und knallte ihren Stift auf den Tisch.

»Warte, ich will nur noch eben was holen, das ich gestern auf der Gemeindeverwaltung mitgenommen habe.« Nach einigen Minuten kehrte Holtz zurück, faltete einen Grundriss auseinander und legte ihn auf eine der Bänke.

»Es hat eine Weile gedauert, bis sie ihn gefunden haben.« Er verglich ihn genau mit Levins Skizze.

»Sieh mal einer an«, sagte er, und Levin nickte, während sie ebenfalls die beiden Pläne verglich.

»Ja, sieh mal einer an.«

Nahid Ghadjar schaltete ihren Laptop aus und klappte ihn dann langsam zu. Sie lauschte eine Weile dem Summen des Gebläses und zögerte, wie sie es in der letzten Zeit oft getan hatte. Sie hatte ihr ganzes Leben in Schweden zugebracht, jedenfalls jenen Teil, an den sie sich erinnern konnte. Es gab allerdings fragmentarische Bilder eines anderen Landes, ihres Geburtslandes Iran. Aber das, was sie für glückliche Kindheitserinnerungen hielt, war ihr vermutlich erst später erzählt worden. Sie versuchte, sich daran zu erinnern, wie es gewesen war, als ihr Vater fast rund um die Uhr darum gekämpft hatte, seiner Familie ein gutes Leben in dem neuen Land zu ermöglichen. Er hatte gekämpft, um ihrer Mutter und ihr all das geben zu können, was sie benötigten. Aber sie erinnerte sich nicht. Sie konnte sich kaum an etwas aus ihrer Kindheit entsinnen.

Eine ihrer ersten eigenen Erinnerungen war ein roter Traktor mit schwarzen Pedalen und einem kleinen Anhänger, der eines Tages auf dem Wohnzimmerteppich gestanden hatte. Vor dem großen Regal mit dunklem Furnier, das mit Andenken aus der Heimat angefüllt war. Der Traktor passte nicht in dieses Zimmer. Sie liebte ihn. Sie fuhr damit immer im Kreis. Nach einiger Zeit bat sie ihr Vater, der erst nur gelacht hatte, sich etwas zu beruhigen, damit sie nicht irgendwo anstoßen würde. Sie wusste nicht mehr, warum sie den Traktor bekommen hatte. Vielleicht hatte sie Geburtstag gehabt, vielleicht war es auch etwas anderes gewesen. Sie hatte nie mit Puppen gespielt. Später hatte sie sich gefragt, ob ihr Vater bewusst ihr Interesse an Jungenspielen unterstützt hatte, oder ob das alles Zufall oder Veranlagung war.

Sie war immer sehr viel mit ihrem Vater zusammen gewesen. Als sie älter geworden war, hatte er sie in die Natur mitgenommen, in Wälder, auf Wiesen und an Seen. Sie hatten sich echte Traktoren angesehen. An ihre Mutter erinnerte sie sich nicht. Wie sehr sie es auch versuchte, sie konnte sich nicht entsinnen, wie sie gewesen war. Natürlich wusste sie, wie ihre Mutter ausgesehen hatte. Das schöne Lächeln in dem jungen Gesicht, das von vollem, dunklem Haar umrahmt wurde. Die Haare hatte sie von ihr geerbt. Und die blauen Augen, die viele in der Familie ihrer Mutter besaßen. Aber sie empfand nichts. Keinen schmerzlichen Verlust. Sie wusste nur, dass es ihre Mutter gegeben und wie sie ausgesehen hatte. Sie verstand das nicht.

Das Gebläse des Computers verstummte, und sie erwachte aus ihrem Tagtraum.

Was sollte sie tun?

Hatte sie wirklich die richtige Entscheidung getroffen?

Sie erhob sich von dem kleinen Schreibtisch, den sie auf dem Flohmarkt gekauft hatte und der genau in die kleine Nische in der Diele passte. Das Zimmer war nicht groß. Es hatten dort nur ein Bett, eine Kommode und der Schreibtisch Platz, an dem sie oft saß und schrieb oder Internetrecherchen anstellte. Ihr Vater lag ihr mittlerweile nicht mehr damit in den Ohren, wieder zu ihm zu ziehen, da sie beharrlich erwidert hatte, eine fast dreißigjährige Frau könne nicht zu Hause bei ihrem Vater wohnen. Das kleine Zimmer, das sie von einer diskreten und freundlichen Dame am Stadtrand mietete, genügte ihr, zumindest bis sie ihr Studium beendet hatte.

Und dies war nun der Fall.

Sie hatte während der letzten Jahre fast all ihre Zeit an der Universität verbracht, und etwas Glück und sehr viel Talent hatten ihr die Möglichkeit eröffnet, forensische Wissenschaft zu studieren. Sie hatte einen Abschluss in Biologie, Chemie und Technik, Fächer, die sie hauptsächlich im Hinblick auf die Forensik studiert hatte. Eigentlich war ihr erst durch das Praktikum bei der Polizei klargeworden, warum sie dieses Ziel verfolgt hatte. Erst war alles erschreckend und merkwürdig gewesen. Aber die Begegnung mit dem Chef der Kriminaltechniker Ulf Holtz und seiner Kollegin Pia Levin, die sie unter ihre Fittiche genommen hatten, hatte in ihr einen großen Wissensdurst ausgelöst und das Bedürfnis geweckt, mehr zu leisten und das Richtige zu tun.

Sie musste einen Entschluss fassen. Sie setzte sich wieder an den Computer und klappte ihn auf. Er fuhr ohne Proteste wieder hoch.

Die Buchung war soweit erledigt. Sie musste nur noch die letzten Ziffern ihrer Kontonummer eingeben. Das Feld, auf dem »Weiter« stand, verlockte sie, forderte sie förmlich zum Handeln auf. Langsam schob sie den Cursor auf dieses Feld. Der Pfeil hielt inne. Der Zeigefinger berührte das Touchpad nur ganz leicht, aber das genügte. Eine neue Seite wurde geladen, und die Mitteilung »Vielen Dank für Ihre Bestellung« erschien auf dem Bildschirm. Ein Gefühl der Erleichterung mischte sich mit einer gewissen Besorgnis.

Sie dachte an ihn.

Was geschehen war, war wirklich nicht geplant gewesen. Im Nachhinein konnte sie sich die Ereignisse nicht erklären. Sie konnte ihre Gefühle nicht ordnen. Lange hielt sie das Handy in der Hand, bis sie endlich die Nummer wählte. Er hob fast sofort ab.

»Hallo! Ich bin's. Wir müssen uns sehen«, sagte sie.

Er hasste Dreck. Er mochte ihn genauso wenig wie Unordnung. Der vibrierende, graumelierte Boden unter seinen Füßen hatte Schmutzstreifen. Unter den Heizrohren, die an der Wand entlangliefen, lag der Staub fingerdick. Er wandte den Blick ab. Die Busreise nach Norden machte ihn beklommen. Ob es die schmutzigen Rohre oder die fleckigen Sitze oder der Verlust oder die Ungewissheit waren, die diese Unruhe in ihm auslösten, wusste er nicht, aber er kannte dieses Gefühl sehr gut. Die düsteren Gedanken ließen sich nicht vertreiben. Langsame, schwarze Wolken, die in ihm aufzogen. Aber jetzt waren sie mit Angst gemischt.

Die Landschaft zog am Busfenster vorbei. Wald, immer nur Wald. Es kam ihm vor, als sei eine Ewigkeit verstrichen, seit er letztes Mal die lange Reise nach Süden unternommen hatte, obwohl sie erst ein Jahr zurücklag.

Die Reise, die er gezwungenermaßen antreten musste. Die unausweichliche Reise.

Wie immer saß er allein. Am Fenster, der Platz neben ihm frei bis auf die Tasche, die er dort abgestellt hatte. Es setzte sich nie jemand neben ihn. Fast nie jedenfalls.

Die Frau aus Korea hatte es getan. Aber das war jetzt auch schon wieder lange her. Er war auf dem Weg zu einem dieser vielen Arzttermine in der Stadt gewesen. Als er die lange Busfahrt zum Krankenhaus zum ersten Mal allein unternommen hatte, war er zehn Jahre alt gewesen. Danach war er immer allein gefahren.

Er war vierzehn gewesen, als die Koreanerin aufgetaucht war. Inzwischen hatte er sich daran gewöhnt, dass niemand im Bus neben ihm sitzen wollte, und erst nicht begriffen, was sie wollte. Die dunklen, etwas schräg stehenden Augen sahen ihn freundlich an. Sie sagte etwas auf Englisch. Er verstand, dass sie neben ihm sitzen wollte, nahm zögernd seine Tasche vom Sitz und stellte sie zwischen seine Knie. Es war eng. Jetzt erinnerte er sich an seine Sorge, dass sie etwas sagen könnte, dass sie ihn in einer Sprache ansprechen könnte, die er nicht verstand. Aber sie hatte nur gelächelt und leicht mit dem Kopf genickt. Ein Nicken, wie er es noch nie gesehen hatte. Als würde sie gleichzeitig einen Knicks machen. Knickste, lächelte und nickte. Dann setzte sie sich neben ihn, ganz an den Rand des Sitzes, mit einer dünnen Tasche auf dem Schoß. Sie trug einen dunklen Rock und eine weiße Bluse unter einer dunkelblauen, kurzen Popelinjacke. Er starrte auf die Straße und zählte die Autos auf der Gegenfahrbahn. Beunruhigt. Sie saß einfach neben ihm, vollkommen reglos. Er spürte ihre Nähe. Sie hielt sich aufrecht und lehnte sich nicht an. Nach einer Weile fiel ihm auf, dass er ihr Spiegelbild im Fenster sehen konnte. Er beobachtete sie und bemerkte, dass sie ihm ab und zu fast unmerklich einen Blick zuwarf. Kontaktsuchend. Seine Kopfschmerzen kehrten zurück, und auch sein Bein tat weh. Er fühlte sich eingesperrt und versuchte, sich zu bewegen, damit seine Beine nicht einschliefen. Er hatte Angst, vielleicht auf die Toilette und sich an ihr vorbeidrängen zu müssen. Er streifte ihr Bein. Ihm wurde ganz heiß, und sie wandte sich ihm mit einem vorsichtigen, einladenden Lächeln zu.

»Fährst du weit?«, fragte sie ihn in gebrochenem Englisch. Er wollte eigentlich den Blick abwenden, Richtung Sicherheit, zur Fahrbahn, aber irgendetwas veranlasste ihn dann doch, zu nicken und leise zu antworten:

»Ja, ich fahre weit.«

»Schönes Land.«

»Ja.« Dann traute er sich eine Frage zu stellen: »Tourist?«

»Ich reise viel. Freunde besuchen und so«, antwortete sie.

»Sind Sie weit gereist?«

»Sehr weit.«

Trotz des gebrochenen Englischs und obwohl er lispelte und stotterte, verstanden sie einander. Zum ersten Mal wagte er es, mit jemandem zu sprechen. Vielleicht lag das ja daran, dass es ihnen beiden schwerfiel, sich auszudrücken.

Er erinnerte sich nicht, wann sie von Reisen und Orten auf die großen Fragen zu sprechen gekommen waren. Aus ihrer schmalen Tasche hatte sie einen Ordner mit Bildern genommen, wie Gott die Welt erschaffen habe. Gar nicht so lange sei das hergewesen. Sie hatte mit immer größerer Begeisterung gesprochen und ihm erklärt, wie wichtig es sei, in die Welt zu ziehen und Gottes Wort zu verkünden.

Er erinnerte sich daran, als wäre es gestern gewesen.

Alle Menschen seien gleichermaßen wertvoll. Gott liebe alle Menschen. Auch ihn.

Ihn, dem es schwerfiel zu gehen, zu sehen und zu reden. Auch ihn, dessen Miene kaum etwas auszudrücken vermochte, dessen Gesicht so entstellt war.

Jene Busfahrt hatte viel verändert.

Nun stieg er aus und blieb ratlos auf dem großen, leeren Parkplatz im Zentrum des Dorfes stehen und sah dem Bus hinterher. Außer ihm war niemand ausgestiegen, und es stand auch niemand auf dem Platz, der ihn abgeholt oder auch nur bemerkt hätte. Stille und Trostlosigkeit lasteten wie eine graue Decke auf allem.

Es war bereits dunkel. Er fröstelte und bemerkte, dass er zu dünn gekleidet war. Hier war es viel kälter als an dem Ort, den er verlassen hatte. Die Schneedecke war dicht und weiß. In der einen Hand hielt er eine abgenutzte Tasche aus einem stabilen blauen Stoff. Er stellte sie auf die Erde und wühlte eine Weile darin herum. Nachdem er den dicken Pullover mit der Kapuze übergezogen hatte, den er am Vormittag so sorgfältig zusammengefaltet hatte, war ihm wärmer. Seine Glieder waren nach der langen Busfahrt steifer als sonst, und er entschloss sich nach kurzem Zögern, zu Fuß zu gehen, damit er die Glieder strecken konnte. Er wollte nicht das Taxi rufen, das den wenigen Bewohnern des kleinen Ortes zur Verfügung stand.

Nach nur einem Kilometer sah er ein, dass es nicht gehen würde. Er stand am Straßenrand und kam nicht weiter. Sein Körper wollte nicht mehr, ihm fehlte die Kraft. Es schneite wieder.

Warum bloß war er hierhergefahren? Vielleicht war es das Klügste, ins Zentrum zurückzukehren und den nächsten Bus Richtung Süden zu nehmen?

Was geschehen war, hatte alles verändert. Jetzt wusste er nicht, wie er weitermachen sollte. Er hatte mit dem Gedanken gespielt, sich das Leben zu nehmen, dem Ganzen ein Ende zu bereiten. Aber er wusste, noch ehe er den Gedanken zu Ende gedacht hatte, dass dieser Weg nicht in Frage kam.

Die Kapuze und der Pullover waren vollkommen mit Schnee bedeckt. Ihm war klar, dass er trotz der Schmerzen im Bein weiter musste. Er hatte wieder Kopfschmerzen und befürchtete, dass ihn auch seine Sehkraft im Stich lassen könnte. Ein entferntes Geräusch drang an sein Ohr. Zumindest an seinem Gehör war nichts auszusetzen. Ein Auto, oder? Er sah die dunkle Straße entlang nach vorn, aber dort war alles schwarz. Das Geräusch kam, wie er bemerkte, nachdem er sich eine Weile auf das Motorengeräusch konzentriert hatte, aus der Richtung, aus der er gekommen war. Er verspürte den Drang zu fliehen, sich zu verstecken, aber dann besann er sich und hob stattdessen den Arm und winkte, als sich die Scheinwerfer näherten.

Das Auto war schnell. Das Licht blendete ihn und war dann plötzlich an ihm vorbei. Er war enttäuscht und hatte Angst. Es lag noch ein weiter Weg vor ihm. Er folgte den roten Rücklichtern mit dem Blick. Plötzlich flammten die Bremslichter auf. Das Rot wurde von dem Schnee wie das Licht eines Leuchtturms zurückgeworfen. Dann kamen die Rückfahrscheinwerfer rasch auf ihn zu.

Seine Besorgnis verwandelte sich in Erleichterung. Das Auto hielt an, das Seitenfenster wurde geöffnet.

Er beugte sich vor und sah in das Dunkel des Wagens. Die Wärme aus dem Inneren schlug ihm entgegen.

»Warum stehen Sie hier? Ich hätte Sie fast überfahren«, sagte die Frau am Steuer gleichzeitig verärgert und freundlich.

»Ja … ich …«

Er bekam keine Worte heraus.

»Wollen Sie mitfahren?«

»Ja.«

»Steigen Sie ein.«

Er zog an dem verchromten Türgriff. Die Autotür öffnete sich. Es roch nach einem synthetischen Naturduft gemischt mit Autogeruch. Die Frau betrachtete den verschneiten Mann am Straßenrand, der zögernd ins Auto blickte.

»Ach, du bist das? Bist du wieder zu Hause?« Sie lächelte ihn an.

Pia Levin ließ die Finger an der Seite des Bücherregals entlanggleiten. Es war aus ungehobeltem Holz mit rauer Oberfläche gefertigt. Sie klopfte leicht dagegen. Es klang dumpf und hohl. Dann legte sie die flache Hand auf das Regal und drückte. Nichts geschah. Sie stemmte sich mit der Schulter gegen das Holz, aber das Regal bewegte sich nicht von der Stelle, obwohl sie die meisten Bücher herausgenommen und auf dem Boden aufgestapelt hatte.

Levin lutschte an ihrer Unterlippe, während sie darüber nachdachte, wie sie weitermachen sollte. Dann ging sie auf den großen Bauscheinwerfer zu, der mitten im Zimmer stand, und schaltete ihn aus. Ihre Augen hatten sich so sehr an das grelle Licht gewöhnt, dass sie einen Moment lang überhaupt nichts sah. Nach einer Weile traten die Schulbänke und Regale wieder aus dem Dunkel hervor. Sie holte eine schwere, mit Gummi überzogene Taschenlampe aus ihrer Tasche und schaltete sie ein. Der Lichtstrahl durchschnitt das Dunkel und fiel auf das bislang unbezwingbare Bücherregal.

»Was machst du? Ist eine Sicherung rausgeflogen?«, fragte Ulf Holtz, der ins Zimmer trat und gleichzeitig sein Handy in der Hosentasche verstaute.

»Nein, ich hatte nur eine Idee. Was ist los? Du siehst ganz mitgenommen aus? Macht dir der Zahn wieder zu schaffen?«

»Nein … Das war Nahid.«

»Was wollte sie?«

»Dass wir uns treffen.«

Levin hatte schon einen Kommentar auf der Zunge, schluckte ihn aber herunter, als sie seine Miene sah. Er erinnerte an einen traurigen Hund, an einen alten Hund.

»Das Bücherregal lässt sich nicht bewegen«, sagte sie stattdessen.

»Ach nein«, erwiderte er geistesabwesend mit einer nachdenklichen Falte zwischen den Augen.

»Ich dachte, dass ich vielleicht doch noch irgendwo einen Spalt finde, bevor wir das schwere Gerät auffahren.«

Er nickte nur.

Levin leuchtete in die Ecke zwischen Bücherregal und Wand. Aber dort war kein Spalt. Man hatte fast den Eindruck, Bücherregal und Wand seien eins.

»Was hältst du davon?«, sagte sie und klopfte wieder gegen das Regal.

»Nach Holz klingt das nicht unbedingt.«

»Sollen wir schweres Gerät anfordern?«

»Warte. Ich schau mir das auch mal an.«

Holtz unternahm die gleichen Versuche wie Pia Levin zuvor, konnte aber auch nur feststellen, dass sich das Regal, das fast die gesamte Schmalseite des Raumes einnahm, keinen Millimeter bewegen ließ. Er klopfte an mehreren Stellen. Schließlich war er sich seiner Sache sicher.

»Unter dem Holz ist Metall, nicht wahr?«

»Ich glaube schon.«

»Irgendwie muss man es doch wegbewegen können. Hilf mir, die letzten Bücher auszuräumen, dann sehen wir weiter.«

Methodisch leerten sie das Regal, und als nur noch eine Handvoll Bücher übrig waren, fanden sie es.

»Sieh mal hier«, sagte Holtz. »Das hätte man sich ja denken können.« Er hielt ein Buch hoch, sodass Levin den Titel lesen konnte.

Sie lachte, als sie den dicken Band mit goldenen Buchstaben auf dem Umschlag entgegennahm. »Die Büchse der Pandora.« Es handelte sich nicht um ein Buch, sondern um einen leeren Karton. Wo das falsche Buch gestanden hatte, ragte ein schwarzer Metallgriff aus dem Bücherregal.

Holtz holte seine Tasche, die er auf eine der Schulbänke gestellt hatte, und begann den Handgriff und den Teil des Bücherregals darum herum mit Metallpulver zu präparieren. Mehrere Fingerabdrücke kamen deutlich zum Vorschein. Levin nahm sie mit Klebeband ab, fixierte dieses auf nummerierten Karten, die sie im Logbuch verzeichnete, und legte die Karten in eine Mappe.

»Na also«, sagte Holtz, als sie fertig waren. Er nahm den Handgriff und drehte ihn nach rechts. Kein Widerstand. Dann zog er daran, und das gesamte Regal kam ihm wie eine große Tür entgegen.

Das Gefühl von Triumph wich Enttäuschung, als sich zeigte, dass das Bücherregal ein weiteres Hindernis verbarg. Eine Tür aus Stahl.

In der Mitte der Tür war eine Tastatur angebracht. Es gab keine Klinke, nur die Tastatur. Holtz fragte sich, ob ihn die Tastatur wirklich höhnisch anschaute, oder ob er sich das nur einbildete. Er griff erneut zu dem Gefäß mit dem Metallpulver. Das Ergebnis übertraf alle Erwartungen. Pia Levin holte die Scheinwerfer und fotografierte systematisch das Bücherregal, den versteckten Griff, die Metalltür und das Codeschloss.

Danach verständigte Holtz einen Schlosser und sicherheitshalber noch den Chef des Dezernats für Internetkriminalität Jerzy Mrowka.

»Was hältst du davon?«, fragte Pia Levin und nahm eine Rolle Kekse aus einer Tasche, die sie aus dem Lieferwagen der Spurensicherung vor dem Gebäude geholt hatte.

»Irgendwas verbirgt sich dahinter, und ich bezweifle, dass es sich um ausgestopfte Vögel handelt.« Holtz betrachtete die Skizze, die Levin angefertigt hatte, und den Grundriss des Zimmers.

»Willst du auch?«, fragte sie, nachdem sie sich etliche Kekse gleichzeitig in den Mund gesteckt hatte.

»Ja, danke. Weißt du nicht, dass man nicht mit vollem Mund spricht?«

»Nein, das hat mir nie jemand gesagt«, erwiderte sie und versuchte gleichzeitig, die Riesenmenge Kekse herunterzuschlucken.

Sie reichte Holtz die Rolle.

»Nimm, so viel du willst.«

Er nahm einen, gab die Rolle zurück und knabberte an dem Keks, während er die beiden Zeichnungen verglich.

»Ich schätze, der Raum ist mindestens zehn Quadratmeter groß. Was glaubst du?«

»Etwas in dieser Größenordnung. Falls er nicht sogar ins Nachbargebäude hineinragt.«

»Nein. Das habe ich überprüft. Auf der anderen Seite befindet sich ein Kühlraum mit einer Wand aus rostfreiem Stahl.«

»Ein Kühlraum?«

»Ja, dort wird Speiseeis gelagert.«

»Lecker«, erwiderte sie und strahlte.

»Du brauchst das aber nicht zu kontrollieren. Ich war bereits dort«, sagte Holtz lächelnd. »Gib mir noch einen Keks.«

»Leider schon alle. Ich habe gerade den letzten gegessen.« Ihre markanten Wangenknochen röteten sich leicht. »Entschuldige, ich dachte …«

»Vergiss es.« Er musste grinsen. Es gelang ihm nicht, enttäuscht auszusehen. »Komm, wir setzen uns einen Augenblick hin, während wir warten.«

Sie nahmen beide auf einer der Bänke Platz und schwiegen eine Weile. Holtz blätterte erst in einem Buch über die Weltesche Yggdrasil, das er von einem der Bücherstapel genommen hatte, und wandte sich dann einem über Runen zu.

»Stell dir vor, so bedeutend zu sein, dass jemand tatsächlich bereit ist, unendlich viel Zeit, vielleicht Monate, darauf zu verwenden, deinen Namen in einen Stein zu hauen, um diesen dann zum Gedenken an dich irgendwo aufzustellen«, sagte er und betrachtete die abgebildeten Runensteine mit den schönen, verschlungenen Spruchbändern.

»Wie meinst du das?«

»Einen Nachruf in die Zeitung zu setzen ist ja eine Sache. Aber einen Stein behauen?«

»Nachrufe erwecken den Eindruck, es würden nur bedeutende Menschen sterben«, meinte sie. »Und zur Zeit der Runensteine war das schon genauso.«

»Aber eigentlich stimmt das doch auch«, erwiderte er.

»Was?«

»Alle sterben, und alle bedeuten jemandem etwas, nicht wahr?« Er wandte sich wieder seinem Buch zu.

Levin sah ihn erstaunt an und schüttelte den Kopf.

Sie verfielen erneut in Schweigen. Nur das Rascheln der Wegwerfoveralls war zu hören, wenn sie sich bewegten.

Nach ein paar Minuten legte Levin die Skizze beiseite und wandte sich an Holtz.

»Du … darf ich dich was fragen?«

»Klar.«

Er sah von seinem Buch hoch.

»Das mit Nahid. Wie geht das eigentlich weiter?«

Er rieb sich die Wange, seufzte und antwortete dann:

»Sie will in den Iran zurückkehren. Vielleicht für immer. Jedenfalls für sehr lange.«

»Warum?« Levin zog erstaunt die Brauen hoch. »Sie hat doch ihr ganzes Leben in Schweden verbracht. Was will sie dort?«

»Wenn ich das wüsste. Ihr Vater hat mich vor ein paar Tagen besucht und es mir erzählt. Sie hat es mir nicht selbst gesagt.«

»Ihr Vater. Aber warum …«

»Ich weiß nicht. Ich weiß überhaupt nichts mehr«, sagte er in einem Tonfall, den sie an ihm bislang nicht kannte. So hatte sie ihn noch nie erlebt. Der Schmerz, der in seiner Stimme mitschwang, erschreckte sie. Das Gefühl war jedoch nicht nur unangenehm. Sie empfand eine gewisse Schadenfreude, und das erstaunte und beschämte sie.

Holtz hatte ihr nichts von seiner Affäre erzählt, sie hatte nur gerüchteweise davon gehört. Erst hatte sie es nicht glauben wollen. Sie war doch die Mentorin Nahids gewesen und ihre Vertraute geworden. Hätte sie es nicht bemerken müssen?

Aber es hatte gestimmt, und als sie Holtz halb im Scherz und halb im Ernst gefragt hatte, ob er nicht etwas zu alt für Nahid sei, hatte er sie nur angefaucht. Ihre Beteuerung, sie habe nur gescherzt, hatte ihn nicht besänftigt. Natürlich dürfe er sich verabreden, mit wem er wolle. Schließlich ginge das weder sie noch sonst jemanden etwas an. Anschließend waren sie dann einige Monate lang bei der Arbeit sehr distanziert gewesen und hatten sich über nichts Privates unterhalten. Sie hatte Nahid nicht mehr getroffen, das Praktikum war vorüber, und die versprochenen Besuche waren ausgeblieben. Nach und nach hatte sie widerwillig ihre Auffassung geändert, als sie gemerkt hatte, wie fröhlich Holtz geworden war. Regelrecht sorglos. Manchmal hatte sie ihn sogar dabei erwischt, dass er einen alten französischen Schlager summte.

Sie freute sich natürlich über sein Glück.

Etwas nagte jedoch an ihr, und sie wusste nicht recht, was es war. Vielleicht Neid oder Eifersucht oder beides.

»Wir haben uns eine Weile nicht mehr gesehen, aber gerade eben hat sie angerufen und gefunden, dass wir uns treffen sollten«, sagte Holtz.

»Entschuldige, was hast du gesagt?« Levin wurde aus ihren Gedanken an Nahid gerissen.

»Sie hat mich angerufen. Wir wollen uns heute Abend zum Essen treffen. In einem Restaurant.«

»Ich hoffe, es renkt sich alles wieder ein«, sagte Levin, hörte aber selbst, dass sie nicht ganz überzeugend klang.

Ein Auto hielt vor dem Haus, und Holtz zwängte sich aus der Schulbank, um den Schlosser zu begrüßen.

Es war jedoch nicht der Schlosser.

Jerzy Mrowkas knallroter Sportwagen, der viel zu klein für ihn war, stand nachlässig schräg geparkt mit laufendem Motor vor der Haustür. Im Kies war eine Bremsspur zu sehen. Musik dröhnte aus dem Auto. Holtz spürte die Vibration der Bässe unter den Sohlen.

»Hallo, alter Mann«, sagte Jerzy Mrowka, riss die Tür auf und machte den Motor aus. Die Musik verstummte.

»Nett, dass du so schnell kommen konntest.« Der große Auftritt des IT-Spezialisten hatte Holtz so abgelenkt, dass er den Kommentar über sein Alter gar nicht gehört hatte.

Jerzy Mrowka versuchte ständig, die Polizeiführung davon zu überzeugen, dass das Internet einen unüberblickbaren Tatort darstelle. Sein Dezernat für Internetkriminalität führe einen Kampf mit ungleichen Mitteln, und er benötige zehnmal so viele Leute, um die Straftaten zu bekämpfen, die ihm zur Kenntnis gelangten. Gegen noch unbekannte Verbrechen vorzugehen erfordere Mittel, die sich niemand auszumalen wage. Am allerwenigsten die Polizeiführung. Es wurde kolportiert, C. habe entgegnet: »Wir haben keine Zeit, im Internet zu fahnden, solange es richtige Verbrechen zu bekämpfen gibt. Außerdem betätigten sich sowieso nur junge Leute auf diesem Gebiet.« Diese Aussage hatte allgemeines Augenverdrehen ausgelöst, obwohl die meisten glaubten, man habe ihr dieses Statement nur angedichtet. Oder dies zumindest hofften.

Seltsamerweise verlor Jerzy Mrowka trotzdem nie seine gute Laune. Er war stets gleichermaßen fröhlich und hilfsbereit. Sein Dezernat galt als der beste Arbeitsplatz im Präsidium, und ihr Freitagsstammtisch war legendär.

»Wenn du mich anrufst, dann komme ich, das weißt du doch. Solange ich nicht in so einem Ding rumhühnern muss.« Lachend deutete er auf Holtz' Overall.

»Nicht nötig, aber auf diese hier bestehe ich«, erwiderte Holtz und reichte ihm zwei Überzüge für die Schuhe und eine verschlossene Tüte mit Handschuhen.

Während sich Mrowka den Schuhschutz über die Armeestiefel streifte, die er immer und zu jeder Art von Kleidung trug, berichtete ihm Holtz von ihrem Problem.

»Offenbar handelt es sich um ein modernes digitales Schloss. Vielleicht hast du ja eine Idee, wie wir es aufkriegen könnten. Ich möchte die Tür nur ungern aufbrechen. Je geringer die Schäden, desto besser.«

»Mal sehen«, meinte Mrowka. In diesem Augenblick hielt vor ihnen ein Lieferwagen mit einem stilisierten Schlüssel auf der Seite. Ein junger Mann in Arbeitskleidung stieg aus. Er hatte ein selbstsicheres Lächeln, wache Augen, die fast unter seinem langen Pony verschwanden, und wollte wissen, ob er hier ein Schloss öffnen solle.

»Ja. Aber es ist nicht ganz sicher, ob Sie das auch schaffen.«

Eine grundlose Verärgerung über die Selbstsicherheit des jungen Mannes hatte Holtz beschlichen.

Auch der Schlosser musste Plastikschoner überziehen. Die drei Männer gesellten sich zu Pia Levin, die sie im hinteren Zimmer neben der verschlossenen Tür erwartete.

Der Mann vom Schlüsseldienst nickte Levin zu und richtete sein Interesse auf die Tür. Er pfiff leise und begann dann zu lachen. Die anderen sahen ihn verständnislos an.

»Was ist?«, fragte Holtz.

»Dieses Schloss kriegt man nicht auf. Das ist vollkommen unmöglich. So ein Schloss habe ich noch nie in Wirklichkeit gesehen. Wusste gar nicht, dass man die hier kaufen kann«, sagte er mit Bewunderung in der Stimme.

»Was meinen Sie? Alle Schlösser kriegt man doch irgendwie auf?«, sagte Levin.

»Schon möglich, aber nicht mit meinem Werkzeug. Ich glaube, sie müssen die Tür aufbrechen, die ist der schwächste Punkt. Aber dabei kann ich Ihnen leider nicht helfen. Ich arbeite mit mechanischen Schlössern.«

»Was ist denn an diesem Schloss so besonders?«, fragte Levin.

»Das ist ein digitales Schloss. Bei jeder Aktivierung braucht man einen neuen Code.«

»Und wie kann man wissen, welcher Code gerade gilt?«, wollte Holtz wissen.

»Nach dem gleichen System wie bei den meisten Internetbanken, vermute ich«, warf Mrowka ein, der mit einem amüsierten Lächeln die Diskussion verfolgt hatte.

»Wie meinst du das?«

»Um sich bei der Internetbank einzuloggen, ist meist ein Dongle nötig, das einen Code zum Einloggen liefert. Natürlich nur, wenn man auch den richtigen Code für das Ding besitzt.«

»Wenn wir also dieses Ding nicht haben, können wir auch keinen Code generieren und somit die Tür nicht öffnen?«

»Genau. Und hätten wir das Ding, würde uns das auch nichts nützen. Da wir den Code für das Ding nicht haben.«

Der Mann vom Schlüsseldienst konnte nichts ausrichten, und Holtz begleitete ihn zu seinem Wagen.

»Was tun wir jetzt?«, fragte er, als er wieder bei den anderen war.

»Wartet hier.« Mrowka verschwand, während Holtz und Levin diskutierten, wie sich die Tür am besten mit Gewalt öffnen ließ.

Nach einigen Minuten kehrte Jerzy Mrowka mit einem Laptop in der Hand und einer kleinen Tasche über der Schulter zurück. Er stellte den Computer auf den Fußboden und nahm ein paar dünne Kabel in verschiedenen Farben aus seiner Tasche. Dann betrachtete er das Schloss eingehend, wählte ein rotes Kabel und schloss es an den Computer an.

Die anderen verfolgten interessiert sein Tun.

»Man muss eines bedenken, wenn es um digitale Geheimnisse geht«, sagte er und erhob sich, nachdem er im Schneidersitz sitzend etwas in den Computer eingegeben hatte. »Es gibt immer eine Hintertür oder eine Abkürzung. Statt zu versuchen herauszufinden, welcher Code der richtige ist, kann man es auch umgekehrt machen.«

»Wie, umgekehrt?«, fragte Levin.

»Man kann dem Schloss sagen, mit welchem Code man öffnen will.«

»Klingt einfach. Und wie geht das?«, wollte Holtz wissen.

»Ich glaube, ich kriege das hin.«

Ulf Holtz und Pia Levin sahen ihn zweifelnd an, während er mit der Hand über das Codeschloss strich, das bündig in das Metall eingelassen war. Nichts ragte heraus. Er streichelte es gewissermaßen voller Verehrung und nahm dann einen zwei Zentimeter langen und ein Zentimeter dicken Metallzylinder aus seiner Tasche. In der Mitte des Zylinders war ein kleines Loch. Mit Hilfe doppelseitigen Klebebands befestigte er den Zylinder in der Mitte des Codeschlosses und schloss ihn mit dem roten Kabel an den Computer an.

»Nun werden wir sehen«, sagte er und drückte resolut die Eingabetaste.

Holtz beugte sich vor und starrte auf den Laptop, der aufgeklappt auf dem Fußboden stand. Er hatte erwartet, dass Myriaden Zahlen über den Monitor huschen würden, aber das Einzige, was sich bewegte, war das Polizei-Logo, das langsam vor einem dunkelblauen Hintergrund kreiste.

»Passiert da was?«, fragte Holtz.

»Durchaus. Immer mit der Ruhe.«

Nach einigen Minuten erlosch das kreisende Polizei-Logo, stattdessen tauchte ein weißer Schirm mit blauem Rahmen auf.

»Nenn mir vier Zahlen. Egal welche«, sagte Mrowka mit einem pfiffigen Lächeln.

»Eins, zwei, drei, vier«, sagte Holtz.

»Tja, warum nicht.« Mrowka gab die Zahlen, die Holtz vorgeschlagen hatte, ein. Eine nach der anderen tauchte auf dem Monitor auf. »Versuch's mal.« Er deutete mit einer Kopfbewegung zum Codeschloss.

»Du machst wohl Witze«, sagte Pia Levin.

»Versuch es einfach«, wiederholte Mrowka.

Pia Levin gab die vier Zahlen ein.

Nichts geschah.

»Hast du wirklich geglaubt …«

»Drück gegen die Tür«, unterbrach er sie.

Pia Levin legte eine Hand auf die geheimnisvolle Tür. Mit skeptischer Miene drückte sie dagegen. Zu ihrem großen Erstaunen federte sie nach innen und öffnete sich dann nach außen.

»Du bist ein Genie«, rief sie.

Holtz schüttelte nur den Kopf und beugte sich vor, um nachzusehen, was sich hinter der Tür verbarg.

Der Ventilator an der Decke bewegte sich langsam, fast zögernd. Die großen Flügel vermochten nichts gegen die abgestandene Luft auszurichten. Wie Holtz vermutet hatte, war der Raum ungefähr zehn Quadratmeter groß. Knapp. Ein weißer Schreibtisch, ein weißer Bürostuhl, ein weißes Regal mit zwei roten Ordnern. Eine Steckdose und der Deckenventilator. Das war alles.

Alle drei sahen sich genauestens um, vermieden es aber einzutreten. Drei ausgestreckte Köpfe nebeneinander, wie drei Vögel auf einer Stromleitung.

»Kärglich«, meinte Holtz.

»Ich glaube, ihr habt einiges zu tun«, sagte Mrowka.

Er fror. Es spielte keine Rolle, was er anzog, er fror trotzdem. Die Kälte schien sich in seinem Körper häuslich eingerichtet zu haben und ließ sich nicht vertreiben.

Die dunkle, dicke Hose saß wie maßgeschneidert, die Jacke ebenfalls. Auch die anderen Kleider, die er besaß. Er konnte Stunden damit verbringen, Kleider anzuprobieren, damit sie die richtige Größe und Passform hatten.

Er sah sich um. Das Haus war still, und es roch nach Schmierseife. Er hatte eine Nacht in seinem alten Zimmer geschlafen und am Morgen alle Zimmer geputzt. Danach hatte er sämtliche Möbel an ihren ursprünglichen Ort zurückgestellt. Er war mit der Platzierung von einem der alten, aber sehr gepflegten Sessel nicht recht zufrieden, aber als er ihn ein Stück zur Seite gerückt hatte, war alles perfekt.

Was würde nun geschehen? Wie konnte das Leben weitergehen, wenn es nichts mehr gab, wofür es sich zu leben lohnte?

Er konnte das Haus verkaufen. Er würde einen guten Preis erzielen, da alte, gepflegte Pfarrhäuser immer einen Käufer fanden. Aber dann? Wohin sollte er gehen? Vielleicht an einen Ort, an dem es wärmer war. An einen Ort, an dem die Sonne immer schien und Schnee ein unbekanntes Phänomen war.

Dieser erst nur flüchtige Gedanke setzte sich in ihm fest. Warum eigentlich nicht? Kälte und Schnee hatten ihm nie gefallen. Er hatte sich in Schneewüsten nie zu Hause gefühlt. Er wusste nicht, wo seine Sehnsucht nach Meer und Wärme herkam, aber ein Traum nahm langsam Gestalt an. Wenn ich jetzt verreisen könnte, weit weg, an einen Ort, an dem mich niemand kennt. Wo es keine Rolle spielt, wie man aussieht oder wie man spricht. Gibt es solche Orte? Er wusste es nicht, beschloss aber, es herauszufinden. Schon allein der Gedanke, jetzt ein Ziel zu haben, erfüllte ihn mit Zufriedenheit.

Sein Bein schmerzte, und er verspürte ein Ziehen in den Gesichtsnerven.

Später am Abend aß er langsam und methodisch ein einfaches Mahl, Brot und Gemüse. Er empfand einen inneren Frieden. Den Frieden, an den er sich in den letzten Jahren gewöhnt hatte, zu dem er jedoch nicht wieder zurückgefunden hatte, nachdem die Eltern gestorben waren.

Beide gleichzeitig.

Sie hatten nicht gelitten, das wusste er.

Seit dem Feuer war etwas mehr als ein Jahr vergangen. Ein Jahr, das sehr viel für ihn bedeutet hatte. Viel mehr, als jemand ahnen konnte. Niemand hatte sich nach der Beerdigung um ihn gekümmert. Alle hatten ihm ihr Beileid ausgesprochen und sich dann zurückgezogen.

Niemand hatte gefragt, warum er so bald nach ihrem Tod verreisen wollte und wohin er reisen würde. Er war noch ein Kind und hatte keine Familie. Aber niemand hatte gefragt. Nicht einmal das alte Paar, das er dafür bezahlte, sich während seiner Abwesenheit um das Haus zu kümmern.

Jetzt war er wieder nach Hause gekommen.

Er fröstelte wieder, aber bei dem Gedanken daran, was er tun wollte, wurde ihm etwas wärmer. Er trank genüsslich den starken Kaffee, den er sich auf dem Holzherd gekocht hatte, und holte dann, was er brauchte. Die Schachtel mit dem Papier und die Dose mit dem Tabak. Er drehte sich sorgfältig zwei Stück. Zündete die eine an und genehmigte sich einen tiefen Zug. Er behielt den Rauch in der Lunge und spürte, wie sich die Stille in seinem Körper ausbreitete und die Muskeln sich entspannten. Die Schmerzen im Bein ließen langsam nach, während er rauchte. Die andere Zigarette legte er in ein Metalletui.

Er dachte darüber nach, ob er sich noch weitere Zigaretten drehen sollte, beschloss dann aber, damit noch zu warten. Früher hatte er nie im Haus geraucht, aber so etwas spielte jetzt keine Rolle mehr.

Er ging von einem Zimmer ins nächste. Hier war nie ummöbliert worden. Das Sofa im großen Zimmer, die Esszimmermöbel, die Kommode und der schwere Amerikakoffer in der Diele schienen auf ewig an ihrem richtigen Platz zu stehen.

Die Küche war alt und unmodern, und der Geruch des Holzherdes vermittelte ihm Geborgenheit. Hier hatte er sich immer wohlgefühlt. Der Holzfußboden war im Laufe der Jahre unzählige Male mit Schmierseife geputzt worden und ganz weich unter den Fußsohlen. Als Kind hatte er es geliebt, barfuß in der Küche herumzulaufen. Kleine, zarte Füße auf seidigen Dielen.

Das weiche Holz und der Geruch des Ofens hatten auf ihn als Kind beruhigend gewirkt und ihm geholfen, das Böse zu verdrängen. Jetzt war es leer und still, und er hatte schon lange gelernt, mit dem Schmerz zu leben. Mit langsamen Schritten verließ er die Küche und ging die Treppe hoch. Sie knarrte. Das Geländer saß lose und wackelte, als er sich abstützte.

Er ließ die Handfläche darübergleiten, als er die neunzehn Treppenstufen nach oben ging. Er wusste, dass es genau neunzehn waren, da er sie oft gezählt hatte. Die Treppe war als Kind regelrecht eine Bedrohung für ihn gewesen. Ein sich schlängelndes Holzmonster, das ihn jedes Mal höhnisch angelächelt hatte. Jede Treppenstufe war ein Hindernis gewesen. Immer diese Hindernisse!

Das erste Mal, als er allein die Treppe hinaufgegangen war, hatte es ihn seine ganze Kraft gekostet. Er hatte sich am Geländer festgeklammert. Erst mit neun oder zehn war es ihm geglückt, bis ganz nach oben zu gelangen, ohne innezuhalten.

Anfänglich war er meist allein oder mit seiner Mutter zusammen gewesen. Manchmal auch mit seinem Vater. Sie hatten über ihn gewacht und darauf geachtet, dass ihm nichts zustieß. Erst als er eingeschult wurde, waren sie gezwungen, ihn anderen anzuvertrauen. Er erlebte eine Mischung aus Freiheit und Angst. Aber er erwarb auch Wissen. Denn erst in der Schule begriff er richtig, dass er nicht so war wie andere. Die Lehrerin setzte ihn auf einen Platz ganz hinten. Da hast du es nicht so weit, wenn Pause ist, sagte sie. Ganz hinten. Neben der Tür und dem Papierkorb und dem Haken, an den die Lehrerin ihren Mantel hängte. Die Jacken der Kinder hingen vor dem Klassenzimmer.

Er fand es erst seltsam, die anderen Kinder nur von hinten sehen zu können. Er sah ihre Gesichter nur, wenn sie die Köpfe zusammensteckten und sich mit einem kalten Lächeln zu ihm umdrehten. Sie lachten und kicherten. Die Köpfe dicht aneinander. Später gewöhnte er sich daran, dass er derjenige war, der alles mit Abstand betrachtete. Langsam sah er ein, dass er nicht so war wie die anderen. Auf dem Schulhof stand er immer neben dem Tor, wenn die anderen Fußball oder Himmel und Hölle spielten. Im Winter lieferten sich die anderen Schneeballschlachten. Wenn die Kinder zum Mittagessen ins Gebäude rannten, musste ihm seine Lehrerin in den Speisesaal helfen. Dort saß er dann am Lehrertisch. Er brauchte schließlich Hilfe, bei den anderen Kindern war es zu chaotisch, außerdem lief ihm beim Essen die Hälfte wieder aus dem Mund.

Aus seinem schiefen Mund, der sich nicht ganz schließen ließ.

Später wurden die Bücher seine Welt. Die fantastischen Worte. Und die Hausaufgaben. Rätsel, die bezwungen werden mussten. Alles fiel ihm leicht. Er war immer Klassenbester. Mit dem Wissen kamen die Einsichten, und schließlich hatte er alle Hindernisse überwunden.

Außer einem.

Dem Gefühl, nirgendwo hinzugehören.

Im Obergeschoss lagen zwei gleich große Zimmer. In dem einen hatten die beiden Erwachsenen gewohnt, das andere hatte er für sich gehabt.

Er blieb in der Tür des Zimmers der Erwachsenen stehen und betrachtete lange das große Bett mit dem darauf ausgebreiteten Überwurf, den Sekretär und die beiden Nachttische mit den Olle-Malm-Lampen. Sie waren eingeschaltet und verbreiteten ein gelbliches Licht am Kopfende des Bettes. Er richtete den Blick auf die Wand darüber. Dort hatte eine gerahmte Fotografie gehangen.

Anschließend ging er in das andere Zimmer und nahm, was er benötigte, aus der Kommode und packte es in einen Rucksack. Der Schmerz im Bein kam schleichend, und er beeilte sich fertig zu werden. Beim Verlassen des Zimmers drehte er sich auf der Schwelle noch einmal um und betrachtete einige Augenblicke das gemachte Bett, das Bücherregal und den Schreibtisch mit dem zugeklappten Laptop, ehe er die Treppe hinunterhinkte. Er zog sich warm an, schloss die Tür hinter sich ab und ging zu dem wartenden Taxi.

Als er sich auf den Rücksitz sinken ließ, fühlte er sich befreit und erwartungsvoll.

Der Schmerz hatte sich verändert. Anfänglich war er dumpf und gleichmäßig gewesen, und er hatte ihm noch mit Tabletten beikommen können. Jetzt war er stechend und nicht vorhersehbar. Es war nichts mehr gegen ihn auszurichten. Ulf Holtz hielt den Blick auf den dunklen Kognak im Schwenker gerichtet, während der Schmerz zunahm und wieder abebbte. Er atmete hörbar aus und streckte die Hand nach dem Glas aus, hielt es vor sich hin, ließ es langsam kreisen und stellte es dann wieder auf die gestärkte weiße Tischdecke.

Er wollte den Genuss in die Länge ziehen.

Das Restaurant war ziemlich leer, nur wenige Paare, eine laute amerikanische Gruppe und drei Japaner an einem Ecktisch, die sich beim Essen leise unterhielten.

Holtz überlegte sich, worüber sie wohl sprachen. Was taten sie wohl, so weit von zu Hause entfernt? Waren sie Touristen oder Geschäftsleute?

Einer der Japaner zündete sich eine Zigarette an und tat ein paar langsame, tiefe Züge. Es dauerte einige Minuten, bis der Oberkellner auftauchte. Er trug ein weißes Hemd, schwarze Hose und Schürze. Holtz beobachtete die Japaner und ahnte, was geschehen würde. Der Oberkellner näherte sich ihnen langsam. Er war unsicher, wie er agieren sollte, wie er ihnen begreiflich machen sollte, dass Rauchen nicht gestattet war.

Der Rauch der Zigarette stieg dunkelblau zur Decke. Der Japaner blickte suchend auf den Tisch und legte dann die brennende Zigarette auf einen Teller mit einem angebissenen Stück Brot. Dann griff er wieder zum Besteck und aß weiter.

Der Oberkellner ging mit gehetztem Blick zu ihnen. Als er fast vor dem Tisch mit dem ahnungslosen, rauchenden Japaner stand, drückte dieser plötzlich die Zigarette mit einer resoluten Bewegung aus. Auf dem weißen Teller blieb ein schwarzer Fleck zurück. Der Oberkellner zog die Brauen hoch und öffnete entsetzt den Mund. Er hielt inne, überlegte, machte auf dem Absatz kehrt und eilte davon.

Holtz musste schmunzeln. Er wandte sich wieder seinem Kognakschwenker zu. Er ließ ihn kreisen und blickte durch die großen Fenster aufs Wasser. Stolze weiße Dampfer lagen dicht am Kai, als kauerten sie sich bei der Winterkälte aneinander. Sie zerrten an ihren Tauen. Das Wasser war grau und träge wie Öl. Holtz nippte vorsichtig am Kognak. Er brannte etwas auf den Lippen, aber das fand er nur angenehm. Der Oberkellner näherte sich ihm. Er wippte auf den Sohlen und wirkte etwas betreten.

»Alles zur Zufriedenheit?«

»Bislang schon«, antwortete Holtz.

»Darf ich Ihnen die Speisekarte bringen?«

»Nicht nötig. Ich warte noch auf jemanden.«

Der Mann mit der schwarzen Schürze schnitt eine Grimasse, die wahrscheinlich ein Lächeln darstellen sollte, und zog sich zurück. Auf Holtz wirkte der Gesichtsausdruck wie ein höhnisches Grinsen, und er überlegte, ob er sich gekränkt fühlen oder belustigt sein sollte. Er entschied sich für letzteres. Ihm war klar, dass er vermutlich nicht so recht in diesen Salon passte. Hätte er es gewagt, hätte der Oberkellner sicher um sofortige Bezahlung gebeten. Schließlich war der Kognak teuer, und heutzutage liefen überall viele Betrüger herum.

Holtz trank noch einen Schluck und genoss die Wärme,

die sich in Hals und Brust ausbreitete. Eigentlich hätte er hier nicht sitzen und schon gar keinen Alkohol trinken sollen.

Er hatte Pia Levin darum gebeten, das Örnnästet abzuschließen. Er müsse leider weg. Sie hatte enttäuscht gewirkt, aber er hatte ihr einfach nur zugewunken und sich dünngemacht. Er fand nicht, dass es eine Rolle spielte, wenn sie mit der eingehenden Untersuchung des geheimen Raumes bis zum nächsten Tag warteten. Außerdem war das Treffen mit Nahid wichtiger als alle forensischen Untersuchungen der Welt.

Er begriff einfach nicht, warum sie dieses Restaurant ausgesucht hatte. Sie hatte darauf bestanden, und jetzt saß er hier, und ihm war gar nicht so unbehaglich zumute, wie er erwartet hatte. Er blickte wieder auf die Uhr. Sie hatte sich noch nicht verspätet. Er war zu früh gekommen. Ich hätte erst noch nach Hause fahren, duschen und mich umziehen sollen, dachte er und trank noch einen großen Schluck Kognak. Er meinte, den Alkohol zu spüren, aber vermutlich war das nur Einbildung, Nervosität.

Er merkte sofort, als sie das Restaurant betrat. Selbstbewusst blieb sie neben der Tür stehen und sah sich nach ihm um. Er blickte sie an. Sie trug ein dunkelgrünes, gerade geschnittenes Kleid mit kurzen Ärmeln. Ihr schwarzes Haar fiel ihr glänzend auf die Schultern. Sie trug den Kopf stolz erhoben, und ihre Haltung war aufrecht. Sie ignorierte den Oberkellner, der versuchte, sie abzufangen, während sie zielbewusst auf Holtz zuging. Sie wirkte froh. Er wusste nicht, warum, aber er hatte erwartet, dass sie traurig oder von widerstreitenden Gefühlen erfüllt erscheinen würde.

Hatte er alles nur falsch verstanden? War alles nur ein unglückliches Missverständnis gewesen? Hatte sie einfach nur viel zu tun gehabt? Würde jetzt alles wieder gut werden? Hatte sie deswegen dieses Restaurant ausgesucht? Um zu feiern?

»Hallo«, sagte sie mit ihrer weichen Stimme. Ihr Haar fiel ihr ins Gesicht, und sie strich es mit einer beiläufigen Bewegung hinters Ohr. Dann beugte sie sich vor und küsste neben seiner Wange in die Luft. Ulf Holtz sah ein, dass er nichts missverstanden hatte.

»Hast du schon bestellt?«, fragte sie und wollte ihren Stuhl unter dem Tisch hervorziehen. Der Oberkellner kam ihr jedoch zuvor. Sie nickte ihm zu und setzte sich.

»Nein, nur den Kognak hier.« Holtz überlegte, ob er sich vielleicht hätte erheben sollen, statt einfach dazusitzen, als sie hereingekommen war.

»Eine Flasche Mineralwasser«, sagte sie zum Oberkellner. Dieser nickte und verschwand.

Holtz war enttäuscht. Er hätte gerne eine Flasche Wein bestellt. Er hatte sich vorgestellt, dass sie lange beisammensitzen würden, aber ihre Bestellung machte seine Hoffnungen zunichte. Er lächelte sie an, merkte aber selbst, dass es ein starres Lächeln war.

»Ich hatte Besuch … von deinem Vater«, sagte er und hörte selbst, wie dumm das klang.

»Das habe ich gehört … Nur dass du das weißt, ich hatte keine Ahnung, dass er zu dir gehen würde. Ich hätte ihn in der Luft zerreißen können, als er es mir erzählt hat.« Sie strich sich wieder eine verirrte Strähne hinters Ohr.

»In der Tat ein interessantes Erlebnis. Ich kam mir vor wie ein Schuljunge.«

»Ja, so ist das bei ihm meistens«, erwiderte sie.

Er schaute ihr in die Augen und hielt ihren Blick etwas zu lange fest. Sie wandte sich ab und sah sich im Restaurant um. Ovale Tische, weiße Tischdecken, schwere Stühle, auf denen man bequem sitzen konnte. Sandfarbene Wände mit Aquarellen in kühlen Farben. Weder persönlich noch unpersönlich.

Sie hatte die Hände vor sich auf den Tisch gelegt. Die rechte Hand auf die linke. Sie hatte starke, lange Finger und trug keine Ringe. Er merkte, dass sich seine Hand ohne sein Zutun über das Tischtuch auf ihre zubewegte. Sie legte ihre Hände in den Schoß. Seine Hand blieb einsam auf dem Tischtuch zurück. Ein ausgestreckter Arm, eine einsame Hand.

»Hier hat es angefangen«, sagte sie.

»Bitte?«

»Da drüben«, sagte sie und nickte in Richtung der Bar vor dem Restaurant.

»Was?«

Sie trank einen Schluck Wasser und schluckte langsam, als würde sie die Kohlensäure im Hals kitzeln.

»Ich war gerade achtzehn geworden. Eine Freundin brachte mich mit hierher. Wir zogen uns fein an, nahmen die U-Bahn, alle einundzwanzig Stationen, gingen in die Bar und bestellten etwas. Ich erinnere mich nicht mehr, was. Vermutlich das Billigste. Wir saßen dann dort, zwei Mädchen aus dem Vorort, und unterhielten uns auf Englisch.

»Auf Englisch?«

»Ja. Plötzlich waren wir Teil der großen Welt«, sagte sie mit einem nach innen gewandten, verträumten Lächeln auf den Lippen. »Nach einer Weile kannten wir die Spielregeln. Wie wir aussehen, was wir bestellen und worüber wir uns unterhalten mussten.«

Holtz wurde es eiskalt. Das ist nicht möglich, dachte er und spürte, wie ihm der Atem stockte. Er wollte nicht mehr hören, wollte nur noch aufstehen, sich für die gemeinsame Zeit bedanken und ihr ein glückliches Leben wünschen, ohne ihn.

Eine junge Kellnerin trat an ihren Tisch, reichte ihnen die Speisekarten und fragte, ob sie noch etwas trinken wollten, während sie wählten.

»Noch einen Kognak«, sagte Holtz.

»Ich trinke Rotwein«, sagte Nahid.

»Erzähl weiter«, sagte er finster, als sie wieder allein waren.

»Wie seltsam du aussiehst! Was ist los?«

»Ich weiß nicht, was du mir erzählen willst, aber bislang klingt es nicht sonderlich vielversprechend.«

Ihr Gesichtsausdruck veränderte sich.

»Wie meinst du das?«

»Erzähl erst einmal fertig.«

Die Kellnerin brachte die Getränke und fragte, ob sie schon bestellen wollten. Sie waren aber noch nicht so weit und baten, noch ein wenig überlegen zu dürfen. Nahid Ghadjar konzentrierte sich wieder auf die Speisekarte.

»Willst du eine Vorspeise?«

»Ja, warum nicht. Was nimmst du?«

»Gegrillte Jakobsmuscheln mit frischem grünem Spargel klingt doch lecker?«

»Ja, warum nicht?«, erwiderte Holtz. Es fiel ihm schwer, sich auf die Speisekarte zu konzentrieren. Er musste sie immer wieder von vorne lesen, da seine Gedanken abschweiften.

»Entscheide du.«

Nahid vertiefte sich in die Karte und ließ sie dann sinken.

»Erst die Jakobsmuscheln, dann zart gebratenen Lammrücken mit Thymian, Herbstpilzen und Rösti.«

Holtz hatte nichts dagegen einzuwenden. Er wäre mit allem einverstanden gewesen. Die Kellnerin kehrte zurück, nahm ihre Bestellung entgegen und fragte, was sie trinken wollten und ob er sich die Weinkarte angesehen habe. Er nickte zu Nahid hinüber.

»Dafür ist meine Begleiterin zuständig. Ich trinke sonst nur Weine aus dem Karton und kann nur rot und weiß unterscheiden.«

Die Kellnerin lächelte gezwungen und wandte sich an Nahid. Nach einer kurzen Diskussion über verschiedene Weine und darüber, ob sie wohl zu den gewählten Gerichten passten, war man sich einig, und die Kellnerin ging.

»Erzähl weiter. So hat es also angefangen«, sagte er.

»Genau. Die Bar eines Fünf-Sterne-Hotels ist eine Bühne, auf der jeder mitspielen darf. Globale Geschäftsleute in teurem Tuch, Rockstars in Jeans, Touristen und sogar ein armes Mädchen mit Migrationshintergrund aus der Vorstadt. Alle werden gleich behandelt, da niemand so genau weiß, wer eigentlich dort sitzt. In der Hotelbar habe ich gelernt, dass das, was man sieht, nicht unbedingt das ist, was man zu sehen glaubt.« Sie trank einen Schluck Rotwein.

Ulf Holtz nickte und wartete auf die Fortsetzung.

»Hier erkannte ich auch, dass ich, wenn ich in der großen Welt mitspielen und nicht nur zuschauen wollte, eine Ausbildung benötigte, mich auf mich selbst konzentrieren und etwas riskieren musste«, sagte sie.

»Und das war alles, was ihr getan habt? Ihr habt hier gesessen und wart Teil der großen Welt?«

»Ja, wenn uns die Normalität zu anstrengend wurde, dann fuhren wir hierher, aber das ist jetzt lange her«, antwortete sie.

Ulf Holtz merkte, dass seine Anspannung nachließ. Er hatte übereilte Schlüsse gezogen. Das war eigentlich nicht seine Art, aber was Nahid Ghadjar betraf, war er nicht ganz zurechnungsfähig.

Die Kellnerin brachte die Vorspeise und ließ Nahid den Wein kosten, bevor sie ihnen beiden einschenkte und sich zurückzog.

»Sie hat uns keinen guten Appetit gewünscht«, sagte Holtz.

»Das ist in einem solchen Restaurant auch nicht nötig. Sie

weiß, dass es gut ist, und geht davon aus, dass wir das auch wissen«, meinte Nahid.

»Es hat ganz den Anschein, als müsste ich noch einiges dazulernen.« Holtz machte sich über seine gegrillten Jakobsmuscheln her.

Nachdem sie die Vor- und die Hauptspeise gegessen und fast die ganze Flasche Wein geleert hatten, ohne den Grund ihres Treffens auch nur mit einem Wort zu erwähnen, saß Ulf Holtz wie auf glühenden Kohlen. Er rückte unruhig auf seinem Stuhl hin und her und wartete auf die richtige Gelegenheit. Diese stellte sich jedoch nicht ein. Nahid Ghadjar kam ihm zuvor.

»Ulf«, sagte sie und streckte ihre Hand über den Tisch, der bereits fast ganz abgedeckt war. Er schob seine Hand auf ihre zu und war sich nicht sicher, ob er sie nehmen sollte oder nicht. Er nahm sie.

»Ich weiß, dass ich mich seltsam benommen habe, ich habe mich nicht gemeldet und so …«

»Ja, das kann man …«

»Warte, lass mich ausreden.«

Er verstummte.

»Ich hatte eine sehr schöne Zeit zusammen mit dir. Du bist stark, vermittelst Geborgenheit und bist fürsorglich. Ich habe wirklich geglaubt, dass es etwas … Richtiges werden könnte.«

In diesem Moment begriff er, dass alles verloren war. Er hatte nichts zu sagen. Er ließ sie reden.

Nahid erzählte von ihren aufkeimenden Zweifeln, als sie wieder an der Uni war. Sie sei noch nicht fertig, noch nicht bereit für eine Beziehung, es gebe für sie noch so viel zu tun. Sie wolle nicht in einem geregelten Leben im Eigenheim stecken bleiben. Sie wolle höher hinaus, wolle sich mit Sinnvollem beschäftigen und ein Teil der großen Welt werden.

»Und was willst du tun?«, fragte er nach einer Weile.

»Ich will in das Land, in dem ich geboren bin, zurückkehren und mich dort nützlich machen.«

»Und was kannst du im Iran ausrichten? Du bist doch seit deinem Umzug hierher nie wieder dort gewesen. Wenn ich mich recht erinnere, hast du noch vor einem halben Jahr gesagt, dass du nie mehr zurück willst.«

»Ich habe es mir anders überlegt. Das ist doch wohl gestattet?«

»Natürlich. Aber was kannst du *dort* schon erreichen?«, fragte er und bereute sofort, dass er so vorwurfsvoll und herablassend klang.

»Man hat mir eine Anstellung in einem forensischen Labor in Teheran versprochen. Es ist eine neue Einrichtung, mit deren Hilfe man die Justiz modernisieren will. Sie würden sich gerne die Erfahrungen aus anderen Ländern zunutze machen. Ich würde …«

»Das klingt wie eine fantastische Idee.«

»Findest du?«, erwiderte sie erstaunt.

»Ja, das finde ich. Ich bin natürlich enttäuscht, was mich persönlich betrifft, aber es versteht sich, dass du dir diese Gelegenheit nicht entgehen lassen kannst.« Er streckte die Hand nach der Flasche aus und verteilte die letzten Tropfen auf ihre Gläser. Sie tranken schweigend aus, beide in ihre eigenen Gedanken versunken.

»Wie geht es übrigens Pia?«, fragte sie, als Holtz die Rechnung erhielt und sich einen schwindelnden Augenblick lang fragte, ob das vielleicht die Rechnung von jemand anderem war.

»Gut, vermute ich. Sie war heute allerdings nicht sonderlich froh. Wir stecken mitten in einer Ermittlung. Heute gab es einen Durchbruch, aber mir war dieses Treffen dann wichtiger.«

»Was für ein Durchbruch?«, fragte sie. Dies war wieder die engagierte und neugierige Nahid Ghadjar, in die er sich einmal über beide Ohren verliebt hatte.

»Wir befassen uns mit dem Mord an Styrbjörn Midvinter oder Johan Seger, wie er eigentlich heißt. Heute haben wir einen verborgenen Raum in dem Gebäude gefunden, in dem die Neonazis ihr Hauptquartier haben. Es scheint eine Art Büro zu sein. Die Baupläne des Örnnästet, wie das Hauptquartier auch genannt wird, stimmten nicht mit unseren Messungen überein. Es fehlten zehn Quadratmeter, und es zeigte sich, dass es hinter einem Bücherregal ein verstecktes Büro gibt.«

»Spannend. Fast wie in einem Roman. Ein geheimer Raum. Was bedeutet das?«

»Das wissen wir nicht. Wir nehmen morgen die erkennungsdienstlichen Untersuchungen vor.« Er unterschrieb den Kreditkartenbeleg, den ihm die Kellnerin in einem gefütterten Lederetui brachte.

Während er noch darüber nachdachte, ob er ein Trinkgeld geben sollte, klingelte sein Handy. Er zog es aus der Innentasche und sah, dass es eine unbekannte Nummer war. Erst erwog er, den Anruf zu ignorieren, ging dann aber doch dran. Er warf Nahid einen entschuldigenden Blick zu, und diese zuckte mit den Achseln.

»Holtz. Hallo! Das darf doch nicht wahr sein! Ich komme sofort«, sagte er und unterbrach die Verbindung.

Die Flammen schlugen in den schwarzen Nachthimmel, schön und majestätisch. Funken fielen auf die fünf Feuerwehrautos, die kreuz und quer um das Gebäude herumstanden. Das Blaulicht blitzte ungleichmäßig, und gelegentlich schlug Ulf Holtz die Hitze ins Gesicht. Er stand direkt hinter der Absperrung und sah mit an, wie dicke Schläuche ausgerollt und Leitern ausgefahren wurden, um das Feuer von oben zu bekämpfen.

Pia Levin stand neben ihm.

Sie sagte nichts.

Er empfand nichts.

Holtz hatte das Restaurant eilig verlassen und sich bei Nahid Ghadjar entschuldigt, die Pflicht rufe. Sie hatte nur genickt und verständnisvoll gelächelt.

»Wir unterhalten uns später noch. Wann fährst du eigentlich?«, hatte er gefragt.

»Ich fliege morgen.«

Die Deckenlampen des Labors verbreiteten ein kaltes blaues Licht und ließen die Anwesenden noch winterbleicher erscheinen, als sie es waren. Ulf Holtz war überdies und ganz gegen seine Gewohnheit verkatert. Er hatte sich von dem brennenden Gebäude ein Taxi genommen. Zu Hause hatte er sich ein großes Glas Kognak eingegossen, das dritte an diesem Abend, und es langsam und methodisch geleert. Dann hatte er sich in Kleidern auf sein Bett gelegt. Er konnte nichts dagegen unternehmen, dass das Örnnästet abgebrannt war, und er konnte nichts dagegen unternehmen, dass Nahid Ghadjar das Land verlassen würde.

Obwohl er morgens lange sehr heiß geduscht und sich gründlich eingeseift hatte, hatte er immer noch das Gefühl nach Rauch zu riechen. Vielleicht war es aber auch Pia Levin, die nach Rauch roch. Er sah sie an, aber sie wich seinem Blick stur aus und lauschte Ellen Brandts Worten.

Die Besprechung im Labor verstieß gegen alle Regeln, da sich eigentlich nur die Kriminaltechniker in der roten Zone aufhalten durften. Ellen hatte die beiden jedoch sofort bei ihrem Kommen am Morgen dorthin zitiert.

Brandt sah auch nicht sonderlich ausgeschlafen aus, die Intensität ihrer Stimme bildete jedoch einen starken Kontrast zu ihrem Äußeren.

»Kann mir mal jemand erklären, warum ein abgesperrter Tatort nicht nur nachlässig untersucht wird, sondern dann auch noch in Flammen aufgeht?«

»Dass es gebrannt hat, kann doch wohl kaum unsere Schuld sein.«

»Woher willst du das wissen?«

»Woher ich das wissen will?«

»Bist du dir sicher, dass ihr nicht den Brand verursacht habt?«

Ulf Holtz wollte schon widersprechen, fühlte sich aber plötzlich verunsichert. Es war dasselbe Gefühl, das ihn gelegentlich befiel, wenn er von zu Hause wegfuhr und nicht wusste, ob das Bügeleisen ausgeschaltet oder ob die Haustür abgeschlossen war. Er wandte sich an Levin. Diese erwiderte trotzig seinen Blick.

»Ich habe jedenfalls nichts Brennbares zurückgelassen. Keine Chemikalien und keine eingeschalteten Lampen«, sagte sie.

»Wir haben nicht geschlampt«, ergänzte Holtz, erfüllt von Zweifeln und einem schlechten Gewissen. Er hatte Levin zurückgelassen und sie gebeten, alles dichtzumachen, die kriminaltechnische Untersuchung würden sie später vornehmen. Dann war er zu seiner Verabredung geeilt.

»Was die kriminaltechnische Untersuchung anging, kam ich zu dem Schluss, dass diese bis heute warten könnte.«

»Und welche Gründe lagen dafür vor?«

»Verdammt, ich bin der Tatortkoordinator, und ich entscheide, welche Maßnahmen ergriffen werden.«

»Danach hatte ich nicht gefragt«, erwiderte Brandt scharf.

Holtz merkte, dass seine Zahnschmerzen wieder zunahmen, und wusste, was kommen würde.

»Ich liefere einen kompletten Bericht der Tatortuntersuchung einschließlich welche Beschlüsse ich wann und warum gefasst habe, aber jetzt ist eine Menge zu tun …«

»Was befand sich in der Geheimkammer? Weiß das jemand?«, Brandt wandte sich an Levin, die sich bis dahin so weit wie möglich aus der Unterhaltung herausgehalten hatte.

»Ein Büro. Ein Tisch, ein Stuhl, ein Regal, ein Deckenventilator und ein paar Ordner.«

»Sonst nichts?«

»Soweit wir wissen, nicht.«

»Und was war in den Ordnern?«

»Das weiß ich nicht. Wir haben nicht nachgeschaut«, sagte Levin.

»Ich gehe davon aus, dass ihr das heute noch tun werdet?«

Levin sah Holtz unglücklich und hilfesuchend an.

»Wir werden nie erfahren, was sich in diesen Ordnern befand«, sagte er.

»Willst du etwa sagen, dass ihr sie zurückgelassen habt?«

»Ja. Und das ist ganz allein meine …«

»Es ist mir vollkommen egal, wessen Schuld das ist. Hingegen will ich einen vollständigen Bericht darüber, was ihr in Erfahrung gebracht habt, bevor alles in Flammen aufgegangen ist. Direkt nach dem Mittagessen ist Besprechung in meinem Büro«, sagte sie brüsk und verließ das Labor mit großen Schritten.

Holtz atmete seufzend aus und suchte Levins Blick.

»Du, ich weiß, dass …«

»Das ist jetzt egal. Das Haus ist abgebrannt, und wir müssen dorthin, um die Brandursache zu ermitteln, sobald sich alles etwas abgekühlt hat. Was hat sie gesagt?«, fragte Levin.

»Wer?«

»Nahid. Was hat sie bei diesem Treffen gesagt, das so wichtig war, dass du gar nicht schnell genug hinkommen konntest?« Sie lächelte schwach.

Dieses Lächeln konnte er wirklich gebrauchen. Er erwiderte es erleichtert.

»Sie kehrt in den Iran zurück. Vielleicht ist sie bereits auf dem Weg«, sagte er und sah auf die Uhr.

»Was will sie da?«

»Sie will in einem forensischen Labor in Teheran arbeiten. Offenbar soll sie beim Aufbau der Einrichtung mithelfen.«

»Das klingt spannend. Man glaubt kaum, dass einer alleinstehenden jungen Frau aus dem Westen dort so etwas gestattet ist. Alles meine Vorurteile. Aber ich hoffe wirklich, dass sie da glücklich wird. Und wie fühlst du dich?«

»Ich weiß nicht recht. Ich hatte vermutlich bereits aufgegeben, bevor wir uns gestern getroffen haben. Vielleicht ist es ja genau so gut, dass sie wegzieht.«

»Warum?«

»Tja, vielleicht war es ja trotz allem nicht richtig. Schließlich ist sie ja noch ziemlich jung und ...«

»Unsinn! Das Alter spielt keine Rolle«, sagte sie und hoffte, dass ihr die Unaufrichtigkeit und Schadenfreude nicht anzumerken war.

Er sah sie mit einem nachsichtigen Lächeln an.

»Was du nicht sagst.«

Sie spürte, wie sie errötete, und wandte sich ab.

Holtz suchte ein paar Papiere zusammen, die auf der glänzenden Tischplatte lagen.

»Ich muss mir jetzt doch einen Termin beim Zahnarzt geben lassen.« Er verzog das Gesicht und rieb sich demonstrativ die Wange.

Ulf Holtz und Pia Levin verließen gemeinsam das Labor und trennten sich auf dem fast menschenleeren Korridor. Holtz traf nur wenige Forensiker in weißen Kitteln, als er mit zu Boden gerichtetem Blick in sein Büro zurückkehrte. Er schloss die Tür sorgfältig hinter sich und ging die wenigen Schritte zum Fenster. Dort blieb er stehen. Er starrte auf die Stadt und dachte an den Heiligen Abend.

Ich muss sie anrufen. Ich will, dass sie kommen, auch wenn ich sie auf den Knien darum bitten muss, dachte er.

Grau, grau, grau. Wohin er auch sah. Der Himmel war grau. Die Straße neun Stockwerke unter ihm war grau. Das Haus gegenüber war grau, das daneben ebenfalls.

Jonny Andersson war eigentlich froh, dass der Farbenüberschwang sie hier noch nicht erreicht hatte. Es handelte sich zweifellos um einen Vorort. Die Häuser jetzt noch in fröhlichen Farben anzumalen, würde alles nur verschlimmern. Grau fiel nicht auf, und das Gefühl der Verlassenheit war erträglich. Er mochte sogar das Gefühl, ein Haus in derselben grauen Farbe wie alle anderen Häuser im Viertel zu betreten. Unterzutauchen. In einem knallroten, pistaziengrünen oder kükengelben Haus konnte man nicht einfach verschwinden, man konnte damit nicht eins werden. Er hegte den Verdacht, dass die Idee, die Tristesse einfach zu übermalen und den sozialen Brennpunkten etwas Farbe zu verpassen, eigentlich ein Witz war. Dass jemand den Einfall gehabt hatte, alle grauen Häuser in fast psychedelischen Farben anzustreichen, um noch mehr Aufmerksamkeit auf sie zu ziehen und sie mit noch größerer Freude zu verspotten. Stadtteile wurden als Clowns verkleidet. Innerlich abgründige Trauer, äußerlich eine Farbenpracht, über die andere lachen konnten. Nein, er war wirklich froh, dass niemand sein Haus in Bonbonfarben mit kurzer Lebensdauer angestrichen hatte. Grau war zumindest zeitlos.

Er betrachtete erneut seine düstere Umgebung. Fluchte.

Seine Enttäuschung machte ihm zu schaffen. Der Plan war

so schlau gewesen. Er wusste nicht genau, um wie viel es ging, aber es musste viel sein, daran war nicht zu zweifeln. Genug, damit er dieses verdammte Loch für immer würde verlassen können. Er stellte sich Brasilien vor oder vielleicht Thailand. Cocktails und Nutten bis zum Abwinken. Aber alles war anders gekommen.

Jonny Andersson warf sich auf sein durchgesessenes, verschlissenes Sofa, das einmal orange und grün gewesen war. Er beugte sich vor und rieb sich die Stirn. Kniff die Augen ganz fest zu. Er rieb sich mit seinen Fingern, auf die Symbole tätowiert waren, die Schläfen. Die Enttäuschung fraß ihn von innen auf. Mühsam erhob er sich vom Sofa und ging im einzigen Zimmer der Wohnung auf und ab. Dann blieb er in der Diele stehen und betrachtete sich im Spiegel, der in der Ecke wie ein Spinnennetz gesprungen war. Er betrachtete eingehend seinen großen, sehnigen, aber auch muskulösen weißen Körper. Betrachtete die Muster, die die Nadel für alle Zeiten in seine Haut gezeichnet hatte. Die altnordischen Symbole. Er konnte sich noch deutlich an die Schmerzen beim Tätowieren der Schlange erinnern, die sich seitlich unter dem Arm, über die Schulter und bis zum Hals schlängelte. Er bereute nichts. Außer vielleicht das schwarze Hakenkreuz im Nacken und am Hinterkopf, das fast immer zu sehen war, ganz gleichgültig, welche Kleider er trug.

Er hatte gelesen, dass sich Tätowierungen entfernen ließen, was aber angeblich viel teurer war, als sich tätowieren zu lassen. Alle diese Möglichkeiten waren vorbei. Alles war vorbei. Er wusste nicht einmal, womit er noch Essen kaufen sollte. Oder Bier.

Er zog sich an, eine grüne Bomberjacke und schwarze Stiefel, grauweiße Hosen mit Tarnmuster. Wie immer streikte der Fahrstuhl, und er musste alle Stufen hinunterlaufen, aber das störte ihn nicht. Im Gegenteil. Jonny Andersson nutzte jede Gelegenheit zum Training. Auf der Straße blieb er stehen. Niemand war zu sehen. Der Parkplatz war abgesehen von einem schwarzen Mercedes, der schräg in zwei Parklücken stand, leer. Der Wagen hatte keine Räder mehr, und die Scheiben waren eingeschlagen. Eine Tür stand offen und hing schief wie der Flügel eines angeschossenen Vogels. Er steckte die Hände in die Taschen, zog wegen des Windes die Schultern hoch und begann, planlos herumzuwandern.

Die Polizisten waren verdammte Schweine. Sie hatten eine Menge Fragen gestellt, aber dass jemand, den er gekannt hatte, gestorben war, war ihnen scheißegal. Dass dieser Mensch ermordet worden war. Er hatte einfach nur dort gesessen und die Bullen angestarrt, während sie ihre Fragen ständig wiederholten. Zum Teufel mit ihnen.

Er blieb vor der Sportbar stehen, zögerte, öffnete dann die Tür und trat ein. Es war dunkel, und die großen Plasmafernseher an der Wand zeigten Football und Eishockey. Das Lokal war leer. Er setzte sich mit dem Rücken zur Wand und Blick auf die Tür auf eine Bank an einem Ecktisch. Rasch überflog er die Speisekarte auf dem Tisch und rief dann den Jüngling an der Bar, der auf einen der Bildschirme starrte. Er rief ein weiteres Mal. Der junge Mann seufzte demonstrativ und schlenderte dann langsam auf ihn zu. Er trug das lange Haar zu einem Pferdeschwanz zusammengebunden.

»Um diese Tageszeit muss man an der Bar bestellen. Es wird nicht an den Tischen bedient.«

Jonny Andersson schloss beide Augen und legte seine kräftigen Arme auf den Tisch. Dann sagte er mit tiefer Stimme, er habe aber keine Lust an die Bar zu gehen. Ob das ein Problem sei?

Das war es natürlich nicht.

Er bekam, was er bestellt hatte.

Langsam aß Jonny Andersson seinen Hamburger und tunkte jedes Pommes frites sorgfältig in Majonäse und Ketchup. Er trank drei Flaschen Bier und spürte, wie seine Wut mit jedem Schluck zunahm. So verdammt ungerecht. So unglaublich ungerecht.

Er steckte das letzte frittierte Kartoffelstück in den Mund, erhob sich, streifte seine Jacke über und schlenderte auf die Tür zu. In der Hand hielt er eine halbvolle Flasche, die er auf dem Weg trinken wollte.

»Hallo! Sie haben noch nicht bezahlt«, rief der junge Mann hinter dem Tresen in einem Tonfall, der nicht sonderlich überzeugend klang. »Und die Flasche dürfen Sie auch nicht mitnehmen.«

Jonny Andersson spürte, wie es in seinem Kopf aufblitzte, sein Gesichtsfeld sich verkleinerte, und der Puls sich beschleunigte. Langsam drehte er sich zur Bar um.

»Was hast du gesagt?«

»Sie haben nicht bezahlt.« Die Stimme überschlug sich am Ende.

Jonny Andersson wog die Flasche in der Hand, drehte sie unmerklich so, dass er den Flaschenhals zu fassen bekam. Seine Fingergelenke wurden weiß.

»Was hast du gesagt?«, wiederholte er flüsternd.

Der Mann an der Bar erstarrte und streckte die Hand langsam nach dem Telefon aus, das neben der Kasse hing.

Die Flasche traf ihn am Hinterkopf.

Jonny Andersson rannte zum Tresen, sprang behände darüber und landete geschmeidig neben dem Mann, der benommen auf dem Boden saß, während ihm Blut den Nacken hinunterlief. Seine Augen waren weit aufgerissen.

»Was hast du gesagt?«, brüllte Jonny Andersson und trat

ihm mitten ins Gesicht. Der Kopf schnellte nach hinten und knallte gegen ein Bierfass aus Stahl. Jonny Andersson hörte das dumpfe Geräusch nicht, als der Kopf gegen das Metall schlug. Er trat außer sich vor Wut auf den Mann ein, der am Boden lag und nichts mehr spürte. Er war schweißgebadet und atmete angestrengt, keuchte und fluchte, während er immer wieder zutrat.

Schließlich spuckte er auf den geprügelten Körper und sah sich in der leeren Bar um. Immer noch niemand da. Die Kasse war offen, und er nahm alle Scheine heraus. Er verstaute zwei Flaschen Bier in seinen Jackentaschen und verließ ruhig, allerdings immer noch etwas außer Atem, die Bar.

Die Kastanie streckte die kahlen Äste in den Himmel. Im Sommer wurden sie von unten beleuchtet und fingen das Licht mit ihrem dichten Geäst auf, aber jetzt fiel der starke Schein der Bodenscheinwerfer unbehindert durch den Baum und warf seltsame Muster an die Zimmerdecke. Pia Levin saß auf einem freien Bürostuhl und betrachtete die Schatten, während sie wartete. Die Analytikerin, die für Familie Seger zuständig war, hatte sie gebeten zu kommen, war aber selbst abwesend. Levin betrachtete die Leute, die in dem Großraumbüro arbeiteten. Alle saßen konzentriert an ihren Bildschirmen, einige unterhielten sich ab und zu leise. Niemand kümmerte sich um Levin, nur die Frau, an die sie sich von ihrem vorigen Besuch erinnerte, lächelte ihr gelegentlich zu.

Sie erwog aufzubrechen, fand aber, dass es ganz angenehm war, einen Augenblick lang einfach nur dazusitzen und zu warten. Tatenlos. Sie dachte an Johan Seger und fasste die Tasche, die sie auf dem Schoß hatte, unbewusst fester. Das gegen ihn ergangene Urteil wegen Kindesmisshandlung, war nicht schwer zu finden gewesen, nachdem sie sich ans Stadtarchiv gewandt hatte. Jetzt lag eine Kopie davon in ihrer Tasche. Sie wollte es erst lesen, wenn sie zu Hause war.

Was brachte einen jungen, begabten und rücksichtsvollen Mann dazu, sein eigenes Kind fast totzuschlagen?

Der kleine Junge hatte Gabriel geheißen.

Levin musste herausfinden, was mit ihm geschehen war. Er war erst bei Pflegeeltern gewesen, dann hatte ihn jemand adoptiert, aber sie wusste nicht, wer und warum, und hoffte, dass die Analytiker die Antwort gefunden hatten. Trotz ihrer Proteste hatte sie die Anweisung erhalten, Thord Seger erneut aufzusuchen, um weitere Informationslücken zu schließen. Dieses Mal wollte sie jedoch besser vorbereitet sein.

»Hallo. Entschuldigen Sie, dass ich zu spät komme, ich musste rasch noch etwas erledigen«, sagte die Analytikerin, die, wenn sich Pia recht entsann, Lena hieß.

Pia Levin nickte. Die Frau zog einen dicken, leicht verfilzten Pullover aus und hängte ihn über die Lehne ihres Stuhls. Levin stieg der Geruch von frischer Luft und Zigaretten in die Nase; vermutlich war sie gerade zum Rauchen vor der Tür gewesen.

»Sie haben umfangreiche Hintergrundinformationen über die Familie Seger angefordert, nicht wahr?« Lena setzte sich schwer auf den Tisch. »Ich habe da einiges für Sie zusammengestellt.«

»Ich brauche alles, was es über Seger gibt«, sagte Levin. »Was haben Sie herausgefunden?«

Die Analytikerin musterte Levin über den Rand ihrer Brille hinweg. Sie beugte den Kopf vor und zog die Brauen hoch.

»Jetzt muss ich Ihnen aber doch mal sagen, dass …«

Levin riss der Geduldsfaden schneller als sonst.

»Wären Sie so nett, mir einfach die Informationen zu geben? Ich habe auch noch anderes zu tun.«

Die Analytikerin zog die Brauen noch höher und nahm Anlauf. Aber Levin kam ihr zuvor.

»Mir ist klar, dass Sie hier sehr viel zu tun haben, aber mir geht es ebenso. Damit wir uns jetzt also nicht gegenseitig die Zeit stehlen, wäre es gut, wenn ich die angeforderten Unterlagen bekommen könnte. Schließlich handelt es sich um eine gemeinsame Ermittlung, oder?«

»Natürlich. Bitte schön.«

Die Frau schien die Streitaxt begraben zu haben und hielt Pia nonchalant eine dicke Mappe hin, ehe diese sie jedoch ergreifen konnte, ließ sie sie fallen.

Sie knallte zu Boden. Einige Leute sahen zu ihnen herüber.

»So was«, sagte die Analytikerin und lächelte unschuldig.

Levin legte übertrieben langsam die Tasche beiseite, die sie auf dem Schoß gehabt hatte, und hob die Mappe auf. Dann nahm sie wieder ihre Tasche und verließ wortlos den Raum.

Auf dem Weg nach Hause holte sie sich eine Pizza. Als sie sie aufgegessen hatte, ließ sie den schmutzigen Teller und das Besteck unsanft in die Spüle fallen. Sie hatte den salzigen Geschmack des Käses im Mund und den Geruch von billigem, erwärmtem Schinken in der Nase. Die Pizzaschachtel legte sie auf das schmutzige Geschirr, damit sie es nicht sehen musste.

Sie goss sich ein Glas Wein aus dem Karton ein, trank ein paar Schlucke im Stehen, betrachtete das Glas, trank noch einen Schluck und füllte das Glas dann wieder bis zum Rand.

Zwei Mappen warteten auf sie auf dem Tisch vor dem Sofa. Sie griff zur Fernbedienung, und der Raum wurde von leiser Musik erfüllt, die sie mit Bedacht ausgewählt hatte. Dann setzte sie sich aufs Sofa.

Das Urteil oder die Hintergrundinformationen? Ihr Blick wanderte zwischen den beiden Dokumenten hin und her. Sie wählte das Urteil.

Sie las es langsam einmal und dann noch ein weiteres Mal. Immer dasselbe, immer wieder dieselbe Geschichte. Dass das nie ein Ende nimmt, dachte sie, lehnte sich auf dem Sofa zurück und schloss die Augen, um sich diesen Tag auszumalen.

Spätabends kommt ein junges Paar ins Krankenhaus. Ihr Sohn, der erst ein paar Monate alt ist, leidet unter Atemnot.

Er schreit nicht, sondern ist fast leblos. Sein Kopf hängt herab. Die jungen Eltern haben Angst. Der Vater, ein blonder, durchtrainierter Jüngling, trägt das Kind auf dem Arm. Die Mutter eilt hinter ihm her in die Notaufnahme. Sie schreit. Eine Krankenschwester rennt herbei, und dann geht alles ganz schnell. Das Ärzteteam kümmert sich um den Jungen und verschwindet mit ihm aus der Sicht der Eltern. Das dunkle Haar der Mutter hängt vor ihren Augen, die von mit Tränen vermischtem Make-up umrahmt sind. Sie weint verzweifelt, bis sich eine Schwester um sie kümmert, ihr ein Beruhigungsmittel verabreicht und sie in den Arm nimmt. Das heilsame Zusammenspiel von Mitmenschlichkeit und einem Beruhigungsmittel bringt sie schließlich dazu, sich auf eine Pritsche im Warteraum zu legen. Die Schwester streicht ihr über die Wange und redet tröstend auf sie ein. Vielleicht verspricht sie ihr, alles werde wieder gut. Gabriel werde durchkommen. Welch schrecklicher Unfall. Es sei nicht ihre Schuld, es sei ein Unfall.

Der Vater, der junge Seger, sagt nichts. Er starrt nur auf die Tür, durch die die Ärzte mit seinem Kind in das Labyrinth des Krankenhauses verschwunden sind. Er schweigt und starrt. Die Schwester versucht, mit ihm zu sprechen, aber er sieht sie nur mit abwesendem Blick an und wendet sich dann wieder zur Tür mit der Milchglasscheibe und der Aufschrift: »Kein Zutritt für Unbefugte«.

Die Zeit vergeht.

Die Tür wird geöffnet, und ein Arzt in weißem Kittel erscheint aus dem mysteriösen Inneren. Mit unergründlicher Miene sieht er sich im Warteraum um. Schließlich begegnet er Johan Segers Blick. Er geht sofort auf die Schwester zu, die neben der Mutter sitzt. Leise spricht er mit ihr, und sie dreht sich zu Johan Seger um. Sie sieht ihn an, sagt aber nichts.

Dann geht sie zu der kleinen Empfangstheke und greift nach dem Telefon. Die Schwester streckt ein Bein nach hinten, um nicht das Gleichgewicht zu verlieren, während sie sich über die Theke beugt. Sie zieht das Telefon zu sich heran, wählt eine Nummer und spricht leise. Die junge Mutter ist auf der Pritsche eingeschlafen. Das schwarze Haar hängt vor ihrem Gesicht. Johan Seger geht plötzlich auf die schlafende Petra zu und betrachtet sie. Er steht ein paar Sekunden so da, dann setzt er sich ganz außen auf die Kante der Pritsche.

Und wartet.

Die beiden Polizisten, die durch die Tür kommen, tragen Uniform. Einer von ihnen nimmt die Mütze ab, der andere behält sie auf, während er sich mit dem Arzt unterhält, der nach längerer Abwesenheit wieder auf der Bildfläche erschienen ist.

Der Beamte ohne Mütze nähert sich langsam Johan Seger, der immer noch wie sprungbereit auf der Pritschenkante sitzt. Petra Jonsson schläft tief. Er bittet Johan, ihn zusammen mit dem Arzt in ein Nebenzimmer zu begleiten. Er müsse sich um Petra keine Sorgen machen, sie sei in guten Händen.

Wortlos folgt er dem Polizeibeamten und nimmt auf Aufforderung an einem Tisch Platz. Der Arzt befragt Johan mit finsterer Miene über die Vorkommnisse. Wie hat sich der Junge die Verletzungen zugezogen? Langsam und sorgfältig macht er sich Notizen und bittet Johan gelegentlich, das Gesagte zu wiederholen.

Als Johan Seger geendet hat, erläutert der Arzt, dass die Verletzungen des Jungen nicht wie von Johan beschrieben entstanden sein könnten. Die eingedrückten Lungen und die blauen Flecken auf Hals und Rücken ließen eindeutig auf Misshandlung schließen. Ob der Junge überleben werde, sei ungewiss, und wenn ja, würde er wahrscheinlich bleibende Schäden davontragen. Das Gehirn sei geschädigt. Vielleicht werde der Junge nie gehen können. Vielleicht werde er erblinden.

Johan Seger zeigt keine Gefühle. Er sagt nur, er könne den Worten des Arztes nicht folgen, alles sei so gewesen, wie er es erzählt habe. Er wolle seinen Sohn sehen. Wolle ihn anfassen, den kleinen, weichen Körper spüren und ihn im Arm halten.

Er darf es nicht. Der Beamte fordert ihn auf, ihn zu begleiten.

Er bittet darum, Petra wecken und ihr alles erklären zu dürfen, ihr sagen zu dürfen, alles sei ein Missverständnis. Sie solle schon nach Hause fahren, er komme nach.

Er darf sie nicht wecken und auch nicht seinen Sohn sehen.

Das sind für ein ganzes Jahr Johan Segers letzte Stunden in Freiheit. Er wird seinen Sohn nie wiedersehen.

Die Verhandlung gegen ihn ist unkompliziert. Die Aussage des Arztes und die dokumentierten Verletzungen des Jungen reichen für eine Verurteilung aus. Petra Jonsson befindet sich im Schockzustand und ist nicht ansprechbar. Johan Seger plädiert auf unschuldig und schweigt während des restlichen Prozesses. Das Gericht kommt zu dem Schluss, dass er wahrscheinlich die Selbstbeherrschung verloren hat, nachdem der kleine Gabriel mehrere Tage am Stück geschrien hat. Als mildernden Umstand gesteht man ihm zu, dass beide Eltern erschöpft und in dieser Rolle unerfahren gewesen seien. Die Misshandlungen seien jedoch so massiv und umfassend gewesen, dass als Strafe nur Jugendarrest in Frage komme. Außerdem habe der Junge alte Verletzungen aufgewiesen, die ihm vermutlich ebenfalls von seinem Vater zugefügt worden seien.

Johan Seger legt keine Berufung ein, obwohl sein Verteidiger versucht, ihn dazu zu überreden.

Pia Levin öffnete langsam die Augen. Habe ich geschlafen?, dachte sie und sah sich verwirrt im Zimmer um. Die Musik war verstummt, und nur das Brummen des Kühlschranks war zu hören. Gedanken, die Johan Seger betrafen, drifteten in ihrem Kopf herum, als sie versuchte, sich auf die Uhr der Mikrowelle zu konzentrieren, die vom Sofa aus zu sehen war. 4.38 Uhr. Das Weinglas war leer. Der Geschmack von Metall und altem Käse im Mund verursachte ihr Übelkeit. Mit größter Mühe schlurfte sie ins Badezimmer. Ihr Spiegelbild verhöhnte sie, und Zähneputzen half nur wenig. Sie warf ihre Kleider auf den Boden und zog die Decke bis zum Kinn nach oben, nachdem es ihr zu guter Letzt gelungen war, ins Bett zu kriechen. Bevor sie einschlief, hatte sie wieder das deutliche Bild des kleinen misshandelten Jungen vor Augen. Tränen traten ihr in die Augen, liefen über die Wange und durchnässten das Kissen.

Holtz drehte den blauglasierten, viereckigen Blumentopf hin und her. Mit dem Baum war etwas nicht in Ordnung. Die Blätter waren zur Spitze hin fast durchsichtig, und er wirkte überhaupt recht welk. Er befühlte die Erde, drückte vorsichtig darauf. Sie gab nicht nach. Der untere Teil des Baumstammes war dick und wohlgeformt, die Rinde deutlich gemasert. Einige über der Erde verlaufende Wurzeln, die von einer dichten Moosmatte umgeben wurden, verstärkten die Illusion eines großen Baumes auf einer Waldlichtung, obwohl der Baum nur zwanzig Zentimeter über die Kante des Topfes ragte. Holtz hatte den Baum jetzt so lange gehegt und gepflegt, die Blätter abgeknipst und seine Äste mit Draht umwickelt, dass er fast so etwas wie freundschaftliche Gefühle für ihn hegte. Keine oberflächliche Freundschaft, sondern eine, die über lange Zeit gewachsen und nicht fordernd oder einschmeichelnd war.

Er wusste nicht, was dem Baum fehlte, und das beunruhigte ihn. Er hatte den Verdacht, dass er ihn zu viel gegossen hatte oder dass die Wurzeln keine Nahrung aus der Erde aufnehmen konnten, weil sie zu feinkörnig war. Wahrscheinlich brauchte er frische, etwas gröbere Erde, aber Umtopfen war immer ein schwieriges Projekt. Da ein Bonsai immer gerade genug Wurzeln besaß, um die Wasserversorgung zu gewährleisten, war jeder Eingriff riskant und konnte zur Folge haben, dass er einem Schock erlag. Aber wenn er nichts unternahm, starb die Pflanze vielleicht trotzdem. Er drehte den

Baum noch einmal hin und her und stellte ihn dann an seinen Platz zurück. Das muss warten, dachte er und ging eine Weile im Haus herum, bis er wie immer am Küchentisch landete. Er schlug die Tageszeitung auf, für die er am Morgen keine Zeit gehabt hatte, und blätterte sie rasch durch. Nichts von Interesse. Erst bei den Todesanzeigen hielt er inne und begann zu lesen. Die ganze Zeit störte ihn allerdings das Gefühl, etwas übersehen zu haben. Als er mit den Anzeigen fertig war und zum Wetterbericht überging, der eine weitere Erwärmung prognostizierte, fiel es ihm ein. Er faltete die Zeitung zusammen und ging in die Diele, wo er seine Tasche liegen hatte. Er blätterte die Papiere durch, bis er fand, was er suchte.

Mit der blauen Mappe in der Hand kehrte er in die Küche zurück.

Es klingelte. Das Geräusch kam aus dem Badezimmer. Sein Handy lag auf der Ablage über dem Waschbecken neben dem Rasierschaum. Das Telefon verstummte, noch ehe er drangehen konnte. Er fluchte halblaut. Neben dem Rasierschaum stand ein Plastikbecher, auf dem Nashörner abgebildet waren. In diesem Becher stand eine rote Zahnbürste neben seiner schwarzen. Er nahm die rote, hielt sie in der Hand und fuhr dann mit dem Finger über die glatte Oberfläche und über die Borsten. Sie war fast neu. Seufzend warf er die Zahnbürste in den Mülleimer unter dem Waschbecken und verließ dann mit dem Handy das Badezimmer. Er sah, dass Linda versucht hatte, ihn anzurufen. Er betätigte die Rückruftaste und hoffte, sie würde drangehen.

Eine Stunde später klingelte es an der Tür. Er hatte sich gekämmt, ein frisches Hemd angezogen und zwei Gläser und eine Flasche auf den Tisch gestellt, dazu Salzgebäck und einen Käse, den er überraschenderweise neben einigen überreifen Tomaten im Kühlschrank gefunden hatte.

»Hallo, Papa«, sagte Linda und umarmte ihn lächelnd. Er atmete ihren Geruch ein und fühlte sich erleichtert.

»Hallo, Liebes. Wie schön, dass du mich besuchst. Komm rein. Ich habe was zum Knabbern hingestellt.«

»Das wäre nicht nötig gewesen, aber trotzdem vielen Dank.«

Er nahm ihre Jacke und hängte sie auf. Sie setzten sich an den Tisch. Die Unterhaltung verlief anfänglich etwas zäh, da sie beide versuchten, heiklen Themen auszuweichen. Das war ein neues und seltsames Gefühl, weil er immer ein offenes und enges Verhältnis zu seinen Töchtern gehabt hatte. Vielleicht war seine Beziehung zu Linda noch enger gewesen als die zu Eva.

»Wie geht es dir, Papa?«

»Ganz gut, wie immer, vermute ich. Zahnschmerzen, aber ich werd's überleben. Und wie steht's mit dir?«

»Gut. Aber ich wollte wissen, wie es dir geht.«

Er erwog nach bewährtem Muster den starken Vater herauszukehren, dem nichts etwas anhaben konnte und der alle Probleme bewältigte.

Sie schenkte sich und ihm Wein nach.

»Na, einigermaßen. Oder eigentlich eher lausig«, sagte er dann mit etwas mehr Selbstmitleid in der Stimme, als ihm lieb war.

Sie trank einen großen Schluck Wein, schob einen Cracker in den Mund und nickte verständnisvoll.

»Erzähl.«

»Tja, ich weiß nicht, wo ich anfangen soll.«

»Fang mit Nahid an.«

»Sie ist weg. Sie hat mich und das Land verlassen.«

Sie half ihm nicht weiter auf die Sprünge, und er erzählte von sich aus von dem Treffen im Restaurant und von ihrem Entschluss, in den Iran zu ziehen. Wahrscheinlich würde er sie nie wiedersehen. Den Besuch von Nahids Vater verschwieg er allerdings. Aus irgendeinem Grund fand er das peinlich.

»Aber du findest es doch vermutlich gut, dass sie weg ist?«, fragte er.

Linda sah aufrichtig erstaunt und zugleich gekränkt aus.

»Warum sollte ich?«

»Eva und du wart doch nicht gerade begeistert davon, wie sich die Dinge entwickelten.«

»Wie kommst du denn auf die Idee? Ich habe mich für dich gefreut, und zwar sehr.«

»Ach? Und warum habt ihr mich dann nicht mehr besucht? Und warum habt ihr nie eure Meinung gesagt?«

»Ich kann nur für mich sprechen, aber ich wollte mich nicht aufdrängen. Schließlich war alles so neu, und ich nahm an, dass ihr eure Ruhe haben wolltet. Dass ihr euch erst richtig kennenlernen wollt, bevor wir hier reinstiefeln. Und was hätten wir schon groß sagen sollen?«

»Dass es okay ist, beispielsweise.«

»Aber Papa«, rief sie. »Das geht uns doch nichts an. Genauso wenig wie dich unser Leben etwas angeht, in dieser Hinsicht, meine ich.«

»Du meinst also, dass du nichts gegen Nahid einzuwenden hattest. Nahid und mich, also.«

»Nein, wirklich nicht, und ich bin mir ziemlich sicher, dass Eva das auch so sieht.«

»Was hat sie denn gesagt?«

»Nichts. Wir haben uns nie darüber unterhalten. Warum hätten wir das auch tun sollen?«

Er hob geistesabwesend sein Weinglas an den Mund und lachte, als er merkte, dass es leer war. Seine Tochter lachte ebenfalls.

»Ich komme mir so lächerlich vor«, sagte er, als er sich wieder beruhigt hatte.

»Weißt du, Papa, es dreht sich nicht immer alles nur um dich.«

»Nein, vermutlich nicht.«

Sie saßen lange am Tisch, und bald hatte er das Gefühl, dass alles so war wie immer. Nachdem sie über die Probleme bei der Arbeit, den kränklichen Bonsai und das wechselhafte Wetter gesprochen hatten, beschloss Ulf Holtz, endlich die Frage zu stellen.

»Was machst du an Weihnachten?«

Sie zuckte mit den Achseln.

»Keine Ahnung. Wie du weißt, ist Weihnachten nicht so mein Ding.«

»Kannst du nicht zusammen mit Eva hierherkommen, so wie früher?«

Sie machte eine nachdenkliche Miene.

»Warum nicht? Ich habe zwar keine Ahnung, was Eva vorhat, aber natürlich gerne, solange ich nicht eine Unmenge Geschenke besorgen muss. Du weißt, dass ich nie Weihnachtsgeschenke kaufe, und ich habe auch nicht die Absicht, jetzt damit anzufangen.«

»Wir verzichten auf die Geschenke. Ich koche, und ihr kommt her, alles ganz unkompliziert«, meinte er und spürte, wie seine Lebensgeister zurückkehrten.

»Okay. Ich frage Eva. Aber jetzt muss ich los.« Linda sah demonstrativ auf die Uhr.

Als sie gegangen war, war er ausgezeichneter Laune. Er warf sich aufs Sofa und streckte die Hand nach der Fernbedienung aus. In diesem Augenblick entdeckte er die Mappe, die auf dem Couchtisch lag. Er öffnete sie und nahm den Nachruf heraus, den er einige Tage zuvor ausgeschnitten hatte.

Er las ihn sorgfältig und führte anschließend ein paar Telefongespräche.

Darum muss ich mich morgen früh als Erstes kümmern, dachte er und ging vor dem Zubettgehen ins Badezimmer. Er rasierte sich und wusch sich das Gesicht, erst mit warmem dann mit kaltem Wasser. Dann cremte er sich das Gesicht mit einer Creme ein, von der die Verkäuferin behauptet hatte, sie bewahre die Jugendlichkeit und Spannkraft der Haut.

Während er die Zähne putzte, betrachtete er sich im Spiegel. Er dachte über seine Mängel und Vorzüge nach und nahm sich vor, in Zukunft keine übereilten Schlüsse mehr zu ziehen. Jedenfalls nicht, was sein eigenes Leben betraf.

Er knipste das Licht aus, machte es dann aber wieder an. Er nahm die rote Zahnbürste aus dem Mülleimer und stellte sie wieder neben seine eigene schwarze in den Zahnputzbecher mit den Nashörnern. Warum ausgerechnet Nashörner, überlegte er und löschte endgültig das Licht.

Thord Seger lächelte, als er die Tür öffnete. Pia Levin, die sich vorgenommen hatte, professionell und nicht zu familiär aufzutreten, wurde sofort unsicher.

Sie erwiderte das Lächeln.

»Da könnte ich mich glatt dran gewöhnen«, meinte er und bat sie einzutreten. Lord Nelson eilte schwanzwedelnd herbei. Sie streichelte ihm den Kopf. Damit schien er sich zu begnügen. Er verschwand in die Küche.

Sie fühlte sich sofort zu Hause, als sie in die Wärme gekommen war und ihre Jacke aufgehängt hatte. Das Feuer im offenen Kamin brannte lichterloh, und Levin vermutete, dass Thord Seger eben erst Holz nachgelegt hatte.

»Ich will nicht lange bleiben. Ich habe nur ein paar ergänzende Fragen.«

»Ich beantworte natürlich gerne alle Fragen, soweit ich das kann. Alles, was ein Licht darauf wirft, was geschehen ist, und der Polizei hilft, den Mörder meines Sohnes zu finden, ist natürlich gut. Bitte nehmen Sie doch Platz«, sagte er.

Pia Levin hatte im Laufe der Jahre viele Menschen getroffen, die einen Angehörigen durch einen Unfall oder ein Verbrechen verloren hatten. Sie wusste, dass es keine Regel gab, keine Standardreaktion. Manche Angehörige wurden apathisch, andere hysterisch, und viele weigerten sich, die Nachricht zu glauben. Bisher hatte sich aber noch niemand so benommen wie Thord Seger. Er war gefasst und neugierig, statt bestürzt und betrübt.

»Es ist natürlich gut, dass Sie das so sehen«, erwiderte sie und nahm auf einem der schwarzen Ledersessel Platz, die vor dem Fenster mit Blick aufs Meer standen. Der Tag war grau und windstill. Wasser und Himmel verschmolzen, und dort, wo Grau auf Grau stieß, ließ sich der Horizont erahnen.

»Sie haben eine fantastische Aussicht. Wohnen Sie schon lange hier?«

»Fast zwanzig Jahre. Sechzehn, um genau zu sein.«

»Dann müssen Sie ungefähr zu jener Zeit hierher gezogen sein, als …«

»Im Jahr darauf. Wie Sie wissen, verschwand Johan, kurze Zeit nachdem er aus der Haft entlassen worden war. Kerstin verließ mich wenig später.«

»Sie sind allein hierher gezogen?«

»Ja, genau.« Zum ersten Mal merkte sie der sonst so gleichmütigen Stimme an, dass ihn etwas berührt hatte. »Ich hole uns was zu trinken.«

»Danke, aber ich bleibe nicht lang.«

»Aber ein Glas hausgemachten Sirup trinken Sie doch?«

»Gerne.«

Sie blickte aufs Meer und dachte an den jungen Mann, auf dem plötzlich die Verantwortung eines Erwachsenen gelastet hatte, an die junge Mutter, an die Kindesmisshandlung und daran, wie das Leben aller aus der Bahn geworfen worden war.

Thord Seger kehrte mit einem Tablett und zwei Gläsern zurück und beugte sich vor, um es auf den niedrigen Tisch zu stellen.

»Was ist aus Gabriel geworden?«, fragte sie.

Er antwortete nicht. Seine Miene verriet nichts, aber an den Gläsern sah sie, dass seine Hände leicht zitterten. Die roten Getränke schwappten etwas hin und her.

Er stellte das Tablett ab und setzte sich neben sie.

»Wie bitte?«

»Was ist aus Gabriel geworden, aus Johans Sohn?«

»Das weiß ich nicht«, antwortete er rasch.

»Sie wissen nicht, was aus Ihrem eigenen Enkelkind geworden ist?«

»Ich weiß natürlich, dass er zur Adoption freigegeben wurde, aber ich weiß nicht, wer ihn adoptiert hat. Das meinte ich.«

»Sie haben keine Ahnung?«

»Nein. Ich habe auch nie versucht, es herauszufinden.«

»Warum nicht?«

Er schwieg eine geraume Weile. Sie sah, dass er nachdachte. Er zögerte.

»Warum nicht?«, fragte sie noch einmal.

»Gabriel wäre beinahe gestorben. Das wissen Sie? Mein Sohn hätte beinahe mein Enkelkind getötet. Ich habe mich geschämt. Ich weiß, dass das irrational ist, aber ich empfand solche Scham und solche Schuld, dass ich es einfach geschehen ließ. Die Adoption war vermutlich das Beste für ihn. Er sollte nie an uns erinnert werden, an die Familie, die ihm so viel Leid zugefügt hat.«

Er beendete den Satz flüsternd.

Pia Levin befürchtete, dass er verstummen würde. Sie beugte sich vor und legte ihm eine Hand auf den Arm.

»Ich verstehe. Das tut mir aufrichtig leid. Sie haben also überhaupt keine Ahnung, was aus Gabriel geworden ist?«

»Nein. Ich weiß nicht einmal, wie er heute heißt.«

»Und Johan, wie oft haben Sie ihn getroffen, nachdem er hier ausgezogen war?«

»Wir haben uns nie wieder gesehen. Ich habe nichts von ihm gehört und habe auch keinen Versuch unternommen, ihn ausfindig zu machen. Und jetzt ist es dazu zu spät«, sagte er und erhob sich hastig. »Ich habe einiges zu tun. Hatten Sie noch weitere Fragen?«

»Nein. Im Augenblick nicht, aber vielleicht darf ich noch mal wiederkommen, falls noch etwas auftauchen sollte?«

»Natürlich.«

Er begleitete sie zur Tür und half ihr in die Jacke.

Auf dem Weg nach draußen drehte sie sich zu ihm um.

»Möchten Sie, dass ich in Erfahrung bringe, was aus Gabriel geworden ist?«

»Nein. Ich will, dass Sie ihn in Frieden lassen. Er lebt ein den Umständen entsprechend gutes Leben und weiß wahrscheinlich nichts über seinen Hintergrund. Lassen Sie ihn in Ruhe«, sagte er mit Nachdruck. In diesem Augenblick erschien Lord Nelson, als hätte er die Veränderung der Stimmung gespürt.

Sie nickte nur. Dann gab sie Thord Seger die Hand, tätschelte dem Hund den Kopf, drehte sich um und ging. Nach ein paar Metern sah sie sich noch einmal um. Die Tür war geschlossen.

Langsam ging sie zum Auto zurück. Sie genoss das kühle Wetter und holte ein paar Mal tief Luft. Seltsam, dachte sie, sehr seltsam.

Sie stieg ein und ließ den Motor an. Auf dem Beifahrersitz lag die Mappe, die sie während ihres Besuches im Auto gelassen hatte. Sie klappte sie auf und nahm einige von ihr mit roten Haftnotizen markierte Blätter heraus.

»Adoptionszentrum« stand ganz oben auf dem Papier. In der Mitte war ein großer rechteckiger roter Stempel: »Streng vertraulich«.

Sie blätterte weiter und las die ersten Zeilen der zweiten Seite: »Beschluss betreffend die Adoption von Gabriel Seger«.

Ellen Brandt war verspätet. Im Saal herrschte wie immer eine ausgelassene Stimmung. Pläne für das Wochenende wurden lebhaft diskutiert. Pia Levin saß allein an der schmalen Seite des Tisches und überlegte, ob sie zu der Besprechung etwas beizutragen hatte. Sicherheitshalber notierte sie sich ein paar Stichworte.

Brandt stürmte in den Raum und nahm gegenüber von Levin Platz.

»Entschuldigt die Verspätung. Sind alle da?« Sie wartete die Antwort nicht ab. »Mal sehen. Will jemand anfangen?«

Alle schwiegen.

»Okay, dann trage ich vor, was sich bislang ergeben hat. Wie ihr sicher wisst, wurde ein geheimer Raum in dem Hauptquartier der Neonazis entdeckt.«

»Adlerhorst, heißt es nicht so?«, fragte der hinzugezogene Beamte von den Wirtschaftsstrafsachen.

»Doch, oder es hieß so, muss man wohl eher sagen. Ich vermute, dass ihr alle wisst …«

»Dass wir angeschmiert sind«, fuhr der Ermittler fort, und alle am Tisch außer Brandt und Levin begannen zu lachen.

In diesem Augenblick betrat C. den Raum, und das Gelächter verstummte.

»Ich hoffe, das hier ist noch eure Mittagspause, denn in der Arbeitszeit gibt es nichts mehr zu lachen.«

Alle schwiegen, da sie unsicher waren, ob es wirklich als Witz gemeint war.

»Ich will nicht stören«, fuhr C. mit einer Miene fort, die nicht erkennen ließ, was sie wirklich dachte.

Die Ermittlungslage sei recht gut, meinte Brandt. Johan Segers Tod würde noch einiges an Arbeit erfordern. In den letzten Tagen habe die operative Leitung mehrere denkbare Szenarien entworfen. Jetzt gehe es nur noch darum, die Arbeit zu verteilen und zuzusehen, dass sie erledigt werde.

»Wie immer ist es wichtig, genauestens in alle Richtungen zu ermitteln. Wie ihr wisst, sind die uns zur Verfügung stehenden Mittel begrenzt. Die Neonazispur ist die Hauptspur.« Sie bat den Chef der Analyseabteilung fortzufahren.

»Es ist euch bestimmt bekannt, dass es schon früher Auseinandersetzungen zwischen verschiedenen Neonazigruppierungen gegeben hat. Sie waren also sehr damit beschäftigt, sich gegenseitig zu bekämpfen. Unserer Einschätzung nach hatten diese Streitigkeiten jedoch aufgehört. Die Information, die wir von unseren Kollegen von der Sicherheitspolizei auf der anderen Seite des Innenhofs erhalten haben, ist eindeutig. Johan Seger, oder Styrbjörn Midvinter, wie er sich selbst nannte, gelang es, die verschiedenen Fraktionen zu vereinen und zum Verzicht auf ihre aggressivsten Forderungen zu bringen. So erhielt seine Bewegung eine breitere Basis. Meiner Einschätzung nach gab es vielleicht doch noch einen Flügel, der seinen Führungsanspruch nicht anerkannte und ihn ganz einfach eliminierte.«

»Und wie soll sich das zugetragen haben?«, fragte der Chef der Antiterroreinheit, der ungewöhnlicherweise bei der allgemeinen Besprechung zugegen war.

»Pia, du könntest etwas dazu sagen«, schlug Brandt vor.

Pia Levin zuckte zusammen, da sie in Gedanken woanders gewesen war, fing sich aber rasch.

»Wir sind ziemlich sicher, dass der Schütze auf dem Platz stand und von dort mit einer Armbrust schoss. Er könnte sich hinter anderen Personen versteckt haben. Es reicht, dass fünf bis zehn Personen zur Tarnung eine Mauer vor einem Schützen bilden und beiseitetreten, wenn dieser schießt. Wir haben eine Rekonstruktion durchgeführt und …«

»Aber gab es nicht Spuren von einer Person, die neben dem Weg gewartet hat?«, fragte der Antiterrorchef weiter.

»Doch. Aber wenn man sich die Bilder des Marsches ansieht, hält niemand etwas in den Händen. Wir haben das überprüft. Niemand durfte etwas anderes als Blumen und Fackeln mit sich führen, keinesfalls eine große Tasche, weil das bei der Zeremonie unpassend gewesen wäre. Man kann sich also vorstellen, dass der Schütze wartete, bis es Zeit war, dann durch den Wald ging und sich zum Fußballplatz begab, als alle dort waren.«

»Und anschließend? Nach dem Schuss?«

»Es dürfte ein Leichtes gewesen sein, auf demselben Weg zu verschwinden. Hunderte von Menschen befanden sich dort und vernichteten alle Spuren. Nicht zuletzt die Hunde und Hundeführer«, sagte Levin.

»Wie gesagt ist das unsere Hauptspur, aber wir dürfen natürlich die anderen Möglichkeiten nicht aus den Augen verlieren«, meinte Brandt.

»Und wie sieht es mit diesen Irren von der Linken und dem Autonomen Schwarzen Block aus?«, wollte einer der Versammelten wissen.

»Wir überprüfen sie gemeinsam mit der Sicherheitspolizei, haben aber bisher nichts von Belang gefunden«, erklärte der Analysechef.

»Nun denn. Wenn niemand mehr etwas beizutragen hat, dann kehren wir zu unserer Arbeit zurück«, sagte Brandt.

Alle erhoben sich eilig, und Gelächter mischte sich in die Unterhaltungen, während sich der Saal leerte.

C. beugte sich zu Brandt vor.

»Kannst du zu mir hochkommen und Levin mitbringen?« Sie eilte aus dem Raum.

Brandt nickte und rief Levin zu sich, die noch nicht gegangen war.

»Wir sollen hoch zu C. Wo ist übrigens Holtz?«

»Beim Zahnarzt.«

Ulf Holtz starrte in den blauweißen Schein und versuchte, den Worten des Mannes zu folgen. Er vermutete, der Zahnarzt redete einfach so drauflos. Aber vielleicht lag es auch an der Betäubung, dass er nichts begriff, und nicht an dem unverständlichen Englisch des Zahnarztes, dachte Holtz, während er eine Antwort brummelte.

Zu guter Letzt hatten ihn die Schmerzen dann doch dazu bewogen, Hilfe zu suchen. Er war in einer der billigen Praxen in der Innenstadt gelandet, in der die Ärzte nur einige Monate arbeiteten, dann in ihre Heimat zurückkehrten und von anderen abgelöst wurden. Er hatte noch nie einen eigenen Zahnarzt gehabt, und die Anzeige in der Zeitung, die rasche, professionelle und preiswerte Hilfe versprach, hatte ihn schließlich zu diesem Schritt veranlasst.

Der Zahn war entzündet. Er hatte zwischen Entfernung des Zahnes und Wurzelfüllung wählen dürfen und sich für Ziehen entschieden. Jetzt überlegte er, wie weise diese Entscheidung wohl gewesen war. Würde man sehen, dass ihm ein Zahn fehlte? Würde er aussehen wie ein alter Mann? Der Zahnarzt hatte ihm versichert, niemand würde etwas merken, da es sich um den hintersten Zahn handele.

Jedenfalls glaubte er, dass der Zahnarzt das gesagt hatte.

Er schloss ganz fest die Augen und versuchte, an etwas anderes zu denken, als ihn der Arzt bat, den Mund ganz weit zu öffnen, und sich daranmachte, ihn von dem Zahn und den Schmerzen zu befreien.

Wenig später ging er eine schmale Gasse entlang und betrachtete die Türen, an denen er vorbeikam. Sie waren alt, aus Holz und mit Schnitzereien verziert. Die bohrenden Zahnschmerzen waren von einem dumpfen Schmerz abgelöst worden, der vermutlich allmählich abklingen würde. Trotz der Betäubung hatte es fürchterlich weh getan. Er glaubte, dass er laut geschrien hatte. Aber der Zahnarzt hatte sich nicht beirren lassen und vollkommen ungerührt ausgesehen, während er mit einer Zange und einem Metallspieß den Zahn gelockert hatte. Jetzt war es jedenfalls vorbei. Ab und zu fuhr er mit der Zungenspitze über die Lücke ganz hinten im Oberkiefer. Dann durchzuckte ihn zwar jedes Mal ein Schmerz, aber er konnte es trotzdem nicht lassen. Seine Zunge schien einen eigenen Willen zu haben und sich nicht kontrollieren lassen zu wollen.

Er hatte Pia Levin gesagt, er sei den ganzen Tag unterwegs, deswegen hatte er es nicht eilig, ins Präsidium zurückzukehren. Den Weg vom Zahnarzt zum Büro legte er zu Fuß zurück, bog dann aber, als er ans Wasser gelangte, Richtung Süden ab. Zum ersten Mal seit langem war er mit seinem Dasein wieder halbwegs zufrieden.

Es hatte am Morgen wieder zu schneien begonnen. Er wusste, dass er für einen langen Spaziergang falsch gekleidet war, aber das kümmerte ihn nicht. Die dicken, weißen Flocken schmolzen auf seinem Gesicht, und der Mantel wurde an den Schultern nass. Wo er schon einmal hier war, konnte er genauso gut kontrollieren, was ihm schon seit Tagen keine Ruhe ließ. Er zog einen Zettel aus der Innentasche und überprüfte noch einmal die Adresse, die ihm ein Fahnder, den er schon lange kannte, gegeben hatte.

Holtz beschleunigte seine Schritte und bog in eine der

schmalen Gassen ab, während er mit dem Blick nach der richtigen Hausnummer suchte.

Der Laden lag im Keller, eine steile Treppe führte ins Dunkel. Er zögerte einen Augenblick, ging dann aber die wenigen Schritte nach unten, öffnete und trat ein.

Ein kleines Glöckchen klingelte, als die Tür hinter ihm zufiel.

C.s Büro war ein Eckzimmer mit Fenstern in zwei Himmelsrichtungen. Auf dem Boden lag ein dicker, geräuschdämmender Teppich, den sie, als sie Polizeichefin geworden war, hatte verlegen lassen. Sie verabscheute das Geklapper von Absätzen, und da der größte Teil des Personals im obersten Stockwerk des Präsidiums aus Frauen bestand, zivilen Angestellten, die darauf beharrten, hochhackige Schuhe zu tragen, war ihr der Teppich wichtig gewesen. Bei dieser Gelegenheit hatte sie dann auch gleich die dunklen, durchgesessenen Polstermöbel durch modernere und hellere ersetzt. C. hatte nicht die Absicht, ihren Chefsessel so bald wieder zu räumen, und fand, es stehe Leuten in ihrer Position zu, über die Gestaltung des eigenen Büros zu entscheiden.

Sie saß an ihrem großen, aufgeräumten Schreibtisch, als Pia Levin und Ellen Brandt von der Sekretärin in dem kleinen Vorzimmer hereingeschickt wurden.

»Setzt euch«, sagte C.

Nachdem sie Platz genommen hatten, trat die Sekretärin mit einem Tablett mit Kaffee und einer kleinen Obstschale ein, stellte alles auf den Tisch, verließ leise wieder das Zimmer und schloss die Tür hinter sich.

Levin blickte ihr hinterher und wollte schon sagen, sie könne sich ihren Kaffee auch gut selbst holen, ließ es dann aber bleiben.

»Der Brand. Dürfte ich um eine Erklärung bitten«, sagte C., goss sich eine Tasse Kaffee ein und lehnte sich im Sessel zurück.

»Vermutlich ist es das Beste, wenn du anfängst«, sagte Brandt und sah Levin an.

Pia Levin nahm einen Apfel aus der Schale und biss langsam hinein, während C. auf ihre Erklärung wartete.

»Holtz und ich haben im Adlerhorst eine Geheimkammer gefunden. Ehe wir sie noch näher untersuchen konnten, brannte das Gebäude ab.« Lautstark biss sie ein weiteres Mal ab. Ein Tropfen lief ihr am Kinn herunter, und sie wischte ihn mit dem Handrücken weg.

»Und was befand sich in der Kammer?«, fragte C.

»Ein Tisch, ein Regal, ein Stuhl, ein paar Ordner, ein Ventilator und ein Mehrfachstecker. Das war alles.«

»Wieso habt ihr die Untersuchung nicht sofort durchgeführt?« C. hob die Kaffeetasse an den Mund und fixierte Levin über den Rand hinweg.

Ellen Brandt, die gerade überlegte, ob sie es wagen konnte, sich ebenfalls eine Tasse einzugießen, beschloss einzugreifen.

»Die forensische Abteilung kam zu dem Schluss, dass eine gründliche Analyse nötig sei, diese jedoch bis zum nächsten Tag warten könne. Also nichts Ungewöhnliches«, sagte sie.

Pia Levin blieb stumm.

»Und dann brannte es also?« C. wandte ihren Blick von Levin ab.

»Ja, leider, wir tun natürlich alles, um die Ursache herauszufinden«, sagte Brandt.

»Noch etwas?«, fragte C.

»Ich habe eine Theorie«, sagte Levin.

Brandt und C. wandten sich ihr zu.

»Der Raum war so gut wie leer«, sagte sie nach einigen

Sekunden. »Über den Inhalt der Ordner werden wir natürlich nie etwas erfahren, aber ich habe darüber nachgedacht, was sich *nicht* in dem Raum befand.«

»Wie meinst du das?«, fragte Brandt.

»Ganz offensichtlich wurde der Raum als eine Art Büro verwendet, ein Büro, von dem kaum jemand wusste. Und was fehlte dort?«

»Könntest du vielleicht etwas konkreter werden?«, sagte C.

»Es gibt doch wohl kein Büro, in dem nicht so ein Ding rumsteht«, meinte Levin.

C. nickte in die Richtung, in die Levin geblickt hatte.

»Damit hast du natürlich Recht. Und du hast also keinen gesehen?«

»Nein. Es gab keinen Computer in dem Raum, aber Steckdosen.«

»Was hältst du davon?«, fragte C. an Brandt gewandt.

»Tja, kein dummer Gedanke. Es drängt sich natürlich die Frage auf, wo sich dieser Computer jetzt befindet.«

»Findet das heraus. Und, warum es gebrannt hat«, sagte C. Ihr Tonfall machte deutlich, dass die Besprechung beendet war.

Pia Levin und Ellen Brandt verließen das Zimmer.

Ein Eichhörnchen mit einem viel zu großen Tannenzapfen zwischen den Pfoten starrte Ulf Holtz direkt in die Augen. Daneben kämpfte ein Mungo mit einer Klapperschlange um sein Leben.

»Suchen Sie was Bestimmtes?«

Ein Mann mittleren Alters mit kurzem Haar betrat den Laden aus einem Hinterzimmer. Er trug einen Schal um den Hals und eine blaue Schürze aus derbem Leinen. Er wischte sich die Hände an seiner Schürze ab.

»Gibt es Leute, die solche Sachen kaufen?«, fragte Holtz.

»Ein paar. Die meisten Objekte sind jedoch zum Restaurieren hier. Manchmal bekommen wir tote Kleintiere rein, die Leute gefunden haben, aber nicht sonderlich oft«, sagte der Mann.

Holtz gab einen interessierten Laut von sich und zog seinen Dienstausweis aus der Tasche.

»Ulf Holtz von der Polizei. Sind Sie Erik Silver?«

Der Mann ließ keine Reaktion erkennen.

»Ja. Wieso?«

»Ich würde mich gerne, wenn es Ihnen recht ist, ein paar Minuten mit Ihnen unterhalten.«

»Kommen Sie durch.« Silver hielt Holtz die Tür zum Hinterzimmer auf.

Der Raum war sehr hell, und es roch nach einer Chemikalie, die Holtz nicht einordnen konnte. Vermutlich handelte es sich um irgendein Konservierungsmittel. An einer Wand hingen Werkzeuge, silbern glänzende Messer, Scheren, Zangen und anderes, was Holtz an seinen Zahnarztbesuch erinnerte. Er bewegte die Zungenspitze Richtung Oberkiefer.

Ein Adler mit einem großen, glänzenden Fisch in den Klauen lag, als wäre er abgestürzt, mit dem Schnabel nach unten auf einem hohen Arbeitstisch in der Mitte des Raumes. Holtz fand den Anblick unwürdig.

»Ich beschäftige mich nur mit erlaubten Tieren, nicht mit geschützten Arten, nur dass Sie das wissen«, sagte Silver und bat Holtz, auf einem Sessel neben einem kleinen Couchtisch, auf dem zwei Kiebitze standen, Platz zu nehmen. Überall standen oder lagen ausgestopfte Tiere, überwiegend Vögel oder kleinere Pelztiere.

»Ich bin nicht wegen der Tiere hier«, sagte Holtz.

»Weswegen dann?«

Holtz griff in die Innentasche seines feuchten Mantels und zog eine Plastikmappe hervor. Er überreichte sie Silver. Dieser öffnete sie und nahm einen zerknitterten Zeitungsausschnitt daraus hervor.

»Und?«

»Das haben Sie doch geschrieben, nicht wahr?«

»Einen Nachruf zu verfassen ist doch wohl nicht gesetzeswidrig, oder?«

»Nein, natürlich nicht. Aber er stammt von Ihnen, stimmt's?«

»Und wenn es so wäre … was dann? Und wie haben Sie das überhaupt in Erfahrung gebracht?«, fragte er vorwurfsvoll.

»Alles lässt sich herausfinden, wenn man nur weiß, wie.« Holtz dachte dankbar an den Ermittler, der kurzerhand die Zeitungsredaktion aufgesucht hatte, um mit dem Redakteur der Familienseite zu sprechen. Dieser hatte ihm Namen und Adresse des Nachrufautors gegeben.

»Ja, er stammt von mir. Aber ich verstehe trotzdem nicht …«

»Ich bin an der Ermittlung im Mordfall Johan Seger beteiligt. Wir benötigen alle Informationen, die wir bekommen können. Wollen Sie mir helfen?«

Erik Silver schien Bedenken zu haben.

»Wissen Sie, wer es war?«

»Nein, noch nicht. Waren Sie gut befreundet?«

Silver zögerte, bevor er antwortete.

»Johan hatte nicht viele Freunde. Aber er umgab sich mit vielen, die sich sicher als seine Freunde bezeichnet hätten.«

»Aber Freunde waren sie also nicht?«

»Ich weiß nicht, wie ich es ausdrücken soll. Johan war ein charismatischer Mensch, jemand, der auffiel, wenn er ein Zimmer betrat. Alle wollten sich in seinem Glanz sonnen, und er ließ sie gewähren. Aber als Freunde, nein, als Freude würde ich sie nicht bezeichnen.«

»Wie war denn Ihr Verhältnis zu ihm?«

»Gut. Ich habe Johan zum ersten Mal auf einer Versammlung getroffen vor … wie viele Jahre kann das jetzt her sein, vor zehn Jahren vielleicht? Seitdem sind wir in Kontakt geblieben, aber eher sporadisch. Ich bin einige Jahre älter als Johan.«

»Bei was für einer Versammlung.«

»Einer politischen Versammlung.«

»Bei den Neonazis?«

»So würde ich sie zwar nicht nennen, aber meinetwegen, etwas in dieser Richtung. Ich habe mich da schon vor vielen Jahren rausgezogen.«

»Inwiefern rausgezogen?«

»Ich finde immer noch, dass wir in diesem Land zu nachgiebig sind. Wir gestatten es anderen, hierherzukommen und sich zu benehmen, wie sie wollen, Leute zu überfallen und zu vergewaltigen und so. Aber an Gewalt als politisches Mittel glaube ich nicht. Ich konnte die Richtung, die die Bewegung einschlug, nicht gutheißen. Ich habe ganz einfach aufgehört, vielleicht sollte ich besser sagen, ich war es einfach leid.«

»Hat Johan denn die Gewalt verteidigt?«

»Nein, Johan gefiel es auch nicht, dass die Ideologie immer stärker auf Gewalt ausgerichtet war, aber er hatte ein Gesamtbild vor Augen. Er glaubte, er könne die Bewegung langfristig kontrollieren und irgendwann wieder die Politik ins Zentrum rücken. Jugendliche Unvernunft vielleicht?«

»Er hat also weitergemacht?«

»Ja.«

»Wann haben Sie ihn zuletzt getroffen?«

»Lassen Sie mich nachdenken … vor einem Jahr vielleicht?«

»Und den Nachruf? Warum haben Sie den verfasst?«

»Ich bin davon ausgegangen, dass niemand anderes einen

schreiben würde. Mir war es wichtig, ihn zu ehren. Er hatte viele gute Seiten.«

»Wie meinen Sie das?«

»Johan kümmerte sich um seine Leute, er setzte sich immer für seine Anhänger ein. Man konnte sich auf ihn verlassen«, sagte Silver.

Holtz dachte nach.

»Was geschah, nachdem Sie Johan kennengelernt hatten?«

»Er hat den Ornithologischen Verein gegründet.«

»Er interessierte sich also wirklich für Vögel?«

»Nein, überhaupt nicht. Das war ein Scherz. Er war häufig in meinem Laden und schmiedete Pläne. Die vielen Vögel hier brachten ihn auf die Idee mit dem Ornithologischen Verein. Vögel bedeuteten ihm nie etwas.« Er tätschelte einem der Kiebitze den Kopf, sodass die Federhaube zur Seite gedrückt wurde.

»Und was war der Zweck des Ornithologischen Vereins?«

»Ausbildung.«

»Ausbildung?«

»Ja. Johan war davon überzeugt, dass man nur durch Ausbildung Einfluss auf die Bewegung gewinnen könne. Der Ornithologische Verein bildete die Führer aus. Um die anderen, das Fußvolk, kümmerte er sich nicht sonderlich. Die gehorchten ihm ohnehin.«

»Und worin wurden sie ausgebildet?«, fragte Holtz. Er hatte das Gefühl, die Antwort bereits zu kennen.

»Ideologie, Rhetorik, Menschenführung und so.«

An einer Wand hingen vier identische Papageien, die auf einem Ast saßen. Grün mit roten Schwanzfedern. Sie sahen alle in dieselbe Richtung, als würden sie auf einen Bus warten oder so, dachte Holtz, dessen Konzentration langsam nachließ.

»Interessant, dass sie alle in dieselbe Richtung schauen«, sagte er und dachte plötzlich an die staubigen Vögel, die in den Korridoren seiner Schule in Glasschränken gestanden hatten. Gelegentlich waren sie herausgenommen worden, damit die Kinder sie im Unterricht betrachten konnten. Sie waren immer sehr starr gewesen.

Silver lachte.

»Ich verwende eine Füllung aus Hartschaum und Draht. So kann man ihre Köpfe beliebig drehen. Früher hat man sie allerdings mit allem möglichen Plunder ausgestopft. Hören Sie, ich muss jetzt weiterarbeiten, falls Sie also …«

»Noch eines. War Johan pedantisch?«

Silver dachte einen Augenblick nach.

»Auch nicht mehr als andere.«

»Okay. Danke, dass Sie sich die Zeit genommen haben.« Holtz erhob sich und verabschiedete sich.

Silver und Seger. Seger und Silver. Klingt fast wie ein blödes Sprichwort, dachte er, als er wieder auf der Straße stand und ein paar Mal tief durchatmete, um den Geruch des Konservierungsmittels aus der Nase zu vertreiben.

Jonny Andersson kippte die letzten Tropfen in sich hinein und rülpste. Zu seinen Füßen lagen fünf leere Bierdosen im Schnee. Auch die letzte Dose landete dort. Die Kälte der Holzbank drang ihm bis in die Knochen, aber das war ihm egal. Alles war egal. Alles war zum Teufel. Warum hatte dieser Idiot in der Bar auch Ärger gemacht? Geschah ihm recht, dass er sein Geld losgeworden war.

Der Park war bis auf einige Hundebesitzer, die ihre Hunde frei über die Wiese laufen ließen, leer. Er folgte mit dem Blick den zufälligen, kreisförmigen Hundespuren im Schnee.

Ein schwarzer Labrador lief auf ihn zu und schnüffelte an seinen Stiefeln. Ohne zu wissen, warum, trat er dem Hund gegen die Schnauze. Das Tier knurrte und zeigte ihm die Zähne.

»Verschwinde, blöder Köter!«, fauchte er, erhob sich und trat ein weiteres Mal nach dem Hund.

Er traf ihn am Bauch. Der Hund jaulte verwirrt auf und schien einen Augenblick lang zu überlegen, ob er angreifen oder fliehen sollte. Das Zusammenspiel von Adrenalin und Alkohol brachte Jonny Andersson dazu, sich nochmals über den Hund hermachen zu wollen. Er hielt ihn für einen feigen Dorfköter. Er hasste Feiglinge. Er ballte die Fäuste und ging auf den Hund los.

»Was soll das? Bist du nicht ganz bei Trost?«

Sie trug eine enge Jeans, hohe, pelzgefütterte Stiefel und ein Jäckchen mit einem breiten Pelzkragen. In der einen Hand hielt sie eine Hundeleine.

»Was soll das?«, schrie sie noch einmal.

Jonny Andersson nahm die Worte kaum wahr, sondern registrierte nur den verhassten nasalen Tonfall und drehte sich in ihre Richtung. Sein Puls überschlug sich förmlich. Er bekam einen Tunnelblick und sah nur noch diese reiche Schlampe, die es wagte, ihn anzuschreien.

Er ging auf sie zu. Rasend. Mit geballten Fäusten.

Der Angriff kam von der Seite. Die Zähne des Labradors gruben sich in den Ärmel seiner grünen, glänzenden Jacke. Dann schnappte der Hund nach seinem Gesicht. Jonny Andersson schrie auf, als die Zähne unter seinem Auge in die Wange eindrangen. Der Hund ließ nicht von ihm ab, als Jonny umfiel, und auch dann nicht, als er um sich schlug. Er wurde noch aggressiver und biss immer wieder nach Hals und Gesicht.

Jonny Andersson verlor das Bewusstsein.

Nachdem es der Frau gelungen war, den rasenden Labrador zu beruhigen, sah sie sich um. Sie war mit dem Hund und dem bewusstlosen Skinhead allein. Sie tätschelte dem Tier, das hechelnd mit heraushängender Zunge dasaß, den Kopf und betrachtete angewidert das zerstörte, blutige Gesicht dieses Abschaums im sich langsam rosa verfärbenden Schnee.

»Nur ruhig, mein Freund«, sagte sie, sah sich ein weiteres Mal um und verließ dann im Dauerlauf dicht gefolgt von ihrem Hund den Park.

Der Pudel trug grünkarierte Kleider, tänzelte nervös um den auf der Erde Liegenden herum und schnüffelte an ihm. Seine Schwanzspitze pendelte beunruhigt, als er nach den Haaren des Mannes schnappte, aber Jonny Andersson spürte nichts. Er merkte auch nicht, dass sich der Pudelbesitzer neben ihn kniete und an seinem Hals nach dem Puls suchte.

Der Puls war schwach.

Der Spaziergänger hatte den Schwerverletzten neben einer Parkbank im Schnee entdeckt, nachdem sein Pudel seinen Rufen nicht gehorcht hatte. Er erkannte sofort, dass Eile geboten war, was er auch dem Telefonisten der Notrufzentrale mitteilte, die er nach kurzem Zögern anrief.

Erst glaubte er, einen Obdachlosen vor sich zu haben, der volltrunken von der Bank gefallen war. Aber dann bemerkte er das verletzte Gesicht und die zerrissenen Kleider. Nur wenige Minuten später hörte der Mann mit dem Hund die Sirenen. Er nahm den Pudel, der widerstrebend kläffte, auf den Arm und entfernte sich rasch.

Die Sanitäter fuhren mit dem Rettungswagen den Fahrradweg entlang und hielten wenige Meter von dem Verletzten entfernt an. Sie sprangen aus dem Wagen, öffneten die Heckklappe, nahmen die Trage heraus und liefen auf den auf der Erde Liegenden zu. Sie überprüften seinen Puls und hoben ihn rasch auf die Trage, dann schoben sie ihn in den Krankenwagen und rasten mit heulenden Sirenen davon.

»Er hat viel Blut verloren, und die Augen scheinen ernsthaft verletzt zu sein«, teilte der Sanitäter den Kollegen der Notaufnahme mit, die sie in der Klinik in Empfang nahmen.

Pia Levin war gerade in ihrem Büro im sechsten Stock eingetroffen und hatte die Tür hinter sich geschlossen, als es klopfte. Sie fluchte halblaut. Sie hatte gehofft, eine Weile in Ruhe nachdenken zu können. Die ihr so vertrauten Schmerzen im Nacken machten sich bemerkbar. Sie beugte den Kopf nach vorne, um die Muskeln zu dehnen.

»Herein«, rief sie dann mit so gleichmütiger Stimme wie möglich. Die Tür wurde geöffnet.

»Hallo! Das ist lange her.«

»Hallo, Adrian, komm rein. Schön, dass du es nur bist.«

»Nur? Das ist ja aufmunternd.«

»Du weißt schon, wie ich das meine. Hier ist einfach so verdammt viel zu tun.«

»Mehr als sonst?«

»So fühlt es sich jedenfalls an. Ich sitze hier mit einer Brandstiftungssache. Außerdem zwingt man mich aus unerfindlichem Grund, Vernehmungen durchzuführen. Da kann ich nur hoffen, dass du mit guten Nachrichten kommst.«

Adrian Stolt nahm ihr gegenüber auf dem Besucherstuhl Platz. Levin wippte mit ihrem Stuhl nach hinten und blieb zurückgelehnt sitzen.

»Irgendwie kriege ich diesen Stuhl nicht in den Griff«, sagte sie.

Adrian Stolt lächelte.

»Was führt dich in deine alten Gefilde? Sehnst du dich zurück?«, fragte Levin.

»Ja und nein. Es macht Spaß, etwas anderes zu tun oder zumindest woanders zu sein, aber natürlich fehlt ihr mir alle.«

»Ich habe gehört, dass die Vergewaltigung im Adlerhorst auf eurem Tisch gelandet ist«, sagte Levin.

»Ja. Schlimme Geschichte. Aber sie dürfte uns keine Schwierigkeiten bereiten. Glücklicherweise habt ihr ja alle Spuren gesichert, bevor die Räume abbrannten.« Er zog sein Jackett aus und hängte es über die Stuhllehne.

Pia Levin schielte auf die Uhr. Dieser Besuch durfte nicht allzu viel Zeit in Anspruch nehmen.

»Ja, das war Glück. Aber … wie gesagt, was kann ich für dich tun?«, fragte sie und hörte selbst, dass sie leicht gestresst klang.

»Ich wollte eigentlich zu Ulf, aber der war nicht da.«

»Er ist endlich beim Zahnarzt. Aber vielleicht kann ich dir ja helfen.«

»Du hast bestimmt mitbekommen, dass er in Erfahrung bringen wollte, wer wegen der Vergewaltigung den Notruf alarmierte.«

»Und?«

»Tja. Wir haben die Stimme des Mannes auf Band, wissen aber nicht, wer er ist. Es zeigte sich, dass der Anruf von einem Handy in den Räumlichkeiten oder in unmittelbarer Nähe kam.«

»Also ein Augenzeuge.«

»Ja. Aber wir wissen nicht, wer er ist. Der Staatsanwalt findet, dass wir alles beisammen haben. Wir werden dieser Frage also nicht weiter nachgehen. Die Voruntersuchung ist abgeschlossen.«

Pia Levin zog die Brauen hoch.

»Ich weiß, was du denkst, aber im Augenblick fehlen uns die Mittel, und …«

»Schon gut, das entscheidet ihr, aber ich kann mir nicht vorstellen, dass du nur hergekommen bist, um mir zu erzählen, wie wenig Mittel euch zur Verfügung stehen?«

Adrian Stolt lachte verlegen, drehte sich um und nahm einen USB-Stick aus seiner Jackentasche.

»Holtz war ja interessiert, und falls euch die Aufnahme weiterhelfen würde, wäre das doch nicht schlecht.«

»Und ich vermute, du wüsstest gerne Bescheid, wenn wir herausfänden, wer es war?«, sagte sie mit einem müden Lächeln.

»Wenn sich zufällig etwas ergäbe, wäre das natürlich wünschenswert…«

»Unglaublich!« Levin lachte und steckte den Stick in die Hosentasche.

»Ich bringe ihn zum Ton, dann sehen wir weiter. Sonst noch was, können wir sonst noch etwas für die Kollegen von Stockholm West tun, wo wir gerade dabei sind?«

»Das genügt uns vollauf. Schon mal vielen Dank«, sagte er, nickte ihr zum Abschied zu und ging.

Verdammt, dachte Levin, griff zum Telefonhörer und wählte die Nummer der Abteilung für Audiotechnik, auch Ton genannt.

Ulf Holtz ging mit langsamen Schritten auf den Eingang des Präsidiums zu. Drei Frauen in zu dünnen Kleidern drängten sich unter dem Vordach aus Glas zusammen. Sie zitterten vor Kälte und fassten sich mit einer Hand in die Armbeuge, als umarmten sie sich selbst, während sie in der anderen Hand eine Zigarette hielten. Holtz hustete demonstrativ, als er sich an ihnen vorbeidrängte. Sie sahen ihn vorwurfsvoll an, sagten aber nichts. In der Eingangshalle erblickte er ein bekanntes Gesicht.

»Ich habe mich schon gefragt, wann Sie auftauchen würden«, sagte Marcus Koster, der mit seinem Rollstuhl zwischen zwei Glasskulpturen stand. Auf seinen Knien lag eine Decke.

»Hallo! Was machen Sie denn hier?«, fragte Holtz.

»Wollte mal bei Ihnen vorbeischauen. Sie waren ja schon so oft bei mir. Ich fand, es sei Zeit für einen Gegenbesuch.«

»Woher wussten Sie, dass ich hier sein würde?«

»Das wusste ich nicht, ich ließ es einfach darauf ankommen. Der Wachhabende meinte, Sie seien nicht in Ihrem Büro, ich könne aber gerne warten. Ich war ohnehin in der Gegend.«

»Ich wollte eigentlich bald nach Hause fahren. Ich war beim Zahnarzt. Aber kommen Sie doch einen Moment mit hoch. Ich habe ohnehin noch eine Frage«, sagte Holtz.

Nachdem er dem wachhabenden Kollegen versichert hatte, er könne für seinen Besucher bürgen, wurden sie eingelassen. Holtz ging voran, um die Türen aufzuhalten und die Codeschlösser zu öffnen, die sich an fast jeder Tür auf dem Weg zu seinem Büro im sechsten Stockwerk befanden.

»Das ist ja wie Fort Knox«, meinte Marcus Koster.

»Ja. Falls man wider Erwarten doch an dem Wachhabenden vorbeikommt, dann gelangt man ohne Codes und Ausweis nur in die Kantine«, sagte Holtz, »und dort will man lieber nicht hin.«

Der Korridor der Erkennungsdienstler in der sechsten Etage war leer bis auf ein paar Leute der Alfagruppe, die sich neben der Kaffeemaschine unterhielten. Dies waren die Spezialisten, die angefordert wurden, wenn Mordermittlungen ins Stocken gerieten. Holtz begrüßte sie kurz, ehe er mit seinem Gast in sein Büro ging.

»Das ist wirklich eine nette Überraschung«, sagte Holtz, als sie eingetreten waren.

Koster lächelte schwach und rollte zum Fenster.

»Was für eine Aussicht.« Er stemmte sich an den Armstützen hoch, um einen besseren Blick zu haben.

»Da drüben können Sie etwas sehen, das nicht viele zu sehen bekommen.« Holtz deutete auf das Gebäude auf der anderen Seite des Innenhofes.

»Und was ist das?«

»Sehen Sie die Käfige da oben? Da können die Untersuchungshäftlinge frische Luft schnappen. Ich schaue da manchmal hoch, und dann freue ich mich über mein eigenes Leben.«

»Wie meinen Sie das?«

»Manchmal, wenn einem alles zu viel wird, dann reicht ein Blick auf diese traurigen Gestalten, die allein in ihrem Käfig langsam auf und ab gehen, um sich des eigenen Lebens zu freuen.«

»Zumindest hat man eine gute Aussicht, falls es einen je dorthin verschlagen sollte«, sagte Koster und lachte, verlor den Halt und fiel krachend in seinen Rollstuhl zurück.

»Alles gut gegangen?« Holtz streckte unbeholfen eine Hand nach ihm aus.

»Kein Problem. Manchmal fehlt mir einfach die Kraft.«

Holtz setzte sich an seinen Schreibtisch, und Marcus Koster drehte den Rollstuhl in seine Richtung.

»Ich habe mir Gedanken gemacht«, sagte Holtz und wippte auf seinem Stuhl hin und her.

»Darüber, wie viel Geld sie dem Verein stiften wollen, oder was?«, fragte Koster lächelnd.

»Nein, nicht gerade darüber.«

Holtz hatte ein etwas schlechtes Gewissen, weil er nichts unternommen und noch nichts überwiesen hatte. Er wusste jedoch immer noch nicht recht, wie viel oder wie wenig er geben sollte. Zu viel würde seltsam wirken. Schließlich hatte er nichts mit dem Verein zu tun und war auch kein Bogenschütze. Aber es gefiel ihm, wie viel Marcus Koster für die behinderten Jugendlichen tat, und sein Engagement war geweckt worden. Er wollte nicht geizig wirken. Ich muss bald einen Entschluss fassen, dachte er.

»Sie waren mir dabei behilflich, eine Theorie für den Tathergang bei der Ermordung Johan Segers aufzustellen. Ich würde das gerne noch einmal durchgehen«, sagte Holtz. »Und jetzt sind Sie ja hier.«

»Natürlich. Was genau wollen Sie wissen?«

Holtz nahm ein weißes Blatt Papier aus einer Schreibtischschublade, zeichnete ein Rechteck darauf und in dieses an die eine Längsseite ein weiteres Rechteck, das den Lastwagen darstellen sollte. In die entgegengesetzte Ecke des großen Rechtecks zeichnete er ein Kreuz.

»Stellen Sie sich vor, dies sei der Mordplatz. Gemäß ihren Angaben über die Reichweite und Präzision einer Armbrust müsste der Schütze ungefähr hier gestanden haben.« Er deutete auf das Kreuz.

»Oder hier«, meinte Koster und zeigte in die andere Ecke.

»Nein, das glaube ich nicht. Der Pfeil steckte in einem solchen Winkel in dem Brett hinter dem Opfer, dass ich mir sicher bin, dass er nur aus diesem Sektor abgeschossen worden sein kann.« Er zeichnete zwei Linien von der Ladefläche des Lastwagens, sodass sie ein an einer Seite offenes Dreieck bildeten.

»Okay. Sie haben sicher Recht.«

»Aber könnte der Schütze auch hier gestanden haben?«, Holtz deutete auf einen Punkt außerhalb des Fußballplatzes ein Stück im Wald, den er mit ein paar Strichen umrissen hatte.

»Und der Abstand beträgt?«

»Knapp hundert Meter.«

Marcus Koster schüttelte den Kopf und kaute an seiner Unterlippe.

»Nein, das glaube ich nicht. Das ist zu weit für einen solchen Treffer. In der Theorie vielleicht. Aber in der Praxis ... nein.«

Holtz seufzte und klopfte nachdenklich mit seinem Stift auf den Tisch.

»Wenn es sich so verhält, wie Sie sagen, dann haben die Ermittler im Hinblick auf den Tathergang vermutlich Recht«, sagte er und strich sich übers Kinn.

»Und was glauben die?«, fragte Koster. »Haben Sie bereits einen Verdächtigen?«

Holtz war schon im Begriff, Koster von der Theorie zu erzählen, dass eine Gruppe hinter dem Mord stecken könnte, aber er zögerte.

»Ich würde es Ihnen gerne sagen, aber das geht im Augenblick nicht.« Holtz ließ seinen Blick zum Dach auf der gegenüberliegenden Hofseite schweifen. Zwei Männer hatten die Käfige betreten. Sie trugen blaugraue Trainingsanzüge und gingen rasch auf und ab. Der Atem stand ihnen vor dem Mund.

»Okay«, meinte Koster und lächelte. »Ich freue mich, wenn ich Ihnen behilflich sein kann, aber jetzt ist es, glaube ich, an der Zeit, dass ich in meinen aufregenden Vorort zurückkehre.«

Holtz wandte sich von den beiden Inhaftierten auf der anderen Seite des Innenhofs ab und sah Koster an.

»Ich begleite Sie hinaus«, sagte er.

Der durchdringende Brandgeruch stieg ihnen in die Nase, obwohl sie Schutzmasken trugen. Ulf Holtz war froh, dass er seine schweren Stiefel angezogen hatte, da ein dicker schwarzer Brei aus Ruß, Asche und Löschwasser den Boden bedeckte. Er trug wieder einen Einwegschutzanzug und dicke Gummihandschuhe. Pia Levin, die ebenso gekleidet war, suchte die Brandstätte systematisch ab und machte Fotos aus allen möglichen Perspektiven. Sie hatten Verstärkung durch spezielle Brandanalytiker angefordert, waren aber abgeblitzt, weil diese alle Hände voll mit einer Reihe Schulbrandstiftungen zu tun hatten, die sich während der letzten Monate ereignet hatten.

Holtz hob verkohlte Bretter und Gegenstände, die wahrscheinlich einmal Möbel gewesen waren, an und betrachtete sie von allen Seiten, ohne zu erwarten, etwas von Belang zu finden. Einige kleinere Fragmente steckte er in spezialgefertigte, luftdichte Tüten, die mit einem Aluminiumklebestreifen verschlossen wurden.

Der Brand hatte stundenlang gewütet, und die Feuerwehr war hauptsächlich damit beschäftigt gewesen, ein Übergreifen zu verhindern. Nach dem Löschen hatten sie zwei Tage warten müssen, bevor sie das Gebäude betreten konnten. Deswegen hegte Holtz auch kaum Hoffnung, Spuren brennbarer Flüssigkeiten zu entdecken, er wollte aber trotzdem auf Nummer sicher gehen.

Die Decke war an mehreren Stellen eingestürzt, und die Metallstreben, die die Feuerwehrleute aufgestellt hatten, um die Deckenreste abzustützen, wirkten nicht sonderlich vertrauenerweckend, fand Holtz. Er achtete genauestens darauf, wo er hintrat. Ab und zu warf er einen Blick in den Ordner, den er dabei hatte. Fotos des Tatortes, so wie er vor dem Brand ausgesehen hatte, sowie Skizzen der Räumlichkeiten halfen ihm bei der Orientierung.

Alles, abgesehen von den Bücherregalen und der Tür zur Geheimkammer, schien den Flammen zum Opfer gefallen zu sein. Die Tür stand aufrecht in einsamer Majestät, die Wände hingegen fehlten. Holtz arbeitete sich zur Tür vor und legte seine Hand darauf. Sie war vollkommen schwarz und von einer fettigen Rußschicht überzogen. Er strich mit einem Finger von oben nach unten darüber, und das Metall kam zum Vorschein. Immerhin gute Qualität, dachte er und ging dann wieder in dem Zimmer auf und ab, das vermutlich einmal als Klassenzimmer verwendet worden war.

Er sah noch einmal in seinen Ordner und suchte dann die Stelle auf, an der das Pult gestanden hatte. Die Tischplatte war im Gegensatz zu den Schulbänken, von denen nichts mehr übrig war, noch erstaunlich gut erhalten.

Er verharrte mitten im Zimmer und dachte darüber nach, was ihm Erik Silver über die Pläne erzählt hatte, Führer auszubilden, die nötig seien, um die Bewegung in den Griff zu kriegen. Diese Pläne wirkten ehrgeizig.

Und langfristig.

Und sehr, sehr unheimlich.

Er selbst hatte diese Schreihälse nie ernst genommen und hatte sich nicht vorstellen können, dass sie je ernstzunehmenden Einfluss in der Gesellschaft erlangen könnten. Aber diese Sache bereitete ihm Unbehagen. Oft hatten seine Töchter und er darüber gesprochen, warum die Neonazis eigentlich so unbehelligt blieben, und manchmal hatte Eva dabei Dinge gesagt, die ihn stutzig gemacht hatten. Er hatte immer geglaubt, dass sie ihn nur provozieren wollte, aber in seinem Innersten gewusst, dass das nicht die ganze Wahrheit war. Die Art, wie sie über die Leute sprach, die sie bei der Ausweisung begleitete, hatte ihn bekümmert. Aber diese Gedanken hatte er natürlich für sich behalten.

Holtz beugte sich vor und packte die schwere Tischplatte, die auf dem Fußboden lag. Etwas hatte sich darunter verkeilt, und er hatte Mühe, sie anzuheben.

Endlich gelang es ihm, sie hochzuwuchten und dann umzukippen. Ein vertrauter Geruch ließ ihn innehalten.

Langsam ging er in die Hocke. Aus der Brusttasche zog er einen dünnen Metallstab, der sich auf die doppelte Länge ausziehen ließ. Er zögerte, stach ihn aber schließlich in den rußigen, starren Haufen auf dem Boden. Der Stab stieß auf Widerstand, ließ sich dann jedoch weiterschieben.

Obwohl er wusste, was das war, konnte er es nicht recht begreifen. Es war nicht das erste Mal, aber gewöhnen würde er sich daran wohl nie.

Er erinnerte sich an ein Fest in Südeuropa. Wein und Gesang.

Und gegrilltes Fleisch.

Pia Levin blätterte zerstreut in ihren Papieren. Sie spürte die Müdigkeit, die sie immer häufiger überkam. So viel Arbeit, so viele Spuren, denen es zu folgen galt, langsam verlor sie den Überblick. Sie schenkte sich aus dem Karton auf dem Tisch ein Glas Wein ein und lehnte sich im Sofa zurück.

Der Fund in dem niedergebrannten Vereinslokal hatte sie beide entsetzt. Holtz hatte sie aus dem hinteren Zimmer zu sich gerufen, und im ersten Moment hatte sie sich geärgert, dass er sie bei der Arbeit an der Fotodokumentation störte.

Aber irgendwas in seiner Stimme hatte sie dazu veranlasst, sofort innezuhalten und zu ihm zu gehen.

Ulf Holtz war neben einem schwarzen, gestaltlosen Haufen in die Hocke gegangen.

Noch ehe sie bei ihm angelangte, war ihr klar, worum es sich handelte. Holtz' Miene war nicht misszuverstehen. Trauer und Schmerz standen in seinen Augen.

»Wer kann das sein?«, fragte sie.

»Ich weiß nicht. Mach ein paar Fotos, dann lasse ich den Gerichtsmediziner kommen.«

An dem Leichnam war nicht mehr viel Menschliches. Zusammengekauert lag er halb versunken in der schwarzen Masse, die den Boden bedeckte. Das, was von den Armen noch übrig war, war um die Überreste des Kopfes gelegt.

Der Leichnam wurde abtransportiert. Es würde Tage dauern, die Identität zu ermitteln.

Das Einzige, was sie wussten, war, dass die Person das Vereinslokal betreten hatte, nachdem Ulf Holtz es verlassen hatte. Aus irgendeinem Grund hatte sich das Opfer an dem abgesperrten Tatort befunden, als das Feuer ausgebrochen war, und war in den Flammen umgekommen.

Nach dem Fund der Leiche forderte Ulf Holtz das Hinzuziehen der Brandanalytiker, ungeachtet dessen, wie viele Schulen niedergebrannt seien. Man erfüllte seinen Wunsch. Die Experten wollten sich noch in derselben Nacht der Brandstätte annehmen.

Pia Levin und Ulf Holtz waren nach Hause gefahren.

Levin trank einen großen Schluck Wein und las weiter. Sie begriff es nicht. Gabriel Seger war vom Jugendamt betreut worden, und nach nur wenigen Monaten hatte man ihn zur Adoption freigegeben.

Sie las die Entscheidung ein weiteres Mal. Niemand hatte

sich der Adoption widersetzt, weder die Mutter des Jungen noch die Großeltern väterlicher- und mütterlicherseits. Johan Seger war offenbar nicht gefragt worden, obwohl man ihn trotz seiner Verurteilung hätte anhören müssen. Gegen jede übliche Praxis, die vorgesehen hätte, dass der Junge bis auf weiteres bei einer Pflegefamilie geblieben wäre, war der kleine, schwer misshandelte Junge also adoptiert worden, und anschließend hatte niemand mehr nach ihm gefragt.

Da stimmte was nicht.

Pia Levin wusste sehr viel über Blutsbande. Die Freigabe eines Kindes zur Adoption war derart traumatisch, dass immer eine Verbindung zur Vergangenheit bestehen blieb.

Immer gab es Menschen, die die Wahrheit wissen wollten.

Sie nahm das Urteil gegen Johan Seger zur Hand und las es mehrere Male, ohne klüger zu werden. Anschließend widmete sie sich einem dicken Papierstapel, auf dem »Gutachten des Jugendamtes« stand.

Es war Zeit für einen Besuch bei Petra Jonsson. Sie würde ihn ihr am folgenden Tag abstatten.

Die Straße war leer bis auf eine Frau, die sich mit ihrem Rollator langsam über einen Zebrastreifen bewegte. Pia Levin bremste und folgte den langsamen Schritten mit dem Blick. Die alte Dame ging stark gebeugt und sah zu Boden. Auf der anderen Straßenseite bereitete ihr die Bordsteinkante große Mühe. Pia Levin schaute in den Rückspiegel und erwog, auszusteigen und ihr zu helfen, aber ehe sie einen Entschluss gefasst hatte, hatte es die alte Dame geschafft. Vor dem graubraun verputzten Gebäude, in dem diverse Einrichtungen für die Bedürfnisse der Gemeindebewohner untergebracht waren, hielt sie inne. Ein Apothekenschild, ein Zahnarztschild und ein Krankenkassenschild waren neben dem Eingang zu erkennen.

Fehlt nur der staatliche Spirituosenverkauf, dachte Levin und legte den nächsten Gang ein.

Sie fuhr an den Straßenrand und parkte dort, wo eigentlich nur Ein- und Ausladen erlaubt war. Ehe sie ausstieg, legte sie einen laminierten blauen Zettel auf das Armaturenbrett, auf dem mit schwarzen Druckbuchstaben »Polizei« stand.

Die Dame mit dem Rollator war fast an der Tür angelangt, als Levin sie überholte. Sie öffnete die Tür und hielt sie ihr auf. Mach schon voran, dachte sie ungeduldig und schämte sich gleichzeitig dafür.

Nachdem die Dame schließlich in die Eingangshalle gelangt war und sich von Levin hatte erklären lassen, auf welchen Knopf sie im Fahrstuhl drücken musste, um zur Poliklinik zu kommen, blieb Levin eine Weile im Treppenhaus stehen.

Sie überlegte, wie sie bei der Vernehmung vorgehen sollte. Im Auto hatte sie sich verschiedene Szenarien durch den Kopf gehen lassen, wusste aber aus Erfahrung, dass es oft das Beste war, sich auf sein Gefühl zu verlassen.

Das Pflegeheim hieß Ängsgården und lag im obersten Stockwerk. Sie nahm den Fahrstuhl. Als sich die Tür öffnete, schlug ihr eine gemütliche und einladende Stimmung entgegen. Es duftete nach Kaffee und frischem Gebäck. Sie betrat einen großen Raum mit vielen Grünpflanzen. Die robusten Möbel waren nicht sonderlich modern, aber sie vermutete, dass dies kaum einen Bewohner störte.

Eine dicke, graue Katze strich um ihre Beine, als sie zögernd vor der Fahrstuhltür innehielt.

»Hoffentlich haben Sie keine Katzenallergie.«

Die Frau, die ihr in weichen dunkellila Baumwollhosen und einer gleichfarbigen Bluse entgegenkam, war mittleren Alters und trug ein Namensschild, auf dem »Majvor« stand.

Sie nahm die Katze auf den Arm. Das Tier rollte sich zusammen und schmiegte den Kopf an ihren Hals.

»Nein, habe ich nicht, ich …«

»Wir haben eine Sondergenehmigung, falls Sie sich Gedanken gemacht haben. Niemand hier ist allergisch, und Selma tut den alten Leute sehr gut«, sagte Majvor.

»Wie nett. Ich dachte immer, dass es in solchen Einrichtungen keine Tiere geben dürfe.«

»Einrichtungen?«

»Also, ich meinte …«

»Ich verstehe schon. Zu wem wollten Sie denn?«

Pia Levin trug ihr Anliegen vor.

»Ach so. Folgen Sie mir bitte. Sie können Ihre Jacke hier ablegen. Es ist nicht erlaubt, in Mantel und Jacke die Küche zu betreten«, sagte sie und deutete auf ein paar Haken an der Wand.

Levin folgte Majvor durch den großen Raum, in dem ein paar ältere Frauen und ein Mann Musik hörten. Kaum jemand bewegte sich. Der Mann ließ den Kopf hängen, und Spucke lief ihm aus dem Mund.

Niemand reagierte auf Levins Begrüßung, und Majvor ging einfach weiter, ohne Anstalten zu machen, sie vorzustellen.

Sie durchquerten ein kleines Esszimmer. Die Tür zur Küche stand offen, und der Geruch von Reinigungsmitteln drang nach draußen.

»Petra! Du hast Besuch.«

Petra Jonsson sah ganz anders aus, als Levin erwartet hatte. Sie war klein und kräftig und weiß gekleidet. Auf dem Kopf trug sie eine weiße Haube mit einem Netz, das die Haare zusammenhielt. Ihre Oberarme waren rund und die Haut sehr hell. Die Haare, die unter der Haube hervorschauten, waren blond. Levin hatte sich schwarze Haare vorgestellt.

Sie streckte die Hand aus.

»Pia Levin von der Polizei. Könnte ich mich einen Moment mit Ihnen unterhalten?«

Petra Jonsson warf ihr einen zurückhaltenden Blick zu, trocknete die Hände an einem Handtuch ab und gab ihr die Hand. Sie war warm. Levin glaubte, an ihrer Haltung eine gewisse Feindseligkeit zu erkennen, war sich aber nicht sicher.

»Ich bin ziemlich beschäftigt, muss einiges für morgen vorbereiten, aber einen Augenblick habe ich Zeit«, sagte Jonsson.

Levin fiel auf, dass sie weder erstaunt wirkte noch fragte, worum es gehe. Sie nahm an, sie wusste Bescheid und hatte vielleicht regelrecht auf einen Besuch der Polizei gewartet.

»Ich vermute, Sie kommen wegen Johan«, sagte sie, als hätte sie Levins Gedanken gelesen.

»Ja. Wir befragen routinemäßig alle Angehörigen.« Levin folgte ihr in die Küche.

»Ich weiß nicht, ob man mich zu den Angehörigen zählen kann.«

»In diesem Falle gehören Sie dazu. Es geht mir um einige Auskünfte.«

Petra Jonsson zog zwei hohe Hocker heran, die neben einem Tisch aus rostfreiem Stahl standen.

»Wir können hier sitzen. Kann ich Ihnen einen Kaffee anbieten?«

»Ja, danke.«

Petra nahm zwei große weiße Tassen und einen Korb mit Hefegebäck, das teilweise mit einer rotkarierten Serviette zugedeckt war, aus einem Schrank. Levin lehnte erst ab, nahm dann aber doch eines der Puddingteilchen. Es war noch warm.

»Ich hole nur rasch den Kaffee.« Petra marschierte auf ihren kräftigen Beinen mit wiegendem Gang davon.

Levin biss von dem Teilchen ab. Sie sah in ihre Tasse und betrachtete die feinen Risse, die in der Glasur entstanden waren, nachdem die Tasse unzählige Male in der Maschine gespült worden war.

Levin war noch nie in einer solchen Küche gewesen, und es faszinierte sie, wie riesig alles war. An den Wänden standen rostfreie Arbeitsflächen und zwei große summende Öfen. Zwei Türen aus rostfreiem Stahl mit stabilen Klinken fanden sich an der einen Schmalseite. Eine Maschine mit einem gigantischen Schneebesen, die Levin für eine Rührmaschine hielt, stand neben einer Bratplatte mit einem großen schwarzen Drehschalter an der Vorderseite.

Alles war sehr sauber. Der rostfreie Stahl glänzte, und der Fußboden war feucht.

»Ganz schön groß für so ein kleines Pflegeheim«, sagte sie, als Petra mit einer Kanne Kaffee und einem kleinen Stahlkännchen mit Milch zurückkehrte.

»Diese Küche war als Zentralküche gedacht. Hier sollte das Essen für alle alten Leute in der Gemeinde zubereitet und an die Tür geliefert werden. Aber dazu kam es nie. Irgendeine Vorschrift sprach dagegen.«

»Für wie viele Leute bereiten Sie das Essen zu?«

»Etwa zehn und für das Personal.«

Levin schüttelte den Kopf, schluckte den Rest ihres Teilchens hinunter und schenkte dann Petra und sich Kaffee ein.

»Was wollten Sie wissen?«

»Ich bin an der Ermittlung wegen des Mordes an Johan beteiligt. Ich hätte gerne gewusst, wie Ihr Verhältnis aussah, wie es begann und was dann geschah.«

»Ich vermute, dass Sie das meiste bereits wissen«, meinte Petra zurückhaltend.

»Einiges. Ich würde es aber gerne auch noch einmal von

Ihnen direkt hören«, sagte Levin und trank einen Schluck. »Darf ich noch eines nehmen?«

»Natürlich.« Petra hielt ihr den Korb mit den Teilchen hin. Levin nahm sich eines und stellte fest, dass die kräftige Frau unerwartet zarte, schmale Finger besaß. »Ich weiß nicht, wo ich beginnen soll. Mir kommt es so vor, als sei es Ewigkeiten her, ein anderes Leben. Und andererseits, als wäre es gestern gewesen.«

Petra war erst vierzehn Jahre alt gewesen, als sie die Stadt hatte verlassen müssen, um einen Sommer an der Küste zu verbringen.

»Zu Hause hatte ich gerade neue Freunde gefunden, schwarzgekleidete Rockertypen. Mama hasste sie, aber das war nicht der Grund dafür, dass sie da weg wollten. Meine Eltern verabscheuten ihr gleichförmiges Leben, die Streitigkeiten, ihr allgemeines Versagen. Man kann vermutlich sagen, dass sie flohen. Ich hatte keine Wahl. Ich musste mit«, sagte sie.

Levin machte sich ab und zu Notizen, aber meist hörte sie nur zu, während Petra von einer verzweifelten und verwirrten Vierzehnjährigen erzählte, die aufs Land mitgeschleppt wurde, weil ihre Eltern glaubten, so die Familie retten zu können.

Sie hatten ein kleines Haus am Meer gemietet und Petra sich selbst überlassen.

»Es war ein seltsamer Sommer. Ein Teil von mir wollte überhaupt nicht dort sein, ein anderer Teil fühlte sich am Meer mit den Booten und Stegen sehr zu Hause. Es dauerte eine Weile, bis ich begriff, was für ein Glück es war, dass wir ein Haus direkt am Wasser hatten mieten können. Es war ein wunderbares Haus. Es ist immer noch wunderbar, aber es ist natürlich lange her, dass ich zuletzt dort war.«

»Wo wohnen Sie jetzt?«

»In einer kleinen Wohnung nicht weit von hier. Ich kann mir etwas anderes nicht leisten, wie Sie sich sicher vorstellen können. Nicht mit so einer Arbeit.«

»Sie haben Johan Seger in jenem Sommer kennengelernt?«

»Alle hielten es für einen Zufall, aber ich wusste genau, was ich tat«, sagte Petra.

»Und zwar?«

»Johan war die Zukunft des Dorfes. Der Arztsohn, mit dem alle befreundet sein wollten. Die Mädchen des Dorfes prügelten sich förmlich um ihn.«

»Sie auch?«

»Zu Anfang nicht.«

»Aber dann?«

»Es begann eher als Scherz oder als Experiment. Ich wollte sehen, ob er sich für mich interessiert. Am Anfang haben wir uns nur gegenseitig aufgezogen. Aber ohne dass ich es wusste, war etwas zwischen uns geschehen.«

»Sie verknallten sich?«

»Das ist nicht das richtige Wort. Es war die große Liebe. Wir wurden voneinander angezogen und konnten nicht genug voneinander bekommen. Verstehen Sie, was ich meine? Ist Ihnen das auch schon einmal passiert?«

Die Frage überraschte Levin, und sie wusste nicht, was sie antworten sollte. Sie spürte, dass sie errötete. Aber Petra fiel das nicht auf. Sie schien sich auf ihre Erinnerungen zu konzentrieren.

»Die meisten hätten es wohl als jugendliche Unvernunft oder als Sommerliebelei abgetan, aber es war viel mehr. Es war wahre und reine Liebe«, sagte sie und trank einen Schluck Kaffee.

Trauer schwang in Petras Stimme mit, als sie von dem

Sommer erzählte, der alles verändert hatte. Von dem Glück, das sich in eine Tragödie verwandelte.

»Ich bin nie von hier weggekommen. Bin gewissermaßen hängengeblieben. Seltsam, nicht wahr?«

»Ich weiß nicht. Sie haben ja durchaus einen Bezug zu dieser Gegend. Oder?«

»Vielleicht kann man das sagen.«

»Treffen Sie eigentlich gelegentlich Ihren ehemaligen Schwiegervater?«

»Es lässt sich nicht vermeiden, dass ich ihm ab und zu begegne, aber wir treffen uns nicht. Jedenfalls nicht so.«

»Weil Sie das nicht wollen?«

Sie schwieg einen Augenblick und fuhr dann fort.

»Er will nicht«, sagte sie, leerte ihre Tasse und verzog das Gesicht. »Der schmeckt nicht sonderlich gut.«

Aus irgendeinem Grund hatte Levin geglaubt, dass Petra die Segers nicht treffen wollte. Sie tadelte sich selbst, weil sie sich durch Vorurteile hatte aus dem Gleichgewicht bringen lassen.

»Ich habe versucht, Kontakt mit ihm aufzunehmen, aber er wollte nichts von mir wissen.«

Petra verstummte.

»Ich glaube, das genügt jetzt. Ich habe noch einiges zu tun«, fuhr sie dann mit angestrengter Stimme fort.

»Nur noch eine Frage.«

Petra hatte bereits damit begonnen, die Tassen abzuräumen und sie in den inzwischen leeren Gebäckkorb zu legen.

»Wie waren Ihre Gefühle Johan gegenüber? Nach allem, was geschehen war, meine ich.«

Petra hob langsam den Blick von den Tassen und sah Levin lange in die Augen. Dann sagte sie:

»Ich empfand natürlich Abscheu. Aber ich habe ihn trotzdem geliebt. Daran wird sich nichts ändern. Ich habe nie aufgehört, ihn zu lieben.«

»Und Gabriel?«

Ihre Augen verdunkelten sich.

»Ich weiß nichts über Gabriel«, antwortete sie wütend.

Ellen Brandt saß in der tiefen Fensternische in Holtz' Büro und ließ die Beine baumeln. Sie trug einen karierten Rock und dicke, graue Kniestrümpfe.

»Okay«, sagte sie und vollführte mit den Händen eine abwehrende Bewegung. »Ihr habt jetzt eure Brandanalytikerin. Aber nur für ein paar Tage. Sie ist nur vorübergehend hier, strapaziert sie also nicht allzu sehr.«

Holtz hatte ihr gerade lang und breit erklärt, wie wichtig es sei, den niedergebrannten Adlerhorst zu untersuchen und vor allem die Brandursache zu ermitteln. Er selbst wolle sich um die verkohlte Leiche kümmern, außerdem sei es höchste Zeit, alle Spuren, die dort vor Ausbruch des Brandes sichergestellt worden seien, zusammenzustellen. Er habe also wirklich alle Hände voll zu tun. Pia Levin habe sich widerwillig bereit erklärt, sich weiterhin mit der Vergangenheit der Familie Seger auseinanderzusetzen. Ihr könne man also wirklich nicht noch mehr Arbeit aufbürden.

»Wie kommt sie voran?«, wollte Brandt wissen.

»Gut, sie ist zwar richtig sauer, weil ich ihr die Vernehmungen aufgebürdet habe, aber sie macht es trotzdem.«

»Und? Hat sie etwas herausgefunden?«

»Sie will versuchen, Gabriel ausfindig zu machen.«

»Den misshandelten Jungen? Warum ist das so wichtig?«

»Ich weiß nicht. Pia meint, dass wir ihn finden sollten, obwohl es gegen alle Grundsätze verstößt, ein adoptiertes Kind aufzusuchen.«

»Er kann doch wohl inzwischen kein Kind mehr sein?«

»Nein, natürlich nicht.«

»Wo wohnt er? Wissen wir das?«

»Ja. Wir haben alle Informationen, aber ich zögere noch. Was meinst du?«

Brandt schlackerte mit den Beinen wie ein kleines Mädchen auf einem zu hohen Stuhl.

»Nehmt Kontakt mit ihm auf. Schließlich ist es ja eine Mordermittlung, nicht wahr?«

»Ja, aber …«

»Sucht ihn auf, ich informiere den Staatsanwalt.« Sie hüpfte auf den Boden. »Wir unterhalten uns später weiter, ich gehe jetzt runter und schwimme ein paar Bahnen.«

»Bist du nicht ausgelastet?«

»Medizinische Fitness in der Arbeitszeit hat die Gewerkschaft für uns durchgesetzt. Würde dir übrigens auch nicht schaden«, sagte sie und ging hinaus.

Holtz griff zum Telefon und wählte die Nummer des GFFC. Er ließ sich von einem Angestellten des Forensischen Forschungszentrums versichern, dass die Resultate der DNA-Analysen vom Adlerhorst bald zur Verfügung stünden, und beschloss dann, das Präsidium zu verlassen.

Er hatte in der Zeitung die Anzeige eines Geschäftes in der Nähe gesehen, das preiswerten Weihnachtsschmuck verkaufte. Wenn die Mädchen kamen, wollte er ihnen richtige Weihnachten bieten, und da brauchte er sowohl eine Krippe als auch einen Strohbock. Da er vor dem Umzug in sein Haus vor vielen Jahren die alten Adventskerzenhalter, Porzellanwichtel und alles andere, was zu Weihnachten gehört, weggeworfen hatte, musste er jetzt einige Neuanschaffungen tätigen.

Als er gerade aus der Eingangshalle des Präsidiums treten wollte, klingelte sein Handy. Es war die Klinik. Der Patient

Jonny Andersson sei zu sich gekommen, und der Arzt habe die Erlaubnis erteilt, ihn zu besuchen.

Ulf Holtz blieb vor dem Gebäude stehen und überlegte, was er tun sollte. Weihnachtschmuck oder Jonny Andersson?

Die Ermittlergruppe hatte von der Sicherheitspolizei den Hinweis erhalten, dass Johan Segers engster Gefolgsmann Jonny Andersson der schweren Körperverletzung in einer Bar verdächtigt werde. Der betroffene junge Mann sei in sehr übler Verfassung in der Bar aufgefunden worden, habe sich jedoch rasch wieder erholt und eine Täterbeschreibung geliefert, die auf Jonny Andersson passe. Das kam der Ermittlergruppe sehr gelegen, und Staatsanwalt Mauritz Höög hatte ohne Einwände einer vorläufigen Festnahme wegen schwerer Körperverletzung und Raub zugestimmt. Tagelang war dann erfolglos nach Jonny Andersson gefahndet worden, bis sie mehr durch einen Zufall erfahren hatten, wo er sich befand. Der behandelnde Arzt hatte den Angriff des Hundes angezeigt, und so hatten sie erfahren, dass Andersson im Krankenhaus lag. Die Ermittler versprachen sich wichtige Informationen von dem Patienten, und Ellen Brandt hatte verfügt, dass Holtz ihn möglichst unter dem Vorwand, es handele sich um eine kriminaltechnische Untersuchung anlässlich des Hundeangriffs, aufsuchen sollte.

Holtz entschied, dass der Weihnachtsschmuck warten könne.

Jonny Anderssons Gesicht verbarg sich hinter einem Verband. Ulf Holtz stand neben dem Bett und betrachtete ihn schweigend. Gerade als er erwog, wieder zu gehen, regte sich Andersson.

Vorsichtig bewegte er den Kopf und fasste sich mit den Händen an den Verband.

»Sind Sie wach?«, fragte Holtz ohne den geringsten Versuch, mitleidig zu klingen.

»Wer sind Sie?«

Andersson klang unsicher und verängstigt.

»Wer sind Sie?«, wiederholte er.

Seine Unsicherheit nahm zu.

»Ich komme von der Polizei und bin Kriminaltechniker. Ich bin hier, um ein paar Proben zu entnehmen. Offenbar sind Sie von einem Hund angegriffen worden und…«

»Einen Teufel werden Sie tun!«, fauchte er. »Ich will mit einem Arzt sprechen, mit Bullen rede ich nicht. Kann mir nicht jemand das hier abnehmen?«

Er zerrte an seinem Verband.

Ulf Holtz seufzte laut, griff zur Klingel und drückte auf den roten Knopf. Eine orangefarbene Lampe auf dem Gang begann zu blinken, und eine Krankenschwester kam angelaufen.

»Was ist hier los?«, fragte sie vorwurfsvoll und sah Holtz streng an.

»Ich habe nichts gemacht.« Er hörte selbst, wie lächerlich das klang.

Die Krankenschwester nahm behutsam Anderssons Hand weg, damit er sich nicht den Verband herunterriss. Sie sprach leise auf ihn ein, und er beruhigte sich wieder. Dann bat sie Holtz, das Zimmer zu verlassen. Sie sagte, er dürfe den Patienten nicht stören, solange der Arzt dies nicht genehmigt hätte.

Ulf Holtz versuchte zu erklären, dass er diese Genehmigung bereits besäße, gab aber rasch auf. Widerwillig verließ er das Zimmer und ging in die Cafeteria am anderen Ende des Krankenhauses. Er fragte sich, warum Krankenhauspersonal Polizisten gegenüber eigentlich immer so unfreundlich war. Wenn diese strenge Schwester nur wüsste, mit wem sie es zu tun hat, dann wäre sie vielleicht nicht mehr so mitfühlend, dachte er.

Hoffentlich macht er sich in meiner Abwesenheit nicht dünn. Aber ohne etwas zu sehen, kommt er vermutlich nicht weit, überlegte er, während er versuchte, sich auf den Krankenhauskorridoren zu orientieren.

Jonny Andersson saß im Bett und trank, als Holtz zurückkam. Holtz fühlte sich an einen Film über Mumien erinnert, den er einmal gesehen hatte. Anderssons Kopf war fast vollständig mit einem Verband umwickelt, von dem kleinen Loch, durch das er ernährt wurde, einmal abgesehen. Er schlürfte durch einen Strohhalm eine graue Flüssigkeit.

»Hallo, ist da jemand?«, fragte er und drehte den Kopf zur Tür.

»Ulf Holtz. Ich war eben schon mal hier. Ich bin Polizist.«

Holtz konnte seine Mimik nicht sehen, aber aus der Körpersprache schloss er, dass Andersson lieber Besuch von jemand anderem bekommen hätte.

»Kommen Sie schon rein, viel schlimmer kann es eh nicht mehr werden«, sagte Andersson müde.

Holtz hängte seinen Mantel auf, schob einen Stuhl ans Bett und setzte sich.

»Haben Sie diese verdammte Hundebesitzerin gefunden?« Andersson stellte das Glas auf ein Tablett auf seinen Knien. Er verschüttete ein wenig Flüssigkeit, weil er den Abstand falsch einschätzte und das Glas zu heftig absetzte.

»Welche Hundebesitzerin?«

»Diese blöde Schlampe, die ihren Hund auf mich gehetzt hat.«

»Nein, haben wir nicht, aber wir tun unser Möglichstes, und dafür brauche ich auch diese Proben«, sagte Holtz.

»Was für verdammte Proben?«

Er drehte den Kopf in Holtz' Richtung, als wollte er sehen, mit wem er sprach.

»Der Hund oder die Hundebesitzerin könnten Spuren auf Ihrer Kleidung hinterlassen haben, unter Ihren Fingernägeln oder vielleicht auf Ihrer Haut. Fasern, Haare oder möglicherweise DNA. Aber … ich will ehrlich sein. Es geht auch um den Mord an Johan Seger oder Styrbjörn Midvinter, wie Sie ihn vielleicht nannten, und wir brauchen ganz einfach Hilfe.«

»Ich und der Polizei helfen? Sie machen wohl Witze!«

»Ich sehe nicht, was an dieser Sache lustig sein könnte.«

»Nein, das verstehe ich. Humor ist nicht gerade eine hervorstechende Eigenschaft der Polizei.«

»Morde sind in der Regel nicht witzig und Angriffe von Hunden auch nicht. Von Körperverletzung und Raub ganz zu schweigen«, erwiderte Holtz wütend und bereute die Worte im gleichen Moment.

»Ich weiß nicht, wovon Sie sprechen. Wenn Sie sonst nichts zu sagen haben, können Sie verschwinden.« Andersson tastete mit der Hand nach der Klingel.

Holtz verfluchte sich und hatte große Lust, die Klingel, die in seiner Griffweite lag, an sich zu nehmen, besann sich dann aber.

Andersson drückte auf den roten Knopf.

Eine Krankenschwester, die ebenso ungehalten aussah wie die erste, betrat das Zimmer.

»Ich glaube, der Patient braucht jetzt Ruhe. Ich muss Sie bitten zu gehen.«

Aron Goldman fluchte. Erst auf Schwedisch, dann auf Hebräisch und dann wieder auf Schwedisch.

Neben ihm auf dem Vorplatz stand die Schneefräse, die er kürzlich gekauft hatte. Auf dem Boden daneben lag die Bedienungsanleitung in achtzehn Sprachen, die ihm nicht weitergeholfen hatte, da der Motor nicht anspringen wollte. Er hatte etliche Male erfolglos versucht, ihn zu starten, und zu guter Letzt die Bedienungsanleitung entnervt in den Schnee geworfen.

Die Fräse hatte er gekauft, weil er mit dem Rücken und den Schultern Ärger hatte. Etwas steif in den Knien war er außerdem. Sonst hatte er gegen körperliche Arbeit eigentlich nichts einzuwenden. Er war für sein Alter recht durchtrainiert, aber für fünfzig Liegestütze wie in seiner Jugend beim Militär reichte es nicht mehr.

Die Auffahrt war wenige Meter breit und zehn Meter lang, und die starken Schneefälle dieses Winters waren nicht folgenlos gewesen.

Er schwitzte und fluchte, während er den schweren, nassen Schnee von der Auffahrt schippte. Mit jeder Schaufelbewegung nahmen die Schmerzen zu. Er machte eine Pause, holte tief Luft und zündete sich eine Zigarette an.

Während er rauchte, fuhr ein Streifenwagen langsam an den Einfamilienhäusern vorbei. Auf seiner Höhe bremste er, zwei Beamte sahen zerstreut in seine Richtung. Die Wärme, die er eben noch gespürt hatte, wurde von Kälte abgelöst, und er wandte das Gesicht ab. Der Streifenwagen rollte langsam weiter, und Goldman blickte ihm aus den Augenwinkeln hinterher. Er gab dem Impuls, ins Haus zu gehen, nicht nach. Eine rasche Bewegung würde nur die Aufmerksamkeit der Polizisten auf sich ziehen.

Der Polizeiwagen verschwand hinter einem zweigeschossigen Holzhaus mit spitzem Dach, wie Goldman selbst eines bewohnte. Alle Häuser im Viertel sahen, abgesehen von der Farbe, gleich aus. Aron Goldmans war hellblau.

Er hatte in seinem Viertel bisher noch nie einen Polizeiwagen bemerkt, und das war ihm auch sehr recht so. Keine Probleme. Jetzt wurde ihm unbehaglich zu Mute. Das Auftauchen der Polizei beschleunigte einen Entschluss, den er in seinem Inneren bereits gefasst hatte.

Goldman lehnte die Schneeschaufel an die Garagenwand und ging ins Haus. Er zog die Schuhe aus und betrat das Wohnzimmer. Das Haus war sparsam möbliert, und auf dem Boden lag ein teurer, handgeknüpfter Teppich. An einer Wand stand ein schwarzes Ledersofa und davor ein eingeschalteter Fernseher. Ein ausländischer Nachrichtensender zeigte Bilder eines brennenden Bohrturms in einer Wüstenlandschaft.

Er zog sein Zigarettenetui wieder aus der Tasche und zündete sich mit seinem Zippofeuerzeug eine Zigarette an. Das Feuerzeug war eigentlich unpraktisch, aber er benutzte es immer noch, da er es seit seiner Jugend besaß. Er strich mit den Fingern über die Gravur, lehnte sich auf dem Sofa zurück und schloss die Augen, während er tief inhalierte und darüber nachdachte, wie sich die ganze Sache entwickelt hatte.

Niemand hatte ihm etwas von dem jährlichen Neonaziaufmarsch erzählt, als er das Haus gekauft hatte. Es war eine Ironie des Schicksals, dass er sich ausgerechnet an einem solchen Ort niedergelassen hatte.

Als er die Zigarette ausdrückte, stand sein Entschluss fest. Er ging in die Diele und zog seinen halblangen schwarzen Ledermantel und seinen schwarz-weiß-karierten Schal an. Dann löschte er das Licht und verließ das Haus. Er ging so schnell er konnte und versuchte, die Schmerzen in seinem Rücken und seinem Bein zu ignorieren. Nach einer Viertelstunde hatte er die U-Bahnstation erreicht. Angenehmerweise kam gerade ein Zug.

Die Fahrt in die Stadt dauerte vierzig Minuten. Er stieg am Hauptbahnhof aus und mischte sich unter die Menschenmenge. Es wimmelte von Leuten, und der Geruch feuchter Kleider gemischt mit dem Bratenduft eines Hamburgerrestaurants, der alle Winkel auszufüllen schien, stieß ihn ab.

Nachdem er zwanzig Minuten im Bahnhofsgebäude seine Kreise gezogen hatte, entdeckte er, was er suchte. Zwei Polizeibeamte standen vor einem Café und unterhielten sich. Er ging auf sie zu.

»Ich würde Ihnen gerne ein paar Hinweise liefern«, sagte er und baute sich vor den beiden Polizisten auf. Diese verstummten und musterten Aron Goldman, als wäre er nicht ganz bei Trost.

»Wie bitte?«, sagte der eine.

Der andere sah ihn nur säuerlich an.

»Ich habe Hinweise, die einen Mord betreffen«, sagte Goldman.

Pia Levin biss ein Stück von dem warmen Croissant ab, das sie dick mit Himbeermarmelade bestrichen hatte. Ulf Holtz ließ gedankenverloren den Teebeutel in seiner Tasse kreisen. Zitronentee.

»Ist das eigentlich ratsam?«, fragte er.

»Was?«

»Gratisfrühstück im Hotel. Ich gehe mal davon aus, dass man das als Bestechung sehen kann.«

»Mein Gott, wie altmodisch du bist! Iss und sei froh«, meinte Levin. Sie streckte die Hand nach einem weiteren Croissant aus. Beinahe hätte sie ihren Ärmel auf den Aufschnittstapel gelegt, den sie sich vom Büfett mitgenommen hatte. »Mach dir keine Sorgen, dieses Mal zahle ich.«

»Gut.« Holtz biss von seinem Käsebrötchen ab. »Wie geht es mit der Familie Seger?«

Pia trank langsam ein Glas frischgepressten Orangensaft, bevor sie antwortete.

»Schwer zu sagen. Thord Seger wohnt allein in einem Haus am Meer und scheint alles zu verdrängen, angefangen von seinem Enkel, der zur Adoption freigegeben wurde, bis hin zu seinem ermordeten Sohn. Er ist irgendwie vollkommen unwirklich, aber sehr nett.«

»Und Petra Jonsson?«

»Eine junge Frau in den besten Jahren, die alles tut, um zu vergessen. Kräftig, genauer gesagt übergewichtig. Wohnt allein in einer kleinen Mietwohnung nicht weit entfernt von dem Pflegeheim, in dem sie arbeitet. Sie ist nicht die Petra Jonsson, die ich mir vorgestellt hatte, aber schließlich sind auch siebzehn Jahre vergangen, seit sie zwischen den Felsen herumrannte und rebellisch war. Und schwarz gekleidet. Sie weiß im Übrigen nicht, was aus ihrem Sohn Gabriel nach der Misshandlung und dem Krankenhausaufenthalt geworden ist. Sie will davon auch nichts wissen.«

»Und was ziehst du daraus für Schlüsse?«, fragte Holtz, während er seinen Teebeutel aus der Tasse fischte.

»Irgendwas stimmt da nicht. Laut Adoptionsunterlagen nahm sich eine Familie Marklund Gabriels direkt nach seinem Krankenhausaufenthalt an. Im Melderegister steht, er hat seither bei ihnen gewohnt. Das ist fast schon alles, was ich über ihn weiß.«

»Brandt will, dass du Kontakt zu seiner Familie aufnimmst.«

»Das geht nicht.«

»Selbstverständlich geht das, obwohl es natürlich etwas ungewöhnlich ist.«

»Sie leben nicht mehr.«

»Bitte?«

Er hatte gerade seine Teetasse angehoben, hielt jedoch mitten in der Bewegung inne.

»Die Adoptiveltern sind bei einem Unglück vor zwei Jahren ums Leben gekommen.«

»Und zwar wie?«

Er stellte die Tasse wieder ab.

»Das Gemeindehaus brannte ab, und sie kamen in den Flammen um. Das hat mir ein sehr freundlicher Kollege in Gabriels Heimatort erzählt. Er bot mir im Übrigen an, ihn aufzusuchen, falls ich weitere Hilfe benötigte.«

»Fahr halt hin. Das kann nicht schaden. Denk dir einen Vorwand aus und statte Gabriel Marklund einen Besuch ab.«

Pia Levin nickte nur und verdrückte dann schweigend weiter ihr riesiges Frühstück. Holtz versuchte, ihren Gesichtsausdruck zu deuten, aber war sich nicht sicher, was sie dachte. Oder fühlte.

Schweigend legten sie beide in Gedanken versunken den weiten Weg zum Präsidium zurück.

Holtz dachte darüber nach, ob er der Ermittlergruppe vorschlagen sollte, die Alfagruppe zu bitten, ein Profil von Johan Seger zu erstellen. Je mehr er über den Ermordeten in Erfahrung brachte, desto schwieriger wurde es, sich ein Bild von ihm zu machen. Das Paradox des Wissens. Er hielte es für sinnvoll, wenn jemand von außen versuchen würde, ein Gesamtbild zu entwerfen.

»Du«, sagte Levin, als sie den Eingang fast erreicht hatten.

»Ja«, erwiderte Holtz und verlangsamte seine Schritte.

»Warum ist es dir eigentlich so wichtig, dass ich die Vernehmungen durchführe? Du weißt doch, wie ich dazu stehe ...«

»Müssen wir das wirklich noch einmal durchkauen?«

»Aber wir haben doch einen Haufen Arbeit, Spuren, die wir noch nicht ausgewertet haben, dann kommen bald die Ergebnisse des GFFC und der Bericht der Brandermittler ...«

»Du brauchst dir darum keine Sorgen zu machen. Es ist alles unter Kontrolle. Unsere Abteilung besteht schließlich nicht nur aus uns beiden, nicht wahr?«

Sie sah aus, als wollte sie gerade protestieren, kam jedoch nicht dazu.

»Ich muss noch ein paar Sachen erledigen. Wir unterhalten uns heute Nachmittag weiter. Okay?«, sagte er und ließ sie vor dem Foyer stehen.

Levin öffnete seufzend die schwere Glastür, nickte der Wache zu, zog routiniert ihre Karte durch das Lesegerät an den Schwingtüren und gab den Code ein. Statt den Fahrstuhl zu nehmen, eilte sie die sechs Treppen zur Forensischen Abteilung, zur Roten Zone, hinauf. Es roch nach frischer Farbe, was sie bei dem Zustand des Treppenhauses verwunderte. Der Anstrich blätterte ab, und auf jedem Treppenabsatz standen große Recycling-Tonnen. Trotz böser Zurechtweisungen auf den schwarzen Brettern deponierten die Leute alles mögliche Gerümpel vor den Fahrstuhltüren, sogar Körbe mit überreifem Obst, das kleine schwarze Fliegen anzog. Sie schämte sich jedes Mal, wenn sie Besuch empfing. Allerdings kam das nicht oft vor.

Und jene Person, mit der sie sich an diesem Vormittag verabredet hatte, kümmerte es vermutlich wenig, wie es im Treppenhaus des Präsidiums roch oder aussah.

Hermine Vogel lehnte vor Levins Büro an der Wand. Sie hatte einen Laptop unter dem Arm, kaute Kaugummi und trug enge schwarze Hosen, ein weißes Hemd und eine Weste. Ihr Gürtel wurde von einer Batman-Schnalle zusammengehalten, und die Beine steckten in hohen schwarzen Stiefel mit Absätzen. Man sah ihr nicht an, dass sie eine der führenden schwedischen Expertinnen auf dem Gebiet der Brandanalyse war. Nichts an ihrem Äußeren verriet, dass sie einen großen Teil ihrer Arbeitstage damit zubrachte, in niedergebrannten Häusern zwischen verkohlten Leichen herumzukriechen.

»Hallo, entschuldige meine Verspätung. Die Morgenbesprechung hat etwas länger gedauert«, sagte Levin, die beschlossen hatte, das gemeinsame Hotelfrühstück mit ihrem unmittelbaren Vorgesetzten ließe sich durchaus als Dienstbesprechung bezeichnen.

»Kein Problem, ich bin gerade erst gekommen«, antwortete Hermine Vogel lächelnd.

»Komm rein.« Levin öffnete ihrer Kollegin die Tür.

Von Vogel ging ein frischer Duft aus, vielleicht Aloe Vera. Ihre Haut war rosig und das Haar feucht.

»Ich komme gerade aus der Sauna. Das ist die einzige Methode, um den Geruch loszuwerden.« Sie nahm auf Levins Besucherstuhl Platz.

»Das kann ich mir vorstellen. Ich hatte das Gefühl, dass ich noch tagelang nach Grillparty roch, nachdem Holtz und ich im Adlerhorst waren, und da denke ich natürlich an den Rauchgeruch und nicht an…«

»Ich verstehe schon«, fiel ihr Vogel ins Wort und kam dann zur Sache. »Die Brandstätte war ja ziemlich verwüstet, aber ich habe trotzdem einiges zu berichten. Du bekommst es dann auch noch schriftlich. Ich fand aber, dass ich schon mal einen mündlichen Bericht liefern könnte.« Sie nahm den Kaugummi heraus und sah sich nach einer Möglichkeit um, ihn wegzuwerfen, besann sich dann aber und steckte ihn wieder in den Mund. Sie klappte das Notebook auf und drehte es in Levins Richtung.

Pia Levin musterte sie, während sie das Programm hochfuhr. Hermine Vogel hatte etwas Mädchenhaftes. Ihre Mundwinkel umspielte ein Lächeln, als dächte sie ständig an etwas Lustiges. Neidisch stellte Levin fest, dass ihre Nägel kurz, unlackiert und sehr gepflegt waren, während sie Hermines Finger betrachtete, die rasch über die Tastatur huschten.

»Dann wollen wir mal sehen. Hier sind die Räume«, sagte sie, und ein dreidimensionales Bild des Adlerhorstes erschien auf dem Monitor. »Ich habe einen möglichen Brandverlauf aufgezeichnet und bin dabei davon ausgegangen, dass das Feuer hier begann. Alles spricht dafür.« Sie deutete auf das Zimmer hinter der Küche, den Unterrichtsraum.

»Und was genau deutet darauf hin?«

»Schau hier.« Hermine zauberte mit einem Mausklick ein

paar Bilder auf den Monitor. Sie sahen fast alle gleich aus, aber als Levin genauer hinblickte, erkannte sie ein schwarzes, umgekehrtes V an der Wand.

»Was bedeutet das?«

»Das ist ein typisches Indiz für einen Benzinbrand. Außerdem habe ich gewundene Brandspuren auf dem Fußboden gefunden, nachdem wir alles Wasser abgepumpt hatten, die auch auf vergossenes Benzin schließen lassen. Weiterhin habe ich zwei Klumpen geschmolzenes Plastik gefunden, wahrscheinlich Benzinkanister«, sagte sie und deutete auf den Bildschirm. »Aber um ganz sicher zu sein, habe ich flüchtige Stoffe aus einem Stück Fußboden analysiert, das sich unter einem verkohlten Teppich befand. Die gaschromatographische Analyse ergab deutliche Benzinspuren.« Sie startete den Rekonstruktionsfilm.

Pia Levin verfolgte das animierte Geschehen auf dem Bildschirm. Eine Gestalt, die direkt einem Computerspiel entsprungen zu sein schien, bewegte sich mit Kanistern in beiden Händen durch den Raum. Grün markiert sah man dann, wie sich das Benzin im Raum verteilte. Bald züngelten Flammen hoch. Der gesamte Brandverlauf ließ sich am Bildschirm verfolgen. Innerhalb weniger Sekunden brannte alles lichterloh, und das Feuer griff auf die benachbarten Räume über. Als alles in Flammen stand, stoppte der Film.

»Die Plastikklumpen, die ich für die geschmolzenen Kanister halte, habe ich hier und hier gefunden.« Hermine zeigte auf den Monitor. »Wie du siehst, ganz in der Nähe der Leiche.«

»Was heißt das?«

»Meine Theorie ist, dass der Tote derjenige ist, der das Feuer gelegt hat. Vermutlich entwickelte sich der Brand schneller, als vom Brandstifter erwartet. Entsetzt hat er oder sie sich dann unter den Tisch geflüchtet.«

»Ist das wahrscheinlich? Läuft man nicht weg, wenn es zu brennen beginnt?«

»Nur sehr wenige Menschen reagieren rational, wenn sie in Panik geraten.«

»Dafür könnte es aber auch andere Erklärungen geben«, sagte Levin.

»Und woran denkst du?«

»Er könnte sich unter den Tisch gelegt haben, obwohl ihm bewusst war, was geschehen würde.«

»Du meinst, Selbstmord?«

»Warum nicht? Oder könnte es sich auch um eine Brandstiftung mit der Absicht, ein anderes Verbrechen zu verschleiern, gehandelt haben.«

»Einen Mord?«

»Ja. Oder schwere Körperverletzung. So ungewöhnlich ist das ja nicht.«

»Nein, allerdings nicht. Da habt ihr ja noch einiges zu tun. Was sagt der Gerichtsmediziner über die Leiche?«

»Bislang noch gar nichts. Und Holtz hat schon, als wir sie gefunden haben, festgestellt, dass sich Nase und Mund nicht nach Ruß absuchen lassen, da die Atemwege verkohlt sind. Daher wissen wir nicht, ob die Person noch geatmet hat, als das Feuer ausbrach. Es wird noch Tage dauern, bis wir etwas über die Todesursache oder die Identität der Leiche wissen.«

»Okay. Ich muss weiter. Ich schicke alles an Holtz mit einer Kopie an dich«, sagte Hermine Vogel und ging. Eine Note von Aloe Vera hing als angenehme Erinnerung in der Luft, aber Levin wurde sofort abgelenkt, da ihr Handy in der Hosentasche zu vibrieren begann. Eine SMS von Ellen Brandt.

Fünf Minuten später betrat Levin einen fensterlosen Vernehmungsraum im zweiten Stock.

Auf der einen Seite des Tisches saß Ellen Brandt, auf der anderen ein Mann Anfang sechzig.

Levin fielen zwei Dinge auf: Er sah nett aus, und sie kannte ihn.

»Gut, dass du kommen konntest.« Brandt machte eine einladende Handbewegung zu einem der freien Stühle. »Das hier ist Aron …« Sie sah auf ihren Notizblock, der aufgeschlagen vor ihr lag. »Aron Goldman.«

Der Mann lächelte sie an.

»Pia, kennst du diesen Mann?«, fragte Brandt, als Pia Levin neben ihr Platz genommen hatte.

»Ja. Er hat mich überfallen. Oder?« Es gelang ihr, das so klingen zu lassen, als befände sich Goldman nicht im selben Raum.

»Ich dachte, du solltest dir anhören, was Aron Goldman zu sagen hat. Ich möchte noch hinzufügen, dass er aus eigenem Antrieb die Polizei aufgesucht hat. Bitteschön.«

»Macht es Ihnen etwas aus, wenn ich rauche?«, fragte Goldman und begann, seine Taschen abzuklopfen.

»Leider ja. Rauchen ist nicht gestattet.« Brandt schüttelte den Kopf, als bedauerte sie wirklich, dass Rauchen nicht einmal mehr in den Vernehmungsräumen erlaubt war.

Er sah enttäuscht aus, fing sich aber rasch und legte die Hände auf den Tisch.

»Erst einmal möchte ich mich dafür entschuldigen, dass ich Ihnen einen Schrecken eingejagt habe. Die Frau Kommissarin hat mir erzählt, dass Sie diejenige sind, der ich im Wald begegnet bin«, sagte er.

»Sie dürfen mich Frau Brandt nennen«, sagte Ellen Brandt, die bislang nie als Frau Kommissarin tituliert worden war.

Levin verspürte ein Zucken im Magen, als ihr Angreifer zu sprechen begann. Sie war voller widerstreitender Gefühle. Die

Erinnerung verursachte ihr Unbehagen. Aron Goldman mit einem Ast in der Hand über sie gebeugt. Bereit, zuzuschlagen. Aber der Mann, der jetzt vor ihr saß, wirkte alles andere als bedrohlich. Im Gegenteil. Er hatte einen sehr sanften Gesichtsausdruck und sprach mit einem leichten Akzent und leiser Stimme.

Sie beschloss, nichts zu sagen und Brandt das Gespräch führen zu lassen.

Goldman fuhr zögernd fort.

»Ich bekam Angst«, sagte er. »Ich dachte, es sei nicht erlaubt, sich dort aufzuhalten. Und als Sie auf mich zurannten …«

»Darf ich Sie davon in Kenntnis setzen, dass es nicht erlaubt ist, Leute niederzuschlagen, ganz gleichgültig, wie viel Angst man hat«, sagte Levin und verstieß damit sofort gegen ihren Vorsatz zu schweigen. »Am allerwenigsten eine Polizistin. Im Übrigen sehen Sie nicht so aus, als könnte man Ihnen so leicht einen Schrecken einjagen.«

Goldman schien nachzudenken und antwortete dann: »Ich habe Sie nicht geschlagen. Sie sind über einen Ast gestolpert.«

»Hören Sie, ich war dort. Und ich …«

»Immer mit der Ruhe. Lass ihn erzählen.« Brandt legte ihr eine Hand auf den Arm.

Goldman erzählte langsam und nachdenklich, was an dem fraglichen Tag geschehen war. Er hatte in dem Wald neben der Siedlung, in der er wohnte, einen Spaziergang gemacht. Neugierig hatte er sich dem Fußballplatz genähert. Schließlich hatte er schon von dem Aufmarsch gehört. Während er eine Zigarette geraucht und die Leute auf dem Fußballplatz beobachtet hatte, war eine Frau aufgetaucht.

»Warum sind Sie nicht einfach an mich herangetreten und haben sich zu erkennen gegeben?«, fragte Pia Levin.

»Ich war mir plötzlich nicht sicher, ob ich mich dort überhaupt aufhalten durfte. Und nachdem ich mich versteckt hatte, wäre es mir komisch vorgekommen, mich auf einmal zu zeigen. Als Sie dann riefen, Sie seien Polizistin, und durch den Wald auf mich zuliefen, war ich so überrascht, dass ich einfach nicht wusste, was ich tun sollte. Und dann sind Sie mir vor die Füße gestolpert und ...«

Goldman klang aufrichtig besorgt um sie. Er erklärte, er habe ihr aufhelfen wollen, aber sie habe seine Hilfe abgewehrt. Sie habe mit dem Gesicht in den Händen auf der Erde gelegen.

»Und der Ast?«, fragte Levin voller Misstrauen.

»Welcher Ast?«

»Sie haben mich mit einem Ast bedroht.«

Wieder diese nachdenkliche Miene.

»Ich hatte einen Stock in der Hand, glaube ich. Einen Stock, den ich von der Erde aufgehoben hatte.«

Levin schüttelte zweifelnd den Kopf.

»Was haben Sie dann getan?«, fragte Brandt.

»Ich bin weggerannt. Ich wollte eigentlich die Polizei verständigen, aber irgendwie wurde nichts daraus. Aber heute hatte ich das Gefühl, dass das nicht länger warten könne«, sagte er. »Schließlich fordern Sie ja alle auf, die sachdienliche Hinweise bezüglich des Mordes haben, sich an die Polizei zu wenden.«

Levin betrachtete ihn eingehend.

Plötzlich ging es ihr auf.

»Ich habe ein metallisches Geräusch gehört«, sagte sie triumphierend.

Er sah sie ratlos an.

»Metall auf Metall.« Sie sah ihm tief in die Augen.

Aron Goldman wirkte erst erstaunt, dann lächelte er. Er suchte in seinen Taschen und zog ein Feuerzeug hervor. Ein

Benzinfeuerzeug. Ein Schütteln des Handgelenks öffnete den Deckel. Dann bewegte er rasch die Hand in die andere Richtung. Der Deckel schloss sich mit einem Klicken.

Levin seufzte. Ein langer, gedehnter Seufzer.

»Ich glaube, das reicht«, sagte Brandt. »Einer Straftat scheinen Sie sich nicht schuldig gemacht zu haben. Danke, dass Sie hergekommen sind. Wir lassen vielleicht noch einmal von uns hören.«

»Natürlich. Jederzeit. Ich hoffe, ich habe Ihnen nicht unnötig Arbeit verursacht?«

»Im Gegenteil. Auch eine falsche Fährte führt eine Ermittlung weiter. Dann lässt sich etwas streichen«, sagte sie und begleitete Aron Goldman nach draußen.

Holtz stand in dem stillen und hübsch möblierten Korridor im obersten Stockwerk des Polizeipräsidiums und überlegte, ob er sich setzen sollte. Ellen Brandt und der Staatsanwalt Mauritz Höög saßen auf teuren Besucherstühlen und sprachen über exotische Reiseziele. Sie schienen nicht das Bedürfnis zu haben, ihn in ihre Unterhaltung einzubeziehen. C. hatte sie um ihr Erscheinen gebeten, und jetzt warteten sie darauf, vorgelassen zu werden. Gestresste Leute gingen mit eiligen Schritten und gehetztem Blick an ihnen vorbei, aber niemand kümmerte sich um sie.

»Sie hat jetzt Zeit für Sie«, rief die Sekretärin aus ihrem kleinen Vorzimmer.

Ihm fiel auf, dass die beiden anderen tief Luft holten und ein paar eingebildete Fussel von den Kleidern zupften, ehe sie mit hocherhobenem Kopf in C.s Büro traten. Ulf Holtz folgte ihnen belustigt und reckte sich unfreiwillig ebenfalls.

Brandt fasste den Ermittlungsstand zusammen. Mauritz Höög brummte ab und zu zustimmend.

Holtz fragte sich, was er in dieser Runde verloren hatte.

Die Ermittlung im Mordfall Johan Seger schritt voran, aber ein Durchbruch war nicht in Sicht.

»Ich weiß nicht, ob mir die Theorie, dass eine Splittergruppe aus Neonazikreisen den Mord verübt haben soll, sonderlich einleuchtet«, sagte Brandt.

»Warum nicht?«, wollte C. wissen.

»Wir haben ein ziemlich gutes Bild der verschiedenen

Gruppierungen und ihrer Mitglieder und haben sie ziemlich in die Mangel genommen. Nirgends sind wir auf irgendwelche Verdachtsmomente gestoßen. Zweifellos sind sie in vielem unterschiedlicher Auffassung, aber letztlich waren sich die meisten einig, dass Johan Seger ein Vorbild und eine konsolidierende Kraft darstellte. Wir haben über hundert Vernehmungen durchgeführt. Von einer Abrechnung war nie die Rede, und schon gar nicht von einem Mord. Die Ermittlergruppe, die Analytiker und Fahnder haben keinen Stein auf dem anderen gelassen. Wir haben alle Kräfte eingesetzt.«

»Und die Informanten? Was sagen die V-Leute?«, fragte C.

»Wie gesagt. Nichts deutet auf eine Abrechnung hin«, meinte Brandt.

C. klopfte mit einem Stift auf den Tisch und sah nachdenklich aus. Niemand wagte, etwas zu sagen.

»Und was sagst du?«, fragte sie dann an Holtz gewandt.

»Tja … Wenn es sich nicht um eine Gruppe, sondern um einen Einzeltäter gehandelt hat, dann muss dieser entweder offen auf dem Platz gestanden oder eine ganz andere Position eingenommen haben.«

»Und? Wäre letzteres nicht denkbar?«

»Ich muss meine Theorie vielleicht nochmals überdenken«, meinte Holtz und rief sich ins Gedächtnis, dass er vorgehabt hatte, einen weiteren Spezialisten für Armbrüste zu konsultieren.

»Dann tu das. Wie kommt ihr mit der Leiche weiter, die du im Adlernest gefunden hast?«

»Darüber gibt es noch nichts Neues. Aber die Gerichtsmedizin arbeitet dran. Die Leiche war sehr stark verbrannt. Keine Fingerabdrücke, keine persönliche Habe. Die Identität lässt sich vermutlich nur mit Hilfe von DNA klären, aber die Ergebnisse des GFFC liegen noch nicht vor. Wir haben von dort im Übrigen überhaupt noch nichts bekommen.«

»Ich kümmer mich drum, dann sehen wir weiter. Noch etwas?«, fragte C.

Niemand antwortete. Nachdem es ein paar Sekunden lang still gewesen war, dankte sie ihnen für ihr Kommen und wandte sich wieder den Papieren auf ihrem Schreibtisch zu.

Das Trio trottete davon.

»Man könnte fast glauben, dass sie die Vorermittlung führt«, murmelte Mauritz Höög, als sie mit dem Fahrstuhl nach unten fuhren.

Holtz und Brandt antworteten nicht. Sie stiegen in der sechsten Etage aus, verabschiedeten sich vom Staatsanwalt und gingen dann den leeren Korridor entlang.

»Wo ist eigentlich Levin?«, fragte Brandt.

»Sie versucht deinem Wunsch gemäß, Gabriel Marklund ausfindig zu machen, aber ich habe noch nichts von ihr gehört.« Holtz öffnete die Tür seines Büros. »Sie ruft an, wenn es was Neues gibt.«

Pia Levin klappte das Tischchen hoch, drehte den kleinen abgenutzten Plastikhebel in Position und lehnte sich mit geschlossenen Augen im Sitz zurück. Obwohl sie darauf vorbereitet war, wurde ihr abwechselnd heiß und kalt, als das Fahrgestell mit einem Ruck ausgeklappt wurde und die ganze Maschine vibrierte.

Der Boden zog in rasendem Tempo unter ihr vorbei, und sie versuchte, an etwas anderes zu denken.

Fünf Minuten später war das Flugzeug zum Stillstand gekommen, und die kleine Schar Menschen, überwiegend Männer, erhob sich von ihren Sitzen und holte Taschen und Mäntel aus den Gepäckfächern. Pia Levin ließ alle aussteigen, bevor sie sich erhob und ihre Sachen zusammensuchte. Sie hatte es nicht eilig.

»Danke, dass Sie mit uns geflogen sind. Beehren Sie uns bald wieder. Wir wünschen Ihnen einen schönen Tag.«

Die Stewardess schenkte ihr ein strahlendes Lächeln, und Levin beantwortete es unwillkürlich, ehe sie auf die Treppe trat. Ein eisiger Wind fuhr ihr ins Gesicht. Sie zog den Reißverschluss der Jacke höher und eilte die Treppe hinunter auf das überdimensionierte Flughafengebäude zu.

Obwohl es vom Flugzeug zum Eingang nicht weit war, trieb ihr die Kälte die Röte in die Wangen, und ihr kamen Zweifel, ob sie genügend warme Kleidung mitgenommen hatte.

Das Terminal war fast ausgestorben. Ein Schild wies darauf hin, dass das Restaurant geschlossen sei. Die Reisenden wurden an Automaten am anderen Ende des Raumes verwiesen.

Levin sah sich nach einem Informationsschalter um oder nach jemandem, der ihr die Telefonnummer der Taxizentrale sagen konnte. Außer ihr befand sich in der Halle jedoch nur ein Mann, der fast ganz in einem riesigen Anorak mit Pelzkragen verschwand. Er war ziemlich groß und lächelte ihr dümmlich zu.

Der Dorftrottel, dachte sie. In diesem Augenblick setzte er sich in ihre Richtung in Bewegung.

»Ich vermute, Sie sind Pia Levin«, sagte er in breitem Dialekt, als er vor ihr stand.

»Äh … ja.«

»Anders Hedman, Bezirkskriminalpolizei.« Er streckte seine Hand aus.

»Hallo! Ich hatte nicht damit gerechnet, abgeholt zu werden«, sagte Levin und schüttelte ihm die Hand.

»Es ist nicht ganz einfach, hier wegzukommen. Außerdem bekommen wir nicht oft so feinen Besuch.«

Levin war sich nicht sicher, ob Ironie in seinen Worten mitschwang, aber er wirkte aufrichtig, und sie schämte sich ihrer Gedanken, als sie ihn erblickt hatte.

Anders Hedman nahm ihr die Tasche ab und ging zu einem Auto, das mit laufendem Motor vor dem Flughafengebäude stand. Eine riesige Abgaswolke quoll aus dem Auspuff. Levin hatte Mühe, mit ihm Schritt zu halten. Zögernd stieg sie in das warme Auto, nachdem er die Tasche auf dem Rücksitz verstaut und ihr die Beifahrertür geöffnet hatte.

»Ich dachte, dass wir erst mal in der Dienststelle Kaffee trinken und die Lage besprechen, ehe wir zu dem Haus fahren. In Ordnung?«

»Das klingt prima.«

Während der Autofahrt redeten sie nicht viel, aber das Unbehagen darüber, schweigend neben einem vollkommen Fremden zu sitzen, ließ nach, als sie merkte, dass ihm das überhaupt nichts auszumachen schien. Sie würden schon noch früh genug miteinander sprechen, dachte sie und bewunderte stattdessen die vorbeiziehende Landschaft. Sie hatte noch nie so viel Weiß auf einmal gesehen. Die Bäume, die Erde, der Himmel, alles war weiß. Kaum eine Menschenseele war zu sehen.

»Nicht viele Leute unterwegs bei dieser Kälte, oder?«

»Nein«, antwortete Hedman.

Die Dienststelle lag am Marktplatz, der von einem Parkplatz und einem niedrigen Gebäude mit großen Fenstern, vor dem die Busse hielten, dominiert wurde. In den Fenstern leuchteten Reklameschilder für Getränke und Hamburgermenüs. Kebab und Pizza gab es auch. Sie parkten neben dem Schnellimbiss. Ein leerer Fernbus stand mit laufendem Motor und geschlossenen Türen an einer der Bushaltestellen.

»Dies ist der Verkehrsknotenpunkt des Ortes, einer richtigen Metropole«, meinte Hedman, während sie rasch über den Platz auf das Polizeigebäude zugingen, das in einsamer Majestät am anderen Ende der offenen, windgepeitschten Fläche lag.

Nichts an seiner Stimme ließ erkennen, dass er scherzte, und Levin fragte sich langsam, ob Hedman vollkommen humorlos war oder einen ganz besonderen Humor besaß. Sie kam zu dem Schluss, dass es sich um letzteres handeln müsse, und lachte, während sie beinahe in den Dauerlauf verfiel, um mit dem großen Polizisten Schritt zu halten.

Die Einrichtung der Dienststelle war seit mindestens drei Jahrzehnten nicht mehr verändert worden. Mit etwas gutem Willen hätte man von charmanter Patina sprechen können.

»Nicht das Allerneueste, aber uns genügt es«, sagte Hedman und lotste Levin durch die Korridore zu einem Büro, dessen Tür geschlossen war.

»Gehen Sie schon mal rein und machen Sie es sich gemütlich, ich hole Kaffee.«

Levin öffnete die Tür und trat ein. Das Zimmer war groß und hell, die Möbel vergleichsweise neu. An den Wänden hingen Ölgemälde, und auf dem Boden lag ein teurer Teppich. Sie betrachtete eingehend die Gemälde. Sehr bunt und mit pastos aufgetragener Ölfarbe. Sie waren nicht gegenständlich, jedenfalls konnte Levin nichts darauf erkennen.

»Interessieren Sie sich für Kunst?«

Hedman betrat mit einem Tablett mit belegten Broten und einer Thermoskanne Kaffee das Büro.

»Nein, das kann ich nicht behaupten. Was stellen die Bilder denn dar?«

Hedman setzte das Tablett auf dem Schreibtisch ab und bezog neben ihr Position. Schweigend betrachteten sie eine Weile die Gemälde.

»Sie zeigen das, was man sehen will. Aber darüber müssen wir ein andermal sprechen. Nehmen Sie doch Platz«, sagte Hedman, und Levin wandte sich widerwillig von den Gemälden ab.

Als sie den Kaffee getrunken hatten, fragte Hedman, wie sie weiter vorgehen sollten. Er habe so viele offizielle Informationen über Gabriel Marklund zusammengetragen wie möglich, den Rest könne er mündlich ergänzen. Gabriel Marklund wohnte allein im alten Pfarrhaus etwa zehn Kilometer außerhalb der Stadt und war im Ort recht bekannt, da er schon immer dort gewohnt hatte und außerdem etwas seltsam war. Seine Behinderung erschwerte ihm das Sprechen und das Gehen. Als Kind hatte er es nicht leicht gehabt, aber in den letzten Jahren tat er sich durch eine innere Stärke hervor, die niemand so ganz begriff. An seinem Verstand war nichts auszusetzen.

»Ich kann Sie zu dem Haus fahren und ihm Ihr Anliegen erklären. Aber Sie werden sicher verstehen, dass ich ihn nicht dazu zwingen kann, Sie zu treffen oder irgendwelche Fragen zu beantworten. Möglicherweise weiß er nicht einmal von seiner Adoption. Wir müssen also behutsam vorgehen.«

»Natürlich. Wie ich schon am Telefon sagte, will ich ihn auch nur treffen. Ich weiß nicht, ob es für die Ermittlung eine Rolle spielt, aber sein leiblicher Vater wurde ermordet, und wir müssen allem nachgehen, selbst wenn es schmerzen sollte«, sagte Levin.

»Wir können sofort fahren. Ich denke, die können Sie gut gebrauchen.« Hedman nahm eine dicke, gefütterte Winterjacke von einem Haken, die Levin dankbar anzog.

Eine halbe Stunde später, nachdem sie bei leichtem Schneefall langsam über glatte Straßen gefahren waren, zweigten sie bei einem Schild von der Landstraße ab und bogen wenig später auf die Auffahrt von Gabriel Marklunds Haus ein. Es war bereits dunkel, obwohl es erst früher Nachmittag war. Sie hielten und stiegen aus. Eine einzelne Lampe verbreitete einen schwachen gelben Schein über der Haustür, aber im Übrigen war es dunkel und still.

Pia Levin ging zur Tür und drückte die Klinke hinunter. Es war abgeschlossen. Sie suchte nach der Klingel, aber es gab keine. Sie klopfte. Keine Reaktion. Hedman ging um das Haus herum und versuchte, durch die Fenster zu blicken, sah aber nur sein eigenes Spiegelbild.

»Nicht viel los hier«, meinte Levin.

»Nein. Es gibt auch keine Spuren im Schnee, weder von einem Auto noch sonst welche. Aber bei diesem Wetter …«

Sie beschlossen, zurückzufahren und in Erfahrung zu bringen, ob jemand wusste, wo sich Marklund aufhielt und wie man ihn erreichen konnte.

Auf dem Rückweg rief Hedman in der Jugendherberge an, die eigentlich geschlossen war. Man versprach, ein Zimmer zu heizen. Nach einigem Zögern hatte Levin beschlossen, die Heimreise auf den nächsten Tag zu verschieben, da sie nun schon einmal so weit gereist war. Hedman setzte sie bei der Jugendherberge ab, die in einem schon lange stillgelegten Bahnhofsgebäude untergebracht war. Er selbst hatte noch vor, ein paar interne Nachforschungen anzustellen, wie er sich ausdrückte. Sie verabredeten sich für den nächsten Morgen.

Pia Levin war ganz allein in dem großen, kalten Bahnhof. Nachdem sie die Küche der Jugendherberge durchsucht hatte, ohne etwas Essbares zu finden, zog sie die dicke Jacke an und begab sich zum Imbiss am Markt.

Wenig später tropfte ihr das Dressing auf die Finger, und eine Tomatenscheibe fiel auf den Tisch, als sie von ihrem Hamburger abbiss. In einer Ecke des Lokals plärrte laut ein Fernseher. Der Geruch von altem Frittieröl hing wie ein unsichtbarer Nebel im Imbiss. Wahrscheinlich würde er sich auch in den Kleidern festsetzen. Levin überlegte, ob sie überhaupt genug Kleider zum Wechseln hatte. Sie wollte nicht nach Wurstbude riechen, wenn sie am nächsten Tag Anders Hedman traf. Er hatte sie angerufen und ihr gesagt, es gebe noch weitere Informationen über Gabriel Marklund, aber nichts Ungewöhnliches und nichts, was nicht bis zum nächsten Tag Zeit habe. Ob sie bis dahin zurechtkomme?

Obwohl sie sich bereits ziemlich einsam fühlte, hatte sie bejaht. Sie hatte das Hamburgerrestaurant nicht nur des Hungers wegen aufgesucht.

Sie schob das letzte frittierte Kartoffelstückchen in den

Mund, wischte sich dann die Hände an einer Serviette ab, roch an ihnen, verzog das Gesicht und trank ein paar Schlucke von ihrer Limonade, während sie sich im Lokal umschaute. Außer ihr saß dort nur noch eine Frau mittleren Alters, die langsam und methodisch eine Pizza aß. Sie schnitt ein kleines dreieckiges Stück ab, aß es und drehte dann den Teller ein wenig, um das nächste Stück abzuschneiden. Immer wieder die gleichen Bewegungen. Levin hatte noch nie jemanden eine Pizza mit solcher Sorgfalt und Konzentration essen sehen. Sie konnte es nicht bleiben lassen, die Frau anzustarren. Diese sah plötzlich von ihrem Teller auf und begegnete ihrem Blick.

Levin schlug die Augen nieder und schämte sich ihrer ungenierten Blicke.

»Sie sind nicht von hier, oder?«

Die Stimme klang neugierig und nicht im Geringsten feindselig.

»Ich bin nur ganz kurz zu Besuch«, sagte Levin.

»Touristin?«

Levin lachte.

»Nein, geschäftlich.«

»Sind Sie schon mal hier gewesen?«

»Noch nie.«

»Im Sommer ist es sehr schön.«

»Dann muss ich eben im Sommer noch einmal herkommen«, sagte Levin und legte den ganzen Abfall auf ihr Tablett.

»Sie sind Polizistin, nicht wahr?«

Levin zuckte zusammen.

»Ja. Sieht man das?«

Die Frau lachte.

»Nein. Aber wenn sich ungewöhnlicher Besuch in dieses Nest verirrt, dann wissen alle davon.«

Levin lächelte und erhob sich. Sie stellte ihr Tablett in eine Ablage neben der pizzaessenden Frau.

»Und wie läuft's?«

»Was?«

»Na, das was Sie machen. Sie sind doch eine Polizistin aus der Großstadt, die aus beruflichen Gründen hier ist. Da will man natürlich wissen, wie es läuft.«

Levin erwog, eine abweisende Antwort zu geben, überlegte es sich aber plötzlich anders.

»Kennen Sie Gabriel Marklund?«

»Ich weiß, wer das ist. Wieso? Hat er was verbrochen?«

»Nein. Ich bräuchte nur ein paar Informationen. Darf ich mich setzen?«, fragte sie und deutete auf den freien Stuhl am Tisch der Frau.

»Natürlich. Nehmen Sie nur Platz.«

Es gab fast keine Helligkeit, die der Schnee hätte reflektieren können. Pia Levin sah nur wenige Meter weit, und es fiel ihr schwer, sich zu orientieren. Die Tasche schnitt in ihre Schulter, und sie hätte gerne die Taschenlampe angemacht, aber damit wollte sie noch warten. Sie wollte keine Aufmerksamkeit erregen. Der Taxifahrer hatte sie seltsam angeschaut, als sie ihm ihr Ziel genannt hatte.

»Wollen Sie wirklich hier aussteigen?«, hatte er gefragt. Sie hatte ihm versichert, dass alles in Ordnung sei. Für das letzte Stück hatte sie zwanzig Minuten gebraucht. Der Wind wurde immer stärker und blies ihr schmerzhaft ins Gesicht, während sie sich den Straßenrand entlangkämpfte. Kein Auto, kein Licht. Kohlrabenschwarze Nacht. Der eisige Schnee peitschte ihr in die Augen. Jetzt musste sie eigentlich ihr Ziel erreicht haben. Irgendwo musste das Schild sein, nach dem sie suchte.

Sie knickte mit dem Fuß um.

Obwohl sie das Gleichgewicht verlor, gelang es ihr, einen Fuß nach vorne zu setzen, aber da war kein fester Boden mehr. Sie fiel schräg nach vorne in den schneegefüllten Straßengraben und klemmte den rechten Fuß unter sich ein. Beinahe meinte sie, das Knacken hören zu können. Der Schmerz schickte wütende, weiße Signale in ihr Gehirn. Sie lag halb im Schnee versunken. Die Angst erwischte sie mit voller Wucht. Wie lange überlebe ich bei diesem Wetter mit einem gebrochenen Fuß?, überlegte sie und versuchte, ihr Bein zu bewegen. Der Schmerz vertrieb die Kälte. Sie stöhnte laut auf und drehte sich auf den Rücken. So blieb sie liegen und starrte in die Dunkelheit hinauf. Ihr Atem ging stoßweise. Nach einer Weile spürte sie, wie die Kälte durch die Jacke drang und der Schnee in ihren Kragen rieselte und ihren Hals kühlte. Sie streckte die Hand nach der Tasche aus, die sie beim Sturz fallen gelassen hatte, zog die Taschenlampe heraus und schaltete sie an. Das Licht vertrieb den schlimmsten Schrecken. Sie drehte sich zur Seite und leuchtete den Straßenrand ab.

Das Schild schien sie förmlich zu verhöhnen. In weniger als zehn Meter Entfernung las sie die reflektierenden Buchstaben, die ihr mitteilten, dass sie am Ziel war. Sie versuchte, den Fuß zu bewegen, aber er tat so weh, wie sie befürchtet hatte. Nachdem sie sich aufgerichtet hatte, belastete sie den Fuß vorsichtig und merkte, dass trotz des starken Schmerzes zumindest nichts gebrochen war. Mühsam begab sie sich wieder auf die Straße, hinkte auf das Schild zu und ging dann den schmalen, nicht geräumten Weg entlang in den Wald.

Die Taschenlampe ließ sie an.

Das Haus wirkte größer als am Tag. Sie leuchtete mit der Taschenlampe über den Hofplatz und stellte fest, dass die Spuren von ihrem früheren Besuch bereits zugeschneit waren. Es gab keine neuen Spuren. Die schwache Lampe über der Tür ging an, als sie sich dem Haus näherte. Aber da niemand zu Hause zu sein schien, kümmerte sie das nicht weiter, und sie stieg die Treppe hoch und drückte zum zweiten Mal an diesem Tag die Klinke.

Es war immer noch abgeschlossen.

Die Frau im Imbiss war nett und sehr gesprächig gewesen. Levin vermutete, dass es nicht viele Leute gab, mit denen sie sich unterhalten konnte. Sie hatte nicht sonderlich viele Fragen stellen müssen. Gabriel Marklund war eine bekannte Gestalt im Ort und nun schon seit einer geraumen Weile verreist. Nach dem Tod seiner Eltern war er allein geblieben, da er alt genug gewesen war, um ohne Erwachsene zurechtzukommen. Niemand hatte ihn gefragt, wo er gewesen sei, als er vor einer Woche ins Dorf zurückgekehrt war.

Alle hatten gewusst, dass er wieder zurück war.

Und dass er bereits am Tag darauf wieder verschwunden war.

Levin hatte noch erwogen, Anders Hedman anzurufen und ihm von ihren Plänen zu erzählen. Aber sie wusste, dass sie gut improvisieren konnte. Sie hatte die Landkarte studiert, um einen geeigneten Ort auszusuchen, an dem das Taxi sie absetzen konnte, und war zu dem Schluss gekommen, dass sie, falls sich dies als nötig erweisen sollte, jederzeit jemanden telefonisch verständigen konnte.

Sie drückte den kleinen, pistolenähnlichen Gegenstand an das Schloss und schob die Spitze in das Schlüsselloch. Dann drückte sie zweimal, und eine dickflüssige Masse wurde in das Schloss gepresst. Sie wartete eine halbe Minute, bis die Substanz erstarrt war. Dann drehte sie den ganzen Apparat um hundertachtzig Grad. Das Schloss öffnete sich widerspruchslos.

Holtz sah auf die Uhr und beschleunigte seine Schritte. Der Wind hatte zugenommen, und große nasse Schneeflocken trieben ihm ins Gesicht. Wenn er sich beeilte, dann konnte er noch vor seiner Verabredung im Café den Weihnachtsschmuck kaufen.

Marcus Koster hatte ihn angerufen und ihn unbedingt treffen wollen. Der Frage, worum es denn gehe, war Koster ausgewichen. Er würde es ihm im Café erzählen.

In dem kleinen Café war es warm und eng. Es roch nach feuchter Wolle und frischgebackenem Brot. Drei junge Frauen standen an der Kasse und sprachen vertraulich mit der ebenfalls jungen Frau hinter dem Tresen. Sie lachten über etwas, das sich offenbar am Vorabend zugetragen hatte. Holtz sah sich um und überlegte, warum sich Koster wohl ausgerechnet dieses Café ausgesucht hatte. Es schien fast unmöglich zu sein, sich darin mit einem Rollstuhl zu bewegen.

»Hallo«, rief jemand aus einer Ecke des Lokals.

Mehrere Gesichter wandten sich dem Rufer zu. Die drei an der Kasse verstummten, starrten verärgert in seine Richtung und nahmen dann rasch ihren Schwatz über die Abenteuer des Vorabends wieder auf. Der Mann kam Holtz irgendwie bekannt vor und schien tatsächlich ihn gemeint zu haben. Holtz konnte ihn jedoch nicht einordnen.

»Kommen Sie herüber, Marcus hat sich verspätet«, rief der Mann quer durchs Lokal, ohne sich im Geringsten um die anderen Gäste zu kümmern.

Jetzt fiel bei Holtz endlich der Groschen. Es war der junge Mann, dem er im Bogenschützenverein begegnet war. Wie hieß er denn gleich wieder? Irgendetwas Lateinamerikanisches, überlegte Holtz, als er sich einen Weg zu ihm bahnte. Der Rollstuhl lehnte zusammengeklappt an der Wand, und sein Besitzer saß auf einem gewöhnlichen Stuhl.

»Hallo! Gut, dass Sie da sind. Es fällt mir etwas schwer zu bestellen. Können Sie mir einen Kaffee und ein Teilchen holen? Ich sitze hier gewissermaßen fest«, sagte er und lachte.

»Natürlich. Was hätten Sie gerne? Eine Safranschnecke?« Holtz hängte seinen Mantel über die Stuhllehne.

»Egal, irgendwas.«

Holtz ging zur Kasse und bestellte. Die drei jungen Frauen waren gegangen, und es dauerte nicht lange, bis er mit einem Tablett mit Kaffeetassen und Gebäck an den Tisch ganz hinten in der Ecke zurückkehrte.

»Nett, Sie wiederzusehen«, sagte er und nahm Platz. »Es ist mir etwas peinlich, aber ich habe Ihren Namen vergessen …«

»Massoud.«

»Richtig. Jetzt erinnere ich mich wieder. Marcus hat gar nicht erwähnt, dass Sie auch kommen würden.«

»Nicht? Er hat mich angerufen und gesagt, es sei wichtig, dass ich auch dabei bin. Stört Sie das?«

»Nein, überhaupt nicht. Wo steckt er denn?«

»Er kommt vermutlich gleich. Wir können doch schon mal Kaffee trinken?«

»Natürlich.«

Holtz und Massoud unterhielten sich über den Bogenschützenverein und über Wettkämpfe beim Behindertensport. Holtz hatte das Gefühl, sie würden sich schon lange kennen, so unbeschwert war die Konversation.

»Wie ist Marcus eigentlich?«, fragte Holtz.

Massoud dachte ein paar Sekunden nach, ehe er antwortete.

»Engagiert. Seine Arbeit beim Stjärnan, beim Bogenschützenverein also, kann gar nicht hoch genug bewertet werden. Er ist jemand, der alles für andere gibt, ohne jemals etwas zurückzufordern.«

»Gibt es solche Leute wirklich?«

»Solche engagierten Leute gibt es überall. In Vereinen, als Pflegeeltern oder als ehrenamtliche Mitarbeiter gemeinnütziger Organisationen.«

Holtz dachte an seine Tochter Linda, die um den halben Globus reiste, um anderen dabei zu helfen, eine sicherere und gerechtere Welt zu schaffen, und erkannte, dass er das bisher nie so gesehen hatte. Er war immer davon ausgegangen, das Abenteuer hätte sie gelockt. Kannte er seine Tochter überhaupt?

»Aber anderen zu helfen hat natürlich auch eine egoistische Seite«, meinte Massoud.

»Wie meinen Sie das?«

»Es gibt einem das Gefühl, Teil von etwas Größerem, ein Teil des Lebens anderer zu sein. Und etwas zu erreichen kann einen sicherlich süchtig machen. Glauben Sie das nicht auch?«

»Ich weiß nicht. Das klingt doch recht theoretisch. Oder fast religiös. Ich wollte Sie aber noch etwas anderes fragen.«

»Ja?«

»Was fehlt Marcus eigentlich?«

»Hat er Ihnen das nicht erzählt?«

»Ich habe ihn nie gefragt, und jetzt habe ich ihn so oft getroffen und das Gefühl, ich hätte ihn schon längst fragen müssen … Das verstehen Sie vielleicht.«

Massoud ließ ein lautes, befreiendes Lachen hören.

»Ich verstehe sehr gut. Er hat MS.«

»MS?«

»Multiple Sklerose.«

»Aha, er hat also nicht immer im …«

»Nein. Seit zehn Jahren ungefähr. Vorher war er kerngesund.«

»Unglaublich, er wirkt so …«

»Wie? Wie wirkt er?«

»Er wirkt irgendwie so zufrieden. Trotz allem.«

»Vielleicht. Aber wer weiß schon, was in einem anderen Menschen vorgeht?«

Holtz klaubte einige Krümel von seinem Teller und schob sie in den Mund.

»Aber es muss doch ein Unterschied sein, ob man von einer Krankheit heimgesucht wird oder einen Unfall erleidet? Wie Sie, meine ich.«

»Was meinen Sie?«, fragte Massoud und sah ihn verständnislos an. »Wer hat gesagt, ich hätte einen Unfall erlitten?«

»Marcus.«

»Ach, tatsächlich?«, sagte Massoud.

Die Stimmung war umgeschlagen. Holtz hatte das Gefühl, dass Massoud von einem Augenblick auf den nächsten nicht mehr freundlich und fröhlich, sondern geradezu feindselig war.

»Es sieht nicht so aus, als würde Marcus noch kommen. Ich muss los.« Massoud streckte die Hand nach dem Rollstuhl aus.

Holtz wusste nicht, was er sagen sollte, sondern saß einfach da, während Massoud den Rollstuhl aufklappte und sich gewandt hineinschwang. Er nickte Holtz kurz zu und rollte dann wortlos davon. Auf dem Weg fuhr er über eine auf dem Boden liegende Tasche und entschuldigte sich nicht einmal. Die Besitzerin der Tasche starrte ihm wütend hinterher.

Holtz kam sich wie ein Idiot vor.

Levin schloss die Tür hinter sich und blieb stehen. Der Geruch von Zigarettenrauch vermischte sich mit dem Duft von Schmierseife. Sie zog eine Plastikverpackung aus ihrer Tasche, riss eine Ecke auf und zog sich ein Paar sterile Latexhandschuhe über. Über die Schuhe stülpte sie ebenfalls Plastiküberzüge.

In der Diele standen schwere, unmoderne Möbel, die sie an eine Ausstellung in einem alten Schloss erinnerten, die sie vor vielen Jahren besucht hatte. Es fehlte nur das dicke Absperrtau, dann wäre die Illusion eines gut erhaltenen antiken Interieurs perfekt gewesen. Sogar eine alte Truhe gab es. Levin hängte sich die Tasche über die Schulter und begann ihren Rundgang. Nirgends fanden sich Spuren, die darauf hindeuteten, dass das Haus bewohnt war. Der Kühlschrank war leer, die Speisekammer ebenfalls. Dort stand nur eine Kaffeedose vom Anfang des vorigen Jahrhunderts. Sie öffnete sie und atmete den Duft frischgemahlenen Kaffees ein. Immerhin etwas, dachte sie und stellte die Dose zurück.

Die Küche war alt, sah aber aus, als funktioniere alles. Sie zog rasch alle Schubladen auf, ohne dass ihr etwas Besonderes aufgefallen wäre. Schließlich öffnete sie die Klappe des Holzherdes. Die Asche war kalt. Darin lag etwas nicht vollständig Verbranntes. Sie zog ein zusammengerolltes Blatt Papier hervor, drehte es hin und her und stellte fest, dass es nur an den Rändern angesengt war. Vorsichtig legte sie die Rolle in eine Papiertüte aus ihrer Tasche und setzte dann die Durchsuchung fort. Sie öffnete einen Schrank nach dem anderen, fand darin aber nur feines Porzellan, gemangelte Laken und Handtücher. Alles war an seinem Platz. Es herrschte eine perfekte Ordnung. Sie setzte sich auf einen Stuhl in der Küche und versuchte sich vorzustellen, wie das Leben in diesem Hause abgelaufen war. Wie war Gabriel Marklund aufgewachsen? Hatte er gewusst, dass er ein Adoptivkind war, oder hatte man ihm diesen Umstand verheimlicht?

Wo befand er sich?

Sie spürte, wie Müdigkeit sie überkam, schaltete die Taschenlampe ein und legte sie auf den Küchentisch, damit der Lichtkegel den Raum erhellte. Im Schein der Lampe sah sie etwas auf dem Tisch. Sehr kleine Flocken.

Sie beugte sich vor, schnupperte und erkannte den Geruch sofort. Vorsichtig verstaute sie die Flocken in einem Umschlag aus ihrer gut ausgestatteten Tasche.

Nachdem sie das Erdgeschoss durchsucht hatte, ging sie die Treppe hinauf. Die Stufen knarrten, und das Geländer war lose. Sie hatte den Eindruck, dass jeder Schritt kilometerweit zu hören war, und hielt auf fast jeder Stufe inne, um zu lauschen. Die Stille war kompakt. Ihr Fuß schmerzte, aber die Anspannung ließ sie ihren verstauchten Knöchel vergessen.

Im Obergeschoss befanden sich zwei Zimmer. Das erste war, wie sie in der Dunkelheit ahnte, ein Schlafzimmer. Levin brauchte mehr Licht. Sie war sich ziemlich sicher, dass das Haus nicht von der Landstraße aus zu sehen war. Offenbar befand sich niemand in der Nähe. Der Lichtschalter war aus Bakelit und machte einen ziemlichen Lärm, als sie ihn betätigte. Das Zimmer wurde von einem riesigen Doppelbett und einem Kleiderschrank dominiert. Sie stand in der Tür und dachte nach. Irgendetwas war an diesem Zimmer, an den Bildern augenfällig. Über dem Bett war deutlich eine helle, rechteckige Fläche zu sehen. Ein Bild, das sich sehr lange dort befunden hatte, hing nicht mehr dort.

Da ging es ihr auf. Es gab keine Fotos im Haus. Keine Familienbilder.

Sie durchsuchte das Zimmer, ohne etwas von Interesse zu finden.

Das andere Zimmer sah ganz anders aus. Sie erkannte sofort, dass es sich um Gabriel Marklunds Zimmer handelte. Es war eine Spur moderner als der Rest des Hauses. Bett, Schreibtisch, ein volles Bücherregal. Sie überflog rasch die Titel. Thriller, Naturbücher, aber auch Religion und Esoterik. Sie nahm eines heraus. Eine Sonne zierte das Cover. Sie blätterte. Obwohl sie den Blick nur über die Seiten gleiten ließ, war ihr klar, worum es sich handelte. Sie stellte es zurück und nahm ein anderes Buch aus dem Regal. Es hatte in etwa denselben Inhalt wie das Buch mit der Sonne.

Auf dem Schreibtisch stand ein zugeklapptes Mini-Notebook. Daneben ein Federmäppchen. Sie sah auf die Uhr. Hielt inne und lauschte. War dort unten ein Geräusch? Sie hielt den Atem an und drehte den Kopf ein wenig zur Seite, um besser hören zu können, vernahm aber nur ihren eigenen Herzschlag. Die Halsschlagader pochte, und der Schmerz im Fuß kehrte zurück. Sie hatte plötzlich Durst. Sie lauschte erneut. Einbildung. Levin schüttelte ihr Unbehagen ab, klappte den Computer auf und schaltete ihn ein. Es surrte. Ein Schwarm wilder Papageien tauchte auf dem Bildschirm auf.

Verdammt, dachte sie, als ein Dialogfenster über den Papageien angezeigt wurde. Sie schrieb Gabriel Marklund in das Fenster und drückte die Entertaste. Es war die falsche Eingabe. Sie zögerte. Das unerlaubte Eindringen würde man ihr vielleicht durchgehen lassen, aber keinen Diebstahl.

Es gibt aber noch eine andere Methode, überlegte sie und nahm ein schwarzes Etui aus ihrer Tasche. Drei kleine Metallplatten in verschiedenen Größen lagen darin ordentlich aufgereiht. Sie drehte den Computer hin und her und fand, wonach sie suchte. Sie steckte eine der Platten in einen Anschluss an der schmalen Seite des Computers. An dem Ende, das herausragte, befanden sich zwei Plastikteile mit einer Öffnung dazwischen. Eine blaue Diode begann zu leuchten. Sie sah wieder auf ihre Uhr und wählte eine Telefonnummer.

Jerzy Mrowka war fast sofort am Apparat. Sie unterhielten sich einige Minuten, dann schaltete Levin den Lautsprecher ihres Handys ein und legte es neben den Computer.

»Hörst du mich?«, fragte sie.

»Klar. Ist die Antenne eingeschaltet und angeschlossen?«

»Ja. Zumindest blinkt sie«, sagte sie.

»Drück die Tasten in der von mir genannten Reihenfolge und halte sie gedrückt.«

Pia Levin befolgte seine Anweisungen und benötigte acht Finger um die Kombination aus Buchstaben und Zahlen herzustellen.

»Jetzt müsste der kleine Finger der rechten Hand noch frei sein, nicht wahr?«

»Ja.«

»Drück auf Enter.«

Mit etwas Mühe gelang es ihr, die Taste mit dem kleinen Finger zu erreichen und zu drücken. Der Bildschirm wurde schwarz.

»Alles ist erloschen. Soll das so sein?«

»Wart's ab.«

Einige Sekunden verstrichen.

»Bist du dir sicher?« In diesem Moment ging der Monitor wieder. Die Papageien waren verschwunden. Stattdessen leuchtete der Monitor hellblau. In der einen oberen Ecke blinkte ein weißer Punkt.

»Was soll ich jetzt machen?«, fragte sie, nachdem sie beschrieben hatte, was sie sah.

»Lass die Tasten los und gib folgende fünf Zahlen ein.« Mrowka nannte ihr einen Code.

»Alles klar, ich habe jetzt alles«, war Mrowkas metallische

Stimme im Zimmer zu vernehmen. »Es wird etwas dauern, je nachdem, wie voll die Festplatte ist. Ich rufe dich an, wenn ich fertig bin.«

»Danke einstweilen«, sagte Levin und unterbrach die Verbindung.

Sie hoffte, dass es nicht allzu lange dauern würde. Während sie wartete, nahm sie das angesengte Blatt aus der Tasche und rollte es vorsichtig aus. Das Papier war dick und schien sich aufgrund der Hitze eingerollt zu haben. Es handelte sich um ein Foto. Sie betrachtete es eingehend, hatte plötzlich eine Idee, nahm es mit in das Schlafzimmer und hielt es über dem Bett auf die helle Stelle der Tapete. Es war durchaus möglich, dass es dort gehangen hatte, falls es denselben Rahmen gehabt hatte wie die anderen Bilder. Warum hat er versucht, dieses Foto zu verbrennen?, überlegte sie.

Ihre Anspannung begann nachzulassen. Sie legte das Foto wieder in die Tasche und merkte, dass sie Hunger hatte.

Ihr Blick fiel auf das Federmäppchen auf dem Schreibtisch. Sie öffnete es. Es enthielt drei gelbe Bleistifte, einen rosa Radiergummi und einen silbernen Bleistiftspitzer aus Metall.

Er setzte sich aufs Sofa, nahm die Fernbedienung und schaltete den Bildschirmtext ein. Es war fast vier Uhr morgens. Ulf Holtz konnte nicht schlafen. Eine halbe Stunde lang war er nur in Unterhosen unruhig im Wohnzimmer auf und ab gegangen. Er musste die ganze Zeit an Weihnachten denken. Linda hatte sich am Abend gemeldet und die Einladung angenommen. Offenbar wurde nichts aus der geplanten Lateinamerikareise. Erfreut über ihre Zusage hatte er Eva angerufen, ihr davon erzählt und gesagt, dass sie ebenfalls sehr willkommen sei. Eva hatte geantwortet, dass sie nicht wisse, ob sie zu Hause sei, da sie sich für Weihnachten zum Bereitschaftsdienst gemeldet habe. Aber da während der hohen Feiertage nur selten Abschiebungen vollzogen wurden, glaubte sie, auch kommen zu können. Ein Weihnachtsgeschenk wolle sie keines. Er doch wohl auch nicht?

Ulf Holtz hatte lachend geantwortet, nein wirklich nicht, aber irgendwas würde er vermutlich doch bekommen. Was sollte er bloß seinen Töchtern kaufen? Junge Frauen mit einem eigenen Leben? Was schenkte man ihnen?

Von Nahid hatte er nichts gehört. Er hatte nicht die Zeit gehabt, sie anzurufen. Oder vielleicht hatte ihm auch der Mut gefehlt. Er sann darüber nach, wie es möglich war, dass ein erwachsener, gut ausgebildeter, einigermaßen weltgewandter und weit gereister Mann wie er sich wie ein Teenager benahm, der es nicht wagte, ein Mädchen auf dem Schulball zum Tanz aufzufordern. Eine plausible Erklärung fiel ihm nicht ein.

Er zappte von einer Bildschirmtextseite zur nächsten, ohne zu verstehen, was er eigentlich las. Selbstmitleid überfiel ihn. Ohne erkennbaren Grund war seine Laune auf den Nullpunkt gesunken. Er spürte, wie ihm die Tränen kamen. Warum bin ich so allein?, dachte er. Er wusste, er gehörte nicht zu den Leuten, die die Gabe besaßen, Freundschaften zu pflegen, und in seinem Innersten spürte er, das Problem bestand darin, dass er sich in seiner eigenen Gesellschaft am wohlsten fühlte. Geselligkeit war anstrengend und funktionierte nicht einmal dann, wenn er sich Mühe gab. Er hatte geglaubt oder gehofft, der Besuch Marcus Kosters sei Ausdruck von Freundschaft oder zumindest ein Ersatz dafür gewesen. Jetzt war er sich nicht mehr so sicher. Er hatte versucht, Koster nach dem seltsamen Cafébesuch, zu dem er nicht erschienen war, zu erreichen. Holtz war klar, dass er mit seiner Bemerkung Massoud gegenüber ins Fettnäpfchen getreten war, begriff aber nicht recht, in welcher Hinsicht. Er hatte Marcus zu Massouds Reaktion befragen wollen, ihn aber nicht erreicht, obwohl er sowohl im Vereinshaus als auch auf seinem Handy angerufen hatte. Kosters Privatnummer hatte er nicht. Er wusste nicht einmal, wo er wohnte. War das ein Zeichen von Desinteresse oder ein Beweis dafür, dass ihm andere Menschen gleichgültig waren?

Er wurde müde. Die Buchstaben auf dem Bildschirm verschwammen. Er schaltete den Fernseher aus und schleppte sich ins Schlafzimmer.

Als das Telefon klingelte, war er verwirrt, und es dauerte einen Augenblick, bis er begriff, dass er sich in seinem eigenen Schlafzimmer befand. Die Decke lag auf dem Fußboden. Er fror. Er richtete sich auf und begann, nach seinem Handy zu suchen. Er fand es in der Diele – zu spät. Eine unbekannte Nummer, stellte er fest.

Wenn es etwas Wichtiges war, klingelt es sicher gleich wieder, dachte er und ging ins Badezimmer. Auf dem Weg dorthin warf er einen Blick auf den winzigen, schneebedeckten Garten. Ein Schwarm kleiner Vögel war vollauf mit der Ährengarbe beschäftigt, die er am Vortag gekauft hatte. Er hatte sie einfach zu den Wichteln, dem Christbaumschmuck und dem Halmbock in den Einkaufswagen gelegt. Vielleicht eine Erinnerung oder die Illusion einer Erinnerung. Er hatte sie an einem alten Besenstiel festgebunden und in den Garten gestellt. Die Vögel waren ganz verrückt danach. Plötzlich fühlte er sich unerwartet ausgeschlafen und gut gelaunt. Er verbannte die Erinnerung an die Nacht in eine entlegene Ecke, während er beobachtete, wie sich die Vögelchen satt aßen. Es würde schön sein, einmal wieder richtig Weihnachten zu feiern. Er nahm sich vor, sich mehr um seine wenigen Freunde zu kümmern. Dann zog er seine Unterhose aus und stellte sich unter die Dusche.

Da klingelte es ein weiteres Mal. Er eilte in die Diele und hob ab. Es war Jörgen Bylund, der Chef vom Ton. Der Anruf bei der Notrufnummer anlässlich der Vergewaltigung war analysiert worden. Er werde den Bericht und die gefilterte Audiodatei schicken. Holtz dankte ihm und legte auf. Er musste lächeln, als ihm klar wurde, dass er nackt in der Diele stand. Ob man jemandem anhörte, ob er bekleidet oder nackt war? Vermutlich nicht.

Er stellte sich wieder unter die Dusche und hatte gerade das Wasser angedreht, als es ein weiteres Mal klingelte.

»Verdammt«, sagte er und ging wieder zu seinem Telefon.

Es war Pia Levin.

»Hallo«, meldete er sich. Er lächelte, weil er schon wieder nackt mit dem Telefon in der Diele stand.

Sie klang müde, aber aufgeregt. Sie habe einiges zu erzählen, wolle mit den Einzelheiten jedoch warten, bis sie zurück sei. Sie rechne damit, gegen vier Uhr nachmittags im Büro zu sein. Ob sie ihn dann sprechen könne?

»Klar. Ich sag noch Ellen Bescheid, dann sparen wir Zeit«, sagte er und beendete das Gespräch.

Nachdem er lange und heiß geduscht und ausgiebig gefrühstückt hatte, fuhr er mit dem Auto in die Klinik. Er hatte Jonny Anderssons Arzt angerufen. Der Patient war offenbar sehr deprimiert und hatte während der vergangenen Tage seine Einstellung vollkommen verändert. Wahrscheinlich beruhe diese Persönlichkeitsveränderung darauf, dass ihm bewusst geworden sei, vermutlich nie wieder sehen zu können, hatte der Psychologe erklärt. Für gewöhnlich spräche er nicht mit Außenstehenden über seine Patienten, aber dieser Fall sei speziell, und außerdem wolle man der Polizei helfen.

Holtz schlenderte durch einen Korridor. Er staunte, wie viele Leute überall waren. Zwei junge Ärzte in weißen Kitteln über Jeans und gestreiften Oberhemden gingen in eine Unterhaltung vertieft an ihm vorbei, und hinter einem Fenster saß eine Krankenschwester in ihre Papiere vertieft. Sie sah auf, als er an ihr vorbeiging, blickte dann aber sofort wieder in die Unterlagen, ohne sein Lächeln zu erwidern. Hinter ihr führten einige Frauen eine hitzige Diskussion. Es wirkte wie eine Pantomime. Lauschig, dachte Holtz und wäre fast mit einem Mann afrikanischer Herkunft in mintgrüner Kleidung zusammengestoßen, der einen Essenswagen vor sich her schob. Der Geruch von Bouillon stieg ihm in die Nase. Patienten sah er keine. Er vermutete, dass sich alle in ihren Zimmern befanden.

Die Beschreibung des Arztes war zutreffend gewesen. Jonny Andersson brummte nur etwas, als Holtz das Zimmer betrat und seinen Namen nannte. Er saß im Schneidersitz auf dem Bett und wiegte sich hin und her wie ein Käfigtier im Zoo.

»Wie geht es Ihnen?«

Andersson hielt in der Bewegung inne und wandte seinen bandagierten Kopf der Stimme zu.

»Was glauben Sie? Fantastisch. Ich werde nie mehr etwas sehen können, aber was spielt das schon für eine Rolle? Gibt ja heutzutage prima Blindenstöcke. Vielleicht schenkt mir ja jemand einen Blindenhund? Oder ich kann den Hund ausleihen, der mich angegriffen hat«, sagte er und lachte.

Das Lachen klang allerdings etwas angestrengt und hielt zu lange an.

Er verstummte.

Und begann dann zu weinen.

Ein leises, nicht enden wollendes klägliches Wimmern.

Holtz stand neben dem Bett und wusste nicht, was er sagen oder tun sollte.

»Was wollen Sie eigentlich von mir?«, fragte Andersson, als er sich wieder etwas gefasst hatte.

»Ich wollte mich mit Ihnen über Johan Seger unterhalten.«

»Weswegen? Der ist doch tot? Was können Sie dagegen schon unternehmen?«

»Ich könnte zumindest versuchen, seinen Mörder hinter Gitter zu bringen.«

Andersson schwieg lange, immer noch mit untergeschlagenen Beinen und hängendem Kopf.

»Okay«, sagte er dann, seufzte und reckte sich. »Setzen Sie sich.«

»Kann ich Ihnen irgendwas zu trinken holen?«, fragte Holtz.

»Nein danke. Im Moment nicht. Später vielleicht. Wo soll ich beginnen?«

»Ganz am Anfang.«

Holtz verbrachte den ganzen Vormittag in Jonny Anderssons Krankenzimmer. Andersson erzählte von seinem ermordeten Freund und Gesinnungsgenossen, und Holtz schrieb mit. Er hörte die meiste Zeit zu und warf nur gelegentlich eine Frage ein. Die Worte sprudelten förmlich aus Andersson hervor.

Sie hatten sich bei einem Neonazikonzert kennengelernt und sofort eine eigenartige Zusammengehörigkeit verspürt. Im Scherz hatten sie gesagt, sie seien Yin und Yang. Jonny der Harte, Kalte und Wütende. Johan der Warme, Verständnisvolle und Kluge. Gemeinsam waren sie ein kreatives und erfolgreiches Team.

Johan Seger sei gar nicht der gewesen, für den ihn alle immer gehalten hätten, erklärte Jonny Andersson. Eigentlich habe er sich gar nicht sonderlich für Politik interessiert. Er habe sich zwar sehr für die Bewegung engagiert, als er mit ihr in Kontakt gekommen sei, aber das sei mehr aus dem Gefühl heraus geschehen, durch die Verurteilung wegen Kindesmisshandlung von allen verraten worden zu sein. Er sei jung gewesen, enttäuscht und habe nichts mit sich anzufangen gewusst. Er habe keine Freunde besessen, keine Verwandten und kein Zuhause. Seine Wut habe er durch die Partei kanalisieren und ventilieren können. Recht bald habe er verstanden, dass die Bewegung überwiegend aus ziellosen kleinen Jungen bestand, die sich einer beliebigen Gruppe angeschlossen hätten. Alles sei mehr oder weniger zufällig gewesen. Die meisten dieser Idioten hätten rechts und links nicht unterscheiden können.

Johan Seger habe, als der Mord in dem kleinen Ort am Ende der U-Bahnlinie begangen worden sei, sofort die glänzende Gelegenheit erkannt. Spenden seien für die Sache eingegangen. Erst sei er nur erstaunt gewesen, und man habe mit dem Geld Partys gefeiert und Schnaps gekauft. Ziemlich schnell sei Seger dann klar geworden, dass das Geld systematisch beiseitegeschafft werden müsse. Vor allen Dingen sei es ihm wichtig gewesen, dass die Geldströme nicht versiegten.

Der jährliche Neonazimarsch sei eine glänzende Gelegenheit zum Geldsammeln gewesen. Die Summen seien immer größer geworden. Niemand habe gewusst, um wie viel Geld es sich eigentlich gehandelt habe.

Sie hätten einen Pakt geschlossen.

Johan habe sich um die Finanzen und den stetigen Geldfluss gekümmert, und er sollte sein Adjutant sein und die Massen in Schach und bei Laune halten.

»Johan hat sich nie eingemischt, als ich die Jungs mit Partys, Dope und Musik bei Laune hielt. Und ich habe mich nicht in die ideologische Schulung eingemischt.«

»Und wozu war die gut?«

»Um unsere Autorität zu wahren, haben wir die Führer ausgebildet. Das funktionierte. Johan war für die Köpfe zuständig, ich für das Pack«, sagte er und lächelte zum ersten Mal, seit Holtz ihm begegnet war.

»Und die Geheimkammer, was spielt die bei dem Ganzen für eine Rolle?«, fragte Holtz.

»Dort wurden alle Geschäfte und Transaktionen abgewickelt. Es hat ein Vermögen gekostet, sie herzurichten. Aber da drin konnte sich Johan dann ungestört und unbehelligt um seine Geschäfte kümmern. Ich glaube nicht, dass außer mir noch jemand von dem Raum wusste. Niemand hätte es gewagt, ohne Genehmigung den Schulungssaal zu betreten.«

»Und wie viel Geld kam rein?«

»Fünfzig oder sechzig Millionen. Bislang.«

Holtz pfiff leise.

»Unglaublich!«

»Das Ziel waren hundert Millionen. Dann wollten wir uns

aus dem Staub machen. Aber wie Sie wissen, kam etwas dazwischen.«

»Und wo ist das Geld jetzt?«

»Wenn man das wüsste. Ich habe es jedenfalls nicht. Vermutlich auf einem Nummernkonto in irgendeiner Steueroase.«

»Weiß sonst noch jemand von diesem Geld?«

»Nein, meines Wissens nicht. Höchstens noch dieser Schwachkopf, aber nein …«

»Welcher Schwachkopf?«

»Johan brachte mal so einen Spasti mit, der den Schulungsraum geputzt und in Ordnung gehalten hat.«

»Einen Spasti?«

»Ja. Der ist vor einem halben Jahr aufgetaucht und wurde unser Mädchen für alles.«

»Was meinen Sie damit, dass er ein Spasti war?«

»Er konnte nichts richtig. Sprach seltsam. War extrem pedantisch und hat sich immer in Johans Nähe aufgehalten. Und der ließ ihn gewähren.«

»Und wie gefiel Ihnen das?«

»Ich habe das mal angesprochen, aber Johan wurde wütend und meinte, ich solle mich um meine Angelegenheiten kümmern. Er kümmere sich um seine. Johan gehörte nicht zu den Leuten, denen man widersprach, ich habe es also auf sich beruhen lassen.«

»Kannten die beiden sich, bevor er dort auftauchte?«

»Nein, das glaube ich nicht.«

»Und wo ist er jetzt?«

»Der Spasti? Keine Ahnung. Er hat sich wie alle anderen dünngemacht. Nach dieser angeblichen Vergewaltigungssache haben Sie die Räume ja beschlagnahmt.« Er strich sich mit der Hand über den Verband, der die Augen bedeckte. »Ich werde langsam müde«, sagte er dann.

»Das kann ich verstehen. Vielleicht sollten wir uns ja ein andermal weiterunterhalten?«

»Mal sehen. Ich muss wohl noch eine ganze Weile hierbleiben«, sagte Andersson.

Holtz erhob sich und ging auf die Tür zu.

»Hören Sie«, rief ihm Andersson hinterher.

»Ja?«

»Haben Sie diesen verdammten Hund endlich erwischt?«

»Wir arbeiten dran.«

Der Gegenwind war kräftig, und Holtz klappte den Mantelkragen hoch. Als er mit raschen Schritten das Präsidium erreicht hatte, war ihm warm, und er stellte sich in den Windschatten, um ein paar Mal tief durchzuatmen.

Das Fahrrad hatte breite Spikesreifen, und der Mann, der damit auf ihn zukam, trug ein enges grünes Trikot, grüne Handschuhe und einen grünen Helm. Er kam vor dem Eingang schleudernd zum Stehen, sprang behände von seinem Rad und stellte es ab. Auf dem Rücken trug er eine gelbe Tasche aus Nylon. Holtz hatte den Eindruck, dass sie ziemlich schwer war, aber dem Fahrradkurier schien das nichts auszumachen. Er drängte sich an Holtz vorbei, der gerade die Tür geöffnet hatte. Der Kurier joggte zum Empfang und nahm die Tasche vom Rücken. Die Wache nahm ihm ein Paket ab und trug es in ein Buch ein. Der Kurier schien es eilig zu haben. Er konnte kaum warten, bis alle nötigen Papiere ausgefüllt waren, und hüpfte von einem Bein aufs andere. Endlich gab ihm die Wache ein Zeichen, und er rannte zu seinem Fahrrad zurück.

Holtz war schon auf dem Weg zum Fahrstuhl, als der wachhabende Beamte ihn anrief.

»Sie sind doch Holtz, oder?«

Er drehte sich um.

»Ja?«

»Das hier ist für Sie«, sagte der Beamte und hielt ihm das soeben eingetroffene Paket hin.

Holtz trat an den Tresen, leistete eine Unterschrift und wurde dann noch gebeten, sich auszuweisen.

»Aber Sie haben mich doch erkannt? Sie haben mir doch nachgerufen?«

»Ich habe die Vorschriften nicht gemacht.«

Holtz seufzte und kramte seinen Ausweis hervor. Die Wache studierte ihn eingehend, nickte dann und reichte Holtz das Paket.

Es handelte sich um einen großen gelben gefütterten Umschlag mit dem Stempel des GFFC in der linken unteren Ecke.

Als Holtz in sein Büro kam, öffnete er den Umschlag mit einem Messer, das er aus der Kantine mitgenommen hatte und das dann irgendwie in seiner Schreibtischschublade gelandet war.

In dem Umschlag fanden sich die Ergebnisse der DNA-Proben, die sie vor dem Brand im Adlerhorst gesichert hatten. Jede Probe war mit dem Vermerk versehen, ob es Entsprechungen in den Datenbanken des GFFC gab. Ein Teil des DNA-Materials stammte von Männern, die wegen irgendwelchen geringfügigeren Straftaten verurteilt worden waren. Es gab auch Übereinstimmungen mit dem Spurenregister, was bedeutete, dass sich diverse Straftaten jetzt aufklären ließen, denn durch die umfassende Ermittlungsarbeit stand inzwischen fest, wer den Adlerhorst in letzter Zeit frequentiert hatte. Holtz stellte mit Befriedigung fest, dass nun einige von ihnen hinter Schloss und Riegel landen würden.

Zwei der Ergebnisse stimmten ihn jedoch nachdenklich. Er legte sie nebeneinander auf den Schreibtisch und nickte versonnen. So allmählich entsteht ein Bild, dachte er, lehnte sich auf seinem Stuhl zurück und schloss die Augen.

Ein müdes Trio versammelte sich am späten Nachmittag in Ulf Holtz' Büro. Holtz hatte aus der Kantine belegte Brote und eine Kanne Wasser geholt. Eigentlich war er dagegen, dass in seinem Büro gegessen wurde, aber er hatte beschlossen, eine Ausnahme zu machen. Pia Levin nahm eines der Brote und schenkte sich ein. Ellen Brandt begnügte sich mit einem Glas Wasser.

»Und? Was sagt ihr?«, fragte Brandt. »Pia, kannst du vielleicht anfangen?«

Pia Levin aß ihr Brot auf und nickte.

»Ich habe eine Theorie«, sagte sie.

»Lass hören«, meinte Holtz.

Levin erzählte von ihrer Reise in den Norden, von der Begegnung mit Anders Hedman und dem Besuch bei Gabriel Marklund. Sie ließ den Vorfall mit dem Straßengraben aus, beschrieb aber anschaulich die Hausdurchsuchung. Als die anderen wissen wollten, wie sie vor dem Staatsanwalt rechtfertigen wolle, dass sie ohne Durchsuchungsbefehl dort eingedrungen sei, antwortete sie ausweichend.

»Die Möglichkeit ergab sich einfach, und schließlich habe ich nichts aus dem Haus mitgenommen«, verteidigte sie sich. »Die Festplatte des Computers ist kopiert. Ihr bekommt einen Bericht, sobald die Leute vom Dezernat für Internetkriminalität sie sich angesehen haben.«

»Sonst noch etwas?«, fragte Holtz.

»Ja. Das hier.« Sie überreichte den anderen Abzüge zweier Bilder, die sie mit ihrer Digitalkamera aufgenommen hatte. »Dieses Foto hat wahrscheinlich einmal im Schlafzimmer von Gabriel Marklunds Adoptiveltern gehangen. Ich habe es im Holzherd gefunden.«

»Und wer sind die Leute?«

»Das ältere Paar sind vermutlich Gabriel Marklunds Adoptiveltern. Das sagt jedenfalls Anders Hedman. Das Kind, das die Frau im Arm hält, ist wahrscheinlich Gabriel. Aber da bin ich mir natürlich nicht sicher.«

»Warum hat jemand versucht, dieses Foto zu verbrennen?«, fragte Brandt.

»Das weiß ich nicht, aber interessant ist es doch? Im Übrigen habe ich das Foto in den Herd zurückgelegt«, sagte Levin.

Holtz betrachtete bereits das zweite Foto. Es zeigte ein Federmäppchen mit drei gelben Bleistiften, einem rosa Radiergummi und einem silbernen Spitzer aus Metall.

»Das braucht nichts zu bedeuten, aber ein sehr seltsamer Zufall ist es wirklich«, sagte er.

»Was?«, fragte Brandt.

Holtz erzählte von den Schulbänken im Adlerhorst, in denen genau dieselben Gegenstände gelegen hatten.

Brandt sah die Fotos an und las ihre Notizen. Dann trank sie einen Schluck Wasser.

»Im Büro im Adlerhorst stand kein Computer. Zu Hause bei Gabriel Marklund gab es einen. Dort lag auch ein Federmäppchen, das genau denselben Inhalt hatte wie die Bänke im Schulungssaal im Adlerhorst. Ist das alles?«, fragte sie skeptisch.

»Ja«, sagte Levin.

»Euch ist doch wohl klar, dass das möglicherweise nichts zu bedeuten hat? Computer gibt es überall. Bleistifte, Spitzer und Radiergummis werden vielleicht an jeder Ecke in solchen Sets verkauft.« Sie klopfte auf das Foto.

Holtz lächelte.

»Was ist jetzt wieder so lustig?«, wollte Brandt wissen.

»Da ist noch etwas. Jonny Andersson hat ausgesagt, dass

ein junger Mann, der in irgendeiner Beziehung zu Johan Seger stand, plötzlich in Erscheinung getreten sei. Er sei leicht behindert gewesen. Oder ein Spasti, wie Andersson es zartfühlend ausdrückte.«

»Mit Verlaub, aber auf die Räuberpistolen von Jonny Andersson gebe ich nicht viel«, sagte Ellen Brandt.

»Ich glaube, dass wir in diesem Fall seinen Worten Glauben schenken können. Außerdem hat mir der Ton noch ein weiteres Beweisstück geliefert.« Holtz betätigte einige Tasten seines Computers, woraufhin eine flüsternde, aber deutlich hörbare Stimme aus dem Lautsprecher drang.

»*Sie müssen kommen. Sie müssen ganz schnell kommen. Sie schreit. Beeilen Sie sich, beeilen Sie sich!*«

Die Stimme wies einen ausgeprägten norrländischen Dialekt auf, und nicht einmal die Angst konnte die schleppende, verschwommene Aussprache verschleiern.

Sie hörten sich das Gespräch ein weiteres Mal an und schüttelten resigniert die Köpfe, als der Anrufer mehrmals vergeblich aufgefordert wurde, seinen Namen und seine Personenkennziffer zu nennen. Nachdem er abschließend gefaucht hatte: »*Sie bringen sie vielleicht um*«, wurde die Verbindung unterbrochen.

»Ihr glaubt also, dass der unbekannte junge Mann, dieser Spasti, von dem Jonny Andersson erzählte, der Anrufer ist. Und dass es sich dabei …«

»Um Gabriel handelt, allerdings. Ich glaube das nicht nur, ich bin davon überzeugt.« Holtz legte langsam und theatralisch zwei Blätter auf den Tisch. »Das hier ist Johan Segers DNA-Profil«, sagte er und deutete auf das eine. »Diese DNA stammt von einer Kippe, die wir im Adlerhorst gefunden haben.« Er klopfte auf das andere Blatt. »Von einem Joint.«

Levin stieß einen leisen Pfiff aus.

»Ein Verwandter Johans«, sagte sie.

»Jetzt kommen wir ja doch weiter«, meinte Brandt.

»Ein Motiv gibt es auch«, warf Levin ein. »Geld oder Rache oder beides.«

»Ich bespreche mit dem Staatsanwalt, ob dies für eine Ausschreibung zur Festnahme Gabriel Marklunds ausreicht.« Brandt raffte ihre Papiere zusammen und hatte es plötzlich sehr eilig.

Levin ging im Zimmer auf und ab und diskutierte mit Holtz, was sie bislang herausgefunden hatten.

»Herrgott, kannst du nicht stillstehen?«, sagte Holtz. »Dein Herumgetiger macht mich ganz nervös.«

Sie bedachte ihn mit einem Lächeln, drehte ihre letzte Runde und schwang sich dann in eine Fensternische.

»Das wäre ja vollkommen verrückt, wenn er es wäre, oder?«, meinte sie.

»Oder sehr klug. Ein Junge, der von seinem Vater fast getötet worden wäre, kehrt im erwachsenen Alter als Rächer zurück. Klingt fast wie ein antikes Drama«, sagte Holtz.

»Aber warum ausgerechnet jetzt?«

»Das kann man sich wirklich fragen.«

»Vielleicht hat er erst kürzlich erfahren, dass Johan Seger sein Vater ist, und ist deshalb in Aktion getreten. Das Foto im Ofen deutet auf einen Abschluss mit der Vergangenheit hin. Vielleicht ist das ein Indiz dafür, dass er sich verraten fühlt und …«

»Sollten wir diese Analysen nicht der Alfagruppe überlassen?«

Levin lachte und sprang geschmeidig von der Fensterbank herunter.

»Ich glaube, für heute ist es genug.«

»Ja. Jetzt warten wir mal ab, was der Staatsanwalt sagt, und dann wird Marklund zur Fahndung ausgeschrieben. Aber das ist nicht unsere Aufgabe.«

»Nein, allerdings nicht.« Levin schnappte sich ein verwaistes Stück Paprika aus dem Brotkorb und verabschiedete sich.

Als Holtz wieder allein war, saß er lange reglos da, ohne so recht zu wissen, was er tun sollte. Er dachte darüber nach, wie sehr ein lange zurückliegendes tragisches Ereignis die Geschicke vieler Menschen beeinflusst hatte.

Vom Schicksal Gabriel Marklunds wechselten seine Gedanken zum Brand und der Leiche, die sie anschließend im Adlerhorst gefunden hatten. Er sah auf seine Uhr. So wie er Ulla Fredén kannte, würde er sie auch noch zu dieser späten Stunde in der Gerichtsmedizin erreichen. Er zog sein Handy hervor, beschloss dann aber, persönlich bei ihr vorbeizuschauen, und schob es wieder in die Tasche.

Als er durch den Tunnel unter dem Präsidium ging, empfand er wie immer ein leichtes Unbehagen. Obwohl die Unterführung nicht nur die Gebäude miteinander verband, sondern auch als Fluchtweg dienen sollte, war sie schlecht beleuchtet. Überall lagen vergessenes Baumaterial und Dinge, die nirgendwo hinzuzugehören schienen, herum. Er beschleunigte seine Schritte und stolperte in der Dunkelheit beinahe über einen Stapel Türen, der an der Wand lehnte. Holtz war überaus erleichtert, als er endlich den Fahrstuhl erreichte und mit diesem in eine Welt aus grellem Licht, rostfreiem Stahl und Tod fuhr.

Er sah durch das dicke, grünliche Glas der Tür. Die drei Seziertische waren sauber und glänzten frisch abgespritzt. Er überlegte, wie es wohl war, seine Arbeitstage in diesem Raum mit den weißen, kahlen Wänden und dem schmutzgelben Klinkerfußboden zu verbringen.

Es brannte Licht, und Holtz vermutete, dass noch jemand

da war, aber er entdeckte niemanden. Er klopfte an die Glastür. Niemand erschien. Er klopfte erneut und stellte sich ganz dicht an die Scheibe, um besser in den Sektionssaal blicken zu können.

»Hallo Ulf.«

Hastig drehte er sich um und hatte das Gefühl, sein Herz schlüge doppelt so schnell.

»Habe ich dir einen Schrecken eingejagt?«, fragte Ulla Fredén mit einem leichten Lächeln in den Mundwinkeln.

»Was? Überhaupt nicht«, erwiderte er, aber es war ihr anzumerken, dass sie ihm nicht glaubte.

»Komm mit rein.« Nachdem sie ihren Dienstausweis vor das Lesegerät gehalten hatte, gab sie eine Zahlenkombination in das Codeschloss ein.

Die Tür glitt zur Seite, und Holtz folgte Ulla Fredén in den Seziersaal, in dem es stark nach Putzmitteln roch.

»Ich wollte nur mal hören, wie weit ihr mit dem Brandopfer seid«, sagte er.

Sie nickte, trat an eine dicke Stahltür und öffnete diese. Im Kühlraum war Platz für vier Bahren auf Rädern. Jetzt standen aber nur zwei dort. Sie zog eine heraus, schloss die Tür des Kühlraums wieder und bat Holtz, näher zu treten.

Der Tote lag unter einer blauen Plastikfolie, und Holtz hielt das aus irgendeinem Grund für eine unpassende Farbe, um eine Leiche abzudecken. Bei Blau dachte er an eine Bootpersenning.

»Du hast die Leiche ja gesehen, deshalb ist dir sicher klar, dass sich bei derartigen Verbrennungen die Todesursache nicht mehr feststellen lässt. Aber wir wollen mal sehen.« Behutsam hob sie die Folie an.

In dem kalten Licht sah der Leichnam fast noch weniger menschlich aus als an der Brandstätte. Die Haut war schwarz und dunkelbraun und an den Stellen, wo sie nicht aufgeplatzt war, so straff gespannt wie ein Trommelfell. Mit bloßem Auge war nicht zu erkennen, wie groß die Person vor ihrem Tod gewesen war, da die Beine angezogen waren. Holtz war erleichtert, dass er das Gesicht nicht sehen konnte. Der Kopf war zwischen die Armen geklemmt, als wollte sich das Opfer noch im Tod vor dem Licht schützen.

Ulla Fredén breitete wieder die Folie über die Leiche.

»DNA?«, fragte Holtz. Plötzlich hatte er den Eindruck, wieder freier atmen zu können.

»Die haben wir eingeschickt, aber noch kein Ergebnis vorliegen. Ich kann aber schon jetzt sagen, dass es sich um einen Mann Anfang zwanzig handelt, der noch am Leben war, als das Feuer ausbrach. Rußspuren im Rachen. Aber dies kann vielleicht doch einige Unklarheiten beseitigen«, sagte sie und ließ ihre Finger über eine Tastatur tanzen, die sich auf einem Tisch an der Wand befand.

An der Schmalseite des Saals glitt eine Leinwand aus der Decke, und ein Foto des Toten erschien.

»Ich habe eine virtuelle Obduktion durchgeführt, bevor wir den Leichensack geöffnet haben, da ich keine Ahnung hatte, in welchem Zustand sich der Leichnam befinden würde.« Sie ging wieder auf die Tastatur los. »Zum Glück, denn die Haut war teilweise so hart, dass sie sich nicht schneiden ließ. Stellenweise zerfällt sie bei der geringsten Berührung.«

Ulla Fredén reichte ihm eine 3D-Brille und setzte ebenfalls eine auf.

Konzentriert betrachtete Holtz das dreidimensionale Bild des Leichnams, der ein Stück vor der Leinwand zu schweben schien. Er ließ sich auf Knopfdruck in verschiedene Richtungen drehen.

»Ich begreife kaum, wie das alles funktioniert«, meinte Holtz.

»Eigentlich ist es nicht weiter schwierig. Die Tomographie erzeugt dreidimensionale Bilder des Körperinneren. Es sind also nur ein Röntgengerät, Magnetfeld- oder Radioaktivitätsmessungen, gehobene Mathematik und leistungsfähige Rechner nötig«, sagte sie mit unverhohlenem Stolz. »Schau jetzt mal.«

Die Leiche schien sich zu teilen, Schichten lösten sich ab, und ein Oberschenkelknochen trat in den Mittelpunkt. Dann tauchte die Kniescheibe auf und rotierte langsam auf sie zu.

»Unglaublich! Eine Prothese. Und das bei einem so jungen Menschen«, sagte Holtz.

»Ja. Das ist ungewöhnlich. Ich nehme sie morgen heraus, dann erfährst du die Seriennummer.«

»Die ist jetzt noch nicht zu sehen?«

»Nein. So weit ist die Technik noch nicht gediehen. Aber das ist vermutlich nur eine Frage der Zeit. Gibt es übrigens irgendwelche Theorien zur Identität des Toten?«

Holtz antwortete nicht. Er sah abwechselnd auf die verbrannte Leiche, die vor ihm schwebte, und auf die Stahltür zum Kühlraum.

»Der andere Tote dort drinnen ist doch Johan Seger, oder?«, fragte er.

»Ja. Der mit dem Pfeil im Hals. Er wird morgen in Erwartung eines Beschlusses der Ermittlergruppe an einen geeigneteren Aufbewahrungsort verlagert.«

Die drei Föhren, die er sorgsam im Schutz des Bretterzauns gepflanzt hatte, waren vom nassen Schnee zu Boden gedrückt worden. Ulf Holtz bürstete sie vorsichtig ab und zog die Handschuhe aus, um Nägel in den Bretterzaun zu schlagen. Behutsam band er die Pflanzen mit einem Stück Schnur daran fest. Es dauerte eine Weile, aber schließlich standen die drei Bäume wieder aufrecht. Er hoffte, sie würden sich erholen und im Frühling weiterwachsen, sodass er sie in die Pflanzkästen, die er bereits vorbereitet hatte, umpflanzen konnte. Aber allmählich begann er, am Erfolg seiner Bonsai-Projekte zu zweifeln. Die Föhren schienen nicht richtig Wurzeln schlagen zu wollen, obwohl er jetzt schon über zwei Jahre an ihnen herumlaborierte. Seine Töchter verspotteten ihn bei jedem Besuch und schlugen ihm vor, sich gleich einen fertigen Bonsai zu kaufen. Er wollte aber nicht schummeln. Er warf den Föhren einen aufmunternden Blick zu und kehrte ins Warme zurück.

Der Ordner mit den DNA-Ergebnissen aus dem Adlerhorst lag in der Diele. Er nahm ihn in die Küche mit, nachdem er den Schnee von seiner Jacke geschüttelt und sie aufgehängt hatte.

Er schaltete den Wasserkocher ein und goss sich eine Tasse Zitronentee auf. Während der Teebeutel das Wasser langsam verfärbte, sah er die Todesanzeigen in der Zeitung durch, die seit dem Morgen unbeachtet auf dem Küchentisch gelegen hatte. Er hatte das Abonnement schon oft kündigen wollen, da er nie die Zeit fand, die Zeitung gründlich zu lesen. Normalerweise brachte er sie zur Recyclingstation, ohne auch nur darin geblättert zu haben. Er überflog die Todesanzeigen und Nachrufe und stellte fest, dass er weder jemanden kannte noch sich für das vortreffliche Leben interessierte, das diese Leute geführt zu haben schienen, ehe eine Krankheit oder ein Unfall sie aus dem kurzen Erdendasein gerissen hatte.

Holtz pustete auf den Tee und trank einen Schluck. Er war bereits abgekühlt und schmeckte bitter.

Auf dem Heimweg von der Pathologie hatte er bei Ellen angerufen und mit ihr seine Theorie diskutiert. Sie hatte versprochen, das GFFC zu bitten, die Analyse des DNA-Materials von der verbrannten, kaum noch menschlichen Leiche zu beschleunigen.

Die Ermittler gingen davon aus, dass der Tote einem Verbrechen zum Opfer gefallen war und der Brand dieses Verbrechen verschleiern sollte. Eigentlich deutete nichts darauf hin, aber aus Erfahrung wussten sie, es war schwierig aufzuholen, wenn man nicht von Anfang an vom Schlimmsten ausging. Sollte sich herausstellen, dass es sich doch um einen Unfall oder einen Selbstmord gehandelt haben sollte, so hatten sie sich immerhin nichts vorzuwerfen.

Aber einstweilen wussten die Ermittler weder, wer die tote Person war, noch, warum sie im Flammenmeer zurückgeblieben war.

Holtz legte die Zeitung wieder zusammen, öffnete die Mappe vom GFFC und überflog die Unterlagen. Er wollte am nächsten Tag beim Gemeinsamen Forensischen Forschungscenter anrufen und ein wenig Druck ausüben. Er wusste, dies war die beste Methode, die Arbeit des GFFC zu beschleunigen. Mit Erstaunen hatte er nämlich festgestellt, dass es nicht immer die Schuld des Labors war, wenn sich die Dinge in die Länge zogen. Manchmal unterließen es die Ermittler bewusst, Proben einzuschicken, oder wiesen nicht auf deren Dringlichkeit hin. Diese Verzögerungstaktik gab ihnen Zeit und hatte eine verlängerte Untersuchungshaft zur Folge. Außerdem war es praktisch, jemandem den Schwarzen Peter zuschieben zu können, wenn die Zeitungen Ergebnisse forderten. Das GFFC war in jeder Hinsicht der perfekte Sündenbock, da der Chef des Centers die Strategie verfolgte, seine Einrichtung nie öffentlich zu verteidigen.

Holtz hatte Ellen Brandt mitgeteilt, es würde ihn nicht im Mindesten erstaunen, wenn die DNA des Toten Spuren entspräche, die sie vor dem Feuer gefunden hätten. Als er nun den Ordner durchblätterte, stellte er allerdings fest, dass sich einige dieser Spuren bereits ausschließen ließen.

Fünf Männer saßen wegen der Vergewaltigung in Untersuchungshaft, einer lag verbittert und gebrochen in der Klinik und würde wahrscheinlich nie wieder sehen können. Einer war durch einen Pfeil im Hals zu Tode gekommen. Keiner der zwanzig Skinheads, die die Fahnder beaufsichtigten, war verschwunden. Alle erfreuten sich bester Gesundheit.

Nur eine der DNA-Spuren hatte in eine Sackgasse geführt, und zwar jene, die zweifelsohne eine Verbindung zu Johan Seger aufwies und die aller Wahrscheinlichkeit nach zu Gabriel Marklund gehörte.

Der Ermittlungschef seufzte tief und wollte gerade sagen, dass mittlerweile vielleicht etwas zu viele Leute an den Besprechungen teilnähmen, unterließ es dann aber.

»Tja, können wir jetzt endlich anfangen?«, sagte er stattdessen.

C. wandte sich ihm zu. Wie immer war ihr Blick unergründlich.

»Ja, das wäre wohl angezeigt. Ellen.« C. nickte Ellen Brandt zu, die das Gefühl hatte, wieder ein Stück zurückgedrängt worden zu sein.

»Ich heiße Sie alle willkommen. Ich vermute, die meisten sind bereits ganz gut im Bilde, aber ich finde es trotzdem wichtig, dass wir alle auf dem gleichen Stand sind«, sagte Brandt und bat den Ermittlungschef, den Computer einzuschalten.

Das Bild eines jungen Mannes tauchte auf der weißen Wand auf.

»Das ist Gabriel Marklund, Johan Segers Sohn. Ab heute Nachmittag lassen wir landesweit nach ihm fahnden.« Brandt referierte rasch, was sich in den letzten Tagen ergeben hatte. Mit einem Nicken bedeutete sie dem Staatsanwalt Mauritz Höög fortzufahren.

Er räusperte sich und ergriff das Wort.

»Ich bin der Meinung, dass es ausreichende Verdachtsmomente dafür gibt, dass der junge Marklund in den Mord an seinem Vater verwickelt ist. Er hatte sowohl die Gelegenheit als auch ein Motiv.«

Der Ermittler aus dem Dezernat für Wirtschaftskriminalität, der immer die erste Frage stellte, hob die Hand.

Mauritz Höög sah ihn verärgert an.

»Ja?«

»Und was für ein Motiv sollte das sein?«

»Darauf wollte ich gleich zu sprechen kommen. Gabriel Marklund wurde als Säugling von seinem Vater misshandelt. Anschließend nahmen sich Adoptiveltern des Jungen an. Ich … oder wir, meine ich natürlich«, sagte er und sah Brandt beschämt an, »haben den Verdacht, dass er seinen Vater aufgesucht haben könnte, um mit ihm endgültig abzurechnen.«

»Aber …«, unterbrach ihn der Wirtschaftsermittler.

»Lassen Sie mich bitte ausreden«, sagte Höög. »Ein weiteres denkbares Motiv wäre Geld. Wir haben die Festplatte eines Computers überprüft, der sich in Marklunds Besitz befindet. Auf ihr finden sich Kontonummern, Überweisungen und anderes, die sich zweifelsfrei auf Johan Seger zurückführen lassen. Es geht um Millionenbeträge.«

»Wusste Johan Seger, dass Gabriel Marklund sein Sohn ist? Wie kamen sie in Kontakt?«, wollte der Wirtschaftsermittler wissen und ignorierte Höögs missbilligenden Blick.

»Wir wissen immer noch nur sehr wenig. Deswegen müssen wir ihn auch ausfindig machen«, sagte Brandt. »Einstweilen habe ich die Alfagruppe gebeten, ein Profil von ihm zu erstellen. Wenn es keine weiteren Fragen gibt, dann finde ich, sollten wir für dieses Mal Schluss machen. Wolltest du noch etwas sagen?«

Sie wandte sich an C.

»Nein, nur dass ich umgehend Ergebnisse erwarte. Es gibt noch eine Menge anderes zu tun, und bald werde ich mich gezwungen sehen, die verfügbaren Kräfte umzuverteilen«, sagte sie und bedeutete, dass die Besprechung vorüber war, indem sie ganz einfach das Zimmer verließ.

»Immer ein aufmunterndes Wort auf den Lippen«, meinte der Ermittlungschef und erntete ein paar verstreute Lacher.

Ellen Brandt bat Holtz und Levin, noch zu bleiben, während sich der Saal leerte.

»Wie geht es mit der verbrannten Leiche voran?«, fragte sie Holtz.

»Bislang liegen noch keine Ergebnisse vor, aber wir müssen uns darauf gefasst machen, dass es …«

»… Gabriel Marklund sein könnte«, beendete Levin den Satz. »Dieser Gedanke ist mir auch schon gekommen.«

Holtz nickte.

»Marklund? Warum glaubt ihr das?«, wollte Brandt wissen.

»Einiges spricht dafür. Er hat sich nachweislich im Adlerhorst aufgehalten und kannte sich gut dort aus«, meinte Holtz.

»Und Brände sind für ihn schließlich nichts Neues«, sagte Levin.

»Du denkst an seine Adoptiveltern?«, fragte Brandt.

»Ja, aber irgendwie auch wieder nicht. Es deutet nichts darauf hin, dass es kein Unfall war«, erwiderte Levin.

»Abwarten. Aber falls der Tote wirklich Marklund sein sollte, stehen wir mit einem Haufen Fragen da, die wir nicht beantworten können.« Holtz spürte, dass sein Telefon in der Innentasche vibrierte. Er zog es hervor. Eine unterdrückte Nummer. Er schaltete das Handy aus.

»Jetzt wollen wir mal nichts übereilen. Das GFFC hat versprochen, sich zu beeilen, und sobald die Antwort vorliegt, wissen wir Bescheid«, sagte Brandt und verließ die beiden Kriminaltechniker.

»Ich fahre nach Hause. Für mich gibt es heute ohnehin nichts mehr zu tun«, verkündete Levin.

»Tu das. Ich muss noch ein paar Sachen in der Stadt erledigen.«

Der Schal war rot. Und hatte Fransen. Ulf Holtz wickelte ihn ein paar Mal um den Hals und versuchte, eine blasierte, womöglich französische Miene aufzusetzen. Er war jedoch nicht ganz zufrieden, nicht einmal, nachdem er sich gereckt und die Brust vorgeschoben hatte.

»Kann ich Ihnen behilflich sein?«

Sie war jung, und er glaubte, in ihrer wohlklingenden Stimme eine gewisse Herablassung zu hören.

»Ich schaue mich nur etwas um.«

Sie lächelte.

»Der Schal steht Ihnen.«

»Tja, ich weiß nicht.«

»Das ist genau Ihre Farbe. Alle tragen immer nur dunkle Farben. Rot steht Ihnen«, sagte sie mit etwas zur Seite geneigtem Kopf.

Holtz wollte schon etwas Abfälliges bemerken, beispielsweise, dass Neunhundert für einen Schal wirklich ein Vermögen sei und dass ihm Rot eigentlich gar nicht gefalle. Das sei nämlich nicht sein Stil.

»Ich nehme ihn«, sagte er dann aber, wickelte sich den Schal vom Hals und reichte ihn der Verkäuferin.

»Sonst noch etwas?«

»Nein, vielen Dank.«

»Wir haben gerade noch einen Posten sehr schöne Strümpfe reinbekommen. Die könnten Ihnen auch stehen.« Wieder legte sie den Kopf etwas zur Seite.

»Ich begnüge mich mit dem Schal und zahle mit Karte«, sagte er und spürte, wie ihm die Hitze ins Gesicht stieg. Er richtete den Blick nach unten und tat, als betrachtete er etwas in einem Körbchen neben der Kasse.

Die junge Frau sah ihn spöttisch an und faltete langsam und sorgfältig den Schal zusammen. Sie beugte sich vor, um eine Papiertüte zu nehmen, die weiter vorne auf der Ladentheke lag. Holtz' Blick blieb in ihrem Ausschnitt hängen.

Jetzt muss ich mich wirklich zusammenreißen, dachte er und legte seine Kreditkarte auf den Ladentisch, während sie den Schal in der Papiertüte verstaute, als handelte es sich um einen wertvollen, empfindlichen Gegenstand.

Er erhielt seine Karte zurück, unterschrieb die Quittung, nickte und eilte auf die Ladentür zu.

»Einen schönen Tag noch«, rief die Verkäuferin hinter ihm her, und er hätte schwören können, dass sie lachte.

Er trat in die Fußgängerzone und stieß fast mit einem älteren Mann zusammen, der dort Nordic Walking praktizierte. Der Mann starrte Holtz ungehalten an.

Holtz blickte unfreundlich zurück. In diesem Augenblick begann sein Handy zu vibrieren. Ihm waren drei Anrufe entgangen, außerdem hatte er zwei SMS erhalten. Verdammt, ich habe vergessen, den Klingelton einzuschalten, dachte er und las die erste SMS. Sie war von Eva: »Ich komme zu Weihnachten.«

Die zweite SMS war vom GFFC: »Haben den ganzen Tag versucht, Sie zu erreichen. Rufen Sie uns an.«

Er runzelte die Stirn, rief den Diensthabenden des GFFC an und nannte seinen Namen. Nach wenigen Minuten hatte er den Chef für biologische Analysen am Apparat und erfuhr, was die GFFC-Experten herausgefunden hatten.

»So viel zur Gabriel-Marklund-Theorie«, meinte er mürrisch und dankte für die Auskünfte.

Ratlos blieb Holtz im Strom der Weihnachtseinkäufer stehen. Ein kalter Wind fegte durch die Fußgängerzone. Ein Schauer durchfuhr ihn, und er schlug den Mantelkragen hoch. Dann nahm er den Schal aus der Tüte und wickelte ihn sich um den Hals und vor das Gesicht. Die Wolle roch neu. Die glänzende, teure Tüte mit dem Namen des Ladens in Prägedruck warf er in einen überquellenden Mülleimer.

Rasch ging er in Richtung Präsidium. Er schlängelte sich zwischen den Leuten mit ihren unzähligen Paketen hindurch und wich Straßenhändlern aus, die ihm den Weg versperrten. Ellen Brandt hatte mitgeteilt, sie habe frei und man dürfe sie nur stören, wenn es sehr wichtig sei. Er rief sie an.

Die Frau, die mit gefalteten Händen Ellen Brandt gegenübersaß, verstand nicht. Sie konnte die Information, die die Kriminalpolizistin ihr gerade gegeben hatte, nicht verarbeiten.

Sie empfand überhaupt nichts.

Brandt hätte schwören können, dass es im Zimmer kälter geworden war. Als wäre alles plötzlich zum Stillstand gekommen.

Sie beugte sich über den Schreibtisch und nahm die Hände der Frau. Sie waren eiskalt.

»Kann ich Ihnen etwas zu trinken holen?«, fragte sie und hörte selbst, wie dumm das klang. Als würde ein Glas Wasser den unfassbaren Schmerz lindern. Sie war kaum fähig gewesen, die Nachricht zu formulieren, und konnte sich nicht einmal vorstellen, wie es sein musste, selbst betroffen zu sein.

Die Frau schüttelte den Kopf. Langsam traten ihr Tränen in die Augen. Kein Schluchzen, kein Schreien, kein lautes Weinen. Nur Tränen.

»Sind Sie sicher? Kann es sich nicht doch um einen Irrtum handeln?«, flüsterte sie.

Brandt holte tief Luft.

»Leider. Ich bin mir ganz sicher. Es besteht kein Zweifel daran, dass es sich um Ihren Sohn handelt.« Unfreiwillig sah sie auf die geschlossene Schreibtischschublade, in der die Fotos von der Brandstätte und der Obduktion sowie das DNA-Ergebnis vom GFFC lagen. Die Seriennummer der Kniescheibenprothese hatte auch gestimmt. Es konnte also kein Zweifel an der Identität des Opfers bestehen.

Die Fotos der bis zur Unkenntlichkeit verbrannten obduzierten Leiche des Sohnes befanden sich nur wenige Zentimeter unter den eiskalten Händen seiner Mutter. Nur eine dünne Schreibtischplatte aus Birkenfurnier trennte das Bild, das die Mutter von ihrem Sohn in Erinnerung hatte, von der Wirklichkeit.

Es hatte den Nachrichtendienst weniger als eine Stunde gekostet, ein Profil zu erstellen. Die Identität war leicht festzustellen gewesen, da die Person mit der fraglichen DNA mehrfach vorbestraft war.

Jesper Mannfred war neunzehn Jahre alt und wegen kleinerer Straftaten auffällig geworden. Er gehörte einer radikalen antifaschistischen Organisation an, die für die schlimmsten Straßenschlachten der letzten Jahre verantwortlich gewesen war. Man hatte ein Stück Straße besetzt, eine Party veranstaltet, dann die Schaufenster eingeschlagen und die Läden geplündert.

Gemäß etlicher übereinstimmender Quellen waren einem kleinen Kreis die Straßenfeste zu langweilig geworden. Diese Gruppe von Leuten hatte ihr Tätigkeitsfeld erweitert. Sie schlug Neonazis zusammen und verübte mit Sprengsätzen und Brandbomben Anschläge auf ihre Treffpunkte. Die Gruppe nannte sich Kommando Marsupilami, ihre Mitglieder waren an einer Tätowierung mit einem kleinen schwarzgepunkteten, affenähnlichen Wesen, das einen langen, sehr wehrhaften Schwanz besaß, zu erkennen.

Die Polizei bezeichnete die Angelegenheit als einen Krieg auf Sparflamme, der beide Seiten schwerer schädigte, als aktenkundig wurde, da es äußerst selten Zeugen gab. Solange sie nur übereinander herfielen, hielten sich die Behörden augenfällig zurück.

Das Kommando Marsupilami war eine der linksradikalen

Organisationen, die man anfänglich verdächtigt hatte, in den Mord an Johan Seger verwickelt gewesen zu sein. Es gab jedoch keine Hinweise, die diesen Verdacht erhärteten. Die Ermittler hatten bei den Antifaschisten keinen Stein auf dem anderen gelassen und besaßen daher einen außergewöhnlich guten Überblick über diese Gruppierungen.

Jesper Mannfred hatte noch nicht lange zum innersten Kreis gehört. Das entsprach der Theorie des Nachrichtendienstes, dass alle, die sich um Aufnahme in diesen Kreis bemühten, ihre Loyalität beweisen mussten, wodurch die Infiltration durch Polizeispitzel verhindert werden sollte. Das Niederbrennen feindlicher Treffpunkte mit Todesopfern war als Aufnahmeritual nicht ungewöhnlich.

Davon erzählte Ellen Brandt der am Boden zerstörten Mutter, der sie gerade die Trauernachricht hatte überbringen müssen, jedoch nichts.

»Was hatte er dort zu suchen? Er hat doch nur zivilen Ungehorsam ausgeübt und so, nichts Illegales. Er hätte sich nie benommen wie diese vermummten Typen, die mit Pflastersteinen um sich werfen. So einer war er nicht. Er glaubte an friedliche Methoden«, sagte sie, und langsam kehrte die Farbe in ihre Wangen zurück. »Er hätte nie … er war gar nicht stark genug. Jedenfalls nicht mehr seit seiner Knieoperation. Jemand muss ihn dort hingelockt haben. Er war immer so lieb, er hätte nie …« Sie sprach immer schneller.

Sie verlor die Fassung, vergrub ihr Gesicht in den Händen und schluchzte.

Ellen Brandt nahm eine Papierserviette aus einer der Schreibtischschubladen und legte sie vor sie hin.

»Diese Ermittlung befindet sich im Anfangsstadium, aber ich muss Sie an den uns vorliegenden Informationen teilhaben lassen … Möchten Sie, dass ich einen Arzt oder jemand anderes anrufe?« Brandt ärgerte sich, weil sie nicht gleich einen Psychologen hinzugezogen hatte.

Die Mutter verstummte abrupt und hob den Blick. Trotzig.

»Erzählen Sie. Erzählen Sie, was Sie wissen.« Sie nahm die Papierserviette und schnäuzte sich.

Ellen Brandt bat sie zu warten und holte ihr ein Glas Wasser.

»Wie gesagt will ich mich noch nicht auf irgendeine Theorie festlegen. Es könnte sich um einen Unfall handeln, oder ihr Sohn könnte einem Verbrechen zum Opfer gefallen sein«, sagte Ellen Brandt, nachdem sie wieder Platz genommen hatte. »Leider deutet jedoch das meiste darauf hin, dass er sich allein in den Räumlichkeiten aufgehalten, mit einer brennbaren Flüssigkeit hantiert und das Feuer wahrscheinlich selbst verursacht hat.«

Die Mutter sah aus, als wäre sie einem Zusammenbruch nahe.

Brandt fuhr langsam fort und wählte dabei ihre Worte sorgfältig.

»Er blieb in den Flammen, wahrscheinlich wurde er vom explosionsartigen Brandverlauf überrascht und fand den Weg zum Ausgang nicht mehr.«

»Hatte er große Schmerzen?«

»Ich weiß es nicht, aber ich glaube nicht. Der Rauch führte vermutlich sehr schnell zur Bewusstlosigkeit.« Sie überlegte, ob sie erzählen sollte, dass er unter dem Tisch Schutz gesucht hatte, um der Hitze zu entkommen, unterließ es dann aber.

»Aber warum? Warum hätte er so etwas tun sollen?«

»Ich weiß es nicht«, log Brandt. »Wir müssen abwarten, was die weitere Ermittlung ergibt. Gibt es jemanden, den ich anrufen kann?«

Die Augen der Mutter blickten ins Leere.

»Nein. Wer sollte das sein? Jesper war doch mein Ein und Alles, mein Leben«, sagte sie.

Pia Levin leckte sich die Lippen. Salz. Das Meer hob sich wütend zum Steg, weiße Schaumfetzen flogen durch die Luft und benetzten ihr Gesicht. Die hochgezogene Kapuze half nur wenig. Sie hatte ihren Wagen weiter unten auf der Straße stehen gelassen und war die letzten hundert Meter bis zum Haus zu Fuß gegangen. Der Fuß schmerzte und erinnerte sie an eine andere menschenleere Straße, die sie nur wenige Tage zuvor entlanggegangen war. In der Küche brannte Licht, und in der Auffahrt stand der Range Rover und verriet, dass er zu Hause war. Die Lampe zum Meer hin brannte jedoch nicht. Sie folgte dem Steg und vermutete, dass die Dunkelheit verschleierte, wohin sie unterwegs war. Wieder fuhr sie sich mit der Zunge über die Lippen. Es schmeckte nach Tränen.

Sie holte ein paar Mal tief Luft und trat an die Haustür.

Thord Seger wirkte überrascht, als er öffnete.

»Hallo! Treten Sie ein. Da draußen werden Sie ja ganz nass«, sagte er.

»Ich weiß, dass es spät ist, aber da waren noch einige Dinge …«

»Wie nett, dass mich die Polizei besucht.« Er nahm ihr die nasse Jacke ab. Seine Stimme war genauso tief wie bei ihrem vorigen Besuch, aber sie fand, dass er lauter sprach.

»Es wird nicht lange dauern.« Levin ging vor ihm her ins Wohnzimmer, in dem sie sich mittlerweile fast schon zu Hause fühlte. Das Kaminfeuer brannte. Lord Nelson stolzierte herbei, schob Pia Levin seine nasse Schnauze zwischen die Beine.

»Nelson, was machst du da?« Thord Seger lachte und zerrte den Hund am Halsband weg. Lord Nelson protestierte mit einem Kläffen, trottete dann aber davon.

Pia Levin hob beschwichtigend die Hand.

»Das macht nichts.«

»Setzten Sie sich bitte. Kann ich Ihnen etwas anbieten? Einen Tee vielleicht?«

»Gerne«, sagte sie und wollte ihm bereits in die Küche folgen.

»Nehmen Sie nur ruhig schon Platz. Ich komme gleich.«

Sie zuckte mit den Achseln, ließ sich auf einem der Sessel mit Blick aufs Meer nieder und spürte, wie ihre Muskeln sich entspannten.

»Hatten Sie einen stressigen Tag?«

Levin zuckte zusammen und merkte, dass sie drauf und dran gewesen war einzunicken.

»Auch nicht schlimmer als sonst«, sagte sie und nahm ihre Teetasse entgegen.

»Echt indischer. Ich hoffe, er schmeckt Ihnen.«

Levin nahm Anlauf.

»Sie haben doch gesagt, dass Sie nicht wissen, was aus Gabriel Marklund geworden ist? Dass Sie seinen Aufenthaltsort nicht kennen?«

»Ja. Warum fragen Sie?« Er streckte die Hand nach der Teekanne aus, obwohl seine Tasse noch halbvoll war.

»Ich finde es nur etwas merkwürdig. Ein Enkelkind zu haben und nicht wissen zu wollen, was aus ihm geworden ist, insbesondere wenn es sich um das einzige Enkelkind handelt«, sagte sie und versuchte, seinen Blick festzuhalten.

Er wich ihr jedoch aus und schweifte herum.

»Und da ist noch etwas, worauf ich mir keinen Reim machen kann.« Jetzt sah Seger sie wieder an.

Sein Gesicht hatte sich verändert. Innerhalb eines Augenblicks war er vor ihren Augen gealtert. Es war, als könnte er seine Gesichtsmuskeln nicht mehr kontrollieren. Die gesunde Farbe der Wangen, die ihr bei ihrem ersten Besuch aufgefallen war, war einem Grauton gewichen.

Lord Nelson kam wieder ins Zimmer, als hätte er bemerkt, wie sich die Stimmung veränderte. Der Hund ging geradewegs zu Seger und legte sich vor seine Füße, eine deutliche Abgrenzung zu Levin.

»Diese Frage kommt Ihnen vielleicht merkwürdig vor, aber … hat Johan Schläge bekommen? Ich meine, als er klein war?«

»Schläge? Nein, beim besten Willen nicht.«

»Mir ist klar, dass Sie …«

»Ich habe in meinem ganzen Leben niemanden geschlagen. Gewalt liegt mir fern«, sagte er mit Nachdruck.

Lord Nelson knurrte. Er tätschelte ihm beruhigend den Kopf.

»Was wollen Sie eigentlich? Was sind das für seltsame Fragen?«

Pia Levin bereute allmählich, dass sie sich bereit erklärt hatte, ihn alleine aufzusuchen. Was wusste sie eigentlich über Thord Seger?

»Es gibt so viele Dinge, die ich nicht begreife. Ich verstehe nicht, dass man ein wehrloses, verletztes Kind weggibt und dann einfach vergisst, als wäre es ein Gegenstand, den man weggeworfen hat. Wie kann man nur so kalt sein?« Ihre Stimme überschlug sich.

Er sah sie lange an, ohne ein Wort zu sagen. Sein Gesicht wurde womöglich noch grauer.

»Entschuldigen Sie. Ich weiß nicht, was in mich gefahren ist. Ich gehe jetzt«, sagte Pia Levin schließlich und wollte sich von dem Sessel erheben.

»Nein, warten Sie … Setzen Sie sich wieder. Sie haben ja Recht. Ich erzähle es Ihnen.«

Pia Levin lehnte sich im Sessel zurück und lauschte erfüllt von Trauer Thord Segers Erzählung über das Trauma, das die Familie heimgesucht hatte. Rein äußerlich sei das Leben weitergegangen. Er selbst sei Oberarzt der Logopädie geblieben. Nur wenige Monate nachdem Johan entlassen worden sei und wieder zu Hause bei der Familie gewohnt habe, habe sich seine Mutter Kerstin entschlossen, nicht mehr Teil dieser Familie sein zu wollen. Sie sei ihrer Wege gegangen und habe nie mehr von sich hören lassen.

Johan sei in ein politisches schwarzes Loch abgetaucht, was er nie habe verstehen und womit er sich nie habe abfinden können.

»Ich bin mit Lord Nelson hierher gezogen. Gewisserweise war der Kreis damit geschlossen«, sagte er.

»Wie meinen Sie das?«

»Hier haben sie sich kennengelernt. Petra und Johan. Habe ich das nicht erzählt?«

»Hier? Haben Petra und ihre Eltern hier gewohnt?«

»Ja. Eigentlich war das ein Zufall. Das Haus stand leer, und als es verkauft wurde, habe ich zugeschlagen und es renoviert.«

»Seltsam. Was hielt Petra davon?«

»Das weiß ich nicht. Ich habe sie mehrmals hierher eingeladen, aber sie will mich nicht sehen.«

Pia Levin durchsuchte ihr Gedächtnis. Bislang war die furchtbare Familiengeschichte kohärent gewesen, aber jetzt hatte sie das Gefühl, dass etwas nicht stimmte. Ein leiser Zweifel beschlich sie. Sie beobachtete Seger genau, während er sprach. Gleichzeitig versuchte sie, sich Petras streitende Familie in dem Zimmer vorzustellen.

»Aber Sie haben Recht. Ich habe Ihnen nicht die ganze Wahrheit gesagt«, meinte Seger.

Sie zuckte zusammen und befürchtete schon, laut nachgedacht zu haben.

»Ach?«

»Ich weiß sehr wohl, was aus Gabriel geworden ist. Das habe ich die ganze Zeit gewusst.«

»Wie das?«

»Gute Kontakte bei den Behörden öffnen die meisten Türen«, sagte er mit einem gewissen Trotz, aber vielleicht auch Stolz in der Stimme.

Dann trank er einen großen Schluck Tee. Langsam stellte er die Tasse auf den Tisch. Seine Miene entspannte sich. Die Gelassenheit des Geständnisses.

Levin war nicht überrascht. Sie sah in das verglimmende Kaminfeuer. Draußen pfiff der Wind, und trotz der Dunkelheit konnte sie die weißen Wellenkämme ahnen, die gegen den Steg schlugen.

»Haben Sie ihn getroffen?«

Er zögerte. Es hatte den Anschein, als würde er verschiedene Alternativen gegeneinander abwägen.

»Haben Sie ihn getroffen?«, fragte sie noch einmal.

»Ja, vor einem Jahr. Etwa.«

Nach Jahren der Angst und Reue hatte Thord Seger beschlossen, Kontakt zu Gabriel aufzunehmen. Ihm das Recht an der eigenen Geschichte zu gewähren. Er war zu dem Schluss gekommen, dass ungeachtet des Schmerzes die Wahrheit besser sein müsse als die Ungewissheit. Irgendwo hegte er auch eine Hoffnung, die naive Hoffnung, dass die Familie in der Zukunft wieder vereinigt werden könnte. Vielleicht würde Gabriel ja seinem Vater verzeihen können, und vielleicht würde Johan in die Familie zurückkehren.

»Und wie war das?«

Lange schwieg er. Als er den Mund öffnete, war seine Stimme gebrochen. Die kräftige, geschulte Stimme, der er sich bislang bedient hatte, war verschwunden.

»Ich habe sein Leben zerstört«, sagte er und starrte zu Boden. Lord Nelson stand auf und stieß ihn mit der Schnauze an. »Was hatte ich für ein Recht, sein Leben auf einen Schlag umzukrempeln?«

Levins Bedrückung nahm weiter zu. Sie wusste nicht, wie sie weiterfragen sollte.

»Wann haben Sie ihn zuletzt gesehen?«

Seger schaute überrascht hoch.

»Zuletzt? Ich habe ihn nur einmal getroffen, und zwar als ich ihn an seinem Wohnort besuchte. Erst wollte er mich nicht empfangen, aber dann haben wir uns doch einige Stunden lang unterhalten, und ich erzählte ihm alles.«

»Und seither haben Sie ihn nicht mehr getroffen?«

»Nein.«

»Ich glaube, Sie sollten sich jetzt etwas ausruhen.« Levin erhob sich.

Der Stuhl schleifte über den Boden. Oder kam das Geräusch woanders her? Sie konzentrierte sich darauf. Ein erneutes Schleifen, so leise, dass es fast nicht zu hören war. Seger saß vollkommen reglos da, Lord Nelson bewegte ganz leicht den Kopf, sah Richtung Küche und legte sich dann wieder bequem hin.

Levin ging in die Diele, zog ihre Jacke an und lauschte weiter ins Innere des Hauses. Sie hörte nur, wie Seger von seinem Sessel aufstand und ebenfalls in die Diele kam. Mit nachdenklicher Miene blieb er in der Tür stehen.

»Was geschieht nun?«

»Wir werden sehen. Nichts Besonderes. Jedenfalls nicht

im Augenblick«, sagte sie und öffnete die Tür. Bevor sie ins Schloss fiel, drehte sie sich noch einmal um.

»Da war noch etwas.«

»Ja?«

»Rauchen Sie?«

»Nein, das habe ich nie getan. Wieso wollen Sie das wissen?«

»Ach, einfach nur so«, meinte sie.

Levin eilte im Dauerlauf durch die Dunkelheit zu ihrem Wagen, obwohl der Fuß schmerzte. Der Rückenwind half ihr, das Tempo zu halten.

Sie nahm auf dem eiskalten Fahrersitz Platz, ließ den Motor an und trat ein paar Mal aufs Gas, damit es im Innenraum warm werden würde. Der Atem stand ihr vor dem Mund. Sie zog die Handschuhe aus und blies auf ihre Finger. Dann zog sie das Handy aus der Tasche und wählte eine Kurzwahlnummer. Sofort wurde abgehoben.

Einige Hundert Meter weiter leuchteten auf der nachtschwarzen Straße die Scheinwerfer von vier Fahrzeugen auf. Sie sah ihnen hinterher, als sie sehr schnell auf das Haus zufuhren, und fühlte sich beschämt wie eine Verräterin.

Seine Gesichtsmuskeln gehorchten ihm nicht. Er rieb sich mit den Fingern über die Wangenknochen, spürte aber nichts. Der Gewürzduft war durchdringend. Es war ihm nicht gelungen, das Glas mit dem getrockneten Thymian aufzufangen, als es über die Kante geglitten war. Er hatte reflexartig den Fuß ausgestreckt, den Fall aber nicht ausreichend abfedern können. Das Glas war auf dem kalten Steinfußboden zerschellt.

Dann hatte er Stimmen gehört.

Er hatte so still wie möglich dagestanden, obwohl die Schmerzen in Hals und Bein unerträglich geworden waren.

Langsam hatte er die Tür der Speisekammer geöffnet und gelauscht. Die Tür hatte leise gequietscht, und vor Schreck hatte ihm fast der Atem gestockt. Er hatte nicht hören können, worüber sie sprachen, aber ihm war klar gewesen, dass es um ihn gegangen war. Nach einer Weile klang es so, als hätte sie das Haus verlassen. Aber er war sich nicht sicher.

Sein Großvater hatte gesagt, dass er sich nicht vom Fleck rühren dürfe, dass die Frau, die er auf dem Steg vor dem Haus gesehen habe, Polizistin sei. Aber der Schmerz trieb ihn aus dem kalten, kleinen Kabuff, das sich hinter einer Holztür in der im Übrigen ganz in Edelstahl gehaltenen Küche verbarg. Er tastete nach dem Tabak und den Blättchen in der Tasche. Bald war ihm die strenge Anweisung, sich ruhig zu verhalten, egal. Er stellte sich vor, wie der Rauch beruhigend seine Lungen füllen und ihm die ersehnte Linderung bescheren würde. Das glänzende Papier des Tabaks verlockte ihn. Er nahm eine Fingerspitze Tabak und drehte sich geübt eine Zigarette. Er wurde mutig, öffnete die Tür ganz und trat in die Küche. Über dem Herd lagen die Zündhölzer. Vorsichtig riss er eines an. Er empfand das Aufflackern als ohrenbetäubend laut, aber mittlerweile war es ihm gleichgültig, dass man ihn vielleicht hörte.

Er hatte das Ende des Weges erreicht. Jetzt wollte er nur noch, dass die Schmerzen aufhörten.

Er inhalierte den Rauch ganz tief und lehnte sich neben dem Fenster an die Wand.

In demselben Augenblick, in dem die Nerven aufhörten, wütende Signale an sein Gehirn zu senden, explodierte das Fenster. Das Glas stob um ihn herum, und ehe er wusste, wie ihm geschah, ehe er noch Angst bekommen konnte, lag er mit dem Gesicht nach unten auf dem kalten Fußboden, eine Hand mit Handschuh im Nacken.

Die Zigarette war genau vor ihm auf den Fußboden gefallen. Er sah den Rauch langsam aufsteigen und sich dann auflösen. Dann trat ein schwarzer Stiefel die Glut aus.

Er schloss die Augen.

Aus dem Nachbarzimmer hörte er die verzweifelte Stimme seines Großvaters.

Gabriel Marklund saß auf der äußersten Kante der Pritsche. Das Buch mit der Sonne auf dem Umschlag war das einzige, das er hatte lesen dürfen. Er las es genauestens, obwohl er jeden Satz auswendig konnte. Der dunkelgrüne Trainingsanzug, den man ihm gegeben hatte, roch nach Weichspüler.

Der Abfluss im Fußboden gluckerte.

Er las zum dritten Mal an diesem Morgen den Abschnitt über die Güte Gottes und darüber, wie die Seelen gewonnen werden müssten, als es klopfte. Im Guckloch in der Tür tauchte ein Schatten auf.

»Kommen Sie rein«, sagte er und legte ruhig sein Buch auf die schmale, an der Wand festgeschraubte Bank neben der Pritsche.

Ulf Holtz betrat die Zelle.

»Hallo. Mein Name ist Holtz, und ich bin Kriminaltechniker. Ich muss Ihnen ein paar Proben abnehmen.«

Gabriel Marklund lächelte nur und nickte.

Holtz bat den Wärter, sie allein zu lassen und die Tür hinter sich zu schließen. Dann legte er seine Tasche auf die Pritsche und öffnete sie.

»Ich brauche eine DNA-Probe.« Holtz zog einen kleinen braunen Umschlag hervor, der ein an einem Ende mit Schaumstoff beschichtetes Plastikstäbchen enthielt. »Wären Sie so freundlich, den Mund auszuspülen?«

Gabriel Marklund nahm einen Pappbecher, füllte ihn am Edelstahlwaschbecken mit Wasser, gurgelte und spuckte.

»Wunderbar«, sagte Holtz und bat Marklund dann, den Mund weit zu öffnen. Mit dem Schaumgummi strich er über die Innenseite der Wange. Er streifte es an einer rosa Pappe ab, vergewisserte sich, dass der chemische Prozess in Gang gekommen war, schob das Stück Pappe in einen Umschlag, verschloss ihn sorgfältig und legte ihn in seine Tasche.

»Warum bin ich hier?«, flüsterte Gabriel Marklund plötzlich. Er hatte ein mildes, friedliches Lächeln auf den Lippen. Holtz konnte weder Angst noch Resignation erkennen. Diese Gefühle beherrschten sonst immer die Leute, wenn man sie einsperrte, ihnen all ihre persönliche Habe wegnahm und sämtlichen Kontakt zur Außenwelt verwehrte.

»Sie sitzen in Untersuchungshaft. Das wissen Sie doch?«

»Ja. Man behauptet, ich hätte meinen Vater getötet. Ich und meinen Vater töten!« Er wackelte mit dem Kopf, als könnten die Nerven die Muskeln nicht richtig kontrollieren.

In diesem Augenblick klopfte es, und Ellen Brandt trat ein.

»Hallo, Gabriel. Ich heiße Ellen und bin hier, um Sie zur Vernehmung abzuholen«, sagte sie.

Gabriel Marklund nickte nur leicht, nahm sein Buch und folgte ihr.

Im Vernehmungsraum stand eine rote Couch vor einem runden Teppich in den Farben des Regenbogens. Zwei Teddybären und zwei nackte Puppen, Mädchen mit starrem Lächeln, saßen im Bücherregal. Gabriel Marklund nahm auf dem Sofa Platz und Brandt ihm gegenüber auf einem ebenfalls roten, großen Sessel.

»Hier sieht es nicht aus wie im Fernsehen«, sagte Marklund.

Brandt lachte.

»Das ist auch kein gewöhnliches Vernehmungszimmer. Hier werden die Kinder befragt.«

»Betrachten Sie mich etwa als Kind?«

Die Stimme war schleppend, und die Sätze waren etwas abgehackt, als würde er immer die letzte Silbe verschlucken.

»Nein, nein, natürlich nicht, aber der Raum war gerade frei, und außerdem ist es hier viel angenehmer als in den anderen Räumen. Stört es Sie?«

»Überhaupt nicht. Im Gegenteil«, erwiderte er und setzte sich auf dem Sofa zurecht.

Die Tür wurde geöffnet, und Pia Levin trat ein.

»Hallo«, sagte sie.

»Das ist Pia. Ich habe sie gebeten, der Vernehmung beizuwohnen«, sagte Brandt. »Jetzt warten wir nur noch auf Ihren Verteidiger.«

Levin gab ihm die Hand, und er erwiderte ihren Händedruck mit einer Kraft, die sie ihm nicht zugetraut hatte.

Im Zimmer wurde es still. Brandt vertiefte sich in ein paar Papiere, die sie mitgebracht hatte. Levin beobachtete Gabriel Marklund aus den Augenwinkeln. Er saß nachdenklich da. Das Schweigen schien ihm nichts auszumachen. Ab und zu zuckten seine Gesichtsmuskeln, und gelegentlich machte er eine unfreiwillige Bewegung mit dem Kopf, was ihm selbst aber nicht aufzufallen schien.

Nach fünf Minuten erhob sich Brandt und öffnete die Tür zum Korridor.

»Ich schau mal nach, wo er bleibt. Bin gleich wieder da«, sagte sie und verschwand.

»Soll ich Ihnen irgendwas holen, während wir warten?«, fragte Levin.

»Nein, danke. Ich habe ausgiebig gefrühstückt und vermute mal, dass mir der Staat später ein ordentliches Mittagessen ausgibt«, sagte er.

Es wurde wieder still. Nach einigen Minuten kehrte Brandt zurück.

»Es muss ein Missverständnis gegeben haben. Heute kommt kein Verteidiger. Wir müssen die Vernehmung aufschieben«, sagte sie.

Gabriel Marklund sah sie einige Sekunden lang an. Sein Kopf zuckte.

»Ich brauche keinen Anwalt. Sie können mich auch ohne einen vernehmen, wenn Sie das wollen.«

»Davon rate ich dringend ab …«, sagte Brandt.

Er hob die Hand.

»Sie machen doch wohl eine Videoaufzeichnung?« Er deutete mit dem Kopf zur Videokamera hinüber, die hinter Levin und Brandt auf einem Stativ stand.

»Ja«, sagte Brandt.

»Ich habe nichts zu verbergen. Stellen Sie nur Ihre Fragen. Ich vermute mal, dass Sie nicht vorhaben, mich vor laufender Kamera zu misshandeln«, sagte er und lachte.

Brandt quittierte dies mit einem schiefen Lächeln.

»Was meinst du?«, fragte sie Levin.

»Leg los.« Levin zuckte mit den Achseln.

»Na denn. Gabriel Marklund, das hier ist ein Verhör, und Sie haben sich unaufgefordert und auf eigene Initiative hin damit einverstanden erklärt, ohne Beistand eines Verteidigers vernommen zu werden. Stimmt das?«

»Ja. Was wollen Sie wissen?«

»Wie haben Sie herausgefunden, dass Johan Seger Ihr Vater war?«, fragte Ellen Brandt.

Er hatte die Besprechung im Gemeindehaus frühzeitig verlassen. Sie wollten nur noch etwas Ordnung machen, dann würden sie nachkommen.

Sie kamen nie.

Niemand wusste, wie das Feuer ausgebrochen war oder warum sie nicht entkommen konnten. Wahrscheinlich hatte es einen Kurzschluss gegeben, oder eine Kerze war umgefallen. Der Brandverlauf war explosionsartig gewesen. Sie hatten nicht leiden müssen. Man fand sie dicht nebeneinander auf dem Fußboden. Der Vater hatte seinen Arm um die Mutter gelegt.

Der Polizist und die Frau vom Jugendamt, die ihn zu Hause aufsuchten, hatten Mühe, es ihm zu erklären. Wussten nicht recht, wie sie es sagen sollten.

Nach dem Unglück war die Stille so durchdringend, dass sie ihm manchmal in den Ohren dröhnte. Ein Geräusch in seinem Kopf. Eine Antistille. Die Trauer um seine Eltern hatte mit voller Kraft zugeschlagen. Viele der Dorfbewohner waren jedoch für ihn da.

Er war nur ein Kind. Allein in dem großen Haus.

Aber nach wenigen Tagen, vielleicht nach einer Woche, hatte er sich zu seinem großen Erstaunen bereits an das Leben ohne seine Eltern gewöhnt.

Dass er keine Trauer mehr empfand, beschämte ihn.

Ein paar Monate vergingen.

Gabriel Marklund hatte immer schwere Nächte gehabt. Die Schmerzen hatten sich nie leicht abschütteln lassen. Aber in dieser Nacht waren sie ungewöhnlich beharrlich. Die Einsamkeit war jedoch noch schlimmer. Um vier Uhr morgens stand er auf. Die Stille in dem großen Haus war er gewöhnt. Es war dort immer still gewesen. Manchmal Radio. Nie Fernsehen. Keine Musik. Er wusste, dass es nicht überall so war, aber das hatte ihn nie gestört. Er hatte sich zu Hause wohlgefühlt. Seine Kindheit war geborgen und liebevoll gewesen, zumindest hatte er das so empfunden. Natürlich war seine Behinderung beschwerlich, aber nicht unerträglich. Sein Kopf war schließlich in Ordnung, das hatte auch einmal einer der Lehrer gesagt, als Gabriel unbemerkt mithörte.

Eine Weile lang ging er im Haus herum, um zu seiner Gelassenheit zurückzufinden. Um vier Uhr morgens, wenn er wach war, kamen ihm immer Zweifel.

Er saß stundenlang in der Küche, wartete auf die Morgendämmerung und löste Kreuzworträtsel. Aber die Kästchen waren sehr klein, und obwohl er die Augen zusammenkniff, fiel es ihm schwer, die Worte zu lesen. Seine dicken Brillengläser halfen ihm auch nicht.

Es klopfte. Erstaunt sah er auf die Uhr. Einen Augenblick lang erwog er, so zu tun, als wäre er nicht zu Hause, doch dann überlegte er es sich anders.

Alle wussten, dass er zu Hause war. Er war immer zu Hause.

Der Mann auf der Treppe war Anfang sechzig. Als Gabriel Marklund die Tür öffnete und dem Mann in die Augen sah, wusste er, dass etwas Entscheidendes geschehen würde.

Der Blick der Zusammengehörigkeit.

Gabriel Marklund bat ihn einzutreten. Der Mann stellte sich als Thord Seger vor und erzählte, er komme in einer wichtigen Angelegenheit. Sie setzten sich in die Küche, und Gabriel Marklund fragte seinen Gast, ob er etwas essen wolle. Er habe sich gerade etwas Suppe zum Frühstück aufwärmen wollen. Es reiche auch für zwei.

Thord Seger nickte nur und schwieg, während Gabriel noch ein paar Scheite in den Holzherd legte und die Suppe in einem großen Topf aus Kupfer aufwärmte. Schweigend aßen sie. Thord Seger rührte jedoch hauptsächlich in seiner Suppe. Nach einer Weile erkundigte sich Gabriel Marklund nach dem Anliegen seines Besuchers. Dass dieser nicht aus der Gegend stammte, war seiner Aussprache anzuhören. Thord Seger wusste erst nicht, wie er die Worte wählen sollte, und setzte mehrmals an. Dann erzählte er ihm endlich, er sei sein Großvater väterlicherseits. Gabriel Marklund protestierte. Sein

Großvater sei schon seit vielen Jahren tot. Das gelte auch für seine übrige Verwandtschaft.

Er sei ganz allein.

Thord Segers Augen füllten sich mit Tränen.

Dann erzählte er Gabriel Marklund, dass seine biologischen Eltern noch am Leben seien. Ihm sei klar, dass er einige Zeit brauchen werde, um diese erschütternde Information zu verarbeiten.

Gabriel erhob sich und ging um den Esstisch herum. Thord Seger wich erst zurück, als Gabriel sich zu ihm herunterbeugte, um ihn zu umarmen.

»Ich habe immer das Gefühl gehabt, dass etwas nicht stimmt. Du hast mir die Antwort gegeben«, sagte Gabriel und bat Seger, ihm alles über seinen Vater zu erzählen.

Seger versuchte erst, die Sache zu beschönigen, aber dann erzählt er doch die ganze Geschichte. Was sein Vater ihm angetan hatte und was geschehen war, nachdem er seine Strafe verbüßt hatte.

Nachdem Gabriel Marklund wieder in seine Zelle gebracht worden war, stellte Staatsanwalt Mauritz Höög wegen begründeten Verdachtes des Mordes an seinem biologischen Vater Haftantrag.

Gabriel Marklund nahm diese Mitteilung gelassen auf. Er legte sich auf die Pritsche und fuhr fort, sein Buch zu lesen, als wäre nichts geschehen. Am dritten Tag wurde dem Haftantrag stattgegeben. Nach einer Woche mit weiteren Verhören waren die Ermittler einem Geständnis keinen Schritt näher gekommen. Ungesetzlich war einzig gewesen, dass Gabriel Marklund hin und wieder Marihuana geraucht hatte, um seine Schmerzen und Muskelverspannungen zu lindern. Aber dafür interessierten sich weder die Ermittler noch der Staatsanwalt.

Mauritz Höög wurde immer frustrierter und wies die Ermittler an, alle Fakten ein weiteres Mal durchzugehen.

»Eigentlich gibt es keine Beweise dafür, dass sie den Richtigen haben«, sagte Holtz und bestrich ein Brot dick mit Butter.

Pia Levin nahm einen Schluck Karottensaft und bedachte den Oberkellner, der gerade an ihrem Tisch vorbeiging, mit einem Lächeln. Er erwiderte es und setzte seine Runde durch den Speisesaal fort. An einem Tisch blieb er stehen und strich ein paar unsichtbare Krümel vom Tischtuch.

»Woher kennst du diesen Typen nur?« Holtz biss von seiner Brotscheibe ab.

»Das erzähle ich dir bei Gelegenheit. Aber lass hören. Was hat er gesagt?«

»Gabriel Marklund?«

»Nein. Der liebe Gott. Ja, natürlich Marklund.«

Holtz lieferte ihr eine Zusammenfassung, während Levin weiter frühstückte.

Thord Seger war einen ganzen Tag lang mit Gabriel Marklund zusammen gewesen, und als er das Dorf verlassen hatte, wusste Gabriel über alles Bescheid, was sich fast zwanzig Jahre zuvor ereignet hatte.

Die erste Zeit nach dem Besuch seines Großvaters war chaotisch gewesen. Er hatte versucht, die Antworten auf seine Fragen in den Büchern zu finden. Nach fast einem halben Jahr hatte er sich dann aber zu einem Entschluss durchgerungen. Er hatte alles über seinen Vater Johan Seger in Erfahrung gebracht und beschlossen, ihn aufzusuchen.

»Und das hat er dann auch getan, nicht wahr?«

»Ja. Die DNA-Spuren beweisen es.«

»Und das Geld?«

»Den Kollegen von den Wirtschaftsstrafsachen ist es nicht gelungen, Geld aufzuspüren, weder richtiges noch elektronisches. Spuren gibt es zwar eine Menge, aber die enden alle in einem Wirrwarr von Überweisungen an Offshore-Banken. Wahrscheinlich ist das Geld einfach weg. Marklund bestreitet, etwas von diesem Geld zu wissen. Er behauptet, den Computer als Andenken an seinen Vater mitgenommen zu haben.«

»Wie reagiert er auf die Anklage?«

»Erstaunlich gelassen. Er verweist darauf, dass die Wahrheit immer ans Licht komme. So sei es immer gewesen. Gott sei gütig und so weiter.«

»Gehört er irgendeiner Sekte an?«

»Nein, Sekte ist das falsche Wort. Aber er weist oft auf eine obskure freikirchliche Bewegung hin. Ich habe allerdings vergessen, wie sie heißt … hat irgendwas mit der Sonne zu tun.«

»Wie hat er seine Anwesenheit im Adlerhorst erklärt?«

»Er behauptet, er habe seinen Vater aufgesucht, um ihm zu verzeihen.«

»Klingt das deiner Meinung nach glaubhaft? Dass man demjenigen verzeiht, der einen beinahe zu Tode misshandelt und dann auch noch im Stich gelassen hat?«

»Nichts ist schwarz-weiß, das solltest du doch wissen. Und ja, eigentlich finde ich, dass das gar nicht so abwegig klingt.«

Ulf Holtz roch an der Papiertüte und nahm dann einige Gewürznelken heraus. Methodisch drückte er sie, eine nach der anderen, in die dicke Schale der Apfelsine. Er versuchte, ein Muster zustande zu bringen, was ihm aber nicht sonderlich gut gelang. Es roch nach Orange, wenn kleine, fast unsichtbare Tropfen aus dem Inneren drangen, während er die spitzen Stiele der Nelken in die Schale drückte. In wenigen Tagen war Heiligabend, und sein Haus für Weihnachten herzurichten erfüllte ihn mit einer angenehmen Zufriedenheit. Er konnte sich nicht erinnern, sich je zuvor mit Weihnachtsdekoration beschäftigt zu haben, aber dieses Jahr strengte er sich wirklich an. Beide Töchter hatten versprochen, mit ihm Weihnachten zu feiern, und die Leere, die Nahid hinterlassen hatte, hatte ihm den Sinn eines traditionellen Weihnachtsfestes vor Augen geführt.

Ein Weihnachtsfest mit allem Drum und Dran.

Ihm war klar, dass das irgendwie symptomatisch war, vielleicht wurde er ja langsam alt, vielleicht auch nur sentimental, oder er hatte seine nostalgische Ader entdeckt. Diesen Gedanken verdrängte er jedoch tunlichst und redete sich ein, dass er alles nur für Eva und Linda tat.

Es klingelte an der Tür.

Er legte die Apfelsine beiseite, um zu öffnen. Aber Eva war bereits eingetreten und hängte in der Diele ihren Mantel auf.

»Hallo, Papa. Hier duftet es nach Weihnachten«, sagte sie,

ließ ihre schneeverkrusteten Stiefel mitten in der Diele stehen und umarmte ihn.

»Musst du die Stiefel unbedingt da stehen lassen? Jemand könnte darüber stolpern«, meinte er.

Sie lachte.

»Hör schon auf«, erwiderte sie und ging ins Wohnzimmer.

Holtz bückte sich und stellte die Stiefel auf eine Zeitung.

Eva half ihrem Vater, die riesigen, grünen Plastikgirlanden, die Tannenzweige darstellen sollten, um die Gardinenstangen zu winden. Der Ziegenbock aus Stroh wurde hin- und hergeschoben, bis er seinen endgültigen Platz gefunden hatte. Nachdem sie das Christkind vor Maria in die Krippe gelegt hatten, setzten sie sich mit einer Tasse Glögg an den Küchentisch. Der Adventsstern im Küchenfenster verbreitete ein warmes, trauliches rotes Licht.

»Wollte Linda nicht auch kommen?«

»Eigentlich schon, aber du weißt, wie sie ist«, sagte Holtz. In diesem Augenblick klingelte es.

Linda machte es wie ihre Schwester, sie trat ein, ohne abzuwarten, und kam freudestrahlend in die Küche.

»Hallo! Sitzt ihr hier einfach nur faul herum?«

»Hör mal«, erwiderte Holtz.

»Pass auf!«, sagte Eva.

»Gibt es für mich auch eine Tasse Glögg?«, fragte Linda lachend und setzte sich.

Die drei unterhielten sich lange. Die Stimmung im Haus war schon lange nicht mehr so gut gewesen, fand Ulf Holtz und nahm sich vor, sie häufiger einzuladen, darauf zu bestehen, dass sie häufiger kamen. Vielleicht könnte er ja ein sonntägliches Abendessen mit Braten, Kartoffeln und Gemüse einführen. Für Linda natürlich irgendwas Vegetarisches. Dann würden sie sich jede Woche sehen und …

»Wie geht es eigentlich Pia? Ich habe sie schon lange nicht mehr getroffen«, sagte Eva, die sich schon immer mehr für die Arbeit ihres Vaters interessiert hatte als Linda.

»Sie rackert sich ab wie wir alle.«

»Und wie geht es ihr?«

»Gut… Sie sagt nicht so viel, aber ich vermute, es geht ihr gut.« Holtz fiel auf, dass er seine Kollegin schon lange nicht mehr nach ihrem Befinden gefragt hatte. »Sie hat es nicht leicht, glaube ich, wenn ich näher darüber nachdenke.«

»Inwiefern?«

»Man hat ihr in letzter Zeit einige Aufgaben übertragen, für die sie sich nicht recht begeistern kann.«

»Und zwar?«

Holtz zögerte eine Sekunde, bevor er antwortete. Er hatte das Gefühl, Levins Geheimnisse auszuplaudern.

»Sie hat in letzter Zeit ein paar Vernehmungen durchführen müssen, und das fällt ihr nicht leicht«, sagte er.

»Ich dachte, ihr Kriminaltechniker würdet euch gar nicht mit solchen Dingen befassen?«

»Das sind die neuen Zeiten. Alle müssen überall mithelfen. Aber das war eigentlich nicht der Grund, weswegen ich mich damit einverstanden erklärt habe«, fuhr er fort, als er merkte, dass Eva aufrichtig interessiert war.

Er lehnte sich zurück und drehte, ohne es selbst zu merken, die Tasse in den Händen. Sie wärmte ihn.

»Ein Kriminaltechniker muss hin und wieder auch Menschen treffen. Um ein guter Erkennungsdienstler zu werden, ist es wichtig, dass man die Menschen versteht. Die Technik ist natürlich auch von Bedeutung, aber sie muss in einem sinnstiftenden Zusammenhang angewendet werden.«

»Ich verstehe nicht…«

»Menschen zu begegnen, die Opfer von Verbrechen geworden sind, gewährt einzigartige Einblicke in die Psyche. Dieses Wissen lässt sich nicht am Schreibtisch erwerben«, sagte er.

»Für Pia ist das also eine Art Test?«, fragte Linda, die bislang vollauf damit beschäftigt gewesen war, ohne Unterlass Mandeln zu knacken und aufzuessen.

»Ich weiß nicht, ob man das als Test bezeichnen kann. Eher als Fortbildung. Aber dessen ist sie sich nicht bewusst.«

»Nicht?«

»Nein. Ich glaube, es funktioniert besser so.«

»Hm … interessant. Wie geht es denn deinem neuen Freund, diesem Bogenschützenenthusiasten, von dem du erzählt hast?«, fragte sie.

Holtz überraschte der abrupte Themenwechsel.

»Wie bitte? Ach so, Marcus. Ich habe ihn schon eine Weile nicht mehr erreicht.« Er erzählte von der seltsamen Begegnung mit Massoud im Café.

»Welche Art hat er denn?«, fragte Eva, trank den letzten Schluck Glögg und verzog das Gesicht.

»Art?«

»Du hast doch erzählt, Marcus habe MS, welche Art ist es denn?«

»Wieso, gibt es mehrere?«

»Ja, entweder verläuft die Krankheit in Schüben oder progredient.«

»Ach so. Das weiß ich nicht. Spielt das denn eine Rolle? Was macht das schon für einen Unterschied?«

»Die progrediente Variante bringt eine fortschreitende Verschlechterung, immer größere Probleme zurechtzukommen, mit sich …«

»Und die andere, die verläuft in …«

»Schüben. Da gibt es Phasen, die sind schlecht, und Phasen, die sind ganz gut«, sagte sie.

»Mein Gott, was für Miesepeter ihr doch seid. Können wir uns nicht über etwas anderes unterhalten als tödliche Krankheiten?«, fragte Linda und begann, das Geschirr abzuräumen.

»MS ist keine tödliche Krankheit«, sagte Eva.

»Nicht?«, Linda stellte die Tassen in die Spülmaschine.

»Nein. Man stirbt nicht an der eigentlichen Krankheit, auch wenn viele das glauben. Im Übrigen gibt es heutzutage Medikamente, die den Krankheitsverlauf hemmen.«

»Woher weißt du so viel über MS?«, fragte Linda.

»Eine Kollegin von mir ist daran erkrankt. Erst hat sich ihre Sehkraft verschlechtert, dann ihr Allgemeinzustand, und schließlich ist sie im Rollstuhl gelandet.«

»Oje, wie tragisch.«

»Ja. Jetzt geht es ihr aber wieder richtig gut. Sie arbeitet auch wieder Vollzeit und …«

Ulf Holtz erhob sich, um etwas zu trinken zu holen. Er hatte noch den süßlichen Geschmack des Glöggs im Mund und brauchte jetzt etwas Kaltes. Im Kühlschrank fand er nichts, und Eiswürfel gab es auch keine. Er suchte in einer Küchenschublade und entdeckte ein paar Eiswürfelbeutel, die er mit Wasser füllte und in den Gefrierschrank legte. Nachdem er den Kaltwasserhahn eine Weile hatte laufen lassen, füllte er ein Glas und trank es leer. Wohltuend. Er füllte das Glas ein weiteres Mal, während er aus dem Fenster schaute.

Dass der Kontakt zu Marcus abgerissen war, betrübte ihn mehr, als er zugeben wollte. Er hätte ihn gerne weiterhin getroffen. So netten Leuten begegnet man nicht oft, dachte Holtz. Hilfsbereit war er auch gewesen, und er hatte sich für ihn interessiert, natürlich vor allen Dingen für seine Arbeit und den Mord in Stjerneby.

Der Adventsstern im Fenster blendete ihn etwas, aber er konnte trotzdem die um die Ährengarbe, die er ihnen hingelegt hatte, versammelten Vögelchen sehen. Kleine, grauschwarze Vögel mit roter Brust suchten nach den letzten Körnern. Die Halme waren unter dem schweren, nassen Schnee leicht umgeknickt. Er trank ein zweites Glas Wasser, sah ins Zimmer und entdeckte den Strohbock, der breitbeinig dastand und ihm den Kopf zuwandte. Er stand etwas schief, ein Bein berührte den Boden nicht, und Holtz fühlte sich an die dreibeinigen Zielscheiben des Bogenschützenvereins Stjärnan, Marcus' zweitem Zuhause, erinnert. Ich weiß nicht einmal, wo sein erstes Zuhause ist, dachte Holtz.

»Woran denkst du?«, unterbrach Linda seine Überlegungen.

»Nichts Besonderes«, antwortete er und versuchte, den Faden wieder aufzunehmen.

Marcus' Zuhause.

Er wandte sich an Linda.

»Sitzt deine Freundin immer noch im Rollstuhl?«

Linda sah ihren Vater erstaunt an. Er stand mit einem leeren Glas in der Hand neben dem Fenster.

»Nein. Nur noch manchmal.«

Die gelbe Pappmappe, die Pia Levin in ihrem Büro aus dem Aktenschrank mit vielen ähnlichen Mappen genommen hatte, lag ungeöffnet auf dem Couchtisch. Sie betrachtete sie. Eigentlich wollte sie sich nicht mit dem Inhalt befassen, vermutete aber, dass sie bald mit der aufgeschlagenen Mappe dasitzen würde. Wie immer. Die Ermittlungen von Kindesmisshandlungen, darunter einige Fälle, an denen sie selbst gescheitert war, riefen nach ihr. Quälten sie. Wie Schorf, den man immer wieder aufkratzt.

Levin nahm den letzten Schluck aus ihrem Weinglas und lehnte sich auf dem Sofa zurück. Ihr Haar war vom Duschen noch nass, und der Bademantel ging immer wieder auf.

Es war fast Mitternacht. Wenn ich mich nicht bald hinlege, schlafe ich auf dem Sofa ein, dachte sie und überlegte, ob sie noch die Kraft haben würde, sich die Zähne zu putzen.

Ihre Gedanken drehten sich im Kreis. Gabriel Marklund ging ihr einfach nicht aus dem Sinn. Er beharrte darauf, dass er seinen Vater aufgesucht habe, um ihm nahe zu sein und ihn kennenzulernen. Schließlich sei Vergebung eine der höchsten Tugenden. Es sei ihm geglückt, die Organisation zu infiltrieren, er sei eine Art Mädchen für alles gewesen und habe sich so in der Nähe seines Vaters aufhalten können. Außer Johan habe ihn niemand beachtet. Ein Krüppel stellte keine Bedrohung dar. Er habe jedoch nie eine Gelegenheit gefunden, Johan zu eröffnen, wer er eigentlich war. Nun sei es dafür zu spät. Aber seinem Vater gehe es jetzt gut, und irgendwann würden sie wieder beisammen sein, hatte er dem Vernehmungsbeamten, der unwillkürlich die Augen verdrehte, mitgeteilt.

Die Kriminaltechniker konnten anhand von Fingerabdrücken und DNA-Spuren nachweisen, dass sich Gabriel Marklund im Adlerhorst aufgehalten hatte. Nach Auswertung der Tonaufnahme stand fest, dass er der Anrufer war, der die Vergewaltigung gemeldet hatte.

Er besaß ein Motiv. Geld und Rache. Weiter waren die Ermittler jedoch nicht gekommen. Jede Bezichtigung wies er verständnislos von sich. Der Mord an Johan habe ihn schwer getroffen, er sei jedoch in der Organisation geblieben, obwohl diese dann rasch zerfallen sei. Erst nach der fürchterlichen Vergewaltigung sei er nach Hause zurückgekehrt.

Die Vernehmungsbeamten waren äußerst behutsam vorgegangen und hatten sich darum bemüht, ein Vertrauensverhältnis aufzubauen. Sie hatten Gabriel nicht erzählt, wie sein Vater gestorben war, und mit keinem Wort Pfeile oder Waffen erwähnt. Früher oder später würde er sich versprechen. Mehr war nicht nötig, um einen Keil in seinen Panzer zu treiben. Einen winzigen Keil, mit dem sich Gabriel Marklund knacken ließ. Er würde den Mord an seinem Vater gestehen, dessen waren sie sich sicher.

Nach dem rohen Zugriff im Haus am Meer war Thord Seger wegen Verdachts auf Deckung eines Straftäters zur Vernehmung abgeführt worden. Er war vollkommen niedergeschmettert gewesen und hatte die Bezichtigungen der Ermittler gegen Gabriel nicht verstehen können. Nachdem er alle Fragen beantwortet hatte, hatte man ihn gehen lassen, da man der Ansicht war, er könne der weiteren Ermittlung nicht schaden.

Petra Jonsson war vernommen worden, hatte jedoch alles von sich gewiesen und sich geweigert zu akzeptieren, wer Gabriel war oder was er möglicherweise verbrochen hatte.

Levin streckte die Hand nach der Mappe aus, öffnete sie und ging die alte Akte über die Kindesmisshandlung noch einmal durch. Johan Seger hatte den kleinen Jungen so stark geschüttelt, dass er bleibende Schäden davongetragen hatte. Sein weiches Skelett war dieser Belastung nicht gewachsen gewesen. Mehrere gebrochene Rippen und durchtrennte Nervenstränge im Nacken hatten lebenslängliche Beeinträchtigungen beim Gehen, Sprechen und Sehen zur Folge gehabt.

Die Fotos, die sie kopiert hatte, waren mit einer Büroklammer zusammengeheftet. Sie entfernte die Büroklammer und reihte sie auf dem Tisch auf.

Eines neben das andere.

Ein nackter Körper voller Blutergüsse. Der Kopf ein wenig schief. Die Augen fast ganz geschlossen. Der Hintergrund krankenhausweiß. Je ein blauweißer Fleck auf beiden Seiten des Brustkorbs. Daumenabdrücke. Blauschwarze Flecken auf dem Rücken des Jungen. Deutliche Abdrücke von Händen auf beiden Seiten des schmalen Rückens. Nur eine schmale Linie in der Mitte des Rückens war nicht verfärbt.

Jemand hatte fest zugepackt.

Sie betrachtete die Bilder eingehend und ließ sich von ihrem eigenen Schmerz erfüllen.

Die gewöhnlichste Art der Kindesmisshandlung. Kräftiges Schütteln. Ein Kopf, der vor und zurück geworfen wurde. Sie hatte die Folgen oft gesehen.

Deutliche Abdrücke von Fingern, die nach ein oder zwei Tagen hervortraten.

Plötzlich war sie hellwach. Sie blätterte rasch das rechtsmedizinische Gutachten durch. Dann betrachtete sie wieder die Fotos.

Anschließend ihre eigenen Hände.

Sie hielt sie, die Daumen aneinandergelegt, vor sich in die Höhe. Dann drückte sie langsam die übrigen Fingerkuppen aneinander und betrachtete den Kreis, der sich ergab. Sie ging zu ihrem Bett und hob den großen Teddybär hoch, der neben dem Kopfkissen lag. Der Teddy war ein Geschenk. Ihr selbst wäre es nie eingefallen, ein Stofftier zu kaufen. Aber den Teddy, der keinen Namen besaß, hatte sie von jemandem bekommen, der ihr viel bedeutete. Seither lag er auf ihrem Bett. Er trug eine rote Schleife um den Hals und war in etwa so groß wie ein Säugling.

Sie legte dem Teddy die Finger um die Brust. Sie berührten sich nicht ganz.

Nachdem die Töchter mit dem Versprechen, am Tag vor Heiligabend vorbeizukommen, um den Weihnachtsbaum zu schmücken, gegangen waren, blieb Ulf Holtz noch eine Weile am Küchentisch sitzen. Er wog das Für und Wider ab, wusste aber im Grunde, dass er sich sofort darum kümmern musste.

Vermutlich war es pure Einbildung, aber er musste sich Gewissheit verschaffen. Den Glögg hatte er wohl bereits ausgeschwitzt, schließlich hatte er ja nur wenig getrunken.

Er zog sich warm an und verließ das Haus. Die Straßen waren leer, und es fiel wieder Schnee, der im Schein der Straßenbeleuchtung die Autobahn aus der Stadt wie dichte, weiße Vorhänge säumte. Es würde nun doch eine weiße Weihnacht werden. Die französischen Chansons legten sich als gleichmäßiger Geräuschteppich über seine Gedanken. Nach etwa zehn Kilometern vergrößerte sich der Abstand zwischen den Straßenlaternen, und wenig später war es ganz dunkel. Ein entgegenkommender Lastzug schaltete zu früh das Fernlicht wieder ein. Er zuckte zusammen, als das Licht unerwartet seine Augenwinkel traf, und verriss leicht das Steuer, aber dann hatte er alles wieder im Griff und drosselte die Geschwindigkeit.

Er passierte die Abfahrt nach Stjerneby und bog zehn Minuten später von der Autobahn ab.

Wie immer war der Vorplatz des Vereinshauses beleuchtet. Das Schild mit dem Stern in der Mitte war deutlich zu sehen. Eine Geländelimousine stand auf dem Parkplatz.

Holtz schaltete den Motor aus und ließ seinen Wagen im Leerlauf neben den Geländewagen rollen. Langsam öffnete er die Tür und stieg aus. Er fror und klappte den Kragen seines Mantels hoch. Im Vereinshaus brannte Licht. Holtz ging um das Gebäude herum, blieb auf der schmalen Leeseite stehen und betrachtete die dunkle Wiese. Die Zielscheiben aus Stroh auf ihren dreibeinigen Stativen waren kaum zu erkennen, aber er wusste, was dort im Dunkeln lauerte.

Die Kälte drang durch seinen Mantel.

Er ging zum Eingang zurück und drückte die Klinke. Es war nicht abgeschlossen. Im Vorraum war es abgesehen von der schwachen Glühbirne in der Glastheke dunkel. Die Pokale standen in Reih und Glied und warfen in der Vitrine Schatten. Er lauschte angestrengt ins Innere des Hauses. Es war still. Kein Laut.

»Hallo«, sagte er. »Hallo, ist da jemand?«

Keine Antwort.

Leise ging er an der Glastheke vorbei in den großen Raum.

Eine Stehlampe verbreitete ein mildes Licht.

Jemand saß mit dem Rücken zu ihm auf der Couch.

Ein Surren in seiner Tasche ließ Holtz zusammenzucken. Er fluchte und fischte vorsichtig sein Handy heraus. Eine unbekannte Nummer. Sie war lang und begann mit den Ziffern 0098. Er runzelte die Stirn, schaltete das Telefon aus und steckte es wieder in die Tasche.

»Hallo«, sagte er erneut, aber die Gestalt auf dem Sofa reagierte nicht.

Er näherte sich langsam, stellte sich hinter das Sofa und legte dem Mann eine Hand auf die Schulter.

»Meine Güte!«, schrie Massoud und drehte sich hastig um. »Sie können einem einen ganz schönen Schrecken einjagen!«

Holtz wich überrascht zurück.

»Entschuldigen Sie«, sagte er.

Massoud hatte mit Ohrhörern Musik gehört. Er nahm sie heraus, und seine Miene drückte nach anfänglichem Schrecken Wiedererkennen aus. Er begann zu lachen, und Holtz ließ sich anstecken. Nachdem sie ihre Angst auf diese Weise abgeschüttelt hatten, nahm Holtz gegenüber von Massoud Platz und holte erst einmal tief Luft. Unwillentlich fiel sein Blick auf Massouds beinlosen Körper, der aussah, als hätte ihn jemand auf dem Sofa abgestellt. Der Rollstuhl stand daneben.

»Ich wollte Sie wirklich nicht erschrecken«, sagte Holtz.

»Das ist mir klar. Aber es ist so ungewöhnlich, dass jemand

um diese Jahreszeit hierherkommt … und dann noch so spät.« Massoud sah auf die Uhr an der Wand. »Ich bin ab und zu hier. Helfe Marcus dabei, ein Auge auf das Vereinshaus zu haben.«

»Eigentlich wollte ich ja Marcus treffen. Ich erreiche ihn telefonisch nicht. Ich wollte ihn fragen, wie ich meinen Beitrag zu dem Verein leisten kann. Außerdem war ich ohnehin in der Gegend.«

»Vermutlich ist er zu Hause. Haben Sie es dort versucht?«

»Nein. Wo wohnt er noch gleich?«

»In Stjerneby. Hat er Ihnen das nicht erzählt?«

Holtz nickte nur.

»Ich wollte mich noch dafür entschuldigen, dass ich neulich so sauer geworden bin«, sagte Massoud.

»Kein Problem. Aber ehrlich gesagt war mir nicht ganz klar, was ich falsch gemacht habe.«

Massoud sah ihn nicht an. Er wirkte nachdenklich.

»Es war kein Unfall«, sagte er.

»Sondern?«

Fünf Jahre zuvor war Massoud auf dem Heimweg von einer Videothek in der Innenstadt von einer Gruppe Skinheads im U-Bahnhof überfallen worden. Ohne Vorwarnung waren die Männer auf ihn losgegangen und hatten geschrien: »Bringt den Neger um!« Er konnte sich nicht daran erinnern, was dann geschehen war. Aber ein wackeliger Film im Internet, der sicher immer noch irgendwo zirkulierte, zeigte die Ereignisse deutlich genug. Die Misshandlung hatte mehrere Minuten lang angedauert. Sie hatten gelacht und auf ihn eingetreten, obwohl er bereits auf dem Boden lag. Einer nach dem anderen hatte seinem Kopf einen Tritt versetzt. Reflexartig hatte Massoud versucht, seinen Kopf so gut es ging zu schützen. Als die Skinheads schließlich mit ihrem Werk zufrieden gewesen waren, hatten sie um den bewusstlosen Massoud herumgestanden und grinsend den Arm Richtung Kamera zum Hitlergruss gehoben.

»Wenn sie einfach weggegangen wären, dann wäre es vielleicht besser ausgegangen«, sagte Massoud mit viel dumpferer Stimme. »Aber einer von ihnen wollte das Ganze zu Ende bringen. Er ist noch einmal zurückgerannt und hat mir mit aller Kraft in die Seite getreten. Ich bin über die Bahnsteigkante gerollt.«

Er machte eine Pause.

Ulf Holtz wurde es beinahe übel. Er hatte vergessen, Atem zu holen.

»Die waren nicht mehr zu retten.« Massoud deutete auf seine nicht vorhandenen Beine. »Der Zug nahm sie mit.«

»Hat man die Täter gefasst?«, fragte Holtz und versuchte so gefasst wie möglich zu klingen.

»Ja. Alles war ja auf Video aufgezeichnet worden. Wissen Sie, zu welcher Strafe sie verurteilt wurden?«

Holtz antwortete nicht.

»Es waren unterschiedliche Strafen, aber sie haben alle in etwa ein Jahr für schwere Körperverletzung bekommen. Maximal anderthalb und einer auch nur sechs Monate. Jugendstrafanstalt.«

»War das denn keine vorsätzliche Tötung?«

Massoud schnaubte verächtlich.

»Kein Vorsatz. Das Gericht fand nicht, dass derjenige, der mich über die Bahnsteigkante vor den Zug trat, den Vorsatz hatte, mich zu töten.« Seine Stimme zitterte. Vor Wut, vermutete Holtz.

Massoud schwang sich mit Hilfe seiner starken Armen vom Sofa in den Rollstuhl.

»Andererseits hätte ich nie gelernt, mit dem Bogen umzugehen, wenn das nicht geschehen wäre. Vielleicht sollte ich den Skinheads also dankbar sein«, meinte er mit unverhohlener Ironie.

Er rollte in Richtung des Inneren des Hauses. Holtz erhob sich und ging im Zimmer auf und ab. Er betrachtete die Bilder der Bogenschützen der Mythologie und blieb schließlich vor dem der Göttin Tisiphone stehen.

Die Rächerin.

Holtz hörte, dass jemand hinter ihm ins Zimmer kam. Seine Nackenmuskeln spannten sich, und ein Kältegefühl überzog sein Gesicht. Als wehte ihm ein kühler Wind über Hals und Wangen.

»Ich vermute, Sie sitzen nicht immer im Rollstuhl?«, sagte er und drehte sich langsam um.

Marcus Koster stand in der Tür.

In der Hand hielt er seine Armbrust.

»Nein, nicht immer.«

Pia Levin dankte dem Taxifahrer und bat um eine Quittung. Der Wind fuhr ihr ins Gesicht, als sie auf die Straße trat, und der Schneeregen fühlte sich auf den Wangen an wie winzige Nägel. Die Haustür war abgeschlossen, und sie bereute es, keinen Dienstwagen genommen zu haben, in dem sie sich bei Bedarf hätte aufwärmen können. Sie hätte sich auch fahren lassen können, dann hätte sie jetzt zumindest Gesellschaft gehabt. Aber wegen des Weins, den sie am früheren Abend getrunken hatte, kam der Dienstwagen nicht in Frage, und da sie eigentlich keinerlei Befugnisse hatte, die Aktion durchzuführen, galt für Gesellschaft dasselbe.

Sie rüttelte ein weiteres Mal an der Tür, die sich zu ihrem großen Erstaunen öffnete. Im Treppenhaus war es warm. Es roch nach Essen. Sie studierte die altmodische Haustafel mit weißen Plastikbuchstaben auf dunkelblauem Filzhintergrund hinter einer Glasscheibe. Mehrere Namen waren auf Zettel geschrieben, die auf der Glasscheibe klebten.

Der Name, nach dem sie suchte, stand aber ordentlich in weißen Plastikbuchstaben auf der Tafel.

Langsam ging sie die drei Treppen hoch. Das Geländer war von dem vielen Schmutz ganz glatt, und der Anstrich des Treppenhauses blätterte an etlichen Stellen ab. Kratzer, wahrscheinlich von sperrigen Möbeln, die rauf- und runtergeschleppt worden waren, wirkten wie aufgerissene weiße Wunden.

Außer Atem erreichte sie die Wohnungstür. Sie war mit einem Kranz aus Tannengrün mit einer großen roten Schleife geschmückt. Zwei kleine silberne Glöckchen hingen an dem roten Band.

Plötzlich erlosch das Licht, und im Treppenhaus wurde es stockfinster. Pia Levin spürte, wie sich ihr Puls beschleunigte. Sie versuchte, die Dunkelheit zu durchdringen. Ein roter Knopf leuchtete an der Wand, und sie tastete sich zu ihm vor. Sie hatte Angst, der Treppe zu nahe zu kommen. Als sie den Lichtschalter gedrückt hatte, atmete sie auf und sah auf ihre Armbanduhr. Es war nach Mitternacht. Sie klingelte und hörte, wie es in der Wohnung schrillte.

Nach einer Minute klingelte sie nochmals.

Ein schwaches Licht ging an und sickerte durch einen Spalt im Briefschlitz.

»Wer ist da?«, ließ sich von innen eine Stimme vernehmen.

»Polizei. Pia Levin. Wir sind uns schon mal begegnet.«

»Was wollen Sie? Es ist mitten in der Nacht.«

»Es ist wichtig. Kann ich nicht reinkommen?«

Die Tür wurde geöffnet, aber die Sicherheitskette war vorgelegt.

Petra Jonsson blinzelte sie an.

»Was ist so wichtig, dass es nicht bis morgen Zeit hätte?«

»Es dauert nicht lange. Darf ich reinkommen?«

Die Kette rasselte, und der ungebetene Gast wurde eingelassen.

Petra trug einen Slip und ein enges, gelbweißes Unterhemd, das über dem Rücken spannte und nicht ganz bis zur Unterhose reichte. Sie ging voraus. Levin zog ihre dicken Winterstiefel aus, behielt die Jacke jedoch an. Sie folgte Petra, die sich bereits mit untergeschlagenen Beinen auf das Sofa verkrochen hatte. Ihr Haar war zerzaust, und ein Kissen hatte Abdrücke auf der Wange hinterlassen.

»Was wollen Sie?«

Levin setzte sich auf einen Hocker vor dem Sofa.

»Es gibt noch ein paar offene Fragen. Es handelt sich schließlich, wie Sie wissen, um eine Mordermittlung, und da spielt die Tageszeit keine sonderlich große Rolle«, sagte sie und hoffte, Petra hörte ihr nicht an, dass sie log.

»Und?«

Pia Levin zog ihre Jacke aus und nahm ein zusammengefaltetes Blatt Papier aus der Innentasche. Sie klappte es auseinander und reichte es Petra. Petra betrachtete den Ausdruck der Fotografie und sah Levin dann an.

»Gehört es zu Ihrer Arbeit, Menschen zu quälen?«, fragte sie wütend.

»Sie wissen, wer das ist?«

»Da Sie mir dieses Foto zeigen, gehe ich davon aus, dass es sich um ihn handelt, mein Kind.« Levin hätte schwören können, dass ein Zittern in Petras immer so trotziger Stimme mitschwang. Ihr fiel auf, dass sie ihren Sohn nicht beim Namen nannte.

»Ja, das ist Gabriel. Wollen Sie mir nicht erzählen, was damals eigentlich geschah?«

»Das habe ich erzählt. Der Polizei, dem Jugendamt und …«

Sie begann zu weinen und legte ihr Gesicht in die Hände.

»Ich weiß, dass Sie es erzählt haben. Aber können Sie es mir nicht auch noch einmal erzählen?«

Petra schniefte und schüttelte den Kopf.

»Ich habe mir sagen lassen, dass Sie es als Kind nicht unbedingt leicht hatten.«

»Ich weiß nicht, wovon Sie sprechen. An meiner Kindheit gab es nichts auszusetzen«, sagte sie und sah Levin in die Augen. Ihre Nase lief, und die Augen waren blutunterlaufen.

»Es gibt da eine Theorie …«

»Was für eine verdammte Theorie? Was, zum Teufel, wollen Sie eigentlich?«

Levin sah die Frau vor ihr auf dem Sofa traurig an. Sie wirkte wütend und betrübt, aber da war auch noch etwas anderes. Die Erwartung einer Enthüllung, einer unvermeidlichen Enthüllung.

»Diese Theorie besagt, dass ein Mensch, der sein eigenes Kind misshandelt, fast immer selbst geschlagen oder erniedrigt worden ist.«

»Ich weiß nicht, wovon Sie sprechen. Ich will, dass Sie jetzt gehen.«

Sie wischte sich mit dem Handrücken die Nase ab.

»Da ist etwas, was mir keine Ruhe lässt«, sagte Levin, ohne sich um diese Aufforderung zu kümmern. Sie streckte die Hand nach der Fotografie aus, die Petra umgedreht auf den Couchtisch gelegt hatte.

»Als ich Sie das erste Mal aufsuchte, hatte ich das Bild einer jungen, schmächtigen Frau im Kopf …«

»Hören Sie, es ist fast zwanzig Jahre her, dass ich jung und schmächtig war.«

Sie hatte sich wieder gefasst und sprach mit größerem Selbstvertrauen.

»Natürlich. Aber obwohl Sie eine erwachsene Frau sind und nicht mehr ein … wie auch immer, jedenfalls sind mir Ihre kleinen Hände aufgefallen.«

»Und was haben meine Hände mit der ganzen Sache zu tun, verdammt nochmal«, schrie Petra beinahe und erhob sich. »Ich will, dass Sie jetzt gehen!«

Levin faltete den Ausdruck zusammen und hob die Jacke auf, die sie neben sich auf den Fußboden gelegt hatte, und zog sie an. Petra Jonssons Wangen glühten.

»Ich gehe jetzt.« Levin begab sich in die Diele, um ihre Stiefel anzuziehen. Petra folgte ihr, als wollte sie sich versichern, dass sie auch wirklich die Wohnung verließ.

»Darf ich Ihnen noch eine letzte Frage stellen?«, fragte Levin, als sie wieder im Treppenhaus stand.

Petra antwortete nicht.

»Warum haben Sie mir erzählt, Thord Seger wolle Sie nicht treffen? Er behauptet, Sie seien es, die jeden Kontakt zur Familie Seger ablehne. Warum wollen Sie ihn nicht treffen? Glauben Sie, dass er etwas weiß, was sonst niemand weiß? Wollen Sie ihn deswegen nicht sehen? Weil er vielleicht ein Geheimnis enthüllen könnte?«

»Ich weiß nicht, wovon der Alte spricht. Ich will nie mehr etwas von ihm, Johan, Ihnen oder sonst jemanden hören. Haben Sie das verstanden?«, fauchte sie und knallte die Tür vor Pia Levins Nase zu.

Holtz konnte kaum fassen, dass Marcus Koster vor ihm stand. Er hatte sich so daran gewöhnt, ihn im Rollstuhl zu sehen, dass er das Gefühl hatte, Zeuge eines Wunders zu sein, obwohl er wusste, es gab eine natürliche Erklärung.

»Wie sind Sie draufgekommen?«, fragte Koster.

Holtz zögerte.

»Ein Strohbock hat mir geholfen.«

»Einer dieser Weihnachtsböcke?«

»Ja, aber ein dreibeiniger. Aber das spielt keine Rolle. Ich hätte es früher oder später auch so herausgefunden«, sagte er und ging langsam in die Mitte des Zimmers.

Marcus Koster hob die Armbrust leicht an.

»Ich will mich nur setzen.« Holtz hob beschwichtigend die Hände.

Marcus Koster lächelte schwach und richtete die Waffe wieder zu Boden.

»Sie brauchen sich keine Sorgen zu machen. Ich würde einem Unschuldigen nie etwas antun.«

Holtz nahm auf dem Sofa Platz, auf dem äußersten Rand.

»Wollen Sie es mir nicht erzählen?«, fragte er.

Koster nickte, ging mit ruckartigen Schritten auf einen Stuhl zu und ließ sich darauf fallen. Massoud rollte zögernd in den Raum. Sein Blick war beschämt. Er blieb mit seinem Rollstuhl neben dem Stuhl stehen, auf dem Koster saß. Koster sah erst ihn und dann Holtz an.

»Massoud hat nichts mit dieser Sache zu tun, nur damit Sie das wissen«, sagte Koster.

»Ich höre«, sagte Holtz.

Koster setzte sich zurecht, legte die Armbrust auf die Knie und begann zu erzählen.

»Unsere Gesellschaft ruht auf einem schwachen Fundament. So schwach, dass alle guten Kräfte zusammenwirken müssen, damit wir nicht im Abgrund versinken«, begann er trotzig und hielt Holtz' Blick fest. »Ich wohne selbst in Stjerneby in der Nähe des Ortes, der das Symbol für das Böse und die Intoleranz geworden ist, nicht weit von der U-Bahnstation entfernt, an der der jährliche Neonaziaufmarsch beginnt. Eigentlich ist es seltsam, dass es dort überhaupt einen U-Bahnhof gibt. Es heißt zwar immer, Stjerneby sei ein Vorort, aber im Grunde ist es kaum mehr als ein Dorf. Wahrscheinlich hätte die Großstadt bis dort weiterwachsen sollen, aber sie kam nie so weit. Ein Dorf, von dem fast niemand den Namen kannte. Und das hat uns, den Einwohnern, auch gefallen. Aber so ist es jetzt nicht mehr. Jahr um Jahr waren wir gezwungen, dem Destruktivsten, was unsere Zeit zu bieten hat, die Tore zu öffnen. Einmal im Jahr werden wir von Intoleranz und vom Bösen überschwemmt.«

Er schien mit sich selbst zu sprechen.

»Anfangs glaubten wir, dass es von selbst im Sande verlaufen würde. Dass es enden würde, wenn man es ignorierte. Alles würde wieder wie früher werden. Aber mit jedem Jahr wächst die Truppe, und so allmählich unterstützen auch die Bewohner von Stjerneby, meine Nachbarn, den Marsch. Jedenfalls haben sie begonnen, ihn zu akzeptieren. Der Gesinnungswandel ist langsam und fast unmerklich erfolgt.«

»Aber ich dachte immer, der Widerstand sei massiv und immer mehr Leute würden sich den Gegendemonstrationen anschließen«, sagte Holtz vorsichtig.

Marcus Koster sah Holtz lange an.

»Dafür dass Sie so hochqualifiziert, ja sogar gebildet sind, sind Sie erstaunlich naiv.«

Holtz wollte schon protestieren, ließ es dann aber bleiben.

»Wenn Horden von verwirrten, schwarz gekleideten Jugendlichen, die auf Abenteuer aus sind, hierherkommen, angeführt von militanten Radaubrüdern, die sich mit Eisenstangen, Molotowcocktails und Pfefferspray bewaffnen und nur eines im Sinn haben, nämlich gewalttätige Konfrontation – wo, glauben Sie, liegen die Sympathien dann?«

Holtz antwortete nicht.

»Diejenigen, die mit Fackeln in den Händen im Gleichschritt marschieren, erhalten deswegen jedenfalls nicht weniger Unterstützung. Ich hatte eigentlich aufgegeben. Hatte beschlossen, mit kleinen, bescheidenen Einsätzen zum Wohle der Allgemeinheit beizutragen. Die Welt zu verbessern, indem ich im Kleinen wirke.« Mit einer ausholenden Handbewegung umfasste er das Vereinslokal. »Mein kleines Universum.«

Holtz nickte. Er verstand ihn.

»Was hat Sie dann auf andere Gedanken gebracht?«, fragte er.

Marcus Koster sah Massoud an und nickte dann fast unmerklich.

»Das lag an ihm«, erwiderte er.

»Erzähl schon«, sagte Massoud.

Koster nickte resigniert.

Er hatte Massoud zum ersten Mal vor einem guten Jahr getroffen, und seine positive, aber von Trauer erfüllte Erscheinung hatte ihn nicht mehr losgelassen. Massouds Therapeut hatte ihm empfohlen, sich mit etwas zu beschäftigen, das ihn sowohl psychisch als auch physisch forderte. Er wählte den Bogenschützenverein, der wegen seiner Arbeit mit jungen Behinderten einen sehr guten Ruf besaß.

Sie waren sich von Anfang an sympathisch, und mit der Zeit entstand eine tiefere Freundschaft. An einem späten Abend, als sie sich allein im Vereinshaus aufhielten, erzählte Massoud, was ihm zugestoßen war. Von der Misshandlung und von den milden Strafen, die die Skinheads erhalten hatten.

Sie befanden sich bereits wieder auf freiem Fuß, während er immer noch im Rollstuhl saß.

Ohne Beine.

Dieser Abend veränderte Marcus Koster. Ein langsam schwelender Hass nistete sich in seiner Brust ein. Die Kraft, die er bisher darauf verwendet hatte, junge Menschen trotz ihrer Behinderung von dem Sinn des Lebens zu überzeugen, entfachte ein Feuer in ihm, das mit der Zeit immer heftiger aufloderte.

Ein Plan nahm Gestalt an. Er würde es ihnen heimzahlen. Die Rache würde den treffen, der die Bewegung verkörperte, den er am meisten von allen verabscheute. Styrbjörn Midvinter repräsentierte all das Böse, das er verachtete.

Eigentlich glaubte er nicht, die Sache durchziehen zu können. Sogar noch als er in der kalten Schneewehe stand und wartete, war er davon überzeugt, dass es nicht geschehen würde. Dass es nur ein Gedankenspiel war, eine Klärung der Frage, wie weit sein Hass reichte.

Aber beim Anblick des Fackelzugs verstand er, es gab kein Zurück. Abgesehen von dem Umstand, dass er sehr schlecht zu Fuß war, war es einfach. Er wartete einfach auf einer Anhöhe im Wald hinter dem Fußballplatz. Der Abstand war etwas zu groß, aber ein sauberer Treffer nicht vollkommen unrealistisch. Eigentlich hatte er auf den Brustkorb gezielt, aber der Pfeil gewann etwas an Höhe und traf Styrbjörn Midvinter in den Hals. In der Panik, die anschließend ausbrach, konnte er mühelos verschwinden.

»Ich bekam natürlich einen Schock, als Sie mich anriefen. Ich war überzeugt, dass Sie mir auf der Spur waren und nur so taten, als würden Sie sich für Informationen über Armbrüste interessieren«, sagte er und atmete tief durch, als hätte er einen langen, anstrengenden Marsch hinter sich.

»Das erklärt auch, weshalb Sie mir so sorgfältig den wahrscheinlichsten Standort des Schützen gezeigt haben. Aber das war natürlich der falsche.«

»Ich wollte Ihnen die Wahrheit sagen, aber dann verließ mich der Mut.«

»Im Café?«

Koster nickte.

»Wie lange haben Sie davon gewusst?«, fragte Holtz Massoud.

Massoud wirkte gequält. Holtz sah, dass er sich hilfesuchend an Marcus Koster wandte.

»Er hat es heute Abend erfahren«, sagte Koster und erhob sich mühsam mit der Armbrust in der Hand. Er blickte Holtz an, betrachtete dann die Waffe und legte sie auf den Fußboden.

»Wollen wir gehen?« Er hielt Holtz die Hände hin.

»Ja, das ist gut. Aber die Hände können Sie wieder runternehmen. Ich habe schon lange keine Handschellen mehr bei mir.«

Dank

Ich danke meiner Frau Monika für ihre Unterstützung und Hilfe beim Redigieren.

Pernilla, meiner Lektorin bei KAP redaktion & information, danke ich dafür, dass sie unerbittlich die vielen Worte in etwas Lesbares verwandelt hat.

Erik von Bra Böcker danke ich dafür, dass er nach wie vor vertrauensvoll gestattet, meine Geschichten zu erzählen.

Maria von der Grand Agency gebührt Dank dafür, dass meine Geschichten auch außerhalb Schwedens gelesen werden.

Bei meinen Kollegen von der Reichskriminalbehörde bedanke ich mich, weil sie mich inspirieren und mir Ideen liefern und mich an ihren fantastischen Kenntnissen teilhaben lassen.